REBELLISCHES EINHORN

REBELLIN AUS DER ANDERSWELT

BROGAN THOMAS

ÜBERSETZT VON

LISA GRÖPPER FÜR LITERARY QUEENS

Ebook ASIN: B0D2Y499DL
Taschenbuch ISBN: 978-1-915946-45-4
Gebundene Ausgabe ISBN: 978-1-915946-46-1

Umschlaggestaltung von Melony Paradise

Übersetzt von Lisa Gröpper

WWW.BROGANTHOMAS.COM

EIN URBAN-FANTASY-ROMAN
REBELLISCHES EINHORN
REBELLIN AUS DER ANDERSWELT
BROGAN THOMAS

Für meinen Ehemann

Kapitel Eins

Ich zucke mit den Schultern, und ein leises Stöhnen entweicht meiner Kehle, während mir der Schweiß über den Rücken rinnt und mein schwarzes Kampfshirt durchtränkt. Ekelhaft. Ich könnte jetzt wirklich einen Zauber gebrauchen, der mich wieder abkühlt.

Ich schnappe nach Luft. Ja, klar. Die Dinger sind superteuer, und ich benutze sie eigentlich nur, um am Leben zu bleiben, nicht, um es mir angenehmer zu gestalten. Lieber schwitze ich, als pleite zu sein. Ich unterdrücke ein weiteres Stöhnen. Ich bin überhaupt kein Fan von heißem Wetter. Lieber ziehe ich mir mehrere Schichten an um mich warm zu halten, als bei einer dicken Schicht vor Hitze einzugehen.

Der Sommer ist viel nerviger als der Winter, der mir im Gegensatz dazu ziemlich gut gefällt. Ich liebe diese perfekten englischen Wintermorgen, wenn der Himmel strahlend blau und alles kalt und frisch ist. Die Welt sieht so viel schöner aus, mit einem Hauch von Eis, das den Dreck verdeckt, und selbst den schlimmsten Schandfleck zauberhaft aussehen lässt. Außer einmal, als ich noch ein Kind und obdachlos war. Damals mochte ich den Winter nicht, und speziell dieser war einfach nur schrecklich.

Stattdessen haben wir jetzt August, und das Land erlebt eine Hitzewelle, sodass es heute Abend unangenehm schwül ist. Zu allem Überfluss umschwirren mich gefühlt eine Million dieser schrecklichen Stechfliegen wie hungrige Piranhas.

Normalerweise stechen mich diese kleinen Monster nicht. Ich bin offensichtlich kein guter Snack – das hat mit dem schrecklichen Geschmack meines Hybridblutes zu tun –, aber heute Nacht haben die kleinen Blutsauger Hunger. Ich stöhne lauter und reibe mein glühendes Gesicht an meiner Schulter. Sie sind gut in Form. Das muss ich ihnen lassen.

Eine alte Erinnerung drängt sich mit Schaudern in mein Gedächtnis, sodass ich mir ein Lächeln verkneifen muss. Als Kind habe ich meinen Adoptivgroßvater gefragt, ob sich die Stechfliegen, die mein Blut trinken, in Vampire verwandeln würden. Er lachte ungefähr zwanzig Minuten lang, und ich weiß bis heute nicht, was er daran so lustig fand. In dem Moment war ich der Meinung, dass die Frage durchaus berechtigt war. *Vampirmücken.* Ich schaudere. Mein Gott, wie sehr ich ihn vermisse. Neun Jahre ist es her, aber es kommt mir vor, als wäre es erst gestern gewesen. *Der Sensenmann holt sich immer die Besten zuerst.* Ist das nicht so?

Ich fühle mich unwohl, sowohl mit meinen Gedanken

als auch mit der festen, unnachgiebigen Dachplane, auf der ich liege, und wälze mich hin und her. So, wie ich auf meinem Bauch liege, tut mir der untere Rücken weh. *Es sollte nicht mehr lange dauern.* Aus Erfahrung weiß ich, dass man bei solchen Arbeiten eine Engelsgeduld haben muss.

Ich ziehe meine Arme in eine bessere Position, meine linke Hand zittert. Ich schiebe das lästige Teil unter mein Kinn und versuche, es zu ignorieren. Das lässt mich wie einen Blutjunkie aussehen. Das Zittern meiner Hand ist die erste unangenehme Mahnung daran, dass ich eine neue Ration dringend nötig habe und es mir unangenehm ist, meinen Blutspender zu sehen.

»Bereithalten«, flüstere ich, als ich in der Ferne das Geräusch eines sich nähernden Fahrzeugs höre.

Das rhythmische Quietschen hinter mir verstummt.

Ich muss die Wolfswandlerin nicht ansehen, um zu wissen, dass meine geflüsterten Worte ihre Aufmerksamkeit erregt haben, und obwohl ich in weiser Voraussicht den größten Teil meiner Aufmerksamkeit auf die Straße und jede unfreundliche Gesellschaft in dem sich schnell nähernden Auto gerichtet habe, wird mein Blick ohne meine Erlaubnis von ihr angezogen.

Forrest.

In Gedanken rolle ich mit den Augen. Sie hängt immer noch kopfüber an den Resten des Gerüstes. Sie hängt dort, die Stange in ihre Kniekehlen geklemmt, wie ein verrückter Affe. Ihr blassrosa Haar liegt auf dem Dach, das vom Mondlicht fast weiß gefärbt ist. Ich schüttle den Kopf und kann meine Verärgerung kaum verbergen, in der sich eine Prise Belustigung und vielleicht ein wenig Eifersucht mischen.

So ein verrücktes und doch liebenswertes Verhalten. Es hat etwas für sich, stark genug zu sein, um sich nicht darum zu scheren, was andere Leute denken, und diese Wandlerin hat es auf den Punkt gebracht. Sie hat die ultimative Freiheit, einzigartig zu sein. Außerdem sieht sie so aus, als ob es ihr Spaß mache, da oben zu hängen.

Die rosahaarige Wandlerin ist meine einzige Stütze, und ich muss zugeben, dass ich froh bin, sie zu haben. Ich habe viele Gerüchte über ihre Geschichte gehört – die Geschöpfe unserer Welt reden gern –, aber ich werde nicht nach ihrer Geschichte fragen, denn wenn man hinter ihre kompakte, winzige rosa Fassade blickt, strahlt Forrest eine gewisse Bedrohung aus. Man weiß aus dem Bauch heraus oder mit dem sechsten Sinn, dass es eine schlechte Idee ist, sie zu verärgern. Ein Blick in ihre kalten, leichenblassen Augen vertreibt diesen dummen Gedanken. Sogar jetzt, während sie mit dem Kopf nach unten hängt wie ein Kind, schaut sie mich ohne jeglichen Ausdruck an.

Sie ist nicht ganz richtig im Kopf und mehr Wolf als Mensch.

Ein unangenehmer Schauer folgt dem Schweiß, der über meinen Rücken rinnt, ich nicke ihr respektvoll zu und konzentriere mich wieder auf die Straße, als ein schwarzes Auto um die Ecke in das leere Industriegebiet biegt. Die Reifen quietschen auf dem Asphalt und knirschen an der Bordsteinkante, als es auf die unscheinbare Lagerhalle zufährt. Eine Lagerhalle, auf der wir uns befinden.

Die Beifahrertür öffnet sich und ein großer Vampir steigt aus. Während er seinen billig aussehenden Anzug zurechtrückt, fällt die Tür hinter ihm zu. Mit zusammengekniffenen Augen mustert er die Umgebung. Er denkt nicht einmal daran, hochzuschauen. Ich erkenne sein Gesicht, denn er ist ein prominentes Opfer.

Ich spitze die Lippen, jeder Atemzug wird flacher, Adrenalin schießt durch meinen Körper, und als Reaktion auf den Anstieg von Neurotransmittern und Hormonen kribbeln meine Glieder vor Bewegungsdrang. Diesen Teil meines Berufs liebe ich. *Die Jagd.* Es muss die vampirische Seite in mir sein, die es genießt, sich an die Beute heranzupirschen.

Zwei weitere Männer steigen hinten aus. Ich lächle. Bingo! Mein Lächeln verblasst, als meine etwas aufdringliche innere Stimme meine Aufregung wie ein Messer durchtrennt. *Komm schon, Tru! Es ist noch nicht zu spät für dich, nach Hause zu gehen. Du weißt, dass das nicht dein Kampf ist.*

Ich kann kämpfen. Ich runzle die Stirn und zucke mit den Schultern. Ich trainiere hart, um mich und meine auserwählte Familie zu beschützen, aber ich weiß aus Erfahrung, dass es immer eine Kreatur geben wird, die den Boden mit mir aufwischen kann und wird. Wie die meisten normalen Menschen mag ich es nicht, eine Faust ins Gesicht zu bekommen, und obwohl ich mich verwandeln kann, um zu heilen, bleibt der Schmerz trotzdem.

Ja, ich bin eine Killerin, aber ich erledige meine Aufträge aus der Ferne, mit illegalen Distanzwaffen oder aus dem Schatten heraus, und im Gegensatz zur Wolfswandlerin und ihrem furchterregenden Ruf bin ich niemand, die sich ihren Weg durch ein Problem bahnt. So wird man verletzt oder, schlimmer noch, jemand, den man liebt, wird getötet.

Die Tür des Lagerhauses öffnet sich und die Vampire schleichen hinein.

Ich weiß, dass meine Ängste berechtigt sind. Irgendwie hat sich der einst kleine und einfache Mordauftrag, den ich heute Morgen begonnen habe, in ein Chaos epischen Ausmaßes verwandelt.

Ist das nicht der Lauf der Dinge?

Diese Situation übersteigt bei Weitem meine Ausbildung und meine Gehaltsklasse. Es gibt so viele Fachleute, die dafür besser geeignet sind als ich. Ich bin keine Soldatin.

Ja, Tru, du bist nicht gut genug. Wieder ignoriere ich meine bösen Gedanken und das schrille Bauchgefühl, das behauptet, die Dinge würden spektakulär schiefgehen. Ich schiebe die Sorgen beiseite. Es geht um uns oder um nichts, und es geht um *Kinder*. Ich kann nicht weglaufen und werde es auch nicht.

Ein winziges Klicken ertönt, gefolgt von einem stechenden Schmerz in der Mitte meiner Stirn, und ich signalisiere Forrest, sich bereit zu machen. *Ziele bestätigt. Alle Ziele sind freigegeben.* Ich zucke zusammen, als die sanfte, fröhliche Stimme von Story, meiner besten Freundin, in meinem Kopf ertönt. Der Kommunikationszauber ist ein unangenehmes Kratzen in meinem Gehirn.

Forrest summt eine Melodie. Ich runzle die Stirn. Ist das ... ich lege den Kopf schief und halte den Atem an, um zu lauschen.

»Mission Impossible?«

Ja, das ist es. Ich lache leise und konzentriere mich auf einen letzten Waffentest, als die summende Wolfswandlerin auf mich zukommt.

Jetzt ist Forrest an meiner Seite und gibt mir einen

Schubs. »Tru.« Sie wedelt mit der rechten Hand vor meinem Gesicht herum. An ihren Fingern ist ein beeindruckendes Set von sechs Zentimeter langen Krallen zu sehen.

»Wow«, flüstere ich und nicke anerkennend. Ich presse die Hände gegen meine Oberschenkel, um mich daran zu hindern, sie zu berühren. Ich kann mich nicht erinnern, jemals jemanden gesehen zu haben, der eine Teilwandlung in der realen Welt durchgeführt hat. Das ist eine mächtige Sache. Man muss mindestens sechshundert Jahre alt sein, um stark genug dafür zu sein.

So alt ist sie auf keinen Fall. Nein, sie muss so alt sein wie ich.

Forrest ist so machtvoll, wie man über sie sagt. Kein Wunder, dass sie alle zu Tode erschreckt. Gut für sie.

Die Wölfin starrt auf meine Hände hinunter, welche ich immer noch an meine Oberschenkel gepresst halte, als wolle sie sagen: »Na los! Ich habe dir meine gezeigt, jetzt zeigst du mir deine.«

Ich lächle ein wenig reumütig und schüttle den Kopf. »Was? Ich dachte, du wärst knallhart. Hast du nicht superstarkes Hybridblut oder so?«

Oh, das habe ich.

»Kannst du deine Hände etwa nicht bewegen?« Ihre Stimme ist schockierend rau, es klingt so, als würde sie jeden Morgen nach dem Zähneputzen mit Glassplittern gurgeln, statt mit Wasser. Es ist nicht die Stimme eines Mädchens, welches so zierlich ist und blassrosa Haar hat.

»Ich? Nein.« Ich lache spöttisch. Ich fuchtle mit dem Arm in der Luft herum und balle meine Hand locker zu einer Faust. »Hufe«, erkläre ich. Ich grinse und wackle mit den Fingern. »Nicht so nützlich wie deine Krallen.

Das wäre ... du weißt schon, seltsam.«

»O ja. Das mit den Einhörnern hatte ich ganz vergessen.« Sie tippt sich an die Stirn. »Peinlich.«

Ich ziehe mein Handy heraus.

»Cool. Das ist so cool. Einhörner sind meine Lieblingstiere. Ich habe diesen epischen, flauschigen Einhorn-Schlafanzug ...« Forrest scheint meine Anwesenheit irgendwie auszublenden, denn sie merkt nicht einmal, dass ich sie immer noch höre, während sie weiter über Krallen, Hufe und Einhörner murmelt.

Ich beobachte sie von der Seite, während sie plappert. Abgesehen von der Planungsphase und ein paar gegrunzten Worten hat Forrest in der Zeit, in der wir gewartet haben, nie etwas gesagt. Sie hat kein einziges Wort gesprochen, obwohl wir stundenlang gewartet haben. Diese Verwandlung von einer leicht verstörten, aber kompetenten Expertin in einen Einhorn-Fan ist daher erschütternd.

Ihre leeren Augen funkeln und sie fuchtelt lebhaft mit den Händen, während sie vor sich hin flüstert. Dann hebt sie ihr Oberteil und zeigt mir ihren Einhorn-Sport-BH.

Ich blinzle ein paar Mal, nicke und reiche ihr einen der militärischen Schlafzaubertränke, mit denen wir die Bösewichte außer Gefecht setzen werden.

Immer noch nickend ziehe ich mich *langsam* zurück.

Forrest redet immer noch.

Ich werfe einen Blick aufs Handy, um die Aufzeichnungen der Kameras im Gebäude zu überprüfen. Vor ein paar Stunden, als mir klar wurde, dass es sich nicht um einen einzelnen Auftrag, sondern um eine Rettungsaktion handelte, habe ich Hunderte von mikroskopisch kleinen, fliegenden Überwachungskameras in das Lagerhaus geschickt.

Alle Bösewichte unterhalten sich mit den neuen Vampiren. Ich stecke das Handy wieder zurück in meine Tasche und gehe zu der Lücke im Dach, wo früher eine durchsichtige Plane war.

Mit Präzision lasse ich mich auf einen der stählernen Dachbalken gleiten und hocke mich hin.

Das sagt viel über mich aus. Dass ich eher bereit bin, mich einem Haufen Mörder zu stellen, als mich mit einer überdrehten, einhornbegeisterten Wolfswandlerin abzugeben. Ich bereite meinen ersten Schlaftrank vor.

»Was ...? Tru? Tru? Wo bist du ...?«

Für einen Moment ist es still. Ich starre hoch auf die Lücke im Dach und schüttle den Kopf.

»Ha, wow, so fühlt sich das an«, murmelt Forrest.

Es ist Showtime.

Kapitel Zwei

Wie eine Spinne krabble ich über den dunkelroten Stahlträger. Ich muss mich auf meine Sinne verlassen, auf mein Gleichgewicht und mein peripheres Sehen, um jede Bewegung oder Gefahr von unten zu erkennen.

Langsam, Tru, langsam!

Meine Schritte sind leise. Das Hämmern meines Pulses und das gleichmäßige Rauschen meines Atems sind alles, was ich in dieser Höhe höre. Ich konzentriere mich größtenteils auf den Balken, um die zerkratzten Stahlteile zu vermeiden. Ich achte darauf, die Kreaturen unter mir nicht mit Rostkrümeln zu berieseln.

Als ob ich wollte, dass sie nach oben schauen. So ein dummer Fehler wäre unangenehm und gefährlich. Oh, und Gott bewahre, dass ich falle.

Ohne Zwischenfall erreiche ich etwa die Mitte des

Gebäudes und atme erleichtert auf. Ein seltsamer Geschmack steigt mir in die Kehle. Ich runzle die Stirn, als ich mit der Zunge gegen einen meiner Fangzähne stoße. Es tut weh. Meine Kehle brennt.

Etwas stimmt nicht ... schreit mein Instinkt. In diesem Moment nehme ich den überwältigenden Gestank wahr. Ich schaue nach unten.

Ich blinzle.

Die Zeit steht still. *Mir wird schwindelig.* Die Welt scheint sich nicht weiterzudrehen und mein Herz fühlt sich an, als würde es durch meinen Körper auf den Boden fallen.

»Was zum Teufel?«, krächze ich.

Die Kreaturen ...

Ich blinzle. Ich schlucke. Mein Gott, mein Mund ist so trocken. Ich wende meinen Blick von dem Geschehen unter mir ab und starre auf den Militärzauber in meiner gefühllosen Hand. Die Schlafgranate fühlt sich seltsam und schwer an. *Die Bösewichte sollten jetzt schlafen gehen*, aber stattdessen ... schlucke ich. Sie sind nichts weiter als bunte Tintenkleckse auf dem Betonboden.

Tinten. Kleckse.

Kreaturen haben verschiedene Farben von Blut. Dämonenblut zum Beispiel ist grün, Engelsblut golden und Faeblut hat verschiedene Blautöne. Der wilde Lehrgedanke schwirrt in meinem Kopf herum. Schwach versuche ich, mein Gehirn vernünftigerweise, von den Gedanken wieder zu distanzieren. *Ich möchte jetzt gern nach Hause gehen. Laufen.* Ich schüttle den Kopf, zwinge meinen Blick wieder auf den Boden und zeichne makaber die bunten Muster nach. Es ist, als hätte jemand Farbe verschüttet. Nein, als hätte jemand Menschenteile verschüttet. Überall auf dem Boden des Lagers liegen Teile von Menschen.

Stinkender bunter Schlamm. Menschlicher Glibber.

Oh, Scheiße. Galle steigt in meinem Hals auf. Ich muss würgen und halte mir den Mund mit dem Handrücken zu. Ich schlucke ein paar Mal. Ich will nicht kotzen.

Ja, Tru, lass uns nicht noch mehr zu den Farben beitragen! Nicht noch das Durcheinander verstärken.

Ich kämpfe gegen den Drang an, die Augen zu schließen und so zu tun, als würde das alles nicht passieren. Ein kleines Quieken von unangebrachtem, entsetztem, fast manischem Lachen entweicht meinem Mund. Verdammt, ich muss mich zusammenreißen. Ich bin eine Killerin und sehe ständig Tote.

Nein, es ist nicht die Tatsache, dass sie tot sind. Es ist die Art, wie sie getötet wurden. Das macht mir Angst. Das ist ein ganz anderes Level. Das ist ekelhaft. Beängstigend. Mein Körper schwankt, und ich spüre eine zarte Hand, die meinen Ellbogen umklammert.

Forrest. Sie hält mich fest.

»Scheiße«, murmelt sie. Als ich wieder mehr zu mir komme, lässt sie mich los und ihr hübsches Gesicht verzieht sich. Ihr Blick ist voller Abscheu, als sie das Chaos unter mir betrachtet. Im Vergleich zu mir bleibt die ältere Wandlerin absolut cool in der Situation.

»Ja.« In der Tat Scheiße. »Was für ein Chaos.«

Forrest legt die überflüssige Schlafgranate weg, ich versuche es auch und merke, wie meine Koordination durcheinandergerät. Ich brauche drei Anläufe, um die Schlafgranate zu entschärfen und sie wieder in die richtige Tasche zu stecken.

Wir hätten sterben können.

Forrest winkt mir mit einer immer noch krallenbesetzten Hand mit ihrem Handy zu: »Soll ich Verstärkung rufen?« Ihr gelber Blick ist beunruhigend, und mir gefällt die Aufregung nicht, die in seinen Tiefen aufblitzt.

Diese verrückte Wölfin hat viel zu viel Spaß.

Verstärkung. »Ah.« Ich räuspere mich. *Nein. Verdammt, nein.* Sie meint ihren Kumpel. Sie denkt, es wäre hilfreich, ihren Kumpel zu rufen. »Nein, nein, nein, nein, danke.« Ich schüttle den Kopf.

Forrest kneift die Augen zusammen, legt den Kopf nach links und lächelt schief. *Unheimlich.*

»Das ist also ein Nein?«

»Nein, auf keinen Fall.« Ihn heranzuziehen, wäre, als würde man einen Flammenwerfer benutzen, wenn man nur ein Streichholz braucht. Ein epischer Overkill. »Wir müssen erst sehen, womit wir es zu tun haben, bevor wir jemanden zu Hilfe rufen. Der Zauber« – ich deute zu Boden – »hat sich schließlich nicht von selbst aktiviert.« Ich zücke das Telefon. »Die Kameras werden uns einen Blick auf das geben, was zum Teufel passiert ist.«

Forrest zuckt mit den Schultern und lässt sich auf den Balken nieder. Ich gleite neben sie. Es ist gut, dass ich das tue, denn ich spüre, wie meine Hand wieder zittert – tun wir mal so, als käme das vom Schock und nicht vom Hunger. Ich stütze meinen Ellbogen auf den Oberschenkel, um sie zu stabilisieren.

Wir schauen uns schweigend das Filmmaterial an und es scheint, dass alles in Ordnung war, bis wenige Sekunden bevor ich das Gebäude betreten habe. Plötzlich sind über ein Dutzend Kreaturen am Leben, stehen in kleinen

Gruppen herum und unterhalten sich, und in der nächsten Sekunde, *puff*, sind sie alle weg. Und ich meine wörtlich *puff*. Sie sind nicht mehr da. Es gibt eine Explosionswelle der Macht, und dann nebeln Blutstropfen die Luft ein und regnen auf den Boden des alten Lagerhauses.

Wir hätten sterben können.

»Das war ein Wahnsinnszauber. Ich habe nichts gehört und nichts gespürt.«

»Nein, ich auch nicht. Ich habe den Täter auch nicht gesehen.« *Ich frage mich, ob ich trotzdem noch bezahlt werde. Tot ist doch tot, oder?* Die zynische, analytische Seite in mir meldet sich zu Wort.

Meine nächsten Gedanken drehen sich um die Magie der Kommunikation und die Geschichte. *Es gibt so viele ausstehende Mordaufträge für diese Ziele von verschiedenen Agenturen, dass wir wahrscheinlich doppelt bezahlt werden könnten.* Ich war noch nie in einer Situation, in der jemand anderer den Mord durchgeführt hat. Und zum Glück sind die Mikrokameras die Besten, die es gibt. Sie haben ein eingebautes DNA-Profil, und somit haben wir eine Menge Beweise, und mein Gefühl sagt mir, dass niemand sonst die Morde auf seine Kappe nehmen wird.

Würden Sie bitte die Mordbestätigungen mit dem Film-material an die Auftragsmordgilde schicken?

Wird gemacht, würde es in der Geschichte weitergehen.

Jetzt muss ich den Täter ausfindig machen. Während ich das Filmmaterial noch einmal durchsehe, knabbere ich an meiner Unterlippe.

»Hungrig?«, fragt Forrest und zieht eine blassrosa Augenbraue hoch, während sie mir ein schlecht verstecktes Grinsen schenkt. Ihr entgeht nichts. Dann nickt sie auf das geronnene Blut, das unter ihr auf den Boden gespritzt ist. »Lecker.«

»Igitt.« Ich erschaudere dramatisch am ganzen Körper. Meint sie das ernst oder war das ein gut getimter Vampirwitz? »Nein, das ist nicht so meins. Danke«, murmle ich zurück.

Verdammte Wölfin! Aber ihre blöde Frage hat gewirkt, und meine Unruhe und mein Entsetzen sind für ein, zwei Herzschläge auf ein erträgliches Maß gesunken. Ich strecke den Ellbogen aus und stupse sie spielerisch an.

Sie lächelt und stößt mich zurück.

Forrest scherzt zwar, aber es ist unglaublich, wie viele gebildete Menschen glauben, dass ich den Boden ablecken würde. *Diesen Boden.* Ekelhaft.

Blut. Ich kann einen weiteren Schauer kaum unterdrücken; Blut ist die Art, wie die Natur mit mir spielt. Als Hybrid bin ich völlig aus dem Gleichgewicht.

Chaos. Das passiert, wenn zwei inkompatible Spezies miteinander vermischt werden – deshalb war es ein stillschweigendes Todesurteil für mich, ein Hybrid zu sein. Nicht zu vergessen, dass da noch mein pingeliges Verdauungssystem meiner Einhornseite ist. Ich bin Vegetarier. Kombiniere das mit einem Blutsauger an der Spitze, und schon hast du *mich*, einen evolutionären Witz von epischen Ausmaßen.

Einer, der die Zeugung eigentlich nicht hätte überleben dürfen.

Ich trinke von einem Spender. Einem Spender, der mein ehemaliger Vormund und die Liebe meines Lebens ist. Mir dreht sich der Magen um und ich stoße einen traurig klingenden Seufzer aus.

Unsere Beziehung ist ... kompliziert.

Und je mehr Jahre vergehen, desto weniger trinke ich von ihm. Ich kann den Gedanken nicht ertragen, das Blut von jemand anderem als ihm zu trinken.

Obwohl mir davon übel wird, bleibe ich beim synthetischen Flaschenblut. Es ist zwar eklig, aber ich kann das schreckliche Zeug gerade noch in mir behalten.

Nun, es ist, wie es ist.

Heutzutage würde jeder Vampir, der etwas auf sich hält, den Verstand verlieren, wenn er echtes Blut aus unbekannter Quelle trinkt. Selbst fair gehandeltes Blut ist nicht mehr spenderfreundlich, da die Preise gestiegen sind und der schreckliche illegale Bluthandel wie verrückt durch die Decke gegangen ist. Achtzig Prozent meiner Zeit verbringe ich damit, mich mit diesen Monstern herumzuschlagen. Um Menschen, die unter Schutz stehen, kleine Kinder, die entführt werden ...

Mein Herz setzt einen Schlag aus.

O nein.

»Die Kinder«, flüstere ich. Mein Bein sticht, als meine Hand scheinbar schwerelos nach unten fällt und sich die Ecke des Handys in meinen Oberschenkel bohrt. Entsetzt starre ich Forrest an, die mich mit großen gelben Augen ansieht. »Diese verflixten Kinder. Bei der Vernichtung der Kreaturen« – während ich egoistisch an das Geld gedacht habe – »habe ich die Kinder vergessen.« Mit klopfendem Herzen greife ich zum Handy und suche noch einmal verzweifelt das Filmmaterial nach den Kindern ab.

Ich weiß, dass ich sie nicht gesehen habe, als es losging. Ich muss für meinen Verstand annehmen, dass sie in Sicherheit sind. *Bitte seid in Sicherheit!* Verzweifelt überprüfe ich das Filmmaterial doppelt und dreifach. Durch unseren Kommunikationszauber weiß ich, dass Story dasselbe tut.

Nichts.

Ich lasse den Blick um das Gebäude schweifen und deute auf einen überdachten Bereich, der nicht in Sichtweite liegt. »Vielleicht dort drüben. Da muss es einen Raum geben, der so luftdicht ist, dass die Kameras dort nicht funktionieren ...«

Ohne ein Wort zu sagen, stößt sich Forrest vom Balken ab und lässt sich wie im Film zwölf Meter zu Boden fallen.

Kapitel Drei

Ich stosse ein überraschtes Quieken aus, lehne mich so weit vor, wie ich nur kann und beobachte, wie ihre Gestalt schimmert, während sie hinunterspringt, als würde sie sich jeden Moment verwandeln, aber das macht sie nicht. Es sind nur ein paar Mikrosekunden der Verzerrung, und ich sage mir, dass es an meiner schlechten Sicht liegen muss, denn es ergibt keinen Sinn.

Mit angezogenen Beinen landet Forrest lautlos auf dem einzigen sauberen Stück Beton auf ihren Beinen.

»Hierhin kommen die Kameras nicht«, sage ich etwas lahm.

Oje.

»Forrest, was ist mit der Kreatur, die hier alle in die Luft gejagt hat? Derjenige, der den schrecklichen Verdampfungszauber durchgeführt hat. Wir brauchen einen Plan«, rufe ich, als die Wölfin hinter einem dicken Metallträger verschwindet. Ich zucke zusammen und reibe mir die Stirn, als meine Stimme durch die Lagerhalle hallt.

Juhu! Gut gemacht, Tru! Wenn du wie eine Todesfae schreist, hilft das bestimmt. Was ist nur aus deiner Zurückhaltung geworden?

Ich reibe mir den Mund und murmle »Scheiße, Scheiße, Scheiße« in meine Handfläche. Ich warte, ob etwas passiert. Ich spitze die Ohren und zähle in meinem Kopf bis zwanzig, während meine Augen auf der Suche nach einer Bewegung umherhuschen. Wo zum Teufel ist sie? Wo ist sie? Fae kennen nur Ärger.

Story, bekommst du das alles mit? Wir müssen alles filmen, falls etwas schiefgeht.

Ja, und ich mache Kopien. Ava hilft uns.

Ava ist eine wirklich talentierte Technik-Hexe. Es ist eine große Erleichterung, dass sie dabei ist. Wir haben sie und ihre menschliche Freundin Emma kennengelernt, als ich ungefähr neunzehn war. Ihre Magie ist Technomantie und sie ist so einzigartig. Ava verbindet Magie mit Technologie. Wir haben eine *eine Hand wäscht die andere Hand*-Beziehung. Die Hexe kümmert sich um die Technologie und ich kümmere mich um das Töten.

Ich danke dir.

Du musst da weg. Storys singende Stimme geht in ein besorgtes Flüstern über. *Ich habe ein ungutes Gefühl.*

Ich atme zitternd ein. *Ich auch.* Ich schlucke den Kloß des Schreckens herunter, der sich in meiner Kehle gebildet hat. *Aber du weißt, dass ich das nicht kann.* Ich weiß, dass Story schimpfen und mir eine Standpauke halten will, aber sie tut es nicht. Ihr Schweigen ist bedeutungsvoll, aber gewollt.

Mein ganzer Körper zuckt vor Tatendrang und ich kaue auf meiner Lippe. Ich kann hier nicht wie eine Idiotin sitzen bleiben. Ich muss da runter. Was zum Teufel mache ich hier? Ich hätte hinunterspringen sollen, als Forrest es gemacht hat. Aber ich werde nicht wie die Wölfin zwölf Meter in die Tiefe springen. Ich habe zwar die Ausrüstung, aber ich werde ewig brauchen, um mich abzuseilen.

»Ach, scheiß drauf!«

Mit einem Knarren und dem Summen konzentrierter Wandlermagie, die über die Haut meines Rückens fliegt, breiten sich meine Flügel aus.

Schweiß rinnt mir übers Gesicht und die schweren weißen Federn helfen nicht unbedingt gegen die Hitze. Ich richte mich auf und zupfe an meinem Kampfshirt, das mir in den Nacken zwickt. Vor Jahren habe ich einen ziemlich teuren Zauber getrunken, damit ich meine Kleidung beim Wandeln schützen kann. Der Zauber war seinen hohen Preis wert, denn er erlaubt mir, mich zu wandeln, ohne meine Kleidung zu ruinieren. Männlichen Wandlern scheint es nichts auszumachen, wenn ihre Körperteile im Wind flattern. Ich wollte auf keinen Fall mit hängenden Brüsten kämpfen. Selbst wenn ich mich in ein ganzes Einhorn verwandle, wandeln meine Kleider und Waffen mit, und wenn ich mich zurückwandle, bleiben sie wie durch ein Wunder unversehrt.

Die Hexenmagie ist unglaublich beeindruckend und angsteinflößend.

Als niemand kommt und das Lagerhaus still ist, stoße ich mich vom Balken ab. Durch meinen Körper fährt ein

Ruck, als meine Flügel die Luft erfassen, und ich zu Boden gleite.

Ich lande auf derselben freien Betonfläche wie Forrest. Als meine Füße in der Nähe des ekligen Blutes aufkommen, halte ich den Atem an. Solange ich das Blut und das Zeug um mich herum nicht riechen kann, ist es okay. Obwohl ich weiß, dass der ekelhafte Geruch durch meine Kleidung und meine Poren dringen wird.

Es ist alles in Ordnung. Ich springe zu einer anderen sauberen Stelle, wobei meine linke Ferse in eine Pfütze aus bläulichem Schleim taucht.

Alles klar, das war's, wenn ich nach Hause komme, werde ich diese Kleider verbrennen. Ich verbrenne alles, auch meine geliebten Doc-Martens-Stiefel. Dieses ganze Lagerhaus ist ekelhaft.

»Forrest«, flüstere ich energisch. *Wo zum Teufel ist sie?* Ich bin ja dafür, Kinder zu retten, aber es gibt Wege dafür, ohne uns in Gefahr zu bringen.

Forrest schaut um die Ecke und ich atme erleichtert auf. »Was zum ...?« Mit grimmiger Miene deutet sie auf meine Flügel. »Ey! Du hast gesagt, du kannst keine Teilwandlung durchführen, und was zum Teufel ist das?« Sie fuchtelt mit den Händen herum und flüstert wütend: »Woher kommen diese Flügel?« Forrest stützt ihre Hände mit den Krallen auf ihre schmalen Hüften.

»Du bist ein Einhorn-Vampir-Hybrid. Seit wann haben diese Kreaturen Flügel? Hm? Kannst du mir das bitte mal erklären?«

Ach ja, die Flügel. Das Blut meines Spenders hat interessante Nebenwirkungen. Aber das behalte ich lieber für mich. Nur ein paar Leute wissen davon, und ich habe nicht vor, dafür Werbung zu machen. Ich flattere mit meinen Flügeln und hüpfe von einem Fuß auf den anderen, dabei kratze ich mich am Hinterkopf.

»Ich habe nie gesagt, dass ich mich nicht teilweise wandeln kann, ich habe gesagt, dass ich keine Krallen habe ...«

Forrest unterbricht mich mit einem Stinkefinger.

Wie nett ...

»Warum haben alle Flügel?«, murmelt sie und stampft bockig mit dem Fuß auf. »Ich will auch Flügel.«

Meine Lippen zucken. Mit einem Hauch von Magie lasse ich meine umstrittenen Accessoires verschwinden, bevor die wütende Wölfin sie mir vom Rücken reißt.

Forrest knurrt und deutet mit dem Daumen hinter sich. »Die Tür nach hinten war verschlossen. Ich habe sie geöffnet. Wollen wir uns aufteilen oder lieber zusammen suchen?«

»Zusammen?«

Forrest brummt und stapft davon.

Mit meinem Lieblingskurzschwert in der Hand und einem Grinsen im Gesicht – sie ist eine verdammte Freude – folge ich ihr den dunklen, schmalen Gang entlang. Bei jedem Schritt drehe ich die Klinge, um mein Handgelenk aufzuwärmen. Am Ende des Ganges betreten wir einen Raum.

Wie ich vermutet habe, sind im Türrahmen die Reste eines magischen Siegels zu sehen, das Forrest gebrochen haben muss.

Halt! Storys laute Stimme dröhnt in meinem Kopf. Ich zucke zusammen und tippe gegen die Wand, um Forrests Aufmerksamkeit zu erregen. Die Wolfswandlerin hält inne und ihre gelben Augen verengen sich, als ich ihr signalisiere zu warten. Ich tippe mir an die Stirn. Sie nickt. *Die vermissten Kinder sind wiedergefunden worden. Sie wurden etwa zur gleichen Zeit, als der Verdampfungszauber durchgeführt wurde, aus einem Portal im Sanctuary – einer schicken Taschendimension – ausgespuckt. Sie sind alle identifiziert und physisch in Sicherheit.*

Physisch in Sicherheit, aber geistig nicht, wette ich. Die armen Kinder.

Ich hasse diese schreckliche Welt, in der es keine Kindheit gibt. Die sogenannte Unsterblichkeit, ist ein Witz. Man sollte meinen, dass Kinder alle Zeit der Welt haben, um zu wachsen und gedeihen, denn wenn man praktisch gesehen ewig lebt, sollte man auch länger Kind sein dürfen, oder? Falsch gedacht, denn das ist nie der Fall. Das Leben wird von Jahr zu Jahr härter und gefährlicher.

Deshalb mache ich das, was ich mache. Es geht mir nicht nur ums Geld. Wenn ich etwas Böses aus dieser Welt verbannen kann, hat vielleicht ein armer Unschuldiger die Chance zu leben.

Vielen Dank. Dann gebe ich die Information an Forrest weiter.

Sie legt den Kopf zurück und atmet erleichtert aus. »Gott sei Dank!«

»Ja.« Ich wechsle mein Schwert in die linke Hand und fahre mit den kleinen Drehungen fort. Zu unserem Pech müssen wir das Gebäude noch räumen.

Hm. Mein Bauchgefühl war wohl falsch. Keine weinenden Kinder und dazu noch die zerquetschten und verdampften Killer. Es war nur ein Gebäudecheck, so finde ich den Job gar nicht so übel.

Ohne eine Vorwarnung tritt Forrest die Tür ein, und wir springen hindurch, ich leicht hinter ihr her. Mit geübter Schnelligkeit bewege ich mich von der Tür weg und scanne das Innere nach Bedrohungen. Der Blutring hat das heruntergekommene Büro in ein verrücktes, temporäres Gefängnis verwandelt. Als ich die linke Seite sichere, erwarte ich automatisch, dass Forrest das Gleiche auf der rechten Seite macht. Aber sie macht es nicht.

Irgendetwas stimmt nicht. Ist es ein Zauber? Sind wir in eine Falle geraten?

Sekunden vergehen, während Forrest wie erstarrt vor der Tür steht, mit einem Ausdruck blinden Entsetzens auf dem Gesicht. Sie starrt auf die herumstehenden leeren Käfige, als wollte sie diese vernichten. Ihr blasses Gesicht ist kränklich weiß geworden. Ich höre das leise Wimmern, das ihr leise über die Lippen geht. Als ich sie beobachte, schüttelt sie den Kopf und reißt sich aus der Situation los.

»Nicht dein Käfig, nicht deine Angelegenheit«, murmelt sie, gefolgt von einem hörbaren Schlucken. »Ich mag diesen Job nicht.«

»Ich auch nicht.« Jetzt bin ich an der Reihe, mich ihr zu nähern und sie zu beruhigen. Ich drücke sanft ihren Arm. »Hey!«, ich huste, um mich zu räuspern. »Ich schaffe das schon. Ich kann dieses Zimmer machen. Willst du dir den Rest des Gebäudes ansehen?«

Ihre leeren, kalten Augen bewegen sich von den Käfigen weg und starren mich an, und es fühlt sich an, als stünde ich einem Raubtier Auge in Auge gegenüber.

Unbeholfen klopfe ich ihr auf die Schulter. Ah, bin ich zu weit gegangen? Ich zucke zusammen und nehme meine

Hand weg. Vielleicht ist es nicht das Klügste, sie auf ihr Problem hinzuweisen.

Durch ein schwaches, kränkliches Lächeln blitzen die Zähne auf. Da kein weiteres Gespräch nötig ist, nickt Forrest und verlässt den Raum. Die Tür fällt hinter ihr ins Schloss.

Prima. Ich atme aus und mache mich wieder an die Arbeit. Ich schärfe meine Sinne und nehme die Suche wieder auf.

Es ist unmöglich, keine voreiligen Schlüsse zu ziehen, was hier passiert sein muss. Zum Glück gibt es hier kein lebendiges Material, aber es gibt jede Menge Beweismaterial. *Wichtige Beweise.* Es ist nicht meine Aufgabe, Beweise zu sammeln, aber man weiß nie, wozu man etwas gebrauchen könnte. Ich weiß, dass die Mikrokameras alles filmen werden. Also benutze ich die Spitze meines Schwertes, um ein paar Seiten der verstreuten Papiere umzublättern.

Wenn die Jägergilde das Gelände übernommen hat, werde ich das Zeug nie wieder sehen. Gott sei Dank!

Ich rümpfe die Nase wegen des Geruchs. Ich muss ein wenig würgen, als meine Füße an den Kleberresten auf dem dünnen blauen Teppich kleben bleiben. Ich bin froh, dass ich keine Hellseherin bin und weiß, was genau das hier alles ist, aber in diesem Raum würde ich am liebsten in Bleiche baden.

Der Kommunikationszauber fängt wieder an, und ohne etwas zu sagen, schnurrt Story aufgeregt vor sich hin. Meistens beschränken wir unsere Gespräche auf ein Minimum, weil der aufdringliche Zauber in meinem Kopf Verwirrung stiftet.

Wie geht es dir? Ich rolle mit den Augen. *Ich weiß, es*

gibt etwas, dass du kaum erwarten kannst, mir zu sagen. Na komm!

Story gibt ein aufgeregtes Quieken von sich, das mich zusammenzucken lässt. Ich reibe mir die Schläfe.

Erinnerst du dich an das schicke Haus in Bay Horse, von dem du seit einem halben Jahr schwärmst?

Das Haus mit den achtundzwanzig Hektar Bio-Gras? Das Land, das mein Einhornherz zum Schwärmen bringt. *Das Grundstück, das wir uns nicht leisten können?* Es ist ein wunderschönes altes Bauernhaus, das die Käufer abgeschreckt hat, weil es so viel Arbeit benötigt. Renovierungsarbeiten, die ich mit ein wenig Hilfe von Fachleuten selbst durchführen kann. Ja, der Hof ist perfekt, wenn da nicht der hohe Preis wäre. Worauf will sie hinaus? *Die Auftragsmordgilde hat das Geld für die verdampften Mörder bereits überwiesen, und somit haben wir genug Geld, um ein Angebot für das Haus abzugeben.*

Moment mal ... Was? Bist du dir sicher? Natürlich ist sie sich sicher. Das ist Story. *Okay, wenn du nicht zu müde bist, wenn wir hier fertig sind, könntest du sie anrufen, um ein Angebot zu machen?*

Story gibt einen weiteren Schrei von sich. *Hüpfen wir?*

Aber so was von! Da ich weiß, dass meine Freundin genau das Gleiche macht und es mir egal ist, dass das Ganze gefilmt wird, hüpfe ich vor Freude auf und ab und stimme im Geiste in Storys Freudenschreie ein. *Hopp, hopp, hopp.*

Das Leben ist so hart, und ja, wir feiern jeden Sieg, als wären wir fünf Jahre alt.

Es hier zu zelebrieren, ist vielleicht unangebracht, aber worauf sollen wir warten? Das Leben ist zu kompliziert und zu gefährlich. Deshalb haben wir im Laufe der Jahre gelernt, unsere Freude zu feiern, wann immer es geht.

Andernfalls – mein Blick schweift unwillkürlich zu den winzigen Käfigen – wird uns wie vielen anderen die Zeit davonlaufen.

Als wir unsere alberne, verrückte Feier beendet haben und ich etwas außer Atem bin, setze ich mein Profiblick wieder auf und gehe zur Tür. Aus den Augenwinkeln nehme ich einen Schimmer wahr, der mir die Haare zu Berge stehen lässt. Wenn ich direkt in die Richtung schaue, kann ich nichts erkennen. Erst als ich den Kopf drehe, sehe ich es, ein Flimmern im peripheren Gesichtsfeld. Eine Texturveränderung in der Luft.

Hm. Die Überreste des Portals? Nein, das ist es nicht. Ich schleiche weiter. Ein *Jetzt siehst du mich nicht mehr-Zauber*? Oder ein außergewöhnlich starker Wegschauzauber? Ich zucke mit den Schultern. Vielleicht.

Ich halte Ausschau nach versteckten Fallen und bewege mich vorsichtig wie durch ein Minenfeld auf den leeren, staubigen Teil des Raumes zu. Ich komme näher, bis ich die geringste Veränderung des Luftdrucks spüre und Magie auf meiner verschwitzten Haut prickelt. Ich bleibe stehen und ziehe meine Hand langsam zu der kleinen Tasche meines Kampfshirts, um etwas herauszuholen, das den Bann brechen soll. Es ist ein grünes Fläschchen. Ich schüttle es und der Inhalt schwappt gegen das Glas. Ich werfe den Trank gegen den magischen Schimmer und halte den Atem an. Das Fläschchen zerspringt und die kleinen Glassplitter zerstreuen sich beim Aufprall. Ich warte. *Nichts.* Ich schnappe nach Luft. Es hat nicht funktioniert.

Enttäuscht suche ich in einer anderen Tasche nach etwas anderem. Ich schaue nach unten.

Bumm.

Mit einem heftigen Zischen löst sich der Zauber vor mir auf. Das plötzliche Vakuum der Macht wirft mich auf den klebrigen Boden. Durch den Aufprall werden meine Gelenke ordentlich geschüttelt und ich bremse mit meinen Knien den Sturz ab.

Ich lande auf der Seite, und mein schweres, buntes Haar fällt mir ins Gesicht und verdeckt dabei meine Augen. Verdammt! Ich habe meinen Hut verloren. Der Zauber hat ihn mir vom Kopf gerissen. *Auch mein Schwert habe ich verloren.*

Ein Geruch von faulen Eiern schlägt mir entgegen. Schwefel.

Ooh-oh.

Der Geruch verfliegt ... oder ich bin nasenblind geworden. Ich stöhne auf, schiebe mir die wirren Haare aus dem Gesicht und sehe Millimeter vor meiner Nase die ominösen leuchtenden Linien eines Kreidekreises.

Kapitel Vier

Der Kreis leuchtet weiss, alle Geräusche verstummen, und mit jedem Atemzug, den ich ausstoße, bringt die Luft die kleinen Kreidestaubflecken zum Tanzen. *Mein Gott, das war knapp.* Fast wäre ich mit meiner Nase an die leuchtenden Linien geraten. Ich stütze mich mit der Hand auf dem grobkörnigen Boden ab und krieche wie eine lahme Krabbe auf dem Hintern schnell zurück. Während ich mich bewege, entdecke ich die seltsamen, verschlungenen Markierungen, die die sauber geschwungenen Linien des Kreises durchkreuzen.

Die Sprache ist teuflisch.

Teuflisch? *Es ist eine Dämonenfalle, und diese hier wurde aktiviert.* Als dieser Gedanke in meinem Kopf auftaucht, richten sich meine Augen auf die Mitte des Kreises.

Ah, verdammte Hölle. Da ist eine Kreatur drin.

In der Mitte des etwa zweieinhalb Meter großen Kreises sitzt ein Dämon. Die Haltung des Dämons ist trügerisch entspannt, wenn man bedenkt, dass er gefangen ist.

Das Kinn ruht auf dem Knie, ein Bein ist angewinkelt, das andere akkurat unter dem Oberschenkel verschränkt. Blassblaue Haut. Viel nackte blaue Haut. Sein Gesicht sieht aus wie gemeißelt, mit hohen Wangenknochen, vollen Lippen und dicken dunkelblauen Augenbrauen. Ohne erkennbare Iris, Pupille oder weiße Lederhaut sind seine übergroßen Augen von einem unendlichen Schwarz geprägt.

Ich glaube, er ist nur trügerisch entspannt, denn der Schwanz neben seinem angewinkelten Bein zuckt unruhig hin und her wie bei einer Katze. Ein sicheres Zeichen dafür, dass er doch nicht so unbeeindruckt ist, wie er vorgibt, und ich kann es ihm nicht verübeln. Niemand möchte in einem dämonentötenden Kreis gefangen sein, denn genau das ist dieses Ding. Es ist eine seltsame, gefährliche Magie – eine, die ich noch nie gesehen habe und von der ich andere nur munkeln gehört habe.

Wer würde einen Dämon fangen? *Dazu muss man verrückt sein.* Die Falle macht einen Dämon machtlos, sodass er leichter zu töten ist. Aber wenn er entkommt ... ist Schluss mit lustig. Nichtsdestotrotz ist und bleibt es nur ein Kreidekreis.

Aufmerksam beobachten wir uns gegenseitig. Hohn und Spott ist in seinem hübschen Gesicht zu erkennen, und Angst und Schock auf meinem.

»Guten Morgen«, sagt er freundlich. Der Klang seiner Stimme ist sehr vornehm, und ... verdammt, er ist so wunderschön. Der Dämon bewegt sich ganz sachte, und dabei spannen sich die Muskeln in seinem Unterleib an.

Wow! Meine Augen konzentrieren sich auf die Bewegung und ich blinzle ein paar Mal. Ich muss aufhören zu starren, das ist unglaublich unhöflich.

Es ist schockierend, dass ich ihn attraktiv finde, immerhin ist es sehr lange her, neun Jahre, um genau zu sein, dass ich einen anderen Mann so fesselnd fand. Ich zupfe an dem zarten Armband an meinem Handgelenk. Ich bin nicht blind. Ich kann sie jederzeit sehen. Aber mein Gehirn, mein Körper, meine Seele – ich verdrehe die Augen – was auch immer ... gehört nur *ihm*. Meinem Blutspender.

Selbst wenn ein Mann umwerfend schön ist, ist meine einzige Reaktion: »Glückwunsch zu deinem hübschen Gesicht«, nicht diese ... diese viszerale Reaktion.

Das macht mir verdammt noch mal Angst.

Warum er? Warum gerade jetzt? Das muss eine dämonische Kraft sein. Ja! Puh, das erklärt alles. Magie. *Doch er sitzt in einer Dämonenfalle, somit sollte er keine Kräfte haben.*

Oje.

Ich muss so tun, als wäre das ganz normal. Als ob ich ständig Dämonen sehen würde. *Bleib cool!* Ich richte mich auf.

»Hallo«, antworte ich in einem ebenso angenehmen Ton – abgesehen von dem Quieken am Ende, bei dem mir ein Schauer über den Rücken läuft.

Um meinem Tatendrang nachzugeben, wische ich mir die Hände an meinem Kampfshirt ab. *Okay, hör zu, du musst hinter seine schöne Fassade schauen. Das ist ein verdammter Dämon – eine Kreatur, der man nachts nicht begegnen möchte.* Ich reibe mir den Nacken.

Mir stellen sich die winzigen Härchen vor Schreck auf. Wem mache ich etwas vor? Das ist eine Kreatur, der man nicht einmal bei Tageslicht begegnen möchte.

Ich weiß über Dämonen Bescheid, und ich weiß genug, um die Augen zu verdrehen. *Wenn das so ist, Tru, dann hör verdammt noch mal auf, ihn anzustarren!* Mein Blick fällt auf den Boden und ich mustere den Kreis. Die Kraft, die von diesem Ding ausgeht, ist immens. »Sieht aus, als würdest du in der Klemme sitzen«, murmle ich und bewege mich um den Rand des Kreises herum.

Ich gebe mein Bestes, um zu ignorieren, dass der Dämon mich auf Schritt und Tritt aufmerksam beobachtet.

Theoretisch weiß ich alles über Dämonen, wie die Engel gehören sie nicht zu unserer Welt. Sie sind durch die Portale der uralten Ley-Linien aus einem anderen Reich gekommen. Für diese mächtigen Wesen ist unser Reich unattraktiv und unsere Bewohner nichts weiter als Barbaren. Gewöhnliche Menschen haben wenig bis gar keinen Kontakt zu ihnen, und dann gibt es da noch all die Verträge, die bestehen.

Nur die Elite darf auf die Erde.

Ein Dämon – ein hochrangiger Dämon – ist also in einem beschissenen Lagerhaus in Lancashire gefangen? Das ist unfassbar und ergibt keinen Sinn. Es wäre glaubwürdiger, wenn ... ich weiß nicht, ein ganzer Freizeitpark in die Ecke des Raumes gestopft worden wäre.

Das ist doch verrückt.

Und dann ist da noch die Frage, wer die Magie ausgeübt hat. Jemand, der mächtig und gleichzeitig barmherzig genug ist, die entführten Kinder in Sicherheit zu bringen und einen Zauber zu entfachen, der mehr als ein Dutzend Kreaturen in Sekundenschnelle in Luft auflöst, und als einziges Zeichen ihrer Existenz bunte Farbkleckse auf dem Boden hinterlässt.

Ein Dämon wäre zu all dem in der Lage.

Ich schlucke. Ist er ein Opfer? Oder ... es waren seine Zaubersprüche

und er hat die Dämonenfalle aktiviert. Damit könnte er sich bequem herausreden: »Seht her, ich war die ganze Zeit machtlos. Das kann ich ja gar nicht gewesen sein.«

Story? Ich warte einen Moment und bemerke, dass das lästige Knirschen des Kommunikationszaubers verschwunden ist, und ich habe das schreckliche Gefühl, allein in meinem Kopf zu sein. *Story?* Ich rufe noch ein paar Mal, nur um sicherzugehen, aber ohne Erfolg.

Verdammt, das ist nicht gut.

Ich hätte gern die Meinung meiner besten Freundin gehört, denn sie ist die Stimme der Vernunft. Ich wette, wenn ich mein Handy zücke und die Kameras überprüfe, gibt es auch von dieser Begegnung keine Aufzeichnung. *Das gefällt mir gar nicht.* Ich schlucke erneut.

Mein Mund ist trocken und meine Zunge klebt lästig an meinem Gaumen. Hier gibt es auch keine verdammte Luft in diesem schrecklichen Raum. Ich ziehe an meinem Kragen.

Das ist nicht gut. Nein, nein, nein.

Mann, am liebsten würde ich nach Hause rennen. Was zum Teufel soll ich tun? Es ist ja nicht so, dass ich ihn verlassen würde, denn das wäre wirklich sehr, sehr dumm. Mit einem Winken und einem »Tschüss, Dämon« wegzulaufen und darauf zu warten, dass er den Kreis früher oder später verlässt und mich jagt, um mich danach zu fressen. Nein, ich bin nicht bereit, mit Dämonen Verstecken zu spielen.

Aber wenn ich ihn rauslasse, gibt es keine Garantie, dass er mich nicht doch frisst, sobald er über die Kreidelinie tritt.

Es ist gerade echt scheiße, ich zu sein.

Nee. Ich glaube, ich habe meine Frage selbst beantwortet, als ich sagte, dass die Dämonen auf der Erde eine Elite sind.

Dieser gutaussehende Dämon hat sich nicht einfach eingeschlichen. Das könnte er nicht, oder? Das heißt, er hat die Erlaubnis, hier zu sein. Ich bin wieder bei der verrückten Opfertheorie, und die passt nicht zu mir.

Der Dämon hat mich die ganze Zeit still beobachtet.

Ich spüre, wie sich die Hitze einer Röte auf meinen Wangen ausbreitet. Ich räuspere mich. »Weißt du, wie ich dich aus dieser Falle befreien kann, und wenn ich es tue, gibst du mir dann dein Wort, dass du keine Dummheiten machen wirst?« *Dummheiten? Echt jetzt?* Immerhin klinge ich besser als bei meiner ersten Begrüßung.

»Bei mir bist du absolut sicher, Tru. Brich einfach den Kreis!«

Mir dreht sich der Magen um und meine Augen werden so groß, dass sie mir aus dem Kopf fallen könnten. *Er kennt meinen Namen!* Das ist nicht gut. Ich starre weiter auf die leuchtenden Kreidestriche.

»Du kennst meinen Namen? Da bin ich im Nachteil.« Ich schaue auf und begegne seinem endlosen schwarzen Blick.

»Kennt nicht jeder deinen Namen, Tru Dennison? Die Rebellenführerin, die Einhorn-Vampir-Hybride, mein Schatten, das Spielzeug des Engels.«

Ich zucke zusammen.

»Die Abscheulichkeit und – mein persönlicher Favorit – die heimliche Auftragsmörderin.«

»Ja, aber das wissen nur wenige, die Sache mit der Auftragsmörderin. Das wäre doch sonst kein großes Geheimnis mehr, oder?«, grummle ich. Abgesehen von meiner auserwählten Familie, Ava und meinem Chef arbeite ich selten mit anderen zusammen. Das mit Forrest heute Nacht ist eine Ausnahme.

Wer ist derjenige, der in der Falle sitzt, Tru?

Ich zittere.

Tja. Wie mein Großvater zu sagen pflegte: *Wer nicht wagt, der nicht gewinnt. Scheiß drauf!* Ich kratze mit meinem Stiefel über die leuchtende Kreide.

Kapitel Fünf

DER DÄMON WIRFT seinen Kopf in den Nacken und stöhnt auf, während seine Kraft in ihn zurückkehrt. Seine Knochen knacken, als er sich vom Boden erhebt und sich wie eine riesige Bestie aufrichtet. Seine endlos blaue Haut spannt sich, bis er stolz dasteht. Verdammt, er muss über zwei Meter groß sein.

Wow, er ist gigantisch.

Harte, kräftige Muskeln umhüllen seinen massigen Körper. Pure Kraft in leiblicher Form. Ungewöhnlich für einen Dämon, denn die, die ich im Fernsehen gesehen habe, waren zart und vogelartig, aber nicht dieser Kerl. Er ist anders, er ist eine ganz andere Art. Geschaffen, um Kreaturen mit einem Schwert den Kopf abzuschlagen. Und seine Macht? Der Kreis hat seine Kräfte gebremst, denn die Macht, die er ausstrahlt, lässt mir das Wasser im Mund zusammenlaufen.

»Ich werde jetzt einfach gehen. Ich lasse dich in Ruhe.« Ich fuchtele mit den Händen und ziehe mich hastig zurück. Ich glaube nicht, dass es mir möglich ist, diesem Kerl physisch den Rücken zuzukehren. Nein, auf keinen Fall.

»Danke, dass du mich gerettet hast, kleines Einhorn.«

Ich schnappe nach Luft. Ich kann nichts dagegen tun. Ich bin in meinem ganzen Leben noch nie *klein* genannt worden. Ich nehme an, für ihn ist jeder klein, verdammt großer Mistkerl.

»Was mich wundert, dass du keine Gegenleistung verlangt hast.«

Ich mache eine Pause. »Nein, natürlich nicht, warum auch ...«

»Ich möchte dir etwas schenken«, unterbricht er mich.

Ich schenke ihm ein schiefes Lächeln. »O nein, nein, nein, nein, danke, schon gut.« Diesmal winke ich mit beiden Händen. Der Dämon tritt über die inaktive Kreidelinie. Mein Herzschlag setzt kurz aus und ich verschlucke fast meine Zunge.

O nein, ich habe mich geirrt! Rückzug! Rückzug!

Wäre es unangebracht, nach Forrest zu rufen? Vielleicht hätte ich ihre Meinung einholen sollen, *bevor* ich den verdammten Dämon rausgelassen habe. Mich von seiner männlichen Schönheit blenden zu lassen, hat meinem Denkprozess nicht geholfen. Ganz und gar nicht. Jetzt kann ich mich anscheinend nicht mehr von ihm wegbewegen. Meine Füße kleben wie magisch am Boden.

Wie verdammt unhöflich.

Ich hebe mein Kinn und weigere mich, mich zu

ducken, trotz des Hauchs von starker Magie, die in der Luft um uns herum widerhallt.

»Du bist so hungrig. Ich spüre, wie sich Unbehagen in dir breitmacht. Lässt er dich absichtlich hungern?« Er legt den Kopf schief und sein Schwanz klatscht auf den Teppich.

Verblüfft blinzle ich. »Nein, er lässt mich nicht hungern. Ich bin an diesen Hunger gewöhnt und weiß, dass er mich nicht umbringt.« *Kümmere dich um deinen eigenen Kram, Dämon,* denke ich.

»Willst du mal probieren?« Er beugt sich auf meine Höhe, neigt den Kopf zur Seite und beobachtet mich schelmisch aus den Augenwinkeln.

»Ähm, nein, nein, danke«, flüstere ich. Wie von selbst fällt mein Blick auf eine pralle, leckere Ader. Ich schlucke die Spucke hinunter, die meinen Mund überflutet, und zwinge mit der Zunge meine oberen Eckzähne zurück in ihre Position. »Ich habe nie ... ich habe noch nie ...« Ich habe noch nie jemandem Blut abgenommen, außer meinem Engel, und dem auch nicht aus seiner Kehle. *Das wäre viel zu intim.* Was denke ich nur? Ich will das Blut dieses Ungeheuers nicht!

Der Dämon streicht sinnlich mit einem Finger über seinen Hals. Sein kurzer schwarzer Fingernagel muss scharf sein, denn kaum streicht er über die Haut, spritzt eine dunkelgrüne Blutperle heraus. Er fängt den Tropfen auf und balanciert ihn perfekt auf der Spitze seines Zeigefingers.

Plötzlich bin ich hungrig. Der Geruch seines Blutes ist überwältigend. Mein Mund ist voller Fangzähne, denn das Blut riecht köstlich. In meinem Kopf schreie ich. *Was zum*

Teufel macht er da? Aber meinem Körper ist es egal. Ich bin ausgehungert.

Er beobachtet mich aufmerksam, während sein blutiger Finger langsam zu meinem Gesicht wandert und vor meinem Mund schwebt. Meine Augen weiten sich, als er seine Hand kippt und der Blutstropfen in Zeitlupe auf meine Lippen rollt und spritzt.

Empört sehe ich ihn an und halte mir den Mund zu. *Was zum Teufel macht er da?* Blut ist heilig. Man verschüttet es nicht einfach so. Es ist verrückt, dass er es für in Ordnung hält, mich vollzubluten. Wer macht denn so was?

Okay, ich weiß, es ist nur ein Tropfen und ich bin ein Vampir und Blut ist mein Ding, aber diese Scheiße ist unhöflich. Das ist so, als würde man jemandem eine Karotte in den Mund stecken und sagen, er sieht hungrig aus.

Ich wünschte, ich könnte mehr als nur den Mund bewegen. Ich muss ihn abwischen, denn meine Lippen kribbeln. Der Drang, sie zu lecken, ist fast übermächtig. Aber ich gebe nicht nach. Ich werde es nicht tun. *Wie kann er es wagen, mir das anzutun? Ich will sein ekliges, verfaultes Blut nicht.* Er grinst. Dämon oder nicht, der Drang, ihm seinen dummen, hübschen Kopf von den Schultern zu reißen, ist stark.

»Na gut, du hübscher Vampir, noch ein Geschenk. Es dauert nur einen Moment.« Definiere einen Moment! Seine massive blaue Hand umklammert meine in einem Griff, der einen blauen Fleck bilden könnte, es aber nicht macht. Seine Haut an meiner fühlt sich angenehm an. O nein. Mein Herz fühlt sich an, als würde es gleich wie ein Alien aus meiner Brust springen.

Hey, Arschloch, lass mich los!

Gut gemacht, Tru! Ich klopfe mir in Gedanken auf die Schulter. *Diesmal hast du es geschafft, ein verdammtes Monster zu retten.*

Er grinst und schiebt mir das Armband – ein Geschenk meines Engelsblutspenders – weiter über den Unterarm. Ich habe das Gefühl, wenn er damit durchkäme, würde er es mir vom Handgelenk reißen. Dann beugt sich der Dämon vor, seine schwarzen Augen mustern mich, und langsam, ganz langsam wandert meine gefangene Hand zu seinem Gesicht.

Oh-oh.

Oh-oh. Wird er an meiner Hand nagen? Es ist nie eine gute Idee, irgendwelche Extremitäten in die Nähe des Mundes eines Unbekannten zu bringen. Ich stoße einen Schmerzenslaut aus. *Auch das habe ich schon erlebt.*

Ist es schon zu spät, seine Magie gerade noch so weit zu bekämpfen, dass ich ihm ins Gesicht schlagen kann?, frage ich mich unbarmherzig. *Nein, Tru, das kannst du nicht.* Der Umgang mit Kreaturen, die stärker sind als du, ist immer eine gefährliche Gratwanderung. Wenn ich ihn schlage, bin ich tot.

Ich kann nicht anders – ich gebe ein würdeloses, ängstliches Krächzen von mir, als mein Handrücken seine Lippen berührt. Knapp über meinen Knöcheln drückt er mir einen Kuss auf. Igitt. Der Dämon *küsst* meine Hand. Das machen nur seltsame Kerle. Hoffentlich sabbert er nicht. Seine Lippen sind ganz weich ... ich schnaufe frustriert. Ich bin kurz davor, mit den Augen zu rollen, während ich versuche, seine weichen Lippen auf meiner Haut nicht zu genießen. Es ist schrecklich. *Nein, das ist es nicht.* Meine Haut ist überempfindlich, oder vielleicht sind es nur seine Berührungen, die sich so anfühlen. Wie dumm ist das denn? Ich versuche, die Magie so weit zu bekämpfen, dass ich meine Hand losreißen kann ... und da kommt der Schmerz.

Die Haut, welche seine Lippen berührt hat, *brennt.* Ich schreie auf. »Was hast du getan?«

Er fährt mit dem Daumen an der Innenseite meines Handgelenks entlang, bringt mich zum Schweigen und bläst sanft auf die ... Wunde? Der Schmerz verschwindet.

»Ein Geschenk. Ein Versprechen. Ich helfe dir, wenn du mich brauchst. Du musst nur dieselbe Stelle küssen, dann finde ich dich, wo immer du auch bist.«

»Warum? Warum solltest du das tun?«

Mit einer letzten Berührung seiner Finger lässt er sowohl meine Hand als auch den Zauber, der mich am Boden festgehalten hat, los. Ich ziehe meine arme, schmerzende Hand näher, um sie zu untersuchen. Ein feuriges rotes Brennen ist in der perfekten Form seiner Lippen zu sehen.

»Du ... du hast meine Hand mit einer Narbe versehen.« *Verdammter Dämon.* »Das ist kein sehr nettes Geschenk.« Ich beiße mir auf die Unterlippe.

Der Dämon grinst. »Da irrst du dich, Tru. Es ist die höchste Ehre, von einem Dämon geküsst zu werden.«

Kapitel Sechs

EIN DÄMONENKUSS. Was in aller Welt ist das? Ich habe absolut keine Ahnung. Ich lecke mir über die Lippen, sein Lächeln wird breiter, umwerfender, und der Dämon gibt dieses tiefe, kehlige Lachen von sich. Das Geräusch kriecht über meine Haut und ich bekomme eine Gänsehaut.

Er scheint plötzlich sehr zufrieden mit sich zu sein.

Unbeholfen senke ich den Blick und konzentriere mich auf meine Hand. Ich vermute, dass es genau das ist, was er gerade zu mir gesagt hat. Er ist ein Dämon und hat meine Hand geküsst, aber darüber kann ich später noch nachdenken, wenn ich weit weg von dieser Situation und diesem *Monster* bin.

»Monster? Das ist ein bisschen unfair.« Die dicken blauen Augenbrauen des Dämons verziehen sich zu einem Stirnrunzeln, und er zieht seine Unterlippe zu einem maskulinen Schmollmund auf die beste Art und Weise vor. Bei jedem anderen würde dieser Ausdruck lächerlich wirken. *Warum finde ich ihn so unwiderstehlich attraktiv?* Ich brauche ein paar Sekunden, um zu begreifen, was er gesagt hat, während ich auf seinen Mund starre, aber als mein langsames Gehirn seine Worte filtert, macht es klick.

Hat er … habe ich … habe ich das laut gesagt? Nein, das kann nicht sein, oder? Kann der Mann Gedanken lesen? Völlig verwirrt starre ich ihn an. Ich dachte, ich hätte mein *Resting Bitchface* im Griff, es sei denn, ich habe meine Mimik nicht unter Kontrolle.

Er kann nur wissen, was ich denke, wenn er tatsächlich jeden Gedanken liest, der mir durch den Kopf geht. Ich schrecke zurück. *So ein Blödsinn.*

Während ich leise ausflippe, beginnt die Luft um ihn herum zu brodeln. Etwas Flüssiges scheint aus seiner Haut zu quellen und sich dann in Stoff zu verwandeln. Wow, das muss das Merkwürdigste sein, was ich je gesehen habe. Jetzt hat er Kleidung an. Ein knackiges weißes Henley-Hemd und schwarze Jeans schmiegen sich an seinen blauen Körper und betonen jede Wölbung seines muskulösen Oberkörpers. Seine breiten Schultern spannen den Stoff, die Konturen seiner Brust- und Armmuskeln sind deutlich zu erkennen. Alles an ihm ist überwältigend männlich.

Ups! Ich lecke mir fast schon wieder die Lippen, als mir gerade noch rechtzeitig einfällt, dass sein Blut noch an meinem Mund klebt. Beinahe wäre es passiert. Der Dämon, der mir die Hand verbrannt hat, bringt mich völlig aus dem Konzept. Aggressiv schrubbe ich mit dem unteren Teil meines Oberteils die Spuren weg. Puh, das war knapp. Ich kann immer noch nicht glauben, dass er mir Blut auf die

Lippen geschmiert hat, und dann kaschiert er seinen Fauxpas, indem er mir ungefragt ein Geschenk macht.

Von wegen Geschenk.

Ich bin froh, dass ich bisher nur einem Dämon begegnet bin, denn verdammt, ich wüsste nicht, was ich tun sollte, wenn ich einem anderen begegnen würde.

Renn! Scheiß auf Höflichkeit!

Der Dämon lächelt über meine Schrubb-Mätzchen und zweifellos auch über meine innere Stimme. *Eins, zwei, drei, Test, Test.* Er grinst so breit, dass seine Zähne blitzen, und mein Herz setzt einen weiteren Schlag aus.

Sein Gesicht ist umwerfend.

Verdammt. Ich schrubbe fester. Ich sollte mir wirklich Sorgen machen, bei diesen messerscharfen Zähnen. Ich weiß, dass ich auch Reißzähne habe, aber seine Zähne sind wirklich grotesk. Ich bin überrascht, dass er sich nicht die Zunge abbeißt.

Schweißperlen rinnen mir über das Gesicht. Im Vergleich zu dem Mann, der vor mir steht, fühle ich mich wie eine verschwitzte Sau und sehe wahrscheinlich auch so aus. Schließlich höre ich auf, mir den Mund zu reiben, und lasse mein Oberteil fallen. Ich kann es kaum erwarten, zu duschen und den Tag zu beenden.

Der Dämon bewegt sich, und bevor ich ausweichen kann, stößt er seinen Finger mitten auf meine Stirn. Ein leises Pochen. *Was jetzt?* Von der Stelle unter seinem Finger geht ein Zauber aus. Ich schlage seine Hand weg und reibe mir mit finsterer Miene heftig die Stirn. Was hat er jetzt getan?

Sein Zauber kitzelt meine Kopfhaut und meine Wangen. Kühle breitet sich aus. Sie rinnt meine Kehle hinunter und prasselt wie Regentropfen auf meine Brust. Ich erschaudere, als es mir den Rücken hinunterläuft. Im ersten Moment fühlt es sich eiskalt auf meiner erhitzten Haut an, aber schon nach wenigen Augenblicken ist der eisige Zauber zweitrangig gegenüber der Tatsache, dass das klebrige, eklige, überhitzte Gefühl verschwunden ist. Was bleibt, ist ein perfektes Gefühl, nicht zu heiß und nicht zu kalt.

Das Goldlöckchen-Prinzip. Wow! Wenn man bedenkt, dass ich mit vierzehn die Schule verlassen habe, weiß ich nicht, woher ich immer diese kleinen unnützen Informationen habe. Mein Gehirn ist immer voll von Fakten, seltsamen, manchmal nützlichen, aber meistens nutzlosem Kauderwelsch. Aber diesmal hat mein Gehirn recht, ich fühle mich wie ein echtes Goldlöckchen, bei dem mein Körper der Brei ist und die perfekte, genau richtige Temperatur gefunden hat.

»Damit du dich immer wohl fühlst«, sagt der Dämon schroff, aber seine schwarzen Augen sind sanft und freundlich.

»Ähm, danke«, sage ich und trete dabei von einem Fuß auf den anderen und verschränke meine Hände. Jetzt fühle ich mich irgendwie schlecht, weil ich seine Hand weggeschlagen habe. Ich bin so verwirrt. Was hat der Typ für ein Problem? Was will er?

Um Himmels willen, ich habe nur eine Kreidelinie angekratzt, und er wirft mit all den guten Sachen nach mir. Er bietet mir Blut und verrückte Handkuss-Magie an, und jetzt, da er mich schwitzen sieht wie eine Nixe im Sägewerk, tippt er mir auf die Stirn, und siehe da ein Zauber, der meine Körpertemperatur kontrolliert.

Niemand gibt etwas umsonst her.

Niemand ist so hilfsbereit, und Dämonen sind erst recht nicht nett. Da stellt sich natürlich die Frage: Was zum Teufel will der Kerl?

»Du bist sehr laut.« Er deutet auf seinen Kopf. »Du schleuderst mir praktisch deine Gedanken entgegen.«

Jepp, der Dämon kann meine Gedanken lesen.

Hoppla.

Ich zucke unbeholfen mit dem ganzen Körper. Was soll ich dazu sagen? *Entschuldigung!* Ich rufe ihm die Entschuldigung zu und er zuckt zusammen. Was soll ich machen? In meinem Kopf geht so viel vor sich. Wenn es ihm nicht gefällt, muss er ja nicht zuhören. *Du musst nicht zuhören. Das sind meine Gedanken.*

Dann zucke ich noch einmal zusammen, während ich mich bemühe, nicht jeden Gedanken zu wiederholen, seit ich diesen Raum betreten habe. Das Springen. Jeden kleinen Gedanken, den ich über ihn hatte. Je mehr ich mich anstrenge, desto mehr tauchen sie wieder in meinem Kopf auf, in strafender, schrecklicher, glorifizierender, nackter Ausführlichkeit.

Scheiß auf mein Leben und seine stählernen Bauch-muskeln. Jetzt, da ich mich unwohl und gedemütigt fühle, räuspere ich mich. »Warum hilfst du mir dann?«

»Weil ich es will.«

Ah, richtig, gut zu wissen.

»Mein Name ist Kleric. Wir sehen uns bald wieder, Tru.«

Wie bitte? Warte, das war's? »Du gehst?« Verblüfft sehe ich zu, wie der Dämon, *Kleric*, einfach weggeht. Er schlendert lässig durch den Raum und dann ist er weg. Er verschwindet.

Meine Ohren rauschen und die künstliche Stille löst sich auf. Erleichtert puste ich meine Wangen auf und bin froh, allein zu sein. Oder? Meine Hand juckt, um mich an das Geschenk zu erinnern, das er mir hinterlassen hat. Ich muss mich verwandeln, um zu heilen. Vielleicht wird meine Einhornmagie es verschwinden lassen. Jedenfalls fühle ich mich erfrischt. Ich zittere ein wenig. Ich fühle mich gar nicht mehr schmutzig. Das ist ein praktischer Trick und seltsam angenehm.

O Gott. Manchmal hasse ich diese Seite von mir, diese weiche, zarte Seite. Sie bringt mich immer in Schwierigkeiten. Er ist ein Monster. Ein Monster, sage ich mir.

Story?

Ja, ich bin hier. Du bist von allem verschwunden. Geht es dir gut?, erwidert sie. Ihre Stimme klingt ein paar Oktaven höher als sonst.

Es tut mir leid, und ja, es geht mir gut. Da war ein Zauber, eine Dämonenfalle, oh, und ein Dämon.

Ein Dämon? Story quiekt. *Ist der Dämon weg?*

Mit einem erleichterten *Ja* bestätige ich das und schaue stirnrunzelnd zurück zur Tür, die in den dunklen Flur führt. Ich eile zur Tür und reiße sie auf. Der Flur ist leer. Wo zum Teufel ist er?

Alles, was wir von unserer Seite gehört haben, war eine Explosion, dann wurdest du zu Boden geworfen, und die Kameras fielen aus. Wir haben nichts mehr von dir gehört oder gesehen. Nicht einmal Ava konnte dich finden.

Ah, das dachte ich mir. Ich werde dir alles erzählen, wenn ich zu Hause bin.

Okay.

Kannst du auf das Live-Video wieder zugreifen?

Ja.

Sobald Story bestätigt, dass die Kameras den Kreidekreis gut gefilmt haben, schlurfe ich mit den Füßen über die Linien, bis alle verschwimmen und nicht mehr zu erkennen sind. Ich kann keinen Mach-mich-sauber-Zauber verwenden, denn der, den ich habe, ist so mächtig, dass er den ganzen Raum und seine Beweise vernichten würde. Damit würde ich die gesamte Jägergilde ärgern.

Der zerrissene Teppich zeigt, dass hier etwas war, aber das ist das Problem eines anderen, denn mein Bauchgefühl sagt mir, dass ich auf keinen Fall zulassen darf, dass jemand anderer die Pläne für die Dämonenfalle in die Hände bekommen darf.

Nach kurzem Suchen auf dem Boden finde ich mein Schwert und meinen Hut. Ich hebe beides auf. Zum Glück hat meine schöne Waffe keinen Schaden genommen.

Ich runzle die Stirn und schnalze mit der Zunge. Mmh. Ich habe so einen angenehmen Geschmack im Mund, den ich nicht einordnen kann. Fast wie die beste Schokolade. Wie seltsam. Ich schüttle den Kopf und flechte mir schnell einen Zopf – ich habe keine Ahnung, wo mein Haarnetz geblieben ist, also stecke ich den schweren Zopf unter den Hut, in der Hoffnung, dass er sich nicht auflöst. Der schwarze Baumwollstoff meines Hutes ist angenehmer, jetzt, da mein Kopf nicht mehr das Gefühl ausstrahlt, gleich in Flammen aufzugehen.

Im Gehen entdecke ich eine weitere Tür. Ich lege den Kopf in den Nacken und bitte den Himmel um Kraft und

Geduld, die Hände in die Hüften gestemmt. Nicht noch ein verdammtes Zimmer. Es muss mit demselben Zauber versteckt worden sein, mit dem der Dämon versteckt worden war. Ich habe es nicht bemerkt, weil Mr Groß-blau-und-muskulös meine ganze Aufmerksamkeit in Anspruch genommen hat.

Mit dem Messer in der Hand drücke ich die Klinke hinunter und schiebe die Tür mit meinem Stiefel auf, während ich Forrest kanalisiere.

Der Geruch nach Ozon lässt meine empfindliche Nase jucken. Aus dem Raum dringt das schwere, magische Summen eines aktiven Schutzwalls.

Der Schutzwall, eine undurchsichtige Kuppel, versperrt mir den Zugang, da sie den ganzen Raum ausfüllt. Vorsichtig steche ich meine Klinge in die Kuppel und stoße auf keinen Widerstand, als die Spitze meines Schwertes verschwindet. Hm. Dieser Schutzwall ist nicht dazu gedacht, Menschen draußen zu halten. Es soll vielmehr verhindern, dass Geräusche und Gerüche nach draußen dringen.

Ich lege meine Handfläche nur Millimeter über die wirbelnde Oberfläche, und die Magie nagt an meiner Hand. Mit einem Wirbel, wie wenn sich die Wolken teilen, löst sich die Undurchsichtigkeit gehorsam auf.

Zum zweiten Mal an diesem Abend kämpft mein Verstand darum, dem, was ich sehe, einen Sinn zu geben. Bunte Fetzen. Jemand hat wahllos bunte Kleidungsstücke aufgetürmt und ... es sieht aus, wie eine optische Täuschung, eines dieser zweideutigen Bilder.

Ich neige den Kopf zur Seite.

Dann sehe ich ihn. Einen zufälligen Schuh. Mein Kopf schnellt zurück, als hätte ich einen Schlag ins Gesicht bekommen. Der Schuh ist leuchtend rot und fällt von einem Fuß. Der Rest des Körpers kommt zum Vorschein. Er liegt eingeklemmt zwischen einem Dutzend anderer Körper.

Keine Kleidungsfetzen. Menschen.

Meine schnellen Atemzüge vernebeln die Kuppel. Sie haben die Menschen in der Krankenstation abgeladen. Jeder Körper liegt auf einem unwürdigen Haufen, als ob es keine Rolle spielen würde, wer er mal im Leben war. Die Magensäure verätzt meine Speiseröhre. Nur viel Schlucken hält sie unten. Etwas tief in mir wimmert und zieht sich zurück, um in einer Ecke verstört zu schaukeln, aber ich kann mir nicht erlauben, diesem Instinkt körperlich nachzugeben.

Mutter Natur, flüstert Story entsetzt.

Ich erlaube meiner inneren Stimme, sich mit dem Zwang eines Vampirs zu mischen, als ich ihr sage: *Sieh nicht hin, Story! Bitte sieh nicht hin!* Sie kann nicht noch mehr Albträume gebrauchen. Ich zwinge mich, hinzusehen, zu zählen, während ich das Grauen in mich aufnehme. Ich muss wissen, womit ich es zu tun habe.

Ich schlucke und verdränge die Schuldgefühle, die mich bis ins Innerste erschüttern. Ich hätte nichts tun können. Das weiß ich logischerweise. Nach dem Zustand ihrer sterblichen Überreste zu urteilen, waren diese Menschen schon lange tot, bevor ich überhaupt von der Existenz dieses Lagers wusste. Es ist nicht meine Schuld. Nein, *es ist ihre.*

Vor meinem geistigen Auge sehe ich die Blutlachen auf

dem Betonboden, und meine Oberlippe zuckt knurrend. Dann bin ich demjenigen, der diese Bastarde im Hauptlager vernichtet hat, und demjenigen, der diese Kinder vor diesem schrecklichen Schicksal bewahrt hat, unendlich dankbar.

Ich muss den Schutzwall durchbrechen und den Kameras erlauben, DNA-Proben von den Leichen zu nehmen, aber ob zu Recht oder zu Unrecht, ich kann es nicht tun. Ich kann es einfach nicht. Es fühlt sich falsch an, frevelhaft. Schweren Herzens wende ich mich ab und schließe die Tür hinter mir, so vorsichtig und ehrfürchtig, wie ich nur kann.

Ich lehne mich mit der Stirn an den Türrahmen. Ich brauche nur einen Augenblick. Mein ganzer Körper sackt zusammen, mein Kopf fühlt sich so schwer an. Das ist der Moment, in dem jeder normale Mensch darüber nachdenken würde, den Beruf zu wechseln. Jeder normale Mensch würde so schnell wie möglich weglaufen, um diesem Übel zu entkommen.

Aber ich kann das nicht.

Schreckliche Dinge wie diese motivieren mich, mich noch mehr anzustrengen. Deshalb habe ich das Erbe meines Adoptivgroßvaters angetreten. Er war ein Fae-Krieger, und von meinem sechsten bis zu meinem siebzehnten Lebensjahr hat er mir alles beigebracht, was er wusste, und in den letzten neun Jahren habe ich meine Fähigkeiten weiter verfeinert. Vielleicht mache ich mir etwas vor, und all das war umsonst. Wenn ich eine böse Kreatur töte, nehmen vielleicht zwei andere ihren Platz ein.

Das verdammte Brennen an meiner Hand pocht, und

dieses seltsame Gefühl gibt mir die Kraft, den Kopf zu heben, denn ich darf nicht zusammenbrechen. Nein. Ich werde nicht die Nerven verlieren. Ich werde die Wut, die ich empfinde, nutzen, um etwas zu bewirken.

Und wenn ich sie alle töten muss.

KAPITEL SIEBEN

AUFGEPASST, Tru, da kommt etwas auf uns zu.
Gleichzeitig mit Storys Warnung schreit Forrest meinen Namen. Ich stürme durch den Raum. *Es tut mir so leid. Ich habe es vermasselt. Was da zu sehen war, hat mich schockiert, und dabei habe ich vergessen, mich auf das Wesentliche zu konzentrieren.*

Hey, keine Sorge, sage ich, während ich die Tür aufreiße. *Tru, pass auf!*

Ein Körper fällt mir entgegen. Kreischend drehe ich mich nach hinten und kann nur um Haaresbreite ausweichen, als eine Klinge an meinem Gesicht vorbei durch die Luft fliegt. Kleine Holzsplitter treffen mich, und die Haut in meinem Gesicht brennt, als das massive Schwert in den Türrahmen kracht.

Der Troll am anderen Ende der Klinge brüllt. Unsere Schwerter klirren, als sie aufeinanderprallen, während ich die Klinge hochreiße, um seinen Rückschwung zu blockieren.

Ich danke dem Schicksal für meine Einhornstärke.

Mit einem Stöhnen und einer schnellen Bewegung aus dem Handgelenk ziehe ich mit der freien Hand einen Eisendolch. Als der Troll die Klinge in Richtung meines Halses schwingt, ducke ich mich unter dem Schlag weg, und mein Dolch findet vorübergehend einen Platz zwischen seinen Rippen. Erstaunen huscht über sein grünes Gesicht. Der riesige Krieger-Troll hat sicher nicht damit gerechnet, dass ich mich wehren oder den Abstand zwischen uns verringern würde.

»Ahh, hat das gekitzelt?«

Ich drehe den Dolch, bis ich seine Lunge treffe, und ein schreckliches Gurgeln lässt mich zusammenzucken. Sein Arm erschlafft und er lässt das Schwert fallen. Mit einem Knurren springe ich auf ihn zu und mit einem geübten Satz und einem eleganten Schwung mit meinem Schwert enthaupte ich ihn. Mit einem nass klingenden Platschen schlägt sein Kopf irgendwo hinter mir auf und sein kopfloser Körper kracht zu Boden.

Ohne zu zögern, hechte ich über seinen Körper in den Flur.

In dem dunklen Gang wartet ein weiterer Troll, welcher so breit wie hoch ist. Na toll. Ich stöhne auf und kann mir gerade noch ein Augenverdrehen verkneifen, als sein Blick auf den Körper seines gefallenen Freundes fällt und er sein Maul aufreißt und brüllt. Mir dröhnen die Ohren, als er mir mit der Rückhand eine verpasst.

Mit einem *Uff* knalle ich gegen die gegenüberliegende Wand. Verflucht noch mal! Ich habe sein Schwert gesucht. Wenigstens sind meine Müdigkeit und mein Hunger verschwunden, durch das Adrenalin, das jetzt durch meinen Körper schießt, und mit einem Ruckeln meines Kiefers stelle ich fest, dass ich zum Glück keine Schmerzen spüre. Ich fühle überhaupt nichts mehr. Hoffentlich setzt meine Vampirheilung ein, bevor es anfängt. Es ist gefährlich, sich zu verwandeln. Selbst wenn es nur Sekunden dauert, kann eine Mikrosekunde in einem Kampf den Tod bedeuten.

Kopfschüttelnd tauche ich wieder auf. Ich stoße mich von der Wand ab und habe gerade noch genug Platz für einen Drehkick. Mein Stiefel landet genau in seinem Gesicht. Der Troll bricht mit blutüberströmtem Gesicht zusammen.

Ich trete wieder und wieder, die Spitze meines Doc-Martens-Stiefels trifft seine Schläfe. Genau die richtige Stelle. Der Troll bleibt reglos liegen. Blaues Blut und Sabber tropfen aus seinem geöffneten Mund, und als ich lausche, merke ich, dass er nicht mehr atmet. Das reicht. Ein scharfes Messer an seiner Kehle beendet den Job.

Langsam schleiche ich den Gang entlang zum Hauptlager. Während ich davonstolziere, lasse ich meine Schultern und beide Handgelenke kreisen.

»Guten Morgen.« Forrests raue Stimme begrüßt mich. Die Wölfin hat sich auf halbe Höhe eines Stahlträgers geschlichen und winkt mir fröhlich zu. »Schön, dass du noch lebst.« Ihre freundlichen Worte bringen mir die Aufmerksamkeit von vier weiteren Trollen ein.

Juhu. Ich seufze innerlich, als sie sich zu mir umdrehen.

Der Blick in ihren Augen lässt mich erschaudern, denn ich habe blaues Trollblut auf der Haut und es tropft von meinen Waffen. Vorhersehbar brüllen sie im Gleichklang eine Herausforderung und greifen als Gruppe an. Ach, du Scheiße!

»Oder vielleicht auch nicht«, murmelt Forrest. »Keine Sorge«, schreit sie. »Ich habe Verstärkung angefordert.«

Verstärkung. Verdammte Scheiße. Jetzt wird es hässlich.

Mit klopfendem Herzen werfe ich meinen Dolch in die Luft, und während er durch die Luft fliegt, greife ich mit meiner nun freien Hand nach einem vorübergehenden Schutz. Ich werfe den Zauber vor meine Füße, aber er wird Sekunden zu spät aktiviert und ich sitze mit den Trollen in der Falle. Nicht gut. Ich greife nach meinem Dolch, schwinge mein Schwert und enthaupte den ersten wütenden Troll mit einem einzigen glatten Hieb. Blut spritzt.

Dem nächsten unglückseligen Troll hacke ich die Hand ab, die Klinge in seinem Griff folgt ihr und schlägt klirrend auf den Betonboden. Heulend bricht der Besitzer der Hand zusammen. Ich schiebe die Waffe zur Seite und stoße meinen Dolch durch seine Kehle.

Ein dunkelgrüner Troll, Nummer drei zu meiner Rechten, schwingt seine massive Doppelklinge. Sie säbelt in einem gefährlichen Bogen durch die Luft. Ich tänzle aus dem Weg und wirble vor einer ausgestreckten Hand herum, als Troll Nummer vier zu meiner Linken versucht, mich zu packen. Ich trete ihm in die Brust und drücke ihn somit an die Schwertspitze des anderen Trolls. Als sie zusammenstoßen, fliegen sie beide. Der dunkelgrüne Troll fällt auf den anderen, dieser schreit auf und rollt sich mit einem schmatzenden Geräusch von der Klinge ab, als er versucht, aufzustehen, bekommt er meinen Dolch durch sein Ohr.

Das ist der Grund, warum ich außerhalb des Trainings keine Nahkämpfe mache. Ich rümpfe die Nase. *Das ist nicht schön.*

Schwer atmend erledige ich den letzten Troll schnell und sauber. Der vorübergehende Schutz gibt mir Zeit, mich umzusehen.

Relativ sicher über mir hängt Forrest an einem Balken mit etwas, das wie eine orange-blaue Nerf-Pistole aussieht. Die Plastikpistole klickt und eine Schaumstoffkugel fliegt vorbei. Ich drehe mich um und sehe, wie es in die Stirn eines Vampirs einschlägt, der sich von hinten anschleichen will.

»Achtung! Vampir fällt!«, brüllt Forrest mit sichtlicher Freude. Der Vampir stöhnt, taumelt und fällt mit dem Gesicht nach unten. Ich kann nicht anders, als ihn anzustarren.

Was für eine verdammte Zauberei ist das denn? Eine Spielzeugpistole, echt jetzt?

Ein Trank, der stark genug ist, meinen Schutzwall außer Gefecht zu setzen, rollt aus der Hand des Vampirs und fällt harmlos zu Boden.

Oh.

»Oh, Forrest, gut gemacht. Das war ein toller Schuss!«, rufe ich.

Um mich herum fallen noch mehr schleichende Kreaturen, die nicht ganz so sorgfältig versteckt worden sind. Betäubt von Forrests Spielzeug.

»Die blauen Kugeln betäuben sie, die roten setzen sie in

Brand und die gelben lassen ihre Köpfe explodieren«, ruft Forrest mir zu.

»Was?«, frage ich mit einem ungläubigen Prusten.

»Nein, nur ein Scherz.« Sie senkt die Stimme und legt den Zeigefinger auf die Lippen. »Ich glaube, Gelb bringt sie zum Pinkeln.« Sie kratzt sich mit der Plastikpistole an der Seite ihres Kopfes. »Um ehrlich zu sein, habe ich nach den ersten zehn Minuten der Waffenbesprechung nicht mehr richtig zugehört.« Sie wirft mir ein strahlendes Lächeln zu und klettert weiter nach oben. »Uiii, das macht so viel Spaß.«

»Ja, Spaß.« Ich lache spöttisch. Dann sehe ich mit großen Augen zu, wie Forrest weiter auf die Vampire einprügelt. Nach einer Weile flackert der vorübergehende Schutz auf und der Zauber verfliegt, aber ich kann mir ein Grinsen nicht verkneifen. Die Wolfswandlerin hat die Vampire in die Flucht geschlagen, und die Fae haben sich in sichere Entfernung von ihrem Schussfeld zurückgezogen. Sie haben keine Ahnung, was sie mit den in Zauberformel getränkten Schaumstoffkugeln anfangen sollen. Kreaturen benutzen keine Waffen. Waffen sind sehr selten und streng reglementiert. Außerdem gibt es diese seltsame Sache mit der Ehre unter Kreaturen, bei der es nur um Blut und Klingen geht. Ganz zu schweigen von den vielen Zauber-sprüchen und fiesen Tränken, die dein Gesicht schmelzen oder dein Inneres nach außen verwandeln können. Wenn du Schuppen oder eine zähe Gargoyle-Haut hast, sind winzige Kugeln ein Witz.

Forrest ist das natürlich scheißegal, genau wie mir. Ich bin Spezialistin für Langstreckenwaffen. Ich bin darauf trainiert, den richtigen Punkt zu treffen. Heute habe ich nichts dabei, schade.

Ich werfe eine weitere provisorische Mauer, gerade als die letzte sich auflöst – es ist, als würde ich einen Stein über einen ekligen flachen See flitschen lassen. Der Boden mit den Pfützen geronnenen Blutes, die ich zuvor sorgfältig gemieden hatte, ist nun unser Schlachtfeld.

Der Schutzwall schließt sich, das Timing ist perfekt. Nur Forrests bewusstlose Vampire sind mit mir drinnen, also nutze ich die Gelegenheit, ihnen mit adrenalingeladenen Schlägen methodisch die Köpfe abzuschlagen.

Wenn ich nicht wüsste, dass diese Mistkerle alles gegeben haben, um mich zu töten, und dass sie Kinder töten, hätte ich vielleicht ein schlechtes Gewissen.

Nachdem ich meine grausame Arbeit getan habe, säubere ich mein Schwert und meine Klinge, während ich darauf warte, dass entweder der letzte Schutzwall versagt oder die Kreaturen mutig genug sind, mit einem Zauber zu beginnen, der gut genug ist, um ihn zu zerstören. In meiner Tasche lodert noch die Schlafgranate, aber wir sind viel zu nah am Geschehen, und ich kann sie verdammt noch mal nicht benutzen.

»Wann hast du dich zum ersten Mal in dein Tier verwandelt? Ich war neun.« Hm? Forrest zupft an einer einzelnen langen rosa Haarsträhne und wickelt sie um die Spitze ihres Fingers, bis sie weiß wird. Sie hat keine Schaumstoffbälle mehr und ist von ihrer Stange gefallen.

Ich zucke zusammen. »Sechs.« Ich lehne mich mit dem Rücken an den Metallträger und spähe auf die andere Seite. Gestaltwandler wandeln sich eigentlich erst mit Anfang zwanzig, nur selten schon früher. Halbwandler – normalerweise halb menschlich – wandeln überhaupt nicht. Nur die Reinrassigen haben das Privileg der Magie.

Ach, und ich. Ich muss natürlich auch anders sein.

»Sechs, wow, das muss eine Trauma-Reaktion gewesen sein. Traumawandlung, bah, es ist scheiße, wir zu sein.« Sie grinst, zeigt ihre nichtmenschlichen Zähne und bewegt ihre krallenbewehrten Finger. Das Haar, das ihren Finger festhält, reißt, die Strähne löst sich und schwebt zu Boden, und ihr freier Finger verfärbt sich, als das Blut zurückfließt.

»Ja. Das ist scheiße.« Ich mag diese Seite von Forrest; nicht so sehr die totäugige, gruselige Forrest. Aber diese Seite von ihr ... ich glaube, ich habe eine neue Freundin gefunden.

Etwas schlägt über meinem Kopf ein, und Forrest springt blitzschnell auf. Sie fängt den murmelgroßen Stein auf, bevor er zersplittert. Mit schief gelegtem Kopf rollt sie ihn zwischen ihren Fingern hin und her. »Oh, das wäre schlimm gewesen«, raunt sie. »Der Schutzwall ist gebrochen.« Mit einer Handbewegung schleudert sie ihn in die Richtung zurück, aus der er gekommen ist. Sekunden später ertönen ein paar markerschütternde Schreie.

Sie grinst, doch das Lächeln vergeht ihr, als sie mich wieder ansieht. »Warum machst du nicht ...?« Sie fuchtelt mit den Händen und reckt ihr Kinn zur Decke. »Geh rauf aufs Dach! Mach dich auf den Weg nach Hause. Ich kann mich um alles kümmern.«

Alles. Sie meint die Dutzende Kreaturen, die immer näher kommen.

»Das ist mein Job«, sagt sie achselzuckend.

»Nein. Auf keinen Fall lasse ich dich allein.«

Ihre Stimme wird leiser, scheinbar verletzlich wippt sie

von einer Seite zur anderen, ihre Hände verschränken sich. »Ich mag dich, Tru. Wenn wir in den nächsten zehn Minuten nicht sterben, lass uns Freunde sein.«

Ich nicke, wir lächeln uns an und geben uns einen improvisierten Faustschlag.

Und dann ... mit einem letzten Aufflackern fällt der Schutzwall in sich zusammen.

Kapitel Acht

Konzentriert lasse ich mich auf den Moment ein und stürze mich wie ein Wirbelwind auf die Gliedmaßen. Anmutig und mordlustig tänzle ich über den eitrigen, blutgetränkten Boden. Die widerliche Flüssigkeit spritzt an meinen Beinen hoch.

Forrest kämpft an meiner Seite und hat sich für ihre Wolfsform entschieden. Sie besteht nur aus Zähnen und Klauen, die – das muss ich zugeben – viel effektiver sind als jede Klinge. Sie bewegt sich wie eine tollwütige Wölfin, duckt sich und bewegt sich so schnell, dass niemand an sie herankommt, und wer es wagt, sich ihr zu nähern, wird schwer bestraft. Unter all dem Blut und den Blutlachen schimmert ihr wunderschönes cremefarbenes und rotes Fell im Morgenlicht, das durch die transparenten Dachpaneele fällt.

Es ist ein Wirbelwind aus Knurren, Metall und Krallen.

Ich verliere Forrest aus den Augen, als sich eine große Vampirin auf mich stürzt. Die anderen Kreaturen springen der Vampirin aus dem Weg, während die beiden Klingen in ihrem Griff die heiße Luft zum Zischen bringen. Sie bewegt sich wie eine Kriegerin. *Wow, sie ist schnell und kontrolliert.* Ich blocke und lasse den ersten Hieb an meinem Schwert abprallen. Ich teste sie. Ich steche mit dem Dolch in meiner linken Hand zu.

Ihre andere Klinge weicht geschickt meinem Schwert aus und kratzt einen brennenden Schnitt in meine Seite. Ich zucke zusammen. Mein nächster Hieb zielt auf ihr Gesicht, doch ich vergrabe die Klinge in ihrem Oberarm. Sie schreit auf. Der Schrei wird noch lauter, als ich das Schwert aus ihrem Oberarm ziehe, wo es sich im Oberarmknochen verankert hat.

Ich hasse das.

Ich drehe den Griff des Schwertes um und schlage ihr mit dem Knauf so fest ich kann auf die Schläfe. Sie fällt zu Boden wie ein Sack Kartoffeln, sinkt auf die Knie und dann mit dem Gesicht nach unten auf den Beton. Ich nehme ihren Kopf.

Ich hasse das wirklich.

Mehrere Sekunden lang kann ich nur nach Luft schnappen. Die Kreaturen um mich herum starren mich an und kommen immer näher. Ich ignoriere ihr angewidertes Gemurmel, eine Mischung aus *Rebellenführer* und *Abscheulichkeit*. Es ist mir egal, was sie von mir denken. Aber tief in meinem Inneren mache ich mir Sorgen, denn ich weiß nicht, woher all diese Energie kommt. Ich sollte erschöpft sein, aber stattdessen fühle ich mich, als hätte ich mich gerade aufgewärmt.

Ein Ork geht mit einer Holzkeule auf mich los. Ja, nachdem der Dämon meine Hand geküsst hat, bin ich plötzlich voller Tatendrang. Selbst nachdem ich das Blut meines Engels getrunken habe, habe ich diese Energie nicht gespürt. Ich bin stark und schnell, und meine träge Vampirseite kommt zum Vorschein, als hätte ich gerade erst gespeist. Ob man es glaubt oder nicht, meine Einhornseite ist normalerweise meine knallharte Seite.

Das kann doch nicht der Tropfen Dämonenblut gewesen sein, oder? Nein, er hat nur meine Lippen berührt.

Aus dem Augenwinkel sehe ich den Feuerschein. Wölfin Forrest scheint zu zaubern, aber ich kann es nicht genau erkennen. Ich ducke mich unter der Keule des Orks hindurch, als sie mich fast am Kopf trifft. Oje, meine Neugierde wird mich noch umbringen. Meine ganze Aufmerksamkeit muss darauf gerichtet sein, am Leben zu bleiben. Ich springe und drehe mich, dabei spritzt mir Blut ins Gesicht und der Ork, der die Keule geschwungen hat, fällt zu Boden. Der Aufprall seines schweren Körpers lässt meine Füße vibrieren.

Mit bluttriefenden Wimpern und zusammengekniffenen Augen blicke ich auf die Kreaturen um mich herum. Etwas regt sich in den Horden, denn es ist, als hätten sie eine stille kollektive Entscheidung getroffen, und plötzlich schwärmen die Kreaturen aus.

Zu viele. Viel zu viele.

Umzingelt wie ich bin, habe ich keinen Platz mehr, um mein blutiges Schwert zu schwingen. Die nutzlose Klinge klirrt vor meinen Füßen, während ich nach einem anderen

Eisenmesser greife. Mit den beiden kürzeren Klingen versuche ich verzweifelt, den Raum zurückzugewinnen, den ich brauche, um meinen Kampf fortzusetzen, doch ich verliere die Hoffnung. Ich blicke auf den goldenen Armreif an meinem Handgelenk. Ich habe Magie, die ich einsetzen kann, aber das wäre eine nukleare Option.

Ich will nicht sterben.

Ich will mich gerade von Story verabschieden, als der Boden so stark bebt, dass ich stolpere. Es ist, als gäbe es plötzlich Erdbeben im Nordwesten Englands, und dann ertönt ein gewaltiges, wütendes *Brüllen.*

Ich falle auf die Knie und halte mir die Ohren zu. O mein Gott, und ich dachte, die Trolle wären böse. Selbst wenn ich mir die Ohren halte, dröhnt mein Kopf vor Schmerz und meine armen Trommelfelle fühlen sich an, als würden sie bei dem schrecklichen Lärm fast platzen. Noch bevor der Schrei verstummt, sehe ich mit Schrecken – wie in einem echten Monsterfilm – ein knirschendes, reißendes und krachendes Gerappel, und die ganze rechte Ecke des Lagerhauses ist einfach ... weg.

Ich sehe das Aufblitzen von massiven Zähnen.

Ein unglücklicher Ork befindet sich im Weg des riesigen Mauls. Zähne knirschen, kauen, und dann wird der breiige Ork zur Seite gespuckt.

Igitt.

Forrest, immer noch in Wolfsgestalt, sackt hechelnd gegen mein Bein. Die Horde rennt in Panik um uns herum wie Ratten vor der Flut. Einer der Orks schreit im Vorbeirennen den lautesten Mädchenschrei, den ich je gehört habe, und ich kann es ihm nicht verübeln. Alle rennen um ihr Leben zum Ausgang.

Es regnet Trümmer vom kaputten Dach. Die Morgensonne scheint fröhlich durch das nun riesige Loch, und das ganze Lagerhaus knarrt bedrohlich von der Verwüstung. Ein riesiges, von silbernen Schuppen umrahmtes Nasenloch blockiert das Sonnenlicht. Kleine Haarsträhnen, die nicht von meinem Hut zurückgehalten werden, wehen im künstlichen Wind, welcher entsteht, wenn das Ungetüm beim Einatmen die Umgebungsluft gewaltsam in seinen höhlenartigen Rachen saugt.

Der Drache schnaubt etwas, das ich nur als zufriedenes Geräusch beschreiben kann, als seine Nase bestätigt, dass wir tatsächlich hier sind. Ein silbernes Auge mit senkrechter Pupille nimmt den Platz des Nasenlochs ein, das dritte Augenlid zieht sich von einer Seite zur anderen über das Auge und blinzelt uns zu.

Oje, unsere Verstärkung ist da.

Ich schüttle den Kopf über das Chaos, das er angerichtet hat, aber ich bin so dankbar für seine rechtzeitige Rettung. Forrest kläfft und trottet schwanzwedelnd auf den riesigen silbernen *Drachen* zu. Eine riesige, schuppige, krallenbewehrte Vorderpfote – oder was auch immer es ist – kracht in das Lagerhaus. Das Gebäude stürzt um die silberne Pranke herum noch ein wenig mehr ein, während der Drache zu meiner Belustigung ein paar unglückliche Kreaturen aus dem Weg fegt, während er Forrest sanft aufhebt.

Ich schaue ihm durch seine Drachenfinger in die Augen, hebe den Daumen und nicke. »Danke«, rufe ich und winke ihnen zu. »Ich mach das schon.«

Wow, das war knapp, sagt Story leise.

Zu knapp, murmle ich. *Für einen Moment dachte ich, ich wäre erledigt.*

Ich weiß nicht. Ich habe dich noch nie so kämpfen sehen. Wusstest du, dass diese Vampirin über tausend bestätigte Kills hatte und als unschlagbar galt? Du hast ihr in weniger als zwei Minuten den Kopf abgerissen.

Ich ächze und raffe mich auf. Ich schlendere auf das Loch zu, das der Drache geschaffen hat, dann lege ich meine Messer weg und hebe mein Schwert vom blutverschmierten Boden auf. Gerade noch rechtzeitig sehe ich, wie der silberne Drache – er glänzt wie eine Discokugel aus den Siebzigern – elegant in die Luft springt, gefolgt von einem kräftigen Flügelschlag. Eine Wolke aus Staub und Geröll weht mir entgegen. Ich hebe den Arm, um meine Augen zu schützen, und halte den Atem an. Als sich der Staub gelegt hat, hebe ich den Kopf. Jetzt sind sie nur noch Punkte am Himmel. Ich schaue ihnen nach, bis sie verschwunden sind.

Das war ein verdammt guter Abgang.

Das *klappernde* Geräusch mehrerer Autotüren, die sich öffnen und schließen, erregt meine Aufmerksamkeit. *Sieht aus, als hätte der Drache Verstärkung vom Boden mitgebracht.* Männer in schwarzen Kampfanzügen, die meinem ziemlich ähnlich sind, kommen in Fächerformation auf mich zu. Ihr vorsichtiges, bewaffnetes Auftreten ist etwas seltsam für eine Rettungsaktion.

Einige von ihnen sind beim Großen Rat der Kreaturen angestellt, und der Gesichtserkennung zufolge arbeiten einige von ihnen für die Jägergilde.

Ah. Okay. Ich halte meine Hände und meine Waffe so,

dass sie sie sehen können, und meine Haltung ist entspannt, obwohl ich alles andere als entspannt bin.

»Tru«, sagt eine vertraute Stimme aus dem Hintergrund der bedrohlichen Gruppe. Schmetterlinge explodieren vor Freude in meinem Bauch und ich atme erleichtert auf.

Oh, wer hätte das gedacht, es ist der vermisste Blutspender höchstpersönlich, sagt Story.

Story. Ich knurre eine Warnung, und als Antwort summt sie in meinem Kopf.

Niemand ist perfekt. Ich weiß, dass ich nur mir selbst die Schuld geben kann. Vor ein paar Jahren hat sie ihn den *Blutspender* genannt, und ich habe sie nicht korrigiert. Es ist keine abschätzige Bezeichnung, aber er hat etwas Besseres verdient, auch *von mir.*

Seine Bewegungen sind anmutig und fließend. Er rennt nicht, sondern er gleitet über den Parkplatz auf mich zu, bekleidet mit einer Kampfhose und einem langärmeligen Thermoshirt. Das Oberteil schmiegt sich an seinen Körper und zeigt, wie durchtrainiert er ist. Gierig mustere ich seine Gesichtszüge. Zwei Meter zehn groß. Kurzes dunkles Haar, warmer Teint, schöne honiggoldene Augen, breite Stirn, hohe Wangenknochen, elegante Nase und ein kräftiges Kinn. Das sind die Merkmale der Vollkommenheit. Das schönste Gesicht.

Mein Engel. »Xander«, flüstere ich.

Ohne mich umzusehen, lege ich mein unbenutztes Schwert beiseite. Jetzt, da ich ihn hier sehe, weiß ich, dass alles gut wird. Ich bin in Sicherheit. Ich atme tief durch, als er vor mir steht. Sein Duft, ein intensiver Hauch von

Metall, vermischt mit Sonnenlicht berührt meine Sinne und seine Engelsmagie tanzt angenehm auf meiner Haut.

Ich habe das Gefühl, *nach Hause* zu kommen.

Gott, wie habe ich ihn vermisst.

»Hallo«, sage ich und grinse ihn verschmitzt an. Ich grinse so breit, dass mir die Wangen wehtun. Verdammt, ich spüre, wie ich rot werde. Meine Finger zittern an meinen Seiten, weil ich den unwiderstehlichen Drang verspüre, meine Hand auszustrecken und ihn zu berühren. Ich habe ihn seit Monaten nicht gesehen und meine Seele schmerzt, denn ich wünschte, ich könnte ihn einfach wie ein normaler Mensch umarmen.

Ich glaube, das würde den stoischen Engel demütigen.

»Was hast du getan?«, knurrt er.

Mein Lächeln verschwindet und ich runzle die Stirn, weil ich seine Frage nicht verstehe. Er schaut mich an, als wäre ich eine Fremde.

»Was?«, frage ich verwirrt.

Seine Augen bekommen einen harten, strengen Glanz und mit einer eleganten Hand deutet er hinter mich. Ich drehe den Kopf und folge seinem Finger.

O ja, Scheiße. Am liebsten würde ich mir gegen die Stirn schlagen. Natürlich sehe ich jetzt, was er meint. Die Lagerhalle sieht aus, als hätte ich sie zerbombt.

Staub wirbelt durch die Luft, verstreute Leichen liegen da, wo sie gefallen sind, mit abgehackten und abgerissenen Gliedmaßen. Auch der zerkaute und ausgespuckte Ork bietet einen grausigen Anblick, direkt vor dem aufgerissenen Loch in der Seite des Gebäudes.

Und dann bin da noch ich, völlig unversehrt und mit

Staub und dem Blut anderer Kreaturen bedeckt. Ein Schauer läuft mir warnend über den Rücken.

Ich schlucke. »Ja, also ... was das betrifft.«

Kapitel Neun

Ein gutes Dutzend Männer drängt sich an uns vorbei durch das Loch, das der Drache in die Lagerhalle gerissen hat. Verflixt, lieber die als ich, bei dem knarrenden Zustand des Gebäudes. Wenn ich es verhindern kann, will ich nicht mehr hinein.

Neben mir spuckt mein Engel vor Wut. Verachtung strömt aus ihm heraus, und seine Magie bricht wie ein Sturm über mich herein. Ich spüre, wie die Wut aus seinen Poren dringt, und öffne den Mund, um etwas zu erklären, doch er starrt mich an.

Ups. Entsprechend eingeschüchtert schließe ich den Mund.

Unbeholfen reibe ich mir das zerknirschte Gesicht und stehe stumm da, den Blick auf den Boden gerichtet, während er seinen Männern ins Innere folgt.

Dieser manchmal kalte, aber moralisch so starke Engel verwirrt mich. Ich verstehe, warum er so wütend ist, aber man sollte meinen, dass ein kleiner, winziger Teil von ihm erleichtert ist, dass es mir gut geht. Bei all den Leichen und dem zerfledderten Ork, die hier herumliegen.

Ich lebe! Juhu? Glaubt er, ich hätte nur zum Spaß mit den Kreaturen da drin gekämpft?

Ich habe ihn schon oft frustriert und wütend gesehen, aber so zornig habe ich ihn noch nie erlebt. Es ist ja nicht so, dass ich ständig irgendwie Mist baue. Seit ich aus dem Teenageralter raus bin, muss er nicht mehr hinter mir aufräumen. Aber allein seine Anwesenheit und seine rasende Wut machen mir ein schlechtes Gewissen.

Das Lager knarrt und ich schaue zum Dach hinauf. *Ich wünschte, er käme einfach da raus.* Vielleicht könnte ich ihm beim Frühstück erzählen, was passiert ist. Eine Tasse Tee wäre schön. Ich verkrampfe meine Hände.

Oh-oh. Ich freue mich nicht darauf, ihm von meiner Rolle in diesem Schlamassel zu erzählen. Nicht, dass ich etwas falsch gemacht hätte. Abgesehen davon, dass ich vielleicht einen Dämon befreit und die Beweise für die Dämonenfalle ohne Erlaubnis von oben vernichtet habe, aber ansonsten habe ich alles nach Vorschrift gemacht.

Ich hasse es, dass er sauer ist. Was soll ich dazu sagen? Wir haben eine turbulente Beziehung.

Das Gute ist, dass eine der Kräfte meines Engels ihn befähigt, die Wahrheit von einer Lüge zu unterscheiden, sodass sich der ganze Unsinn schnell aufklären sollte.

Als ich ein Teenager war, haben sie ihn zu meinem Beschützer gemacht – ich ziehe das Kinn ein und halte den Kopf gesenkt, damit weder Xander noch sonst jemand mich lächeln sieht. Ich darf nicht noch mehr Feindseligkeit hervorrufen, und genau das wird passieren, wenn ich in dieser Situation beim Grinsen erwischt werde.

Während seiner Vormundschaft hat er mir sein superstarkes Engelsblut gegeben und mir das Leben gerettet. Und natürlich habe ich mich als Siebzehnjährige Hals über Kopf in ihn verliebt. Ich hebe meinen Blick und schaue ihn heimlich an, während er die verstreuten Leichen untersucht. Ich meine, er ist ein alter, *superheißer* Engel. Wie kann man ihn nicht lieben? Dann war da dieser Zauber, und ich hatte starke Visionen von unserer gemeinsamen Zukunft. Diese Zukunftsblitze. Wow! Sie waren wirklich schön. Wenn ich nicht schon in ihn verliebt gewesen wäre, hätten mich die Visionen umgehauen. Mein Gott, ich liebe ihn von ganzem Herzen. Xander ist mein Ein und Alles.

Jetzt sind neun Jahre vergangen, und ich kann mich nicht entscheiden, ob das alles nur Wunschdenken war. Die Visionen. Ich schüttle den Kopf. Jetzt weiß ich nicht mehr, ob ich sie mir über die Jahre nicht nur ausgemalt habe.

Während die Zeit vergeht und ich darauf warte, dass unser episches gemeinsames Leben beginnt, vergehen die Tage, die Monate, die Jahre und ... und ich warte immer noch.

Ich komme mir vor wie eine totale Idiotin. Aber ich kann nicht aufgeben, was ich gesehen habe. Ich kann ihn nicht aufgeben. Uns.

Es ist nicht das erste Mal, dass ich darüber nachdenke: Ist es wahrscheinlicher, dass das Wissen um die Zukunft die Ereignisse begünstigt oder das Wissen um die Zukunft die Dinge unwiderruflich verändert? Was, wenn meine Reaktion auf die Dinge alles durcheinandergebracht hat? Was, wenn mein Wissen dazu geführt hat, dass ich alles ruiniert habe?

Ja, das ist ein echter Denkanstoß.

Unter meinen Wimpern hindurch schaue ich ihn wieder an, und die allgegenwärtigen verliebten Schmetterlinge in meinem Bauch toben. Ich habe nie Spielchen gespielt, war nie schüchtern, nicht bei ihm. Ich bin immer offen und ehrlich mit meinen Gefühlen umgegangen. Nun, ich habe ihm nicht gesagt, dass ich ihn liebe, denn das wäre ... na ja, ein verdammter Albtraum. Aber er weiß, dass ich ihn mag. Er weiß, dass ich ihn sehr mag.

Ehrlich in Bezug auf Gefühle, aber nicht in Bezug auf ihre Rolle als Auftragsmörderin. Oh. *Abgesehen von der Arbeit,* korrigiere ich mich selbst, indem ich die beschissenen Gedanken in den Hintergrund dränge. Ich war immer aufrichtig, auch wenn es meiner psychischen Gesundheit geschadet hat.

Auch wenn er mich immer wieder zurückgewiesen hat. Es tat weh, aber ich verstand es.

Ein Wandler schleicht durch das Lagerhaus zu meinem Engel. Er flüstert ihm etwas ins Ohr und zieht Xander dann weg. Sie gehen weiter in das Gebäude hinein. *Oh, bitte brich nicht ein.* Ich kaue auf meiner Lippe, während mein Blick wieder auf das instabile Dach fällt.

Er kann nichts dafür, dass wir nie auf einer Wellenlänge waren. Verdammt, wir sind nicht ansatzweise auf einer Wellenlänge. Damals, mit siebzehn, war ich viel zu jung. Jetzt bin ich sechsundzwanzig ... ich ziehe die Luft durch die Nase ein und zupfe an dem goldenen Armband an meinem Handgelenk. Ich bin immer noch zu jung im Vergleich zu einem Wesen, das Tausende und Abertausende von Jahren gelebt hat. Sechsundzwanzig Jahre sind ein Wimpernschlag. *Ich habe Konservendosen, die älter sind als du,* hat Xander einmal gesagt.

Ja, ich habe mich in einen tollen Mann verliebt, der mich meidet wie eine ansteckende Krankheit. Ich schätze, man kann jemanden mit allem lieben, was man hat, aber es gibt keine in Stein gemeißelten Regeln, die besagen, dass er genauso empfinden muss. Es gibt keine Regel, die besagt, dass er dich auch lieben muss.

Und unerwiderte Liebe?

Ich lache schmerzerfüllt. Ja, die ist ein echtes Miststück.

Sie tut weh. Mein Gott, wie weh sie tut. Vor allem, wenn ich mit offenen Händen um sein Blut betteln muss. Oh, er ist so nett und sehr verständnisvoll. Seine goldenen Augen sehen mich mitleidig an, als wäre ich eine bedürftige Süchtige auf der Suche nach dem nächsten Kick.

Es ist eine verkorkste Achterbahnfahrt, aus der ich nicht aussteigen kann und will.

Ich liebe ihn und ... und er zerstört meine Seele.

Deshalb hasst Story ihn. Sie sieht alles – wie wir uns kennengelernt haben, was danach passiert ist und wie ich mich mit ihm fühle. Ich schabe mit dem Stiefel über das Pflaster. Es ist nicht seine Schuld, dass er mich nicht auch liebt.

Noch nicht.

Er liebt mich *noch* nicht.

Nach fünfzehn Minuten unangenehmen Schweigens und dem Versuch, in meinem Kopf zu überlegen, was ich sagen soll, taucht mein Engel wieder auf. Mein Herz schlägt schneller und ich richte mich auf. Seine goldenen Augen sind auf mich gerichtet, während er geschmeidig durch das Lager schlendert.

Okay, jetzt kommt der schwierige Teil.

Ich muss ihm erzählen, was passiert ist und warum ich hier bin. Ich werde ihm von meinen sieben Jahren als Auftragsmörderin erzählen müssen. Ah, nein. Er denkt, ich arbeite in einem Café, was auch der Fall ist. Ich arbeite etwa acht Stunden pro Woche als Tarnung dort. Mein Engel weiß nicht, dass ich als Killerin gearbeitet habe, und ich konnte es ihm auch nicht sagen. Aber jetzt, nachdem ich auf frischer Tat ertappt wurde, muss ich es ihm sagen. Ich hoffe, er ist nicht böse.

Während er die Lücke zwischen uns schließt, bereite ich mich darauf vor, einen vollständigen Lagebericht zu geben. Ich beschließe, ganz am Anfang zu beginnen, aber bevor ich ein einziges Wort sagen kann, verliert Xander seinen Verstand.

Der rauchig-weiße Zauber meines Engels mit den kleinen goldenen Flocken steigt auf und legt sich um meine Arme. Die Magie packt mich wie unsichtbare Hände und drückt die weiche Haut an der Unterseite zusammen, während sie mich heftig gegen die Seite des Gebäudes stößt. Mein Rücken prallt krachend gegen die Metallverkleidung und ein gezacktes, von einem Drachen zerkautes Stück Metall gräbt sich unangenehm in meine Wirbelsäule.

»Autsch«, quieke ich.

Autsch. Ich weiß, die ganze Sache mit den zerstückelten Kreaturen in einer Lagerhalle und mir ist nicht gut. Aber was zum Teufel ist das? Mein Engel ist mehr als wütend – er ist außer sich vor Wut. So wütend, dass er die Kontrolle über seine Magie verloren hat. Ich schaue auf zum Himmel, um einen verirrten Blitz zu sehen, den er losschickt, um mich zu zerschmettern.

Wenn er mir nur die Chance gäbe, es zu erklären ... *Er ist kein schlechter Mensch,* erinnere ich mich. Er versteht es nur nicht.

Während seine Magie weiter auf mich einwirkt, kommt er näher und drückt mich immer mehr mit seinem großen Körper gegen die Wand. Ich habe ernsthafte Probleme mit dieser Situation, und ich habe noch nie erlebt, dass er sich so verhält, nicht mir gegenüber. Er war nie eine Bedrohung für mich.

Er ist mein Engel.

Erschrocken starre ich in seine wunderschönen honigfarbenen Augen. Meine Lippen zittern und ich presse sie zusammen, während ich mir verbiete, auch nur eine Träne zu vergießen.

»Xander, bitte hör auf! Du tust mir weh.«

»Erzähl mir von dem Engel!«

»Engel?«, krächze ich. Meine Kehle ist wie zugeschnürt und meine Brust schmerzt. »Welcher Engel?« Sobald die Worte meinen Mund verlassen, weiß ich sofort, dass es das Falsche ist, denn seine Magie schüttelt mich. Meine Zähne klappern und mein Kopf schlägt mit einem ohrenbetäubenden Geräusch gegen die Wand.

Die Realität der Situation hämmert auf mich ein. Er kann so wütend sein, wie er will, aber das gibt ihm nicht das Recht, mich zu misshandeln. Es ist, als würde ein Schalter in mir umgelegt. »Nimm deinen verdammten Zauber von mir!«, knurre ich.

Er verengt die Augen und ich starre ihn direkt an.

»Du tust mir weh«, sage ich wieder, diesmal mit einem

schmerzhaften Stöhnen. Langsam löst er seinen Zauber. Er löst seinen verhängnisvollen Griff um meine Arme, doch mein Engel rührt sich nicht. »Was zum Teufel ist los mit dir? Reiß dich zusammen!« Seine kalten Augen starren mich an, während ich mir die schmerzenden Arme reibe, und ich schlurfe zur Seite, weg von dem durchbohrten, beschädigten Teil des Gebäudes. »Idiot«, murmle ich leise.

Zwei Männer – Wandler – rechts von uns nähern sich und blockieren jede Flucht. Ich spanne mich an, mein Rücken schmerzt, und es fühlt sich an, als hätte ich ein Stück Metall da hinten.

Na toll.

Wer zum Teufel ist diese Person, die vor mir steht? Bestimmt nicht der Mann, den ich neun Jahre lang geliebt habe. Ich fühle mich verletzt, verwirrt und plötzlich so erschöpft. Es war eine so lange Nacht. Ich lasse mich mit dem Rücken an das Gebäude sinken. Als ich mich wieder an das geriffelte Metall lehne, ignoriere ich die Wunde auf meinem Rücken, obwohl sie brennt. Ich reibe mir die Stirn und drücke den Daumen in die pochende Furche zwischen meinen Augen.

Ich kann nicht sprechen. Wenn ich jetzt den Mund aufmache, würde ich schreien.

Meine Zunge schnalzt gegen meine Zähne, und mir fällt alles aus meinem Gesicht. Außerdem habe ich kaum Sauerstoff in den Lungen, weil ich immer noch nach Luft ringe. Ich kann nicht glauben, dass er mir das angetan hat.

Denk nach!

Geht es um mich oder um seinen vermissten Engel? Das ist doch das Problem, oder? Er hat mich nach einem Engel gefragt. Wichtiger noch, welchen? Wer hat Lügen gesponnen, und dabei mit dem Finger auf mich gezeigt? Mein Engel würde nicht den Verstand verlieren, wenn er nicht konkrete Beweise für meine Schuld hätte. Und zwar schriftlich, denn ich bin mir sicher, dass es nur eine Handvoll Leute gibt, die mächtig genug sind, ihm ins Gesicht zu lügen.

Der verfaulte Käfer in seinem Ohr hat sein Gehirn vernebelt. Er hat den Verstand verloren. Aber vielleicht liegt es auch an mir? Hat mein Gehirn letzte Nacht irgendwann versagt, und ich habe ein ganzes Gespräch verpasst?

Du siehst doch, was ich sehe, oder? Stimmt's?, frage ich Story.

Ja. Hat er dir ... Ich bringe ihn um, stottert Story empört. Ich muss sie nicht sehen, um zu wissen, dass ihr Gesicht ganz rot ist und sie in dramatischer Peter-Pan-Pose vor dem Beobachtungsschirm steht, die Hände in die Hüften gestemmt. *Er ... hat ... dich ... verletzt.* Sie spuckt jedes Wort mit kaum unterdrückter Wut aus. *Mutter Natur, ich hasse ihn. Ich hasse ihn so verdammt sehr.*

Es ist also echt, und ich werde nicht verrückt. Es ist wirklich passiert ...

Engel. Es war kein Engel bei den entführten Kindern oder den Verdampften, oder?

Nein, Ava schaut nach, ob es Online-Chats gibt. Du musst sofort nach Hause kommen.

Ich schlucke und bereite mich auf eine weitere heftige Reaktion vor, als ich noch einmal frage: »Welcher Engel? Von wem redest du?« Zum Glück versucht er es nicht noch einmal. Ich bin nicht gewillt, hier wie ein Spießer zu stehen und es hinzunehmen, wenn er auf mir herumhackt. »Xander, alles in Ordnung?«, flüstere ich. Besorgt sehe ich ihn an.

»Was machst du hier?«, fragt er, ignoriert meine Frage und scheint die Richtung zu wechseln. Aus seinem Gesichtsausdruck kann ich nichts ablesen. Er ist so kalt, als wäre er ein Fremder.

»Ich bin eine Auftragsmörderin«, sage ich zu ihm.

»Lüg mich nicht an, Tru! Du bist keine Auftragsmörderin.« Mein Engel lacht verächtlich.

»Du weißt, dass ich nicht lüge. Ich mache das schon seit ein paar Jahren.«

»Du bist offensichtlich kein Kind mehr.« Mit einem enttäuschten Zucken der Lippen schüttelt er den Kopf. »Was ist nur aus dem süßen Mädchen geworden?« Dann senkt Xander seine Stimme und spricht langsam, jedes Wort langgezogen, als wolle er es in meinen Kopf hämmern. »Du arbeitest in einem Café. Du hast Wahnvorstellungen und bist labil, und diesmal bist du zu weit gegangen. Ich kann dich nicht mehr beschützen.«

»Wovor kannst du mich nicht beschützen?« Jetzt bin ich an der Reihe. Hört er sich selbst nicht? Ich kann mich selbst schützen. Danke, sowohl körperlich als auch beruflich. Ich brauche und will seine Hilfe nicht. Schon gar nicht, wenn er so ist.

Zugegeben, ich habe ihm nicht gesagt, dass ich eine Auftragsmörderin bin, mein Fehler, aber Geheimhaltung gehört zum Job. Geheimoperationen sind eine große Sache.

Xander sieht zu, wie sich das zarte Armband an meinem Handgelenk dreht, während ich daran herumfummle – an dem Armband, das er mir geschenkt hat. Sein

Mund verzieht sich vor Ekel, als ob ihn der Anblick, der Blick auf mich, abstößt.

Die schönen Linien in seinem Gesicht sind hart, schärfer als eine Klinge, und er kräuselt seine Lippen über den Zähnen bei jedem giftigen Wort, das er ausspricht. »Du bist eine Serienmörderin. Eine Psychopathin«, faucht er.

Mein Kopf zuckt zurück, als hätte ich einen Schlag abbekommen, und ich stolpere einen Schritt zurück. Wovon zum Teufel redet er?

»Was?«, frage ich entsetzt.

Kapitel Zehn

Eine Serienmörderin und eine Psychopathin, sehr schön. Ich lache leise vor mich hin und reibe mir die Arme. Selbst in der Morgensonne ist mir kalt und ein bisschen übel. Ja, er soll aufhören, mich zu beschimpfen, denn es fällt mir immer schwerer, diese Scheiße zu ignorieren. Die ganze Ungerechtigkeit dieser Situation würde einen unbedarften Menschen in den Wahnsinn treiben.

Nein, komm schon, Tru! Er weiß nicht, wovon er redet. Das ist alles nur ein schreckliches Missverständnis, über das wir in ein paar Jahren lachen werden.

Stimmt's?

Xander neigt dazu, ein wenig hitzköpfig zu sein, und er hat offensichtlich eine Menge zu tun. Ich öffne den Mund, um ihn anzuflehen, mir zuzuhören... dann übermannt mich mein Stolz und ich schließe das dumme Ding wieder.

Flehe ihn an!

Echt jetzt Tru? Betteln?

Ich lege den Kopf zur Seite und schaue ihn an, die Brust geschwollen wie ein stolzer Hahn. Ich kneife die Augen zusammen. Wo war er, als Forrest und ich in ein Gebäude gestürmt sind, um Kinder zu retten? Eingekuschelt im Bett? Und jetzt kommt er hierher mit seinen tollen Männern und seinen Fehlinformationen, wirft sein Gewicht in die Waagschale, ohne mir die geringste Höflichkeit zu erweisen, ohne mir die Chance zu geben, etwas zu erklären. Und wenn ich es versuche, beschimpft er mich als Lügnerin und was ihm sonst noch so einfällt.

Trotzdem, ich wollte betteln.

So eine Scheiße.

Was zum Teufel stimmt nicht mit mir? Es ist ein schmaler Grat, ob man jemandem eine Chance gibt oder ob man zum Fußabtreter wird. Meine Brust brennt und meine Unterlippe zittert. Das letzte Mal, als ich jemanden angefleht habe, war ich ein Kind und wurde von zu Hause rausgeworfen. Mein Nicht-Onkel hat mich obdachlos werden lassen.

»Erzähl mir von den Leuten, die du hast ausbluten lassen«, unterbricht er das lange Schweigen.

»Bist du auf Drogen?«, krächze ich, es fühlt sich an, als wenn meine Kehle zugeschnürt ist. Ich räuspere mich, um das enge Gefühl zu vertreiben, aber ein hartnäckiger Kloß will nicht verschwinden. »Die Leute, die ich habe ausbluten lassen. Ich?« Ich deute auf meine Brust. Macht er jetzt Witze? Wenn die ganze Situation nicht so beschissen wäre, würde ich mich totlachen. Abgesehen von seinem hasse ich es, Blut zu trinken. Warum in aller Welt sollte ich jemanden ausbluten lassen? »Und du sagst, ich sei gestört.«

Jetzt ist er an der Reihe und reibt sich das Gesicht, als hätte auch er eine lange Nacht hinter sich. Buhuhu. »Spiel keine Spielchen, Tru!« Er lässt die Hand sinken, schüttelt den Kopf und spricht wieder in demselben langsamen Ton wie vorhin, als wäre mein Gehirn nicht in der Lage, den Sinn seiner Worte zu verstehen, ohne dass er sie ach so hilfreich verdummt. »Die Leute hinter dem Schutzwall. Warum hast du sie getötet?«

Was? Ich kneife die Augen zusammen, als meine Gedanken zum Lagerhaus zurückkehren. Die provisorischen Schutzwälle, die ich während des Kampfes benutzt habe, sind zerbröckelt. Welche Schutzwälle ... oh, es sei denn, er meint die aus dem furchtbaren Raum, mit dem Haufen aus Leichen und der Frau mit dem roten Schuh.

So ein Mist. Hätte ich nicht schon an der Wand gelehnt, wäre ich jetzt gestolpert.

»Ich? Ich ...« Meine Stimme versagt vor Schreck. Ich weiß nicht, was ich antworten soll. »Du glaubst, ich war es?« Abscheu überwältigt mich fast. »Wirklich, Xander? Glaubst du wirklich, dass ich zu so etwas fähig bin? Ich habe dir doch gesagt, dass ich eine Auftragsm...«

»Warum lügst du mich an?«, unterbricht er mich, und ich stöhne angesichts des Giftes in seiner Stimme auf.

»Ich lüge nicht!«, schreie ich und errege die Aufmerksamkeit einiger seiner Männer, die immer noch das Lager durchwühlen.

Sofort beruhigt er sich. Sein Tonfall wechselt ins Schmeichlerische. »Okay, eine einfachere Frage. Warum hast du deine Komplizen umgebracht?«

Oh, jetzt geht's aber los.

Ich lache spöttisch und kann mir ein Augenrollen nicht verkneifen. »Meine Komplizen? Du glaubst, ich war mit diesen Typen im Geschäft?« Ich nicke dem schleimigen Ork zu. »Ja. Ich habe den Kerl umgebracht, weil ich ihn nicht bezahlen wollte. Du weißt schon, den Zerfressenen da drüben.« Sarkastisch strecke ich meine Handgelenke aus, schlage sie zusammen und erkläre mit fragwürdigem Londoner Akzent: »Du hast mich erwischt.« Ich lasse die Hände sinken. »Ich bin vielleicht ein Großmaul, aber das ist nicht meine Liga. Xander, komm schon! Selbst von hier kann meine Nase den Drachensabber riechen. Das ergibt doch keinen Sinn.« Ich tippe mir an die Schläfe, für den Fall, dass die Leute um uns herum nichts von seiner Gabe wissen. »Du weißt es. Du weißt, ich lüge dich nicht an. Okay, okay. Wenn du mich nicht richtig verstehst, ist das in Ordnung, aber du musst wissen, dass der Drache nichts Dubioses tut, und ich bin hier, um ein paar verschwundene Kinder zu retten. Gegen diese toten Kreaturen, von denen du behauptest, sie seien meine Komplizen, liegt ein Tötungsbefehl vor ...«

»Lügnerin!«, schreit er. Der Speichel von ihm prasselt auf meine Wange, als Xander sich wie ein Wahnsinniger auf mich stürzt und seine Hände über meinem Kopf zusammenschlägt. Ich schrecke zurück. Das Echo seiner Hände auf dem Metall vibriert in meinem Rücken und dröhnt in meinen Ohren.

Sekunden vergehen, während wir uns anstarren.

Seine goldenen Augen leuchten.

Ich bin ein Mädchen, das nur einen Schlag braucht, um angewidert von seinem gegenüber zu sein, und er ist kurz davor, seinen dritten zu machen. Mein ganzer Körper fühlt sich warm an – aber nicht auf die schweißtreibende Art, dank des Dämonenzaubers. Ich glaube, ich habe mich in meinem ganzen Leben noch nie so frustriert gefühlt. Ich mag es nicht, als Lügnerin bezeichnet zu werden, vor allem, wenn ich nichts Falsches getan habe.

»Ich verstehe, dass ich in einer kompromittierten Position bin, weil du nichts weißt und dir nicht die Mühe machst, mich nach allen Fakten zu fragen. Aber mich eines so abscheulichen Verbrechens zu bezichtigen und mich zu beschimpfen ...« Ich knirsche mit den Zähnen. »Als Nächstes sagst du, ich sei ein instabiler Hybride und müsse eingeschläfert werden. Du bist seit Jahren mein größter Fürsprecher, Xander. Bitte sag mir, was zum Teufel hier los ist. Mit wem hast du gesprochen? Wer hat dir diese Lügen aufgetischt?« Ich blinzle ihn ernst an. »Ich will es verstehen.«

Und vielleicht will ich dummerweise für uns kämpfen.

Seine Augen weiten sich, und für eine Mikrosekunde sehe ich seine Zweifel, aber ein Zucken seines Augenlids wischt sie weg. Es gibt kein Durchkommen zu ihm. Er ist fest entschlossen.

»Wo ist sie?«, schreit er mir ins Gesicht. »Du hättest sie nicht mitnehmen dürfen.« Ich zucke zusammen, als sich direkt über meinem Kopf das Metall unter seinen Händen verformt, knirscht und kleine, stachelige Splitter auf meinen Kopf regnen lässt. Sie? Der vermisste Engel ist weiblich, und er glaubt, ich hätte sie entführt. Warum zum Teufel sollte ich das tun?

»Ich hätte nicht gedacht, dass du zu solch einer Grausamkeit fähig bist«, sagt er. Der Geruch seines Blutes liegt in der Luft, die Schnittwunden an seinen Handflächen sind bereits verheilt, aber goldene Blutstropfen liegen nur Millimeter von meinem Gesicht entfernt auf dem Metall.

Hm, wie seltsam. Es ist da, aber ich sehne mich nicht danach.

Ich genieße den wilden Blick in seinen Augen. Oh, und da ist es. Zack, das Licht in meinem Kopf geht an. Die Welt steht still, und ich habe das Gefühl, meine Liebe zu ihm an einem seidenen Faden zu halten, meine Fingerspitzen graben sich in das schlüpfrige Gefühl, das sich wie Rauch aus meinem Griff zu lösen versucht. Wird es sich auflösen, wenn ich einen Atemzug nehme? Auflösen, sobald ich es wage, auszuatmen?

Es hat nichts mit den Körpern darin zu tun. Es geht um *sie*. Sein vermisster Engel. Wer auch immer sie ist, sie ist offensichtlich viel wichtiger als ich.

Meine Lunge brennt.

Noch etwas trifft mich. *O nein. Nein.*

Ich schnappe nach Luft.

Ein weiteres Puzzleteil kommt an seinen Platz: Er nennt mich verwirrt und wahnhaft. *Deshalb glaubt er mir nicht.* Wow, einfach wow. Auf eine kranke Art ergibt das Sinn. Wenn es jemandem nicht gut geht und er seine eigenen Lügen glaubt, dann lügt er nicht wirklich, oder? Ein Kryptonit der Wahrheit.

Oje.

Jemand hat mich wirklich reingelegt und meinen Engel dazu benutzt und ... und er glaubt es. Einfach so zerbricht mein Herz.

Peng. Strike drei und du bist raus.

Meine Gedanken kreisen um unsere Momente. Die

süßen Erinnerungen daran, wie ich anfing, diesen Mann zu lieben. Die Momente, in denen er mich immer wieder gerettet hat und die schöne Aussicht auf unsere Zukunft … *Komm schon, Tru, du bist doch keine Hellseherin! Wer kann schon in die Zukunft sehen?* Ich stoße ein dumpfes, bitteres Lachen aus. Der Energieschub war eine Illusion gewesen. Es war nicht die Zukunft, die ich sah, sondern das, was ich sehen wollte.

Die Träume eines dummen Mädchens.

Neun vergeudete Jahre. Das tue ich mir nicht mehr an.

Ja, scheiß auf die Visionen, scheiß auf unsere gemeinsame Zukunft, denn es gibt keine. Ich bin so verdammt fertig. Ich spüre, wie etwas in mir zerbricht. Ist es möglich, sein eigenes Herz zerbrechen zu fühlen? Es wird kein Pflaster geben, um die zerrissenen Teile von mir wieder zusammenzuflicken. Meine Seele fühlt sich an, als würde sie sterben.

Der Engel schwebt über mir, Blut klebt an seinen Händen. Mein beharrliches Schweigen lässt eine kleine Ader in seinem Kiefer zucken. Ich schlucke meinen Schmerz herunter, so gut ich kann, und umarme stattdessen die Wut. Das ist alles, was ich noch habe. Er muss mir verdammt noch mal aus den Augen gehen. Meine Brust drückt sich an seine. Wir sind uns so nah, dass sich unsere wütenden Atemzüge vermischen. In seiner Nähe zu sein, fühlt sich an, als würde ich in Stücke gerissen werden.

»Wegen unserer gemeinsamen Geschichte, und, weil ich weiß, dass du nicht klar denken kannst«, schimpfe ich, »werde ich dich ein letztes Mal *höflich* bitten, dich zu verpissen!«

Als er sich immer noch nicht rührt, lasse ich meine Zähne blitzen und *fauche* ihn an.

Mit einem weiteren metallischen Krachen stößt sich der Engel von der Wand ab und winkt seine Jungs in Schwarz lässig weg, als es so aussieht, als wollten sie eingreifen und ihm zu Hilfe kommen. Das arme Baby braucht Verstärkung.

Ich drehe den Kopf und nehme Blickkontakt zu ihnen auf. Absichtlich lecke ich über einen Fangzahn. »Legt euch nicht mit mir an! Ich bin verrückt, schon vergessen?« Als einer nach einer Waffe greift, schnaube ich und schüttle den Kopf. »Verpiss dich, Wolf!«

Er lässt die Hand sinken, weil er es sich anders überlegt hat. Beide weichen zurück.

Ich nicke. »Was wolltest du überhaupt machen? Du wirst nichts tun.« Wenn ich wollte, würde ich ihnen in Sekundenschnelle die Augäpfel aus dem Kopf reißen. Dann würde ich mich besser fühlen und könnte meine Wut irgendwo unterbringen. Mit einem abweisenden Knurren behalte ich meine Hände bei mir. »Ich habe gerade den ganzen Morgen mit einem Schwert in der Hand Orks, Trolle und Vampire gejagt.« Ich nicke zum Lagerhaus. Und wofür? Keine gute Tat bleibt ungestraft, oder? Die Liebe meines Lebens zu verlieren, weil er jedem glaubt, nur mir nicht ... Ich schließe die Augen vor dem Schmerz.

Es gibt etwas, wofür ich dankbar sein kann, denke ich. *Wenigstens weine ich nicht.* Meine blutigen Augen brennen bei diesem Gedanken. Ich blinzle schnell. *O nein. Nein, nichts von alledem.* Wenn ich anfange, kann ich nicht aufhören. Ich knirsche mit den Backenzähnen; ich kann mich beherrschen, und wenn ich in den zukünftigen Jahren zurückblicke, wird es nur noch eine schmerzhafte Erinnerung sein. Ich hoffe, dass ich ein einziges Jota, ein winziges bisschen Stolz auf die Art und Weise aufbringen kann, wie ich mich verhalten habe, als meine Seele verschrumpelt und gestorben ist.

Ich schnaufe und nicke. Er wird es bereuen. Er wird sich schämen, wenn er erfährt, dass jemand mit ihm gespielt hat.

Xander ist eine Engelspuppe mit einer Hand in seinem Arsch.

Mein größtes Problem, mein größter Fehler ist, dass ich sehr schwarz-weiß denke. Wenn jemand die Grenze zum Feindesland überschreitet, gibt es kein Zurück mehr.

Selbst wenn ich mich verletze.

Ich ahne es. Story hat recht. Sie hatte immer verdammt recht. In der Liebe geht es um Gleichheit, und wir waren nie gleich. In der Liebe geht es um Geben und Nehmen, um Freundschaft und Verständnis. Er hat mir nicht einmal genug vertraut, um mein Freund zu sein.

Wir hatten nie eine Chance.

Sein Geruch umhüllt mich und jagt mir einen Schauer über den Rücken. Der Geruch von Metall, vermischt mit Sonnenlicht und einem Hauch von Blut, lässt meinen Magen sich zusammenziehen.

Schmetterlinge.

Verpisst euch, ihr kleinen Scheißer! Ich heiße ihr Flattern nicht willkommen. Ich dachte immer, Schmetterlinge im Bauch seien etwas Gutes. Ein Zeichen der Anziehung, die Art der Natur, jemanden hervorzuheben, der für mich bestimmt ist. Der Engel hat mir immer ein tanzendes, brodelndes Gefühl in mir gegeben, Schmetterlinge, die vom

Feenwein betrunken waren. Jetzt sehe ich die Wirklichkeit. Jetzt sehe ich, was sie sind. Sie sind kein Zeichen der Anziehung, sondern eine Warnung. Lass dich nicht auf sie ein! Meide sie wie die Pest!

»Bringt sie zum Verhör!«, befiehlt Xander seinen Männern.

Ja, die schlimmsten Monster sind die, bei denen man Schmetterlinge im Bauch hat.

Kapitel Elf

Der Kummer trifft mich wie ein harter Schlag in die Brust. So hart, dass mir der Atem stockt und die ganze Brust schmerzt. So fühlen sich Schmerz, Leere und Wut an. Traurigkeit. Es ist, als wäre er gestorben und als Geist zurückgekehrt, um mich heimzusuchen.

Bin ich böse, wenn ich denke, dass sein Tod mich nicht so erschüttert hätte wie sein Verrat? Es wird unglaublich schwer sein, um den Engel zu trauern, wenn er noch lebt. Noch schlimmer ist es, um eine Nicht-Beziehung zu trauern, die ich vor neun Jahren in einer Vision gesehen habe.

Was habe ich mir nur dabei gedacht?

Ich hasse ihn. Aber noch mehr hasse ich mich selbst.

Der schwammige Teil von mir, der schwache Teil, den ich all die Jahre geschützt und intakt gehalten habe, sogar durch die Schrecken meiner Vergangenheit hindurch, ist jetzt zerbrochen. Ich kann es fühlen. Spüre, wie die Scherben aneinander reiben, wie die tektonischen Platten der Erde aneinander kratzen und kleine Erdbeben in meiner Brust auslösen.

Puh.

Wie konnte das nur so schiefgehen? Es ist so schnell passiert und fühlt sich nicht real an. Ich stehe wohl unter Schock. Ich weiß, dass der Engel ein Arschloch sein kann, aber das ist eine ganz andere Ebene des Bösen.

Der Engel gibt seinen Männern ein Zeichen, mich zu umzingeln. Na toll. Wenn ich nicht aufpasse, kann das ganz schnell hässlich werden. Ich drehe ihm den Rücken zu und wende mich von seinem honigfarbenen Blick ab. Ich will diese Gefühle nicht mehr analysieren, ich will das Zerbrechen nicht wahrhaben, ich will mich dem Geschehenen nicht stellen. Nicht hier und schon gar nicht jetzt. In Gedanken nehme ich Kehrblech und Besen und fege die verletzten, kaputten Teile von mir weg. Dann werfe ich den Scheiß so tief in mein Unterbewusstsein, dass es vielleicht für immer verloren ist.

Das ist gut. Ich hoffe es verdammt noch mal.

Ich richte mich auf und verlasse die wimmernde, verletzte Kreatur, die ich noch vor wenigen Sekunden war. Der Engel ist nur noch ein Fremder, ein Mann, den ich einmal gekannt habe. Ich atme tief durch, straffe die Schultern und hebe das Kinn. »Bringen wir es hinter uns, ja? Wie in alten Zeiten. Juhu, ich hatte seit Jahren kein gutes, altmodisches Verhör mehr.« Ich reibe meine Hände aneinander, drehe mich auf die Zehenspitzen und gehe.

Er folgt mir und klebt mir direkt an meinen Fersen. Was zum Teufel? Warum kann er nicht einfach abhauen? Er versucht, meinen Arm zu packen, aber ich ziehe ihn zur Seite und weiche ihm geschickt aus. Ich schlendere zu den Autos, in denen sie angekommen sind, und benutze die Motorhaube des nächsten Wagens als Ablage. Ich beginne, alle meine Waffen und Ausrüstungsgegenstände abzulegen. Ich mache das lieber selbst, als mich von diesen Fremden ausziehen zu lassen.

Bei jedem Teil, das ich ausziehe, rufe ich die passende Beschreibung.

»Was machst du da?«, fragt ein blonder Wandler, während er sich an mich heranschleicht. Die anderen sind nicht so mutig, aber sie sehen zu, wie ich vorsichtig eine weitere Klinge ablege.

»Ich sorge dafür, dass keiner von euch klebrige Finger bekommt. Ich will alles wiederhaben.« Die Sammlung auf der Haube lässt mich die Stirn runzeln. Meine Waffen sind ekelhaft. Sie müssen alle gründlich geputzt werden. Ich hasse es, sie so zurückzulassen. »Ich will alles sauber zurück, da ich es nicht selbst machen kann.«

»Du bist übergeschnappt.« Einige der anderen murmeln zustimmend.

»Ja, sie ist total durchgeknallt.«

»Verrückt.«

Unbeirrt seufze ich dramatisch und rolle sicherheitshalber mit den Augen. »Und ihr seid alle dumm. Es gibt Kameras, ihr Idioten. Überall schwirren Mikrokameras herum.« Ich zeige mit einem Finger und mache einen Kreis. »Alles wird aufgezeichnet.«

Die umstehenden Männer suchen hektisch die Luft nach Kameras ab. Der Engel kneift die Augen zusammen und blinzelt. »Ich will das Filmmaterial, und zwar sofort«, fordert er von niemandem speziell.

Ich verdrehe wieder die Augen. Viel Glück damit. Avas Kamerasystem ist nicht einfach zu hacken. »Ich bin mir sicher, mein Team wird dir Zugang zu den Aufnahmen verschaffen, wenn du offiziell darum bittest.« Er wagt es, sich neben mich zu stellen. »Hier, bevor ich es vergesse.« Alle sind angespannt, als ich meinen Arm hebe, den Ärmel hochziehe und so heftig an dem zarten Goldarmband ziehe, dass der magische Verschluss bricht. Es fällt von meinem Handgelenk und landet sanft in meiner Handfläche, wo es in der Morgensonne glänzt. »Das gehört dir.«

Das magische Armband hat mir geholfen, eine herausfordernde Kraft zu kontrollieren. Ich brauche es schon lange nicht mehr, aber als er es mir geschenkt hat, habe ich es geliebt und es aus sentimentalen Gründen getragen. Ich habe es sehr geschätzt. Jetzt macht es mich krank.

Xander versucht nicht einmal, es zu nehmen. Seine großen, muskulösen Arme verschränken sich vor seiner breiten Brust. Er senkt das Kinn und klopft rhythmisch mit den noch blutigen Fingern auf seinen Unterarm. Mister Ungeduldig.

Ich krümme meine Hand, das Armband gleitet aus meiner Handfläche, der Schmuck fällt auf den Asphalt und glänzt golden. Dramatisch, ich weiß, aber nach dem Morgen, den ich hinter mir habe, habe ich wohl das Recht auf ein wenig Drama.

»Was war das?«

»War das …?«

»Sie hat einen Zauberspruch fallen lassen!«

Ich schnaube und beobachte amüsiert, wie sich die mächtigen, feinen Krieger zerstreuen. Einige gehen hinter den Wagen in Deckung. Ich hebe eine einzelne Augenbraue in Richtung des Engels, als wollte ich sagen: »Ist das zu fassen?«

»Mein Schatten«, warnt der Engel.

Mein Inneres erschrickt, als er diesen Namen ausspricht. *Ein verdammter Kosename. Meint er das ernst?* »Nenn mich nicht so!«, schnauze ich ihn an. »Wir sind keine Freunde. Ich bin eine gestörte Psychopathin, schon vergessen?«, röchelt es aus meiner brennenden Kehle.

Ich hasse ihn, und einen Moment lang überlege ich fast, mein Schwert zu nehmen und ihm einen kleinen Schlag zu versetzen. Sehnsüchtig blicke ich auf die schmutzige Klinge, meine Hände zucken an den Seiten. Ich schüttle den Kopf. »Entschuldige, habe ich dich vor deinen Kumpanen schlecht aussehen lassen? Hast du den gebissenen Vampir mit dem kurzen braunen Haar gesehen, den da drüben?« Ich deute auf den Vampir. »Der ist abgetaucht wie ein Profi. Sehr beeindruckend.«

Wenn ich ehrlich bin, klingt meine Stimme ein wenig angestrengt, aber ich wäre nicht ich, wenn ich nicht auch ein wenig bissig wäre. Du weißt schon, ein Sinn für Humor, um den Schmerz zu überspielen.

»Es muss dir doch peinlich sein, niedere Kreaturen für diese Mission einzusetzen. Wo du doch der höchste Vertreter der Engel auf Erden bist? Was, waren die Höllenhunde beschäftigt?« Höllenhunde sind uralte, mächtige Gestaltwandler mit Feuermagie. Ausgebildet als Elitekampftruppe. Mit einem Höllenhund legt man sich nicht an.

Xander knurrt. Aus einer seiner vielen Taschen zieht der Engel ein Anti-Magie-Band.

»Toll, ein Geschenk. Als würden wir Geschenke austauschen.« Es ist ein Anti-Magie-Band, das jeden Zauber und jede Spur von Magie entfernt. Es wirkt bei allen Lebewesen, wird aber vor allem bei Verbrechern eingesetzt.

»Hör auf, mich so anzusehen!«, brummt Xander.

»Wie denn?« Ich schaue ihn von oben bis unten an, während meine Füße in Kampfstellung gehen. »Was bist du, Xander, dumm oder ein Ungeheuer?«

Sein Gesicht ist ausdruckslos, während er das schwarze Plastikband gegen seine Hand klopft.

Nicht kämpfen! Bitte kämpfe nicht gegen sie!, flüstert Story. *Du wirst mit ihm gehen müssen. Es gibt keinen anderen Weg. Ava hat einen Kontakt, einen talentierten Anwalt namens Mr. Brown. Wir finden dich und holen dich da raus. Aber bitte, Mutter Natur zuliebe, bleib einfach ruhig!*

Das werde ich, versprochen. Wie eine gute Freundin, sagt sie nichts über Xander und das, was er gesagt hat. Ich höre den Schmerz in ihrer Stimme. Es wird kein »Ich hab's dir ja gesagt« von ihr geben. *Ich liebe dich, Story.*

Ich liebe dich auch.

Sag D-Dexter ... sag ihm, dass ich bald nach Hause komme.

Diese blöde Katze. Ja, das werde ich dem roten Fellknäuel sagen, und ich werde ihn füttern, bis du nach Hause kommst, sagt sie verspielt. Übertrieben verspielt, aber das macht nichts. Story weiß auch, dass, sobald ich das Armband angezogen habe, unser Kommunikationszauber verflogen ist und wir nicht mehr miteinander reden können, bis ich das Chaos wieder in Ordnung gebracht habe.

Zum Glück habe ich schon mit solchen Armbändern gespielt. Ja, natürlich habe ich das. Wenn es etwas gibt, das so leicht zu bekommen ist und die Magie aufhalten kann, dann habe ich mir gewiss schon einmal eins besorgt und es ausprobiert.

Ja, die Magie macht dich weniger menschlich. Schwäche ist etwas, das ich kenne, besonders als ich jünger war. Die Magie des Armbands lässt sich am besten als eine Art menschliche Grippe beschreiben. Die Art Grippe, bei der man sich nicht aus dem Bett quälen kann, bei der man Mühe hat, den Kopf aus dem Kissen zu heben.

Oh, und je mehr Kraft man hat, desto mehr schwächen sie die Magie. Juhu. Ich will nicht überheblich sein, aber ich bin voller Magie. Allein auf meiner Wandlerseite habe ich zum Beispiel die Magie von vier Einhörnern. Zusammen mit der Kraft meiner Vampirlinie bin ich ein Schmelztiegel der Magie.

Ich würde es nicht zulassen, dass mich ein antimagisches Band außer Gefecht setzt, ohne zu versuchen, seine Wirkung abzuschwächen. Also habe ich trainiert. Es hat Wochen und Monate gedauert, in denen ich es immer wieder versucht und eine Resistenz aufgebaut habe, nur um mit diesem verfluchten Ding wach zu bleiben. Ich habe mir sogar zum Spaß eins ums Handgelenk gelegt und bin dann zum Sparring mit den Gargoyles gegangen.

Das ist der einzige Grund, warum ich selbstbewusst genug bin, Xander meinen Arm zu reichen.

Kapitel Zwölf

Bleib ganz ruhig! Wir haben dich lieb, und wir kriegen das wieder hin, du bist wieder zu Hause, ehe du dich versiehst. Das Anti-Magie-Armband schnappt zu und schlingt sich um mein Handgelenk. *Ich kümmere mich ...* Storys Worte brechen ab, als sich die Anti-Magie aktiviert.

Plötzlich wird mein Körper schwach, und ich muss mich darauf konzentrieren, auf den Beinen zu bleiben, während ich Xander weiter anstarre. Ich kann es schaffen. Da meine natürliche Vampirheilung und ihre Schmerzbehandlung nun nicht mehr zur Verfügung stehen, drängt sich jede Verletzung in den Vordergrund, und da ich mich nicht verwandeln kann, um mich sofort zu heilen, schreit mein Körper förmlich sein Unbehagen heraus. *Ich hab's immer noch drauf.*

Aus den Reihen der Kreaturen um uns herum ertönt ein Murren und Gemurmel.

»Sie ist nicht so mächtig.«

»Machst du Witze? Sie ist verdammt verrückt. Deshalb kann ihr die Antimagie nichts anhaben. Wie eine Elfe auf Faewein, sie werden verdammt stark.«

»So etwas habe ich noch nie gesehen. Ich habe mal aus Spaß einem Menschen eins verpasst und der ist krank geworden.«

»Die Höllenhunde werden mit ihr fertig.«

»Ja, habe ich nicht gehört, dass John zwei von ihnen bei sich hatte, als der abtrünnige Vampirfürst ihn gefangen nahm, vor ... sechs, sieben Jahren ...«

»Nee, acht.«

»Das war vor sechs Jahren, ihr Idioten.«

Während ihres sinnlosen Geschwätzes schaue ich Xander mit großen Augen an. Dieser Wichser. Ich werfe ihm diesen großen, süßen, unschuldigen Blick zu, den ich über die Jahre perfektioniert habe. Ein Blick, der zu meinem regenbogenfarbenen Haar passt, der schreit, dass ich keiner Fliege etwas zuleide tun würde.

Er wendet den Blick ab. »Mike«, ruft er mit heiserer Stimme. Ein selbstgefälliger Wandler namens Mike meldet sich. Mit schweren Handschuhen präsentiert er einen Koffer, der so exzentrisch ist, dass man ihn für einen Nuklearkoffer halten könnte.

Mit viel Fingerspitzengefühl, das fast an Musikerhände erinnert, öffnet er den Koffer. Alle anderen Wandler treten zurück, die Vampire schlurfen nach vorn, und sein selbstgefälliges Grinsen wird noch breiter, als er massive silberne Handschellen herauszieht.

Oh, Handschellen – wie altmodisch.

Es gibt so viele Möglichkeiten, einen Menschen zu fesseln, und diese Idioten haben sich für diese Methode entschieden. Man sollte meinen, es würde reichen, meine Magie in mir einzufrieren, aber nein, sie müssen mir auch noch die Dinger anlegen. Na toll!

Während Magic Mike mit seinem schicken Silberschmuck meine volle Aufmerksamkeit beansprucht, drückt mich eine andere tapfere Seele gegen das Auto. Ich grunze und stöhne, als meine Hüfte gegen den Türrahmen knallt. *Scheiße, tut das weh.* Ohne mit der Wimper zu zucken, packt er meine Arme auf dem Rücken und kneift mir in den rechten Ellbogen. Sein Griff tut weh – obwohl ich mich nicht wehrte.

Magic Mike kommt näher und die massiven silbernen Handschellen klicken. Es ist, als hielten alle kollektiv den Atem an. Ich warte.

Nur so nebenbei: Ich bin nicht allergisch gegen Silber. Ein Hybrid zu sein, hat durchaus Vorteile. Ich gebe mir Mühe, mein Grinsen zu verbergen und das obligatorische Fauchen und die schmerzhaften Geräusche vorzuspielen. Nicht, dass ich viel zu tun hätte. Mein Körper schmerzt, und ich spüre jeden blauen Fleck, jede Schramme. Hätte ich nicht ausgiebig mit der Anti-Magie geübt, läge ich mit Sicherheit schon bewusstlos auf dem Asphalt und wäre wahrscheinlich elegant auf meinem Gesicht gelandet.

Der Idiot hinter mir rammt mich wieder und schleppt mich gegen das Auto. Der Engel tut nichts. Ich lache leise, schnaufe und lache dann noch mehr. Ja, ich bin voll bei Verstand.

»Hey, Perversling«, sage ich am Ende meines Gelächters. »Wenn du noch einmal dein Becken an mir reibst, reiße ich dir deinen Schwanz ab und lasse dich ihn fressen.«

»Ja?«, flüstert er mir wie ein richtiger Fiesling ins Ohr.

Ich drehe den Kopf, um Xanders Aufmerksamkeit zu erregen, aber praktischerweise wendet er den Blick ab. »Engel, werden alle deine Gefangenen so behandelt? Sexuell missbraucht? Oder bin ich die Glückliche?« Ich spüre die plötzliche Spannung mehr, als ich sie sehe. Eine unbehagliche Stille legt sich über den Parkplatz, während alle die Hälse recken, um besser gaffen zu können. Einige der Männer schlurfen unbehaglich. »Ja? Nein?«

Sieht aus, als müsste ich mich selbst darum kümmern. Ich werfe den Kopf zurück und treffe Mister Beckenstoßer mit voller Wucht auf die Nase. Er schreit auf. Ich summe. Einfach, aber effektiv.

Wenigstens hat ihn das von meinem Hintern abgebracht, und ... als ich mich umdrehe, schlägt er mir ins Gesicht. Sehr schön. Das ist bedauerlich. Auch ich kann einen Schlag nicht abwehren, wenn meine Hände auf dem Rücken gefesselt sind. Ich weiche einem weiteren Schlag aus und die Faust des Vampirs kracht durch die Seitenscheibe des Autos. Glassplitter regnen auf meine Füße.

»Kameras«, singe ich und lecke mir das Blut von der aufgeplatzten Lippe.

Mit diesem einen Wort packt der Engel Mister Beckenstoßer am Nacken und zieht ihn von mir weg.

Oh, schau! Ich muss seine Gefühle verletzt haben. Der Schrecken eines zerbrechlichen Egos. Die angeheuerten Idioten kommen ihm zu Hilfe, fesseln ihn und schleudern ihn hinter eine Wand aus Muskelprotzen. Schade, denn jetzt kann ich ihm nicht mehr ins Gesicht treten.

Du hast Story versprochen, dich zu benehmen.

»Trotz des Anti-Magie-Armbands und der Versilberung an meinem Arm kann ich dich immer noch windelweich prügeln. Keine Sorge, Perversling. Ich werde dich finden, wenn das alles vorbei ist.«

Er springt auf und ab, von einer Seite zur anderen, und versucht, zu mir zu kommen. Eigentlich ist er eine Witzfigur. Ich lache über seine Mätzchen, lasse die Schultern rollen und drehe jedes Handgelenk so weit, wie es mein neuer Silberschmuck zulässt. Mein armer Ellbogen bringt mich um.

Der Engel fährt sich mit der Hand durch sein kurzes dunkles Haar. Frust und Hass strömen aus ihm heraus. Es sticht und beißt auf meiner Haut.

»Danke, dass du dich um mich gekümmert hast«, sage ich zu ihm, dabei zuckt sein Auge. »Vergiss nicht, ich bin immer noch ein weiblicher Wandler, super-duper besonders und ach so selten.« Ich mache keine Witze. Weibliche Wandler sind selten, ich glaube, es gibt nur zehn reinrassige Weibchen im ganzen Land. Ich versuche, mich zu bewegen, doch ein Wandler, ein Tiger, rückt mir auf die Pelle und weigert sich, den Raum zwischen uns schrumpfen zu lassen.

»Halb. Du bist ein halber Wandler«, murmelt ein Wolf, während er sich an einem Stück Lagerhausschutt zu schaffen macht.

»Ja, aber ich kann mich verwandeln.« Meine schicken neuen Handschellen klirren, als ich mir lässig ein Stück Dreck vom Bein schnippe. Ihh, gummiartig, ist das Hirnmasse? Ekelhaft, in der Tat. Es kostet mich alle Kraft, nicht aufzuspringen und zu quietschen. Das Zerhacken macht mir nichts aus, aber ich will nicht, dass es an meinem Bein klebt.

Konzentrier dich, Tru! Was habe ich gerade gesagt ... ach ja. »Studien besagen, wenn ich mich mit einem Wandler paare, stehen die Chancen gut, dass ich ein Mädchen bekomme.« Seine braunen Augen springen ihm bei dieser kleinen Offenbarung fast aus dem Kopf. »Deshalb ist mein Leben so unglaublich öffentlich. Ich will, dass die Leute merken, wenn ich verschwinde.« Ich lächle den Engel an, dann seine bunte Truppe. »Wenn ich wollte, könnte ich euch in kleine Stücke hacken und würde nicht mehr als einen Klaps auf die Finger bekommen.«

O nein. Habe ich einen Nerv getroffen? Ups. Peng. Wütender Engel. Seine Magie peitscht mir ins Gesicht. Wirft mich ein paar Schritte zurück. Ich halte mich zurück. Ohne meine Magie ist das schon ein Kunststück. Wenigstens stoße ich nicht wieder mit meiner schmerzenden Hüfte gegen das Auto.

Mein Gesicht fühlt sich eigenartig an, meine Haut juckt. Ich reibe meine Wange an der Schulter und öffne den Mund, um etwas zu erwidern, aber ... Xanders Magie hat meinen Mund wieder verschlossen. Mehr noch, als ich mit der Zunge gegen das stoße, was normalerweise meine Mundöffnung ist, finde ich nur Haut. Verdammte Fickscheiße, was für ein *Matrix*-Mist ist das?

Entsetzt starre ich ihn an, meine Augen sagen, was ich nicht sagen kann.

Es ist deine Schuld, du wusstest, dass du ein Arschloch bist. Ich weiß, ich weiß. Ich nerve mich fast selbst mit meinen dummen Sprüchen. Ich hätte einfach die Klappe halten sollen.

Jetzt habe ich keine Wahl mehr. Ich habe all diesen Schmerz und diese Wut in mir. Es ist überwältigend, und ich kann nichts anderes mehr fühlen. Sein Gesicht verschwimmt. Ah, jetzt weine ich. *Nur ein bisschen, aber was soll's, Tru? Warum tut er das?* Schnell blinzle ich die dummen Tränen weg.

»Es ist nicht von Dauer. Der Zauber geht vorbei.«

Oh, dann ist es ja gut. Wie dumm von mir, dass ich ausgeflippt bin. Es macht mir überhaupt nichts aus, dass du mir den verdammten Mund weggezaubert hast!

Dann reißt Xander die hintere Beifahrertür des Wagens auf und stößt mich rücksichtslos hinein.

Kapitel Dreizehn

Der Engel und zwei seiner professionelleren Männer bringen uns zum nächsten Portal. Ich fühle mich verletzlich und bin auf mich allein gestellt. Die Kameras können mir nicht durch das Portaltor folgen, denn die Magie würde sie verbrennen.

Als wir durch das magische Tor treten, ist es eine Untertreibung zu sagen, dass ich überrascht bin, was sich auf der anderen Seite befindet.

Ist das ... ist das ein Scherz?

Anstatt an einem vertrauten Ort zu landen, habe ich erwartet, in den Büros der Jägergilde zu landen, oder ich hatte sogar die schreckliche Vorahnung, dass Xander mich in eine psychiatrischen Anstalt bringen würde. Mit der wirren Geschichte, die er über mich im Kopf hat.

Aber nein, es ist schlimmer.

Scheiß auf mein Leben!

Okay, ich gebe es zu: Ich bin ein Magnet für Ärger, seit ich den Auftrag für den Mord angenommen habe, ist alles aus dem Ruder gelaufen. Noch bevor ich das verdammte Lagerhaus für diese Kinder betreten hatte, spürte ich tief in meinem Bauch, dass etwas schrecklich schiefgehen würde. Ich habe es die ganze Nacht gefühlt. Ich weiß, dass ich meinem Instinkt vertrauen muss, verdammt noch mal, zumal er mich förmlich angeschrien hat. Aber habe ich irgendetwas getan, um mich zu retten? Nein.

Als ich das erste Mal tief Luft hole, merke ich, dass die Luft künstlich gereinigt ist. Es fehlen die Gerüche des Alltags, die ich für selbstverständlich halte. Wenn ich mich bewege, spüre ich die Schwerkraft. Ich muss mich bei jedem Schritt mehr anstrengen, ein Gefühl, als würde ich durch Wasser waten. *Toto, ich habe das Gefühl, wir befinden uns nicht mehr in Kansas.* Der berühmte Satz aus *Der Zauberer von Oz* geht mir durch den Kopf, während ich alles mit großen Augen registriere. Instinktiv weiß ich, dass wir uns nicht mehr in der realen Welt befinden.

Oh, und das riesige Schild hier ist ein weiterer, noch deutlicherer Hinweis darauf, dass sich die Dinge jetzt auf einer höheren Ebene des Scheiterns befinden.

Willkommen bei der Gefängnisaufnahme

Ja, wir sind in einer Gefängniswelt. Juhu. Während ich so vor mich hin schlurfe, arbeitet mein Verstand auf Hochtouren und ich bin zu dem Schluss gekommen, dass dies kein zufälliges Missgeschick ist, bei dem ich mit heruntergelassenen Hosen erwischt wurde.

Xander hat keine Anrufe getätigt, nachdem er mich im

Lagerhaus gefunden hatte. Nein, er hat alles im Voraus geplant.

Die Doppeltüren vor uns öffnen sich zischend. Alles in diesem ersten Bereich ist blitzsauber und hell, mit Chrom- und Metallflächen, eher eine schicke, moderne Hotelästhetik als ein Gefängnis.

Der Engel schleicht neben mir her und passt sich meinen schlurfenden Schritten an. Da ich nur durch die Nase atmen kann, die Schwerkraft, das Anti-Magie-Armband und meine Hände mit Handschellen auf dem Rücken gefesselt sind, ist schon das Gehen ein Kampf. Meine Stiefel quietschen unangenehm auf dem Marmorboden. Ich vermeide es, den Engel anzusehen.

Mein Blick schweift sehnsüchtig über meine Schulter zurück zum Tor, und ich bemerke mit leichtem Bedauern, dass ich eine sichtbare Spur von ekligem Mist auf dem Boden hinterlasse. Sie hat sich von meiner Kleidung gelöst. Amüsiert stolpere ich. Xander versucht, mich zu stützen, und ich falle fast auf mein Gesicht, bei dem Versuch, seiner Hand auszuweichen.

»Diese Einrichtung ist die beste und hat einen ausgezeichneten Ruf. Außerdem sind sie unabhängig von irgendwelchen Allianzen, du kannst dir also sicher sein, dass du dort in guten Händen bist.« Er räuspert sich und reibt sich die Brust. »Ich weiß, dass du dein Bestes gibst, um überall Ärger zu machen, aber hier wird dir das nicht gelingen. Außerdem bekommst du hier jede Hilfe, die du brauchst.«

Die einzige Hilfe, die ich brauche, ist, von dir wegzukommen.

Xander räuspert sich erneut. Ich sehe ihn böse an.

Fühlst du dich ein bisschen schuldig, Kumpel? Sitzt dir dein Gewissen im Nacken?

Hinter einem Tresen, der die gesamte Rückwand einnimmt, unter einem weiteren fröhlichen Willkommensschild, begrüßt uns eine alte Dame mit einem falschen Lächeln. Ihre großen dunkelbraunen Augen und die spitzen Ohren weisen sie als Elfe aus, aber ihr sichtbares Altern verrät ein menschliches Erbe.

Mein Adoptivgroßvater war ein Halbelf, wenn auch nicht so gealtert wie diese Dame. Ihr starres Lächeln verblasst, als sie mich von oben bis unten mustert und sich dann Xander und den Wandlern hinter uns zuwendet.

Sie seufzt und murmelt: »Armes Mädchen.« Mit einem finsteren Blick, einer Bewegung ihres Handgelenks und dem Klimpern eines weißen Armbands schleicht sich ihre Magie in mein Gesicht und entfernt den schrecklichen Zauber des Engels.

Ich keuche erleichtert auf und reibe meine Lippen aneinander. Gott sei Dank habe ich wieder einen Mund.

»Danke«, flüstere ich.

Ich schlucke, das Geräusch ist hörbar und überträgt meine Angst in den Raum, sodass jeder sie hören kann. Ich bin nicht dumm. Ich erkenne die Gefahr, in der ich schwebe. Ich bringe es nicht fertig. Unglaublich verängstigt, aber neben der Angst und dem Schmerz ist da noch die rasende Wut. Ich runzle die Stirn und reibe noch einmal die Lippen aufeinander. Die Wut ist mir allemal lieber als diese Gefühle.

»Tru Dennison?«, fragt sie in einem angenehmen, sachlichen Ton, legt ein Datenblatt auf den Schreibtisch und deutet mit einem krummen Finger auf eine markierte Stelle. »Ich brauche eine Unterschrift.«

Xander nickt und beugt sich vor, um zu unterschreiben.

Als er sich bewegt, sehe ich mein Spiegelbild auf der glänzenden Oberfläche des Schreibtisches. Ich sehe verdammt übel aus. Mir kommt der Satz in den Sinn; einmal durch den Fleischwolf gedreht. Nun, wenn diese Hecke voller Blut gewesen wäre. Plötzlich spüre ich ein Jucken, als wolle sich meine Haut von der Kleidung lösen.

»Entschuldigung. Kann ich mich irgendwo frisch machen?«, frage ich mit einem Zucken, während meine Zunge mit einem Schnalzen an meinem Gaumen klebt. »Und dürfte ich Sie um einen Schluck Wasser bitten?«

»Das wird nicht nötig sein, meine Liebe«, sagt die alte Dame und schlurft zu einigen Regalen. Über die Schulter sagt sie: »Sie können ihr die Fesseln abnehmen. Sie kann eh nirgendwohin. Du machst doch jetzt keine Dummheiten, oder, Liebes?«

Ich schüttle den Kopf. »Nein«, krächze ich. Selbst wenn ich den Engel und die beiden Wandler ohne Magie erledigen könnte, wohin sollte ich gehen? Das Portal, durch das wir gekommen sind, ist fest verschlossen.

Will Xander mich wirklich hier zurücklassen, mich einsperren? Oder ist das eine schreckliche Art, mich zu einem Geständnis zu zwingen? Was will er, eine große Enthüllung, eine Schurkenrede? Seltsamerweise gestehe ich nichts, was ich nicht getan habe.

Ein Wandler schaut mich an und hebt sein Kinn. Ich deute das als seine Bereitschaft, mir die Handschellen abzunehmen. Ich drehe mich um und drehe mich – ach, ich erinnere mich an seinen Namen – zu Magic Mike, dem Silberwächter. Mit noch immer behandschuhten Fingern nimmt er mir vorsichtig die schweren silbernen Handschellen ab. Dann öffnet er das schicke Etui, in dem sie geliefert wurden, und legt sie zurück in den Safe. *Verdammte Wandler!* Das ist alles so dramatisch. Ich habe meine eigenen Handschellen aus Silber, Stahl und Eisen. Ich lege sie einfach in eine Schublade, wenn ich sie nicht brauche. Die Zeremonie mit dem Koffer ist dramatisch, wahrscheinlich um mysteriös zu wirken.

Xanders Fingerspitzen streichen über die Haut meines Handgelenks, als er das Anti-Magie-Band entfernt. Ich kann nicht verhindern, dass ich bei seiner Berührung erschaudere, und als das Band endlich entfernt ist, springe ich von ihm weg.

Meine Arme kribbeln, als ich sie bewege. Erleichtert, meine Magie wieder zu haben, bewege ich meine Schultern und freue mich, dass meine natürliche Heilung bald beginnen wird, meine verschiedenen Schmerzen zu lindern. Ich reibe meine Handgelenke und versuche, das Blut wieder in sie zu pumpen. Ich habe Rötungen und Blutflecken, wo die Haut abgerieben wurde. Das ist die Schuld dieses dummen, perversen Vampirs. Der Kampf mit ihm hat mich erschöpft. Ich habe Glück gehabt. Wäre ich ein normaler Wandler, wären meine Handgelenke schwarz vor Nekrose.

Mit Silber ist nicht zu spaßen, denn es hinterlässt auch furchtbare Narben.

Xander weiß nicht, dass ich dagegen immun bin, und während ich auf meine gequetschten und blutenden Handgelenke starre, steigt Wut in mir auf.

Meine Erleichterung ist nur von kurzer Dauer, als die

Gefängniswärterin mit einem weißen Metallhalsband zurückkommt. Es sieht dem Armband an ihrem Handgelenk zum Verwechseln ähnlich. Mit einem Klacken legt sie es auf die glänzende Metalltheke. Ominöse dunkle Magie strömt in Wellen aus dem Ding.

»Dieses Halsband wendet deine eigene Magie gegen dich«, sagt sie und sieht mich viel zu genüsslich für die Situation an. Wow, sie genießt ihren Job ein bisschen zu sehr, wie ich sehe. »Es hat eine unglaubliche Kraft. Sie haben es entwickelt, um Gefangene unter totaler Kontrolle zu halten. Die Magie in dem Halsband hält den Gefangenen rein, erhält seine körperliche Gesundheit und sorgt dafür, dass er mit Nährstoffen und Flüssigkeit versorgt wird. Unsere Gefangenen müssen nichts essen, um am Leben zu bleiben. Sie brauchen auch nicht auf die Toilette zu gehen, zu duschen oder sich umzuziehen. Das Artefakt übernimmt alle Körperfunktionen.«

Wieder fällt ihr böser Blick auf mich. »Wenn du dich daneben benimmst, wird es dir einen kleinen Schock versetzen. Eine kurze, scharfe Korrektur, damit du sofort weißt, dass du dein Verhalten ändern musst. Sehr praktisch.«

Ich rümpfe die Nase, als sie liebevoll über das Halsband streicht. *Ja, so praktisch.* Ich muss die Lippen zusammenkneifen, um nicht zu knurren.

Sie lächelt Xander an. »Gefangene können nicht protestieren. Sie können das Essen oder dessen Mangel nicht benutzen, um sich zu verletzen.« Ihre Augen funkeln, während ihre faltige Hand weiter über das Halsband streicht. »Wir wollen nicht, dass ein Haufen Skelette vor Gericht steht. Das würde nicht gut aussehen.« Sie kichert.

»Und das bei einer Wartezeit von über einem Jahr, bis die Fälle verhandelt werden.«

Mein Gehirn rast und meine Gedanken setzen schreiend aus. Wie bitte? Wartezeit … ein Jahr? Wie bitte? Mein Herz hüpft in meiner Brust. Nein, nein, nein, das kann nicht stimmen. Oder doch?

Du darfst jetzt nicht ausflippen. Story hat einen tollen Anwalt und wird alles regeln. In ein paar Tagen bin ich hier raus. Ich bin auf keinen Fall schuldig. Ich habe nichts falsch gemacht.

»Die Selbstmordrate liegt bei null, und wir haben seit mehr als einem Jahrhundert keinen einzigen Bericht über Gewalt gegen unsere Mitarbeiter erhalten. Durch das Halsbandsystem müssen wir die Gefangenen auch nicht unnötig bewegen.« Sie schaut mich mit einem schiefen Grinsen an. »Ihr könnt alle in euren Zellen bleiben. Das entlastet die Wärter und spart Kosten.«

Unnötige Bewegung? Was ist mit den Rechten der Kreatur und der psychischen Gesundheit? Das Halsband ist eine gute Idee in einem Krankenhaus, wenn ein Patient nicht für sich selbst sorgen kann. Aber in einem Gefängnis, wirklich? Einem Menschen seine Grundbedürfnisse zu nehmen, ist unnötig grausam. Aber was weiß ich schon? Wenn ich bösen Menschen begegne, bin ich normalerweise da, um sie zu töten, nicht um sie einzusperren. Ich zucke mit den Schultern. Ich sollte nicht zu lange hierbleiben. Story wird mich hier nicht verrotten lassen und Xander will mir nur Angst einjagen.

Hoffe ich.

Ich weiche ihren Händen aus, als sie mit dem Halsband nach mir greift. Xander steht hilfsbereit auf und hält meinen Kopf fest. Meine Hände ballen sich zu Fäusten an meinen Seiten. Die alte Frau, die auf mich zukommt, riecht nach verfaultem, nassem Laub. Metall, Sonnenlicht und verrottendes Laub. Der kombinierte Geruch der beiden bringt mich dazu, mich fast zu übergeben. Es kostet mich alle Kraft, still zu halten und mich nicht von ihren Händen loszureißen.

Die Alte summt, als sie meinen Hals umfasst, und mit einem Klicken rastet das Halsband ein.

Mit klopfendem Herzen taumle ich von ihnen weg. Ich halte den Atem an und warte darauf, dass etwas passiert … Es dauert noch ein paar Sekunden, bis der dunkle, ranzige Zauber meine Haut durchdrungen hat. Im Nu ist mein schmutziger schwarzer Kampfanzug verschwunden und wird durch ein weißes langärmeliges Oberteil und eine Hose ersetzt. Vorsichtig führe ich meine Hände zum Gesicht. Meine Haut ist blitzsauber. Mein ungebändigtes Haar hängt lose und schwer über meinen Rücken. Eine Strähne klebt an meiner Wange, und als ich sie wegstreiche, stelle ich fest, dass meine bunten Locken verschwunden und durch farblose weiße Strähnen ersetzt sind.

Wow! Sie mögen die Farbe Weiß, oder? Verdammt.

Im Moment kann ich mit weißem Haar leben. Das ist besser, als keinen Mund zu haben. Wenigstens haben sie mir nicht den Kopf geschoren.

Ich fühle mich seltsam, nicht schwach wie mit dem Anti-Magie-Band, aber auch nicht voller Leben. Es ist, als würde meine ganze Lebenskraft in den Kragen gesaugt. Ich spüre keine Schmerzen und habe auch keinen Durst mehr. Das Gefühl ist seltsam. Betäubend. Die alte Frau streicht unbewusst über das Armband an ihrem Handgelenk. Sie war stark genug, um den Zauber des Engelsmundes zu brechen. Die unheimliche Kombination von Halskette und Armband muss es ihr ermöglichen, die Magie der Gefangenen zu nutzen.

»Du kannst keine Magie anwenden oder deine Tiergestalt annehmen. Also bitte versuche es nicht, denn die Strafe wird dir nicht gefallen. Also ...« Sie blättert ein paar Seiten auf dem Datapad um und blinzelt dann zu mir hoch. »Du bist ein Hybrid? Wir haben kein Verfahren für Hybride, also musst du dich für eine Kreatur entscheiden. Möchtest du als ...« Sie starrt auf das Dokument. »Einhorn oder Vampir?« Sie starrt mich an und tippt auf die Seite des Datenträgers.

Weder noch. Lieber wäre ich zu Hause im Bett. Ich lecke mir die Lippen – gut, dass ich sie noch habe – und atme tief ein. Entscheidungen über Entscheidungen.

»Was macht das für einen Unterschied?«

Sie verdreht die Augen und verschränkt die Arme unter ihren Brüsten. »Nun, als Wandler würde ich den Anführer der Einhörner zu deinem Vormund bestimmen.« Das wäre die Mutter meines Vaters, meine leibliche Großmutter, Ann. Sie würde dieses Szenario lieben. Ann würde meine missliche Lage als Druckmittel benutzen und mich verheiraten, bevor ich blinzeln könnte. »Dasselbe mit den Vampiren. Der Anführer der Vampire würde bestimmen.« Atticus, der Anführer der Vampire, ist gar nicht so übel, denke ich. Jedenfalls besser als Granny Ann. »Oh, und als Wandlergefangene würde ich dir Zeit zum Wandeln geben, was im Moment eine halbe Stunde pro Woche ist. Als Vampir-Gefangene bekommst du das natürlich nicht, aber ich würde die magische Ration deines Halsbandes mit Blut auffüllen.«

»Es ist gefährlich, sich nicht zu verwandeln«, mischte sich der Engel ein. *Was kümmert ihn das?* »Ich werde ihr Vormund sein. Ich habe es schon einmal getan und kann ihr mein Blut geben.«

Der kann mich mal. »Ja, und das hat mich in diesen Schlamassel gebracht. Nein, danke.« Ich schenke ihm ein falsches Lächeln, das schreit: Arschloch!

Er starrt mich mit einem Blick an, der sagt: Du wirst tun, was man dir sagt.

»Nein, das geht nicht«, sagt sie mit einem Grinsen. »Sie können nicht ihr Vormund sein, denn Sie haben alle Aufnahmeformulare unterschrieben. Das wäre ein offensichtlicher Interessenkonflikt, unethisch und ein Verstoß gegen unsere Regeln. Das steht ganz klar in dem Abkommen, das Sie unterschrieben haben. Bitte lesen Sie Abschnitt 4.8634.«

»Vampir, bitte.«

»Tru«, knurrt er meinen Namen.

»Ignorieren Sie ihn! Er ist schon den ganzen Morgen ein Arschloch«, sage ich zu der alten Dame.

»Gut, dann eben ein Vampir.« Ihre Daumen klappern, und mit einem zufriedenen Nicken legt sie das Gerät zurück auf den Schreibtisch.

»Du machst einen Fehler«, murmelt Xander neben meinem Ohr.

»Das geht dich nichts mehr an«, knurre ich zurück und lehne mich entspannt an die Wand. Keine Ahnung, warum er sich gerade jetzt an mich kuscheln will. Er muss erst noch lernen, was persönlicher Freiraum bedeutet.

Das Datapad auf dem Schreibtisch piepst. Die Wärterin legt den Kopf schief, als sie es mit finsterem Blick anschaut. Sie nimmt es wieder in die Hand und liest mit einem Summen die Nachricht vor. »Der Anführer der Vampire hat geantwortet und ist auf dem Weg hierher.« Sie lässt das Datapad sinken und sieht mich durch ihre Wimpern an. »Das ist sehr ungewöhnlich. Bist du etwa eine besondere kleine Prinzessin?«

Ich zucke mit den Schultern. Was soll ich dazu sagen?

Der Kussfleck auf meiner Hand, zu dem niemand etwas gesagt hat, pocht. Heimlich streiche ich mit der Fingerspitze darüber. Statik baut sich unter meiner Haut auf.

Magie, obwohl es keine Magie geben darf. Nun, das ist interessant ... mächtig. Ein Schauer läuft mir über den Rücken, als meine Gedanken zu dem Dämon wandern. Ich frage mich, was er jetzt wohl macht. Der Kuss pulsiert, als wüsste er, dass ich an ihn denke – verrückt.

Irgendwie fühle ich mich nicht mehr so allein, was noch verrückter ist. Vielleicht sollte ich die Narbe küssen? Das hat er doch gesagt, oder? Küssen und er kommt? Ich schnaufe. Ob er wohl einen Gefängnisausbruch aus der anderen Welt gemeint hat? Ich bezweifle es. Ich schiebe den Gedanken an den Dämon beiseite. Auf keinen Fall will ich meinen Problemen noch einen wütenden Dämon hinzufügen. Ich kann mich verdammt noch mal selbst retten – mit ein bisschen Hilfe von meinen Freunden.

»Darf ich mit meiner Familie und meinem Anwalt sprechen?«

»Nur mit deinem Vormund, und der kann dir alle nötigen Informationen geben.« Sie klatscht in die Hände. »Okay, das war's. Vielen Dank, meine Herren. Sie können alle gehen. Husch. Husch. Ich übernehme ab hier.«

Xander schüttelt den Kopf und benutzt seinen extra herrischen Ton. »Nein, ich brauche einen Verhörraum. Ich muss mit der Gefangenen reden ...«

»Nicht heute«, sagt sie. »Sie hätten Ihre Gespräche führen sollen, bevor Sie gekommen sind. Aufnahme und Verwaltung haben Vorrang. Hören Sie zu, mein Hübscher. Wenn Sie bis jetzt noch nicht von uns gehört haben, lassen Sie es sich von jemandem sagen, der es weiß. Die Prinzessin hier wird eher bereit sein, mit Ihnen zu sprechen, wenn sie ein paar Tage in unserer Obhut verbracht hat. Es wird Sie freuen, zu hören, dass wir es bis jetzt geschafft haben, sie alle zu brechen.« Ihr verschmitztes Lächeln ist wieder da. »Wir werden ihr den Kampfgeist austreiben.«

Ah, richtig. Verdammt gut.

Kapitel Vierzehn

Sie stecken mich in einen Vernehmungsraum, um auf den Vampirführer zu warten. Während ich warte, schaue ich mir meine schicke weiße Kleidung an. Es ist so seltsam. Ich kann den weißen Baumwollstoff sehen und anfassen, aber ich könnte genauso gut nackt sein, denn ich habe nicht das Gefühl, etwas auf der Haut zu haben. Ich versuche, den unteren Rand des Hemdes anzuheben, um den Stoff näher zu betrachten, doch ich bekomme direkt eine gewischt.

Und damit meine ich, dass ich auf dem Rücken liege, halb unter Tisch und Stuhl eingeklemmt, ohne zu wissen, wie ich dahin gekommen bin. *Autsch!* Mein Mund schmeckt nach Ozon, meine Lippen brennen und meine Zähne schmerzen. Ich wette, wenn ich jetzt in den Spiegel schauen würde, stehen mir die Haare zu Berge und ich sehe das statische Knistern in den Strähnen.

Verdammt, für eine Sekunde glaube ich, das Halsband hätte mein Herz zum Stillstand gebracht. Oh, das mache ich nicht noch einmal. Das verdammte Ding hat es in sich. Kein Wunder, dass die alte Dame ein krankes Funkeln in den Augen hatte, als sie mir die Strafeinstellung des Halsbandes erklärte.

»Okay, ich hab's kapiert. Nicht die Kleider anfassen«, grummle ich.

Ächzend und stöhnend ziehe ich mich mit Hilfe des Tischbeins vom Boden auf meine wackeligen Füße. Ich lasse mich auf den Stuhl zurücksinken, bevor meine Knie nachgeben. Ich fühle mich beschissen. Da hilft es auch nicht, dass mein Körper in den Abschaltmodus übergegangen ist. Ich habe die Wirkung des Halsbandes falsch eingeschätzt. Je länger es an ist, desto betäubter fühle ich mich. Das verdammte Ding ist furchtbar.

Die Tür zum Verhörraum öffnet sich zischend. Ich halte den Kopf gesenkt und mache mir nicht einmal die Mühe, die Augen zu heben. Ich hoffe, dass es wieder eine Sichtkontrolle ist und ich keinen Tadel bekomme. Die Wärter gehen aufgeregt ein und aus. Ich fühle mich wie ein Ausstellungsstück im Museum oder, schlimmer noch, wie ein Tier im Zoo. Es ist immer derselbe Scheiß.

Der Stuhl auf der anderen Seite des Tisches bewegt sich. Oh, und da ist es, das Pochen meines Herzens, das seinen Rhythmus wieder aufnimmt. Die Kreatur im Raum ist mächtig. Gut zu wissen, dass das Adrenalin einige der Auswirkungen des Halsbandes abmildert, wenn die Kampf-oder-Flucht-Hormone meinen Körper durchfluten.

»Tut mir leid, dass Sie warten mussten«, sagt eine tiefe, kultivierte Stimme.

Fasziniert hebe ich mein Kinn von der Brust, und mein fremdes langes weißes Haar wallt sich um mich herum, legt sich störend in meinen Nacken und verdeckt mein halbes Gesicht.

Wir machen uns gegenseitig ein Bild von uns.

Atticus.

Der Anführer der reinblütigen, ungebissenen Vampire ist hier. Das Oberhaupt der Vampirgilde und des Vampirrates. Ich bin Atticus schon einmal begegnet. Er ist zeitlos und unveränderlich und sieht immer gleich aus.

Er trägt einen tadellosen marineblauen Anzug, sein Haar ist kurz geschoren und seine Augen sind dunkelbraun. Früher dachte ich, sie seien schwarz, aber nachdem ich die unergründlichen Augen des Dämons gesehen habe, weiß ich, dass sie braun sind. Sie sind schön, wenn auch etwas plastisch.

Die Reinblüter sind so perfekt gezeichnet, dass sie überhaupt nicht echt wirken. Ich bekomme eine Gänsehaut. Ich bin froh, dass ich nicht so aussehe. Trotz meines hybriden Irrsinns sehe ich immer noch irgendwie menschlich aus.

Abgesehen von ein paar grundlegenden Informationen über seine Arbeit ist er ein Unbekannter ... ein Rätsel für alle. Atticus ist ein Einsiedler. Er zeigt sich selten in der Öffentlichkeit und niemand weiß, wo er wohnt. Ein Starvampir ist er sicher nicht, obwohl Reinblütige dazu neigen, berühmt zu sein.

Er macht mir eine Heidenangst.

In diesem Moment merke ich, dass ich krumm sitze und seine Begrüßung nicht erwidert habe. Ich setze mich kerzengerade hin. »Kein Problem, Sir.« Das letzte Mal, als ich ihn getroffen habe, war er sehr direkt und nicht zimperlich. Ich hoffe, er ist auch jetzt so. Ich weiß, dass er nicht seinen Hals riskieren wird, um mich aus dieser misslichen Lage zu befreien, aber ich weiß seine Zeit zu schätzen.

Was ich nicht verstehe, ist, warum er so schnell gekommen ist. Ich weiß, ich bin von meiner eigenen Wichtigkeit beeindruckt, aber so wichtig bin ich nun auch wieder nicht. Also, was ist hier los?

Er schaut mich immer noch an und ist wie versteinert. Er stützt sich mit der Hand auf den Stuhl und atmet scharf und wütend ein, seine Nasenlöcher verengen sich. Mein ganzes Gesicht ist zusammengezogen. *Hat er mich verwechselt?* Nun, ganz unerwartet ist das nicht und es muss ihn richtig wütend machen, dass jemand einen Fehler gemacht hat. Alles stehen und liegen zu lassen und wegen eines Halbblüters herzukommen und seine kostbare Zeit zu verschwenden.

Statt sich zu setzen, beugt sich Atticus auf meine Höhe hinunter und fragt: »Darf ich?« Sein Blick fällt auf meinen Kragen. Ah, ich verstehe. Deshalb ist er so wütend. Ich nicke. Mit einer kühlen Hand umfasst er sanft mein Kinn und neigt meinen Kopf zur Seite. Mit der anderen Hand streicht er mir das Haar zurück, damit er mich besser sehen kann. »Barbaren«, knurrt er. Er senkt mein Kinn und lässt ein Grummeln in seiner Kehle erklingen.

Elegant richtet er seinen Anzug und setzt sich. »Ich wäre dem Ruf in diese schreckliche Welt irgendwann erst viel später gefolgt, aber jetzt bin ich wegen eines Gefallens hier.« Er kramt in der Innenseite seiner marineblauen Jacke und holt einen *Jetzt hörst du mich nicht mehr*-Zauber heraus. Er lässt den teuren Trank zu Boden fallen. Das

Summen in der Luft nach dem Aufprall verrät, dass der Geheimhaltungszauber aktiviert wurde.

Atticus stützt seine Arme auf den Metalltisch zwischen uns, setzt sich und starrt mich aufmerksam an. »Woher kennst du Kleric, den Dämonenprinzen?«

»Ein Prinz«, quieke ich. Verdammte Scheiße. Ich hatte ja keine Ahnung, dass er ein Prinz ist! »Ich habe ihn letzte Nacht kennengelernt«, platze ich heraus.

Atticus lehnt sich verwirrt von mir weg, seine Augen starren besorgt auf das Halsband.

Oh-oh. Er denkt, es bringt mein Gehirn durcheinander. *Kein Wunder. Was zum Teufel redest du da, Tru?* Das Blut schießt mir in die Wangen, als ich tief Luft hole und es noch einmal versuche. Ich wiederhole mich. Diesmal spreche ich langsamer. »Ich habe ihn letzte Nacht kennengelernt. Er war in einem Dämonenkreis gefangen, einem Tötungskreis, und ich … ähm … ich habe ihn befreit.« Ich ziehe den Kopf ein und zucke zusammen. »War das falsch?«

»Für dich nicht.«

»Oh.« Was soll ich dazu sagen? Das ist doch gut, oder? Was ist denn heute los? Der große blaue Dämon ist ein Prinz! Verdammte Scheiße. Man findet nicht jeden Tag einen nackten Prinzen in einem Lagerhaus.

»Er sagte mir, ich solle dir sagen, dass es aussieht, als würdest du in der Klemme sitzen. Sagt dir das etwas?«

Ich räuspere mich. »Ja, das tut es.« Verdammter frecher Dämon. Als er im Kreis war, habe ich genau das gesagt. Ich reibe mir das Gesicht und lasse mich wieder auf den Stuhl sinken. Ich lasse die Hände auf die Knie unter dem Tisch fallen und streiche über die immer noch rote Narbe. Der Kuss des Dämons. Nicht nur eines Dämons, eines Prinzen. *Kleric, du bist saukomisch.* Die Narbe pocht und eine Welle der Magie durchströmt meine Haut. Wieder ist es, als würde er zuhören. Wow, das ist immer noch unheimlich. »Die Nachricht ergibt Sinn. Es ist ein kleiner Scherz.«

»Gut. Außerdem hat deine Freundin Story mein Telefon zum Glühen gebracht und Antworten verlangt, und dein Anwalt bereitet dem Rat der Vampire und der Versammlung der Wandler jede Menge juristischen Ärger. Sei versichert, Miss Dennison, deine auserwählte Familie weiß, wo du bist, und ich werde sie wissen lassen, dass du vorläufig in Sicherheit bist.«

Vorläufig, aha, das klingt gut.

»Kannst du mich hier rausholen?«

»Nein.«

»Oh, okay.« Ich schiebe mir das Haar hinter die Ohren. »Also, was soll ich tun?«

»Warten. Es gibt einige schwerwiegende Anschuldigungen gegen dich, Miss Dennison, und du hast im Laufe der Jahre einige ziemlich wichtige Leute verärgert. Kreaturen, die das nur zu gern als Gelegenheit für eine kleinliche Rache nutzen würden. Der Engel ...«

Ich sehe, wie sein rechter Fangzahn aufblitzt, sein einziges äußeres Zeichen von Wut.

»... Xander glaubt, unwiderlegbare Beweise gegen dich zu haben. Die Einhörner sind froh, wenn du hier verrotten würdest, es sei denn, du entscheidest dich für ein Einhorn als Partner.« Er hebt die Hand, als ich stottere. »Ich weiß, ich weiß. Tu es, Miss Dennison, es ist mir egal. Ich informiere dich nur, damit du nicht erwartest, dass man dir zu Hilfe eilt. Vorerst wird die Gunst des Dämons dich in in

Sicherheit bergen, und ich werde mich um Xander kümmern.« Er lächelt kurz. »Aber jetzt musst du dich gedulden, bis wir das alles geklärt haben, und das wird leider eine Weile dauern.«

»Wie lange?« Mein Magen dreht sich, ich rutschte auf meinem Stuhl vor und starre ihn an. Wie lange werde ich eine Gefangene sein, mit diesem schrecklichen, schwarzmagischen Halsband um meinen Hals?

Atticus reibt sich das Gesicht. »Ich weiß es nicht. Im Durchschnitt dauert es zwei, vielleicht drei Jahre, bis ein Fall verhandelt wird ...«

Alles steht still.

Ich höre nichts mehr außer der Panik, die sich in meinem Kopf ausbreitet. Meint er das ernst? Zwei, vielleicht drei Jahre? Ja, das ist ein großer Witz. Meine Beine zittern unter dem Tisch und bereiten mich darauf vor, aufzuspringen und wegzulaufen.

Vielleicht ist das nur eine Verhörtechnik? Atticus wirft mit diesen lächerlichen Zahlen um sich, um mich zu erschrecken, und jeden Moment wird Xander auftauchen, *Überraschung* schreien und einen Partyknallerzauber anwenden.

Das kann doch nicht wahr sein, oder? Das ist ein Albtraum.

»Ich habe nichts getan«, murmle ich.

»Hey, Tru.« Atticus schnippt mit den Fingern vor meinem Gesicht herum, und ich blinzle ihn an. »Miss Dennison, ich habe gesagt, im Durchschnitt. Ich meinte nicht dich. Normale Kreaturen haben keinen Dämonenprinzen, der sich für sie einsetzt und sie um Gefallen bittet.« Eine seiner schwarzen Brauen hebt sich. »Du hast einen guten Eindruck gemacht. Kleric hat mehr politischen Einfluss als Xander, aber wie alles in dieser verfluchten Welt braucht es seine Zeit.«

»Okay, danke«, murmle ich und lasse mich auf den Stuhl zurückfallen. Ich hocke mich hin und vergrabe meinen Kopf in meinen Händen. Ich werde heute nicht nach Hause gehen, so viel steht fest. Je schneller ich das begreife und mich damit auseinandersetze, desto angenehmer wird die Zeit des Wartens. *Ich bin unschuldig.* Wie konnte der Engel mir das antun? Warum nur? Ich könnte Monate oder Jahre hier festsitzen.

»Deine Mutter war eine unglaubliche Frau«. Seine leisen Worte durchdringen meine panischen Gedanken und ich nehme die Hände vom Gesicht. Es kommt selten vor, dass jemand von meiner Mutter spricht. Ich wusste nicht, dass er sie kannte, was dumm ist, wenn ich darüber nachdenke. Atticus ist seit Jahrhunderten der Anführer der Vampire und hat zweifellos jeden reinblütigen Vampir getroffen. »Als sie sich in ein Einhorn verliebte, sagte ich ihr, dass daraus nichts Gutes entstehen würde. Dein Vater war unglaublich charmant und es war nur eine Frage der Zeit, bis sie sich in ihm verlor.«

Er erzählt mir nichts, was ich nicht schon weiß. Charmant, ja, gerade genug, um meiner Mutter an die Wäsche zu gehen. Darauf wette ich. Ansonsten war mein Vater ein schrecklicher Mensch. Der fiese Bastard hat sie umgebracht.

»Vampire, das weißt du, lieben von ganzem Herzen. Wir verlieben uns, und wenn nichts Schreckliches passiert, lieben wir diesen Menschen für immer und können nie einen anderen lieben. Die Seelenverwandtschaft. Sie ist der größte Reichtum eines Vampirs und der größte Fluch eines Vampirs.«

Ich blinzle ihn an. *Was zum Teufel ist Seelenverwandtschaft?* Er muss die Verwirrung in meinem Gesicht sehen.

»Was? Wie kann das sein? Das wusstest du nicht?« Entsetzen steht in seinen Augen und er reibt sich das Gesicht. »Ich habe vergessen, dass deine Mutter gestorben ist, als du noch ein kleines Mädchen warst. Du warst erst sechs, nicht wahr? Niemand hat dir unsere Sitten beigebracht.« Atticus zupft an den Ärmeln seiner marineblauen Jacke und richtet seine Krawatte, während er sich offensichtlich unwohl fühlt. »Wie schade. Das erklärt einiges. Es bedeutet auch, dass du nichts von deiner Seelenverwandtschaft mit Xander weißt?«

Ich kann nicht atmen.

Noch mehr verdammter magischer Blödsinn, und plötzlich ergibt alles einen Sinn.

Atticus nickt traurig. »Es tut mir so leid, Miss Dennison. Es tut mir leid, dass die Vampirgemeinschaft dich im Stich gelassen hat. Du hattest nicht die nötigen Informationen, und ich habe fälschlicherweise angenommen, dass du dich absichtlich an Xander gebunden hast. Es ergibt so viel mehr Sinn, dass du es nicht wusstest. Ich habe meine Gefährtin vor langer Zeit verloren. Nicht einmal der Tod kann die Verbindung lösen. Ich fühle mit dir. Es tut mir leid, dir jetzt sagen zu müssen, dass du dich mit ihm verbunden hast, bedeutet, dass du ihn niemals loslassen darfst.« Er seufzt und reibt sich die Brust. »Es gibt nichts Schlimmeres für einen reinblütigen Vampir als unerwiderte Liebe.«

»Halb«, flüstere ich.

»Wie bitte?«

»Ich bin halb reinblütiger Vampir und, wie du schon sagtest, halb Einhorn.«

Seine Augen mustern mich mit kluger Überlegung und nach einem Moment nickt er.

»Wie du schon sagtest, wenn nichts Schreckliches passiert, ist diese Seelenverbindung für immer. Was heute passiert ist, erfüllt diese Bedingung, meinst du nicht? *Schrecklich.* Xander hat mich hier reingesteckt.« Ich winke und deute nicht nur auf den Raum, sondern auch auf das Gefängnis.

Wie kann es sein, dass ich jemanden von ganzem Herzen liebe und ihn im nächsten Moment hasse? Ich weiß es nicht. Es ist, als hätte sich ein Schalter umgelegt, und ich kann hinter meine Hoffnungen und Träume sehen. Die Realität ist wie ein Schlag ins Gesicht. Ich verschränke die Hände im Schoß. »Heute Morgen habe ich gespürt, wie etwas in mir zerbrochen ist. Meine Seele ist zerbrochen.« Ich schaue dem Vampir in die Augen und sage voller Überzeugung. »Ich bin fertig mit dem Engel. Was mich mit ihm verband, ist irreparabel beschädigt, und ich könnte ihn mit bloßen Händen töten. Alles, was ich jetzt noch für ihn empfinde, ist Hass.«

KAPITEL FÜNFZEHN

NACHDEM DAS GESPRÄCH mit Atticus beendet ist und der Vampir mich noch einmal zur Geduld mahnt, begleitet mich ein höflicher, aber seltsam schweigsamer Wärter in mein Quartier. Er trägt eine blütenweiße Uniform mit weißen Stiefeln. Die merkwürdigen Stiefel mit ihren dicken, gepolsterten Sohlen geben keinen Laut von sich, während wir einen endlos scheinenden Gang entlanggehen.

Nachdem ich in meine Zelle geführt worden bin, schließt sich die Tür mit einer festen Endgültigkeit, die mich erschreckt, und absolute Stille empfängt mich.

Als ich mir die Zellen in einem Gefängnis außerhalb der Welt vorstellte, dachte ich, sie wären kalt und schleimig. Mittelalterlich. Wasser tropft an den Wänden herunter, so viel, dass die Wände vor Feuchtigkeit und grünem Schimmel und Ratten glänzen würden. Die Ratten würden herumlaufen und versuchen, einen zu beißen. Aber nein, hier ist alles weiß, hell, ach so sauber und modern.

Ich drehe mich um, nehme den kleinen Raum und all das Weiß in mich auf. Vier Seiten weiß, sechs, wenn man Boden und Decke mitzählt.

Es ist verwirrend.

Auch das Bett an der hinteren Wand ist weiß. Ich trete vor und stoße es an. Es ist eine Gummimatratze, die keinen Bezug hat und vor nichts geschützt ist. Mein Blick wandert zur Decke, die vermutlich ein konstantes *weißes* Licht ausstrahlt.

Weiß – irgendetwas an dieser Farbe macht mich wütend und weckt eine alte Erinnerung in meinem Hinterkopf. Ich atme frustriert aus und verdränge den lästigen Gedanken erst einmal. Er wird mir schon wieder einfallen. Die super-gefilterte Luft ist völlig still und die dumpfe Stille lässt meine Ohren rauschen. Kein Zweifel, dieser Raum ist schalldicht.

Ich bin allein und habe nur meine Gedanken, die mich unterhalten.

Was die alte Dame bei der Aufnahme gesagt hat, ergibt jetzt Sinn, denn das Gefängnis hat mich gebrochen, und in diesem Moment macht es klick, und die Erinnerung drängt sich in den Vordergrund meines Gedächtnisses.

Ich erinnere mich.

Sie wenden die weiße Foltermethode an.

Aha, deshalb war mir diese Farbe so vertraut, und sie hallte in meinem Kopf wider. Als ich jünger war und mein Großvater noch lebte, las ich viel über diese Foltermethode. Ich fand sie faszinierend – was soll ich sagen? Ich war ein seltsames, morbides Kind. Weiße Folter, oh, das ist ja ein interessantes Ding. Eine Foltermethode, die den Geist bricht. Es ist eine Form der sensorischen Deprivation, die sich auf erlernte Hilflosigkeit konzentriert.

Egal, für wie stark du dich hältst, das hier ist unschlagbar, und es werden da keine Ausnahmen geltend gemacht. Meine Finger berühren die Wand. Als Kreatur, die ich bin, mit meinen geschärften Sinnen, bin ich bei dieser Methode wahrscheinlich gefährdeter als ein Mensch.

Ich stehe da und denke über den Sinn des Lebens nach und über die Fehler, die mich in diese verzwickte Lage gebracht haben. In der Decke versteckte Lautsprecher klicken und ein Rauschen ertönt. Natürlich tut es das.

Verdammt sei mein Leben!

Langsam drehe ich mich im Kreis und klatsche in die Hände. Das Klatschen klingt so seltsam in der schweren, dumpfen Stille der Zelle. *Klatsch-Klatsch-Klatsch.*

»Bravo!«, sage ich zu den weißen Wänden und den Wärtern hinter den versteckten Kameras. »Das ist psychologischer Mist. Sehr beeindruckend.« Wer auch immer mich reingelegt hat, hat großartige Arbeit geleistet. Diese ganze verdrehte Geschichte ins Rollen zu bringen und mich dann hierherzuschicken. Ich schüttle den Kopf und lache. Der Bastard, der das alles eingefädelt hat, versucht, es Wirklichkeit werden zu lassen.

Wahnsinn!

Wenn ich in diesem Raum keinen psychotischen Zusammenbruch erleide, wäre das ein Wunder.

Nein, ich war nicht verrückt, als ich in diese Zelle kam, aber leider werde ich es sein, wenn ich sie verlasse.

Alle Kreaturen haben sich so entwickelt, dass sie auf Reize reagieren, und wenn es nichts gibt, wird unser Gehirn verzweifelt versuchen, etwas zu finden, irgendetwas, worauf es reagieren kann. Verdammt, es ist nur eine Frage von Tagen, vielleicht einer Woche, bis ich anfange zu halluzinieren.

Ich lasse mich aufs Bett fallen und rufe meine Erinnerungen ab. Die Gefangenen, von denen ich gelesen habe, bekamen weißen Reis auf weißen Tellern. Außerdem wurden die Mahlzeiten in unregelmäßigen Abständen eingenommen, sodass man nicht wusste, ob es Tag oder Nacht war. Ich schaue wieder zur Decke, vor allem wegen des ständigen Lichts. Das bringt den Tagesrhythmus durcheinander.

Dieses Gefängnis hat auch noch einen Zahn draufgelegt. Ich lache und schüttle wieder den Kopf. Meine Finger streichen über das Halsband – es sei denn, ich will mir bei einer weiteren freundlichen Züchtigung die Zunge verschlucken, dann wage ich es nicht, es zu berühren. *Dieses verdammte Halsband.* Ich bekomme weder Essen noch Wasser. Ich habe kein fließendes Wasser, um mir die Hände zu waschen. Lieber sitze ich in meinem Dreck und verrotte, als nichts zu fühlen. Nichts.

Das Halsband kümmert sich um alles, sodass ich meine Zeit nicht einteilen kann, schon bald wird mein Gehirn nicht einmal mehr wissen, dass ich existiere, denn in meiner Welt wird es nur noch Weiß geben.

Das ist so böse, dass es schon wieder genial ist.

Mich von innen zu zerstören, ohne einen Finger zu krümmen. Meinen Körper brauchen sie nicht zu zerstören, der ist zu wertvoll, aber meinen Geist können sie ruhig zerstören. Ich stöhne und schließe die Augen. Ich weiß nicht, ob es besser oder schlechter wird, wenn ich weiß, was mit mir geschehen wird. Ich bin mir echt nicht sicher.

Ich liege auf dem Rücken und blinzle, während ich meinen Arm in die Luft hebe. Mit einer Fingerspitze zeichne ich den Kuss auf meiner Hand nach. *Du beeilst dich besser, mich hier rauszuholen, Dämonenprinz. Wenn du es nicht tust, ist nichts mehr von mir übrig.*

Der Kuss pulsiert. Die Wand links von mir flackert. Sie wird schwarz. Was zum Teufel ...? Hier stimmt was nicht. Ein Portal? Nein. Ich klettere hoch. Wenn ich genau hinhöre, höre ich das Stöhnen und Schreien von ... Tieren? Das reicht, um meinen ganzen Körper in Aufruhr zu versetzen, und ich knalle mit dem Rücken gegen die Wand. Ich drücke die Knie an die Brust. Ich kann es nicht verstehen und ich starre einfach nur die flackernde Wand an.

Die Magie des Dämons pulsiert rhythmisch meinen Arm hinauf.

Bist du das? Vielleicht wäre die bessere Frage jedoch, *WAS* genau er da macht? Ich schwinge mich auf die Bettkante, das weiße Gummi gibt unter meinem Gewicht nach. Ich bewege mich nicht, und halte meinen Rücken so kerzengerade, dass meine Muskeln zu spüren sind. Sie flackert wieder schwarz auf. Das ist Magie.

Verstohlen huschen meine Augen umher und ich warte darauf, dass das Halsband zappt oder die Wachen mit den Fledermäusen in den Raum kommen. Als niemand meinen Raum betritt, entspanne ich mich. Ich vermute, dass nur ich die Wand sehen kann – wie den Dämonenkuss auf meiner Hand. Ist das eine ... ist das eine Höllenbestie? Ich senke meinen Kopf. Die Wand ist wie ein Fenster oder ein Fernsehbildschirm, denn in der Schwärze sind Tiere und

Kreaturen zu sehen. Hm, schau dir das an! Kleric hat mir etwas zum Gucken gegeben.

Ich staune. Wow! Ein Mann, ein Dämon, dem ich erst vor wenigen Stunden begegnet bin, bietet mir seine Freundlichkeit an. Nein, mehr als Freundlichkeit. Er rettet meinen Verstand. Mein Herz klopft.

Was zum Teufel will er?

Kapitel Sechzehn

Ein Grollen ertönt, fünf Sekunden später ein bellender Ton. Ich zähle in meinem Kopf bis zwanzig, und ein Brüllen hallt durch meine Zelle. Wie aufs Stichwort taucht fünf Sekunden später der Schwanz eines riesigen Tieres auf.

»Hallo Spot. Wie geht's dir heute?«, murmle ich, als der schwarze Schwanz auf mich zukommt und dann wieder im Abgrund verschwindet.

Es hat nicht lange gedauert, bis ich herausgefunden habe, dass die magische Aussicht – die so genannte Wand der Vernunft, weil ich ohne sie die Wände hochklettern würde – eine achtstündige Schleife abspielt, die sich innerhalb von vierundzwanzig Stunden dreimal wiederholt, wobei die dritte Schleife hilfreicherweise dunkler läuft, um die Nacht zu simulieren. Ich benutze diese Schleife als

Schlafhilfe. Die Magie hilft mir sehr, weil ich dann ungefähr weiß, wie viel Zeit vergeht und wie viel Zeit ich mit Schlafen und Sport verbringe.

Das gibt mir die dringend benötigte Routine, und es ist gerade genug, um mein Gehirn aktiv zu halten.

Ich weiß nicht genau, wie lange ich schon hier bin, aber ich glaube, es ist der achte Tag. Jedenfalls mit acht Nächten Schlaf.

In dieser Zelle fühlt sich ein Tag wie eine Woche an und eine Woche wie ein Jahr. Die Zeit ist nicht mein Freund, und die unglaubliche Menge an Zeit, die vor mir liegt, gibt mir verdammt viel Spielraum zum Nachdenken. Um über ihn nachzudenken. Ich nehme alles auseinander, jedes Wort, jedes Gefühl, und suche nach Beweisen für die magische Seelenverbindung, die mein Leben ruiniert hat. Meine Gefühle sind völlig verwirrt. Ich schwanke zwischen Schmerz, Trauer, Wut und wieder zurück.

Während ich darauf warte, dass Spot Fred – ein vogelähnliches Tier – jagt, halte ich geschmeidig die Position auf dem Bett. Ich habe mich schon immer sehr für Sport interessiert. Ein starker Körper bedeutet für mich ein langes Leben. Ich habe mich nie nur auf meine natürlichen Fähigkeiten verlassen, denn es gibt immer jemanden, der größer, stärker und besser trainiert ist.

Es ist schwierig, in dieser Zelle zu trainieren. Der Raum ist zwei mal zwei Meter groß und hat ein schmales Bett, das die Bodenfläche auf ein grobes Rechteck von zweimal einem Meter reduziert. Pilates, Yoga und mein abwechslungsreiches Kampfsporttraining halten mich auf Trab. Ich kann alles so mischen, dass es in den Raum passt. Nahkampftechniken, die Perfektionierung meiner Angriffsformen und die Entwicklung neuer Kampfstile sind Dinge, an denen ich arbeiten möchte. Ich will mein Muskelgedächtnis aufbauen und vor allem mein Gehirn gesund halten.

Selbst mit der Wand der Vernunft und den Übungen geht es mir nicht besonders gut.

Ich bin zu dem Schluss gekommen, dass es nicht der Mangel an Gesprächen ist, der mich in den Wahnsinn treibt, sondern das Nachdenken. Ich habe Menschen noch nie gemocht. Es ist der Mangel an Berührung, aber nicht Haut auf Haut, sondern Dinge anzufassen.

Ich habe keine Decke zum Einkuscheln.

Erst als ich hierherkam, habe ich gemerkt, was für ein taktiler Mensch ich bin. Ein Kuschler. Nichts liebe ich mehr, als mich in einen weichen, übergroßen Kapuzenpulli und Decken zu vergraben. Mir war nicht bewusst, wie wichtig es ist, Dinge auf meiner Haut zu spüren, bis sie mir weggenommen wurden. Auch der Geschmack, das Fehlen von Nahrung in meinem Mund, das Wasser auf meiner Zunge und das einfache Gefühl von Flüssigkeit, die meine Kehle hinunterläuft. Es ist alles so schwer.

Das mit Blut gefüllte Halsband sorgt dafür, dass mein Körper mit Nährstoffen versorgt wird und gesund genug ist. Genug, um am Leben zu bleiben, jedenfalls, und trotz all der Bewegung, die ich mache, halte ich mein Gewicht.

Sicher, vielleicht ist es nur meine Angst, aber der Gedanke, dass das Halsband eine dauerhafte Ergänzung des Körpers sein soll und die Gefangenen nie wieder in den Alltag zurückkehren sollen, ergibt einen kranken Sinn. Und mal ehrlich, wer kann sich in dieser beängstigenden Realität selbst ernähren, wenn er geistig verwirrt ist? Jetzt mache ich mir Sorgen, dass ich, wenn ich nach Hause komme, was ich tun werde, nicht mehr kauen oder schlucken kann. Wann wird es so weit sein, dass mein Körper und mein Geist vergessen, was sie tun sollen? Werde ich noch daran denken, mich zu waschen? Wird es mir fremd sein, mich unter einem Berg von Decken zu vergraben? Wird sich Seide auf meiner überempfindlichen Haut wie Glassplitter anfühlen?

Meine Augen folgen Spot, als er über die Mauer flitzt und Fred nur knapp verfehlt. Leise stöhnend gehe ich in den Spagat.

Ich habe mich immer für superstark gehalten, für die, die sich als Erstes in einen Kampf stürzt, auch wenn die Chancen schlecht stehen. Übermütig.

Es gab Zeiten, da wollte ich aufgeben, aber irgendwie habe ich immer einen Weg gefunden, mich durchzukämpfen, auch wenn ich auf Händen und Knien kriechen musste.

Aber das hier ist das Schlimmste, was ich je durchmachen musste. Er – Xander – hat mir das angetan, er hat mich in diese Zelle gesteckt, damit ich verrotte, und er hat kurz davor etwas Grundlegendes in mir zerbrochen. Ja, ich weiß nicht, was oder wer ich sein werde, wenn ich endlich hier rauskomme. Selbst mit der Hilfe des Dämons fühle ich, wie ich entgleise, und ich habe nur die Hoffnung, an die ich mich klammern kann. Der unerschütterliche Glaube, dass Story mich rausholen wird. Mit Avas Hilfe ist sie nicht aufzuhalten. Zusammen mit Kleric, dem Prinzen, und Atticus sollte es nicht mehr lange dauern, bis ich wieder zu Hause bin.

Die Hoffnung wird mich zweifellos in die Knie zwingen. Hoffnung, dieses Miststück, ist so verdammt wankelmütig.

Ich hebe mich aus dem Spagat in einen perfekten Handstand. Scheiße, mein Körper juckt, ich glaube, mein Einhorn will endlich mal wieder raus. Ich stelle mich auf die Fingerspitzen, lege die rechte Hand hinter den Rücken und balanciere nur mit der linken Hand.

Als Kind dachte ich, ich könnte die Welt verändern. Menschen retten und so. Eine Zeit lang habe ich das auch getan.

Ich habe einen kleinen Beitrag geleistet. Aber weißt du was? Im Nachhinein betrachtet ... habe ich meinen Höhepunkt wohl zu früh erreicht.

Wenn ich nach Hause komme, werde ich mich verändern und nie mehr zurückkehren. Ich werde draußen leben, mit dem Wind in meinem Fell und dem Regen auf meinem Rücken. Die Welt kann in Flammen stehen, was mich angeht. Es kümmert mich nicht mehr. Ich werde für die Sicherheit meiner auserwählten Familie sorgen und das war's. Scheiß auf alle anderen!

Ich flehe dich an. Ich will nicht verrückt werden.

Kapitel Siebzehn

Ich glaube, es ist der fünfzehnte Tag, als sich die Tür zum ersten Mal öffnet. Ich blinzle aus meiner sündhaft schönen, verdrehten Yogaposition auf dem Boden auf. Ein Wärter in Weiß, ein anderer als zuvor, winkt mich mit zwei Fingern hoch. Er wirft nicht einmal einen Blick auf die Wand der Vernunft, was zumindest die Theorie bestätigt, dass niemand sonst sie sehen kann. Niemand außer mir kann sie sehen.

Vorsichtig folge ich ihm aus dem Raum.

Verdammt, ich fühle mich wie in einem Abenteuer, in dem man ins Unbekannte vordringt. In meinem Kopf weiß ich, dass es nur ein Gefängnisgang ist, aber für mich ist es ein unbeschreibliches Gefühl, so lange in einem winzigen weißen Kasten eingesperrt zu sein und ihn dann, wenn auch nur für einen Moment, zu verlassen.

Beängstigend.

Als wir den Gang hinuntergehen, fühlt es sich wirklich seltsam an, sich zu bewegen und tatsächlich irgendwohin zu gehen. Im Gegensatz zu einem Sprung vom Laufband, bei dem man das Gefühl hat, dass sich der Körper noch schnell bewegt, habe ich das Gefühl, dass ich mich zu langsam bewege. Ich schleiche leicht hinter dem Wächter her. Es stört ihn nicht im Geringsten, dass er mich im Rücken hat.

Wir kommen in denselben Verhörraum, in dem ich Atticus getroffen habe. Der Wärter öffnet die Tür, tritt zur Seite und winkt mich herein. Als ich durch die Tür trete, erwarte ich irgendwie, dass der Vampir da ist. Das Flattern der Schmetterlinge in meinem Bauch hätte die erste Warnung sein sollen. Statt Atticus ist er es:

Xander.

Ich zucke mit meiner Oberlippe und unterdrücke ein leises Knurren. Fast wäre ich wieder zurück in den Flur gegangen und weggelaufen. Doch wie es der Zufall will, bleibe ich stattdessen auf der Stelle stehen.

Puh. Ich will nicht, dass mir das Halsband einen Schlag versetzt.

Wie ein Fisch am Boden zu zappeln, während der Engel über mir steht ... ja, scheiß drauf! Das ist der Stoff, aus dem Albträume gemacht sind. Allein aus diesem Grund werde ich eine gute kleine Gefangene sein, die mit fünf Sternchen bewertet wird. Gefangene des Jahres. Was soll ich sagen? Ich bin eine Streberin. Im Gegensatz zu Atticus hat seine Bürokratie, den Engel in Schach zu halten, nicht sehr lang gehalten.

Xander sitzt nicht, der Trottel schaut nicht einmal in meine Richtung. Ganz in Schwarz gekleidet steht er mit dem Rücken zur Tür und starrt auf sein Handy, während seine großen Finger wie wild auf der winzigen Tastatur herumhämmern.

Der Wachmann hält mir einen Stuhl hin, ich nicke höflich und bedanke mich, als ich Platz nehme. Seine braunen Augen werden groß. Seht her, meine Höflichkeit überrascht ihn. *Nicht das, was du erwartet hast?* Die Wahrnehmung der Umgebung ist in diesem Stadium der Haft wahrscheinlich ungewöhnlich. Mein Verstand sollte eine Pfütze aus Glibber sein. Tut mir leid, ich hinke dem Zeitplan offensichtlich etwas hinterher.

Xander legt sein Handy weg und dreht sich um.

Ein Atemzug bleibt mir in der Brust stecken und er brennt. Xanders honigfarbene Augen sind das erste Stück Farbe, das ich sehe, und die Erinnerung an sie wird ihnen nicht gerecht. Sie sind so hell, sogar blendend. So sehr, dass ich mich kaum auf sein Gesicht konzentrieren kann.

»Du siehst so seltsam aus mit deinem weißen Haar«, sagt er.

Unwillkürlich zucke ich zusammen, meine Schultern ziehen sich zu den Ohren. Seine Stimme ist so laut. Ungefähr fünfzehn Tage, ganz allein in diesem weißen Raum, und die ersten Worte, die ich von einem anderen Menschen höre, kann ich nicht verstehen. Meine Nase rümpft sich. Es ist, als ob das Sprachzentrum in meinem Gehirn versagt, und ich brauche eine Weile, um sie zu übersetzen. Vielleicht spricht er eine andere Sprache. *Komm schon, Gehirn!* Was hat er ... ach ja, mein Haar und die fehlende Farbe müssen ihn verwirren. Auch wenn er es schon einmal gesehen hat, sehe ich bestimmt immer noch fremd aus. Die weißen Locken und die weiße Kleidung müssen meine Haut regelrecht ausbleichen. Fast unbewusst streiche ich mir eine verirrte Strähne aus dem Nacken.

Wenn ich diesem Drecksloch entkommen bin, werde ich alles Weiße in meinem Kleiderschrank vernichten – nicht, dass ich überhaupt etwas Weißes besitze. Ich bin nicht nur ein Magnet für Ärger, sondern auch für Schmutz. Auf jeden Fall werde ich nur noch helle, bunte Kleidung tragen. Ich werde Weiß aus meinem Haus verbannen und die Wände rosa streichen.

Nein, nicht nur rosa, sondern in allen Farben des Regenbogens.

Er starrt mich an und wartet darauf, dass ich etwas sage. Ich kratze mich am Hinterkopf und gähne. »Die können doch nicht mit Regenbogenhaar die weiße Ästhetik ruinieren«, krächze ich. Meine Zunge fühlt sich seltsam an. Ich bewege sie im Mund hin und her. Vielleicht liegt es an der betäubenden Wirkung des Kragens oder, was wahrscheinlicher ist, an meinem geschmolzenen, weiß gepanzerten Gehirn. Aber jedes Wort, das ich ausspreche, fällt mir leichter. Hm, ich bin froh, dass ich mit Spot und der Tierbande in der Wand der Vernunft gesprochen habe. Ich muss weitermachen und noch ein bisschen üben. »Regenbogenhaar würde nicht zu ihrer weißen Foltermethode passen.«

»Weiße Folter?« Der Schock in seinem Gesicht ist echt.

Meint er das ernst?

Ich schiebe den Stuhl vom Tisch weg und strecke meine Hände weit aus, damit er mich und mein hübsches weißes Outfit sehen kann. »Das ist keine Mode. Hast du nicht die weiße Uniform des Wachmanns und seine gepolsterten Stiefel gesehen? Stand das nicht im Prospekt oder auf den Formularen, die du unterschrieben hast? Im Kleingedruckten? Nein. Ich schätze nicht, wenn das nicht deine Glocken läuten lässt«. Ich schüttle den Kopf und erkläre: »Es ist eine Technik der sensorischen Deprivation ...«

»Ich weiß, was weiße Folter ist«, unterbricht er mich scharf.

Ich zucke mit den Schultern. »Na gut, was soll's?« Ich hab es ja nur versucht. Er denkt, er weiß so viel mehr als ich, dass er einfach drauflos reden kann. *Oh, brillant.* Mein Finger gleitet über die Tischkante. Ich will ihn nicht mehr ansehen, will nicht mehr in seine flüssig goldenen Augen blicken, während er so beiläufig über den Mangel an Pigmenten in meinem Haar spricht, als wäre das meine Entscheidung. Ich schnappe nach Luft. Der Hass, den ich spüre, ist schockierend und überwältigend. Er ist so ein Arschloch.

Ja, wenn ich weiter in sein beschissenes, hässliches, gut aussehendes Gesicht schaue, denke ich ... ich denke, dann springe ich über den Schreibtisch und haue ihm eine rein.

Ihm eine reinhauen.

Irgendwann finden meine Hände seinen Hals und dann werde ich nicht aufhören können zu drücken. Egal, was er tut. Ich werde drücken und drücken und drücken, bis er seinen letzten Atemzug nimmt. Die Luft in meiner Kehle zittert und ich schließe meine Augen. Wenn ich das tue, werde ich für immer hier sein. Sie werden mich nie gehen lassen.

Und ich will so verzweifelt nach Hause.

Xander erhebt sich über mich. »Tru?«

Ich ignoriere ihn.

»Tru, hör auf zu schaukeln und sieh mich an!«

Schaukle ich etwa? Oh, sieh mal einer an! Ich schätze,

das mache ich. Schaukeln ist eine beruhigende Bewegung. Ich wusste gar nicht, dass ich das mache. Ich runzle die Stirn. Wie seltsam. Es muss zur Gewohnheit geworden sein, ohne dass ich es gemerkt habe.

»Erzähle mir von dem Engel!« Er zieht den Stuhl zurück und lässt ihn über den Boden kratzen, dass mir die Backenzähne wehtun.

Er setzt sich.

Ich stöhne.

Nicht schon wieder dieser Engelscheiß. Das ist wie eine kaputte Schallplatte. *Erzähl mir von dem Engel! Wo ist er? Bla, bla, bla.* Ich bin mir sicher, er erwartet, dass ich zusammenbreche und mich weinend in seine Arme werfe, während ich meine Sünden beichte. Er sagt, ich sei verwirrt, aber wenn das so ist, bin ich nicht die Einzige.

»Tru, sieh mich an! Höre meine Worte! Erzähl mir von dem Engel!«

Ich lecke mir die Lippen. *Das ist meine Chance.* Ich kann beim besten Willen nicht die unzähligen Stunden zusammenzählen, die ich in meinem Kopf verbracht habe, um zu planen, was ich diesem Mann sagen werde. Tagelang habe ich geübt.

Xander knallt seine Hand auf den Tisch. Ich zucke zusammen und krache mit den Knien gegen die Tischkante. *Das war nicht sehr nett.* Weißt du, was auch nicht nett ist? Eine Faust im Gesicht. Mit dem Drang nach Gewalt, der wie ein Herzschlag in meinem Hinterkopf pocht, presse ich meinen Hintern fest auf den Sitz und schlinge mein linkes Bein sicherheitshalber um das Stuhlbein, damit ich mich nicht so schnell auf ihn stürzen kann. Als ich mit meinen dummen und nutzlosen Vorsichtsmaßnahmen zufrieden bin, zwinge ich meinen Blick zu ihm hoch.

Meine Wut entlädt sich in meinen Worten. »Außer dir bin ich noch keinem anderen Engel begegnet. Sag mir, ob ich lüge.« Ich warte. Seine Miene ist sorgfältig ausdruckslos. »Wie lange ist es her? Fünfzehn Tage?« Ich ziehe fragend eine Augenbraue hoch. Nutzlos. Er sagt nichts, also weiß ich nicht, ob ich mit der Anzahl der Tage richtig liege. Ich verschränke die Arme vor der Brust, um ihn nicht zu packen, und lasse mich in den Sitz zurücksinken. »Hast du keinen Zugang zu Atticus' offiziellen Unterlagen über meinen Job bei der Auftragsmordgilde? Habe ich auch in diesem Punkt gelogen?« Ich zische die letzten Worte, zu wütend, um zu schreien.

»Ich habe glaubwürdige Informationen von einer vertrauenswürdigen Quelle erhalten«, sagt er.

»Wirklich? Ich muss dein Engagement loben, einer *vertrauenswürdigen Quelle* zu glauben« – ich mache kleine Anführungszeichen, um die Worte zu unterstreichen – »über neun Jahre Freundschaft hinweg.«

»Komm schon, Tru!« Der Engel zeigt ein herablassendes Lächeln auf seinem Gesicht, während er sich auf dem Sitz leicht hin und her bewegt. »Ich war nicht dein Freund. Ich war dein kleiner Schwarm und unglücklicherweise dein Blutspender.«

Der Bastard beugt sich über den Tisch und tätschelt meine Hand.

Mir wird schwarz vor Augen. Ich sehe rot. Ich drücke mit der Wade gegen den Stuhl, um mich zu vergewissern, dass ich mich noch am Stuhlbein festhalte. *Ein verdammter Schwarm.* Ist das sein Ernst?

»Ich kann dich nicht guten Gewissens auf die Straße lassen. Du bist eine Psychopathin, Tru.«

Ich blinzle ein paar Mal, um meine Wut wegzublinzeln. »Bin ich das?« Ich lächle ihn an. Vielleicht, wenn man von meinem Zucken ausgeht. Es ist ein bisschen zu manisch, ein bisschen zu breit. Was soll ich sagen? Meine sozialen Filter sind verrutscht und ich habe keine Lust, meine Fassade zu korrigieren. »Wow, wer hat dir das erzählt?«

Der Engel reibt sich den Mund und spannt die Finger der anderen Hand an. Seine Armmuskeln spannen sich und wölben sich unter dem Hemd. »Ich habe es mit eigenen Augen gesehen.«

»Ach, wirklich? Hm.« Ich nicke und lache bitter auf, während ich die Hände in die Luft werfe und ihm mit einer Geste zu verstehen gebe, dass er weitermachen soll. »Okay, Fernsehpsychologe, bitte, bitte sag mir, welche psychopathischen Züge ich habe.« Ich lehne mich auf dem Stuhl zurück und warte. Stille empfängt mich. »Los, lass mich nicht im Ungewissen! Ich höre dir zu ... bitte sag es mir!« Ich halte die Hand an mein Ohr.

»Du tötest Menschen.«

Ich schnaufe und lächle, während ich den Kopf schüttle. »Wirklich? Machst du doch auch. Bist du auch ein Psychopath?« Ich klatsche mit gespielter Freude in die Hände. Das scharfe Geräusch und die Bewegung lassen seine Augen zucken. »Wir könnten einen Club gründen. Wir könnten die Höllenhunde einladen.« Ich kichere.

Mit einem tiefen Seufzer und einer zackigen Bewegung ignoriert Xander mich. Er löst seine Manschette und krempelt den Ärmel bis zum Ellbogen hoch. Goldene Haut, markante Adern und pralle Muskeln kommen zum Vorschein.

»Sie haben mir erlaubt, dir etwas von meinem Blut zu geben, *wenn* du meine Fragen beantwortest.« Mit dem Zeigefinger fährt er langsam und sinnlich über seinen Arm.

Meint er das wirklich ernst?

»Ja. Als ob das jemals passieren würde. Wenn ich die Wahl hätte, dein Blut oder Toilettenwasser zu trinken, würde ich lieber Toilettenwasser schlecken.«

»Warum hilft dir ein Dämonenprinz? Woher kennst du Kleric?« Er spricht den Namen des Dämons mit so viel Abscheu aus, dass etwas Wildes in seinen Augen aufblitzt.

Kleric macht dir Ärger, was? So ein Pech.

Ich verdrehe die Augen und puste die Wangen auf. »Den kenne ich nicht.« Ich kenne ihn nicht. Nicht wirklich, also bin ich nicht unehrlich. Ich kenne den Dämon nicht und habe keine Ahnung, warum er mir hilft.

»Lüge«, knurrt Xander. Der Stuhl knarrt unter seinem Gewicht, als er sich über den Tisch beugt und den ganzen Platz einnimmt.

Ich zucke mit den Schultern und deute auf meine Schläfe. »Ist der Engel-Lügendetektor außer Betrieb? Oder suchst du dir einfach aus, was zu deiner Geschichte passt? Warum fragst du nicht Kleric?«

»Ich könnte einen Wahrheitszaubertrank benutzen.«

»Ooooh.« Ich zittere dramatisch. »Und ... Na schön, mach nur weiter! Es ist ja nicht so, als könnte ich irgendetwas dagegen tun. Schließlich bin ich gegen meinen Willen hier. Was hindert dich daran? Lass dich nicht von einer Kleinigkeit wie dem Gesetz und den Rechten der Kreatur aufhalten.«

Wir starren uns an, er schaut zuerst weg.

»Ich habe dich geliebt.« Da habe ich es gesagt. Vergangenheitsform. Geliebt. Ich nicke, als sein Kopf zurückschnellt und er seinen Schock nicht verbergen kann. »Es war keine Schwärmerei.«

Schwerfällig setzt er sich wieder auf den Stuhl.

»Reinblütige Vampire haben diese ... Sache.« Ich zucke verlegen zusammen, aber ich muss es loswerden. Er muss es wissen und ich kann es nicht länger für mich behalten. Ich muss es ihm geben, wie einen vollen Hundekotbeutel, dann kann er die verdammte Last für mich tragen.

»Ich wusste nicht einmal, dass es existiert. Das ist alles streng geheim. Ich bin mir sicher, du weißt alles darüber.« *Verdammter Besserwisser.* »Niemand hat sich die Mühe gemacht, es mir zu sagen. Was ist mit dem ganzen Hybrid-Zeug? Das war doch allen scheißegal. Als du mich hier zum Verrotten abgesetzt hast, hatte ich ein Treffen mit Atticus, und er musste es mir erklären. Ich habe eine Seelenverwandtschaft mit dir.« Ich lächle ihn sanft an. »Seelenverwandtschaft. Ich hätte dich nie verletzen oder belügen können, selbst wenn ich es gewollt hätte.«

Ich lasse meine Worte ein paar Minuten zwischen uns stehen. Xanders Gesicht ist bewusst ausdruckslos.

»Das ist der Grund, warum mein Vater meine Mutter töten konnte. Sie konnte sich nicht wehren. Sie konnte ihm nichts tun.« Wie die *Mutter, so die Tochter.* »Ich hätte die Welt verbrannt, um dich zu beschützen. Um dich glücklich zu machen, hätte es nichts, aber auch gar nichts gegeben, was ich nicht für dich getan hätte.«

Ich lasse die Wut und den Sarkasmus beiseite und versuche, mit einem Kloß im Hals zu erklären. »Ich hatte

Visionen von unserer gemeinsamen Zukunft. Xander, sie waren so lebhaft. Meine Güte, unsere gemeinsame Zukunft war wunderschön. Ich werde immer um unser zukünftiges Wir trauern.« Eine einzige verdammte Träne kullert mir die Nase hinunter. Sie findet ihren Weg, bevor ich sie hastig wegwischen kann.

»Neun Jahre lang habe ich mein Bestes gegeben, mich von dir fernzuhalten, weil es das Beste für dich war, und ich schätze, ich musste auch erstmal erwachsen werden. Neun Jahre lang. Ich dachte, wir wären wenigstens Freunde. Aber du ...« Ich lache über mich selbst. »Während ich die Welt für dich verbrannt hätte, hättest du *mich* für die Welt verbrannt. Das Leben eines Engels ist mehr wert als meines. Nein, das ist noch milde ausgedrückt. Es ist schlimmer als das. Jedermanns Leben ist mehr wert als meins. Du würdest mich opfern, um jemanden zu retten, den du für würdiger hältst.

Ich bin nur ein Parasit, nicht wahr? Die Hybride. Mit meinem kleinen Schwarm und meinem widerlichen Verlangen nach deinem Blut. Als dich ein manipulativer Bastard mit Lügen vollgestopft hat, hast du die Chance ergriffen, mich loszuwerden, so sehr, dass du dir nicht einmal die Mühe gemacht hast, nach meiner Version der Geschichte zu fragen. Xander, du bist ein Idiot. Deine sogenannte Quelle hat dich verarscht. Und du? Du hast den Scheiß auch noch geschluckt.«

Ich starre weiter in seine grausamen Augen, die jetzt so traurig sind. Er kann mich mal. Er hat kein Recht, traurig zu sein. Er kann nicht länger den weißen Ritter spielen. Ich ziehe einen Bösewicht jederzeit diesem Schwachkopf vor, der immer noch sein Bestes tun wird, um sich selbst davon zu überzeugen, dass er im Recht war.

Ich hebe meine Hand, als sich seine Lippen öffnen. »Mach dir keine Sorgen. Es ist vorbei. Was du getan hast, als du mich wie eine Spielzeugpuppe über den Parkplatz geschleudert hast, als du mich eine Lügnerin genannt hast, als du mich mit silbernen Handschellen gefesselt hast und als du diesen Vampir hast über mich herfallen lassen, während du zugesehen hast ...« Meine Stimme bricht und ich schüttle den Kopf, als er versucht zu sprechen.

»Meinen Mund mit Magie versiegelt und mich dann hierher in diese Hölle geschickt hast. Du hast meine Seele gebrochen. Ich sage dir das nicht, um irgendetwas von dir zu bekommen, und schon gar nicht will ich dein Mitleid. Ich will nichts von dir außer dem Respekt, mich in Ruhe zu lassen. Ich wollte nur, dass du das weißt.« Meine Stimme senkt sich zu einem Flüstern. »Es war nicht nur eine Schwärmerei, du Arschloch, aber ich sage dir etwas: Ich danke dem Schicksal jeden Tag, dass du es nicht erwidert hast. Schlimmer, als gebrochen zu sein, wäre es gewesen, mit dir als Kumpel festzusitzen. Habe ich auch in diesem Punkt gelogen?« Ich rutsche auf dem Stuhl herum und hake mein Bein ab. Ich versuche gar nicht erst, sein schlechtes Gewissen zu bereinigen.

Er ist es nicht wert.

Das war er noch nie.

»*Wer Sie dazu bringen kann, Absurditäten zu glauben, kann Sie dazu bringen, Gräueltaten zu begehen*«, zitiere ich Voltaire. »Hör mal, ich will nicht mehr mit dir reden, und um ehrlich zu sein, solltest du deine Zeit lieber damit verbringen, den wahren Schuldigen für das Verschwinden deines Engels zu suchen. Wenn du also nicht vor hast, noch die Daumenschrauben rauszuholen, würde ich gern in meine Zelle zurückkehren.«

»Tru, es tut mir leid. Ich wollte nicht ...«

»Verpiss dich einfach! Oh, und Xander, hör gut zu ... bitte komm nicht zurück!«

»Wache!«, schreit der Engel. Zischend öffnet sich die Tür. »Bring sie zurück in ihre Zelle!«

Ich stehe auf und lasse ihn mit dem Kopf in den Händen zurück. Vielleicht ist der letzte Schritt, um über jemanden hinwegzukommen, ihm zu sagen, dass er sich verpissen soll.

KAPITEL ACHTZEHN

ACHTUNDDREISSIGSTER TAG, glaube ich. *Niemand wird kommen. Ich werde nie nach Hause zurückkehren.* Mein Verwandlungszauber juckt die ganze Zeit in mir. In den ersten Wochen hat es sich angefühlt, als würde das Einhorn durch meine Haut beißen und meine Knochen verflüssigen. Ich habe den Schmerz genossen, denn er war etwas, das ich fühlen konnte, und er hat mir das Gefühl gegeben, lebendig zu sein, und die kranke Hoffnung, dass mein Körper noch zu mir gehört und nicht das widerwärtige, magische Halsband, das sich um meinen Hals gelegt hat. Aber ich habe mich an den Juckreiz gewöhnt. Er ist immer noch da, aber er vermischt sich wie ein Hintergrundgeräusch in meinen Hinterkopf.

Die Matratze gibt das leiseste Protestquietschen von sich. Wie bitte? Oh, ich zittere. So schnell, dass selbst das harte, unnachgiebige Gummi Mühe hat, der Bewegung zu folgen. *Nichts da*, zische ich und spanne mitten in der Bewegung meine Rückenmuskeln an. Ich kann diesen Schaukelscheiß nicht mehr. Ich schaue auf meine verdrehten Hände und zupfe an einem Nagel. Die ausgefranste, geschwollene Nagelhaut blutet.

Ich muss sprechen und meine tägliche Übung machen, auch wenn es nur für meine Ohren ist. Wenn ich nicht übe, habe ich Angst, das Sprechen zu verlernen. Also spreche ich laut die folgenden Worte. »Ich weiß, dass es falsch ist.« Meine Stimme sinkt zu einem verschämten Flüstern. »Aber ich will das Halsband immer wieder provozieren, zum Beispiel versuchen, mich auszuziehen, nur damit es mir einen Stromschlag versetzt. Damit ich etwas spüre.« Ich lache mit einem Anflug von Hysterie. Sie füllt den kleinen weißen Raum. Ich klinge manisch und streiche mit dem Zeigefinger über die bereits verheilte Nagelhaut, das Halsband macht beste Arbeit, denn es heilt die kleine Verletzung, als wäre sie nie passiert. Es nervt. Ich zupfe wieder daran.

»Irgendwas zu fühlen ist besser, als nichts zu fühlen. Auch wenn es Schmerz ist.« *Wie bescheuert ist das denn?* Wenigstens habe ich noch nicht versucht, mich mit einem Stromschlag umzubringen. Das ist genauso verkorkst wie die Hoffnung, zu glauben, dass Story und meine Freunde mich hier rausholen. Man hört immer wieder von Leuten, die verschwinden und deren Familien nie eine Antwort bekommen. Ich bin ein Fall für die Statistik. Einer von vielen. Atticus ist nicht zurückgekommen und der Engel auch nicht. Ich schließe diesen Gedanken aus, denn der Gedanke an ihn würde mich nur wütend machen.

Mein Oberschenkel vibriert. Ich bereue, dass ich mich nicht gewehrt habe, damals auf dem Parkplatz. Ich hätte es tun sollen. Hätte ich gekämpft, wäre ich jetzt nicht hier. Ja, ich hätte sie alle umbringen sollen.

Niemand kommt mehr. Ich werde nie nach Hause kommen.

Ich starre auf das schnell heilende Nagelbett und meine Augen erfassen die Umrisse des Dämonenkusses. Ich drehe meine Hand, um ihn besser sehen zu können. Sie zittert, als ich sie näher an mein Gesicht führe. Mein Mund schwebt darüber, und mein Atem kitzelt warm meine empfindliche Haut. Wenn ich nur ... angewidert schließe ich die Augen, meine Hand fällt auf meinen immer noch zitternden Oberschenkel. Ich kann nicht. Das wäre, als würde ich meine Seele verkaufen.

Die Stimme des Dämons hallt in meiner Erinnerung wider. *Ein Geschenk. Ein Versprechen. Ich werde dir helfen, wenn du mich brauchst. Du musst nur dieselbe Stelle küssen, dann finde ich dich, wo immer du auch bist.*

Die Nagelhaut blutet. Sie heilt und blutet wieder. *Niemand wird kommen. Ich werde niemals nach Hause gehen.*

Meine Lippen treffen auf die Narbenhaut.

Kapitel Neunzehn

Meine Lippen werden heiss, meine Hand pocht und mein Herz schlägt wie verrückt. Angst? Aufregung? Ich habe keine Ahnung. Ich krabble ans andere Ende des Bettes, die Knie an der Brust, drücke die Knochen meiner Wirbelsäule und meiner Schulterblätter gegen die Wand. Als könnte ich vor dem, was kommt, einfach verschwinden.

Das muss Angst sein.

Was zum Teufel habe ich getan? Was habe ich mir nur dabei gedacht? Ich hätte meine verdammten Lippen bei mir behalten sollen. Auweia, jetzt habe ich es doch getan.

Die Einsamkeit und die Sehnsucht nach zu Hause haben mich fertiggemacht. *Es ist besser, als einen Nagel nach dem anderen abzukratzen. Besser als verrückt zu werden.*

Die Wand der Vernunft *knarrt* unheilvoll. Oh, Scheiße.

Schwarzer Rauch wabert an den Rändern entlang und verdichtet sich, bis er sich in die Zelle ergießt und den erstickenden Gestank von Schwefel und Asche mit sich bringt. Er kitzelt in meiner Kehle. Ich huste und meine Augen brennen. Schnell blinzle ich und beobachte ungläubig, wie der Rauch aufwirbelt und sich schließlich vor meinen Augen zu der Gestalt eines Mannes verdichtet.

Ein Dämon nimmt nun die gesamte freie Bodenfläche ein.

Mein Hinterkopf schrammt an der Wand entlang, als ich meinen Kopf in den Nacken lege, um ihn im Ganzen betrachten zu können. Wow, ich hatte ganz vergessen, wie groß er ist. Er senkt sein Kinn und sieht auf mich hinab. Sein Blick ist erfüllt von einem Sturm der Gefühle.

Er ist wütend, auf eine ziemlich royale Art und Weise.

»Endlich haben deine Lippen meinen Kuss berührt«, sagt er und durchbricht damit die Stille, in der wir uns anstarren. Seine sanfte, tiefe Stimme lässt mich erschauern. Seine endlosen schwarzen Augen verlassen die meinen und fallen bedeutungsvoll auf meine immer noch zitternde Hand.

Ich schiebe sie zwischen meine Oberschenkel.

»Das hätte ich nicht erwartet.«

Ich auch nicht.

Wow, war er schon immer so schön? Schön und beängstigend. Seine Haut hat die Farbe des Himmels. Ich kralle meine Fingernägel in die Gummimatratze und versuche verzweifelt, den letzten Rest Realitätssinn zu bewahren. Träume ich? Ist er hier bei mir in dieser Zelle?

Mit geschürzter Lippe und gezackten Zähnen mustert

er meine Zelle. Er streckt seine Arme aus und berührt mit Leichtigkeit jede Seite des Raumes. Er grunzt. »Diese Zelle ist schlimmer, als ich dachte. Das mit dem Weiß war kein Witz. Ich hatte gehofft, du würdest ein Drama daraus machen.«

»Bist du wirklich hier? Oder habe ich den Verstand verloren?« Endlich bringe ich ein paar Worte aus meinem klaffenden Mund.

»Ich bin da.«

Bevor ich darüber nachdenken kann, stoße ich mich von der Wand ab und springe vom Bett.

Kleric stößt ein *Puuuh* aus, als wir zusammenprallen. Unbeholfen greife ich nach ihm und umarme ihn. Meine Arme finden die schmalste Stelle an seiner Taille. Sie gehen trotzdem immer noch nicht ganz herum, und ich klammere mich an ihn wie ein Affe.

»Deine Selbstbeherrschung ist beeindruckend«, sagt er mit einem leisen Lachen.

»Ich fühle mich nicht sehr beeindruckend«, murmle ich gegen seine steinharte Brust. Ich drücke mich mit der ganzen Länge meines Körpers an ihn. Er ist so warm.

Verdammt, Tru, ich kann nicht glauben, dass du einen Fremden umarmst. Einen Dämon. Aber ich schätze, es ist besser, als die nächste Wache zu umarmen, die du siehst. Ja, was soll's? Was zum Teufel mache ich hier? Ich kann nicht ... ich kann nicht loslassen. Es sollte mich demütigen. Ich wäre gedemütigt, wenn ich noch das Mädchen wäre, das ich war, als ich das erste Mal durch das Gefängnistor ging. Die alte Tru hätte mich geohrfeigt, weil ich so verdammt naiv und dumm war.

Er fühlt sich so gut an und er riecht so gut. Siehst du,

sogar meine innere Stimme ist bei der Umarmungsparty dabei. Ich zucke zusammen. Ich muss ihn wirklich loslassen.

Ich weiß, dass nichts, was ich jetzt sage, ihm erklären kann, warum ich ihn als wildfremden Menschen so fest umarme. Es gibt keine Entschuldigung. Trotzdem muss ich es versuchen. »Es tut mir leid. Es tut mir so leid. Ich habe mich nicht unter Kontrolle«, platzt es aus mir heraus. Ich streife mit meinen Lippen den Baumwollstoff seines T-Shirts. Der Stoff ist so weich.

Ich war so lange allein.

Ich zucke zusammen, als sein Schwanz hinter ihm zuckt und das seltsame Anhängsel mir unbeholfen auf den Kopf klopft. Dann bemerke ich, dass sich seine Hände von meinem Körper entfernt haben und immer noch weit ausgestreckt sind. Der Atem bleibt mir im Hals stecken und ich schließe die Augen. Das Blut schießt mir in die Wangen und mein ganzes Gesicht glüht vor Hitze. *Ich greife ihn an, ich greife einen Dämonenprinzen an, und er hat die Höflichkeit, nicht zurückzuschlagen.* Das ist der Gedanke, der mich dazu bringt, loszulassen. Ich nehme meine Arme mit dem Todesgriff von seiner Taille und reiße mich von ihm los.

Ich bewege mich, lege meine zappelnden Hände an die Seiten, bevor sie nach ihm greifen, und weiche zurück. »Es tut mir so leid.«

Seine hübschen schwarzen Augen leuchten und zeigen ein aufrichtiges Lächeln, das sich in den Ecken wölbt. Freundlichkeit. »Das macht mir nichts aus. Wir sind doch Freunde, oder? Du bist jetzt seit über einem Monat in meinem Kopf. Ich bin immer noch ein Fremder für dich, aber ich kenne deine Stimme besser als meine eigene.«

Ich verstehe nicht ... ich drehe seine Worte in meinem Zuckerwattekopf um und füge hinzu, was er bei seiner Ankunft gesagt hat. *Du hast nicht gescherzt mit all dem Weiß.* Diese Kombination ... ich ächze. Nein. Das kann doch nicht wahr sein, oder? Kann es noch schlimmer werden?

Doch. Natürlich konnte er dich hören. So wusste er, dass er die Wand der Vernunft errichten musste. Ich habe es geahnt, aber es ist so viel einfacher zu lügen, als ehrlich zu mir selbst zu sein. Ich habe die ganze Zeit mit dem Dämon gesprochen.

Er brummelt vor sich hin. »Ich wollte dir schon seit Wochen sagen, dass ich beeindruckt bin, wie du mit dem Engel umgegangen bist.« Er küsst seine Krallenspitzen. »Bravo. Was du zu ihm gesagt hast, war viel besser als das, was du geübt hast.«

Wieder ächze ich. Jap, er hat alles gehört.

»Du bist großartig mit dem Engel umgegangen. Er ist mit eingezogenen Flügeln davongeflogen und nie wieder zurückgekehrt.«

»Das hast du alles gehört?«, krächze ich.

Er zieht eine dicke Augenbraue hoch. Ja, das war eine etwas rhetorische Frage. »Du hast mir das ganze Gespräch übertragen.«

Ich drehe mich – so gut es in dem kleinen Raum geht – zu ihm um. Es geht nicht. Ich kann ihn nicht ansehen. Mir wird schwindelig und heiß. »Es tut mir leid. Es tut mir so leid, dass ich dich angesprungen habe.« Niedergeschlagen sacke ich zusammen und drücke meine Stirn gegen die Wand. »O nein. Ich habe die ganze Zeit nicht die Klappe gehalten. Wie zum Teufel hast du das geschafft?« Ich werfe die Hände in die Luft, stoße mich von der Wand ab und lasse mich aufs Bett fallen.

Ich lege meinen Kopf in die Handflächen und die Finger in die Augenhöhlen, eine weitere schlechte Angewohnheit, die ich mir angewöhnt habe. Ich drücke meine Augen so fest zu, dass ich Farbe sehe, wenn ich aufhöre. Die Lichtblitze sind das, was ich sehen will.

So ein Mist. Ich bin so verkorkst.

Die Matratze senkt sich, als er sich neben mich setzt.

»Ich habe deine Stimme in meinem Kopf genossen«, flüstert er. Er zupft sanft an meinem Handgelenk und zieht meine Handfläche von meinem Gesicht weg. Er ist besonders vorsichtig, um meine überempfindliche Haut nicht zu berühren. Das ist eines meiner großen mentalen Probleme.

Er hat mich gehört, mehr noch, er hat mir zugehört.

Okay, wow.

Dann muss ich meinen Verstand zügeln, um mich davon abzuhalten, all die endlosen Tage, die Hunderte von Momenten, in denen ich direkt mit ihm gesprochen habe, Revue passieren zu lassen. Ich würde mich verrückt machen, wenn ich das täte. Ich muss es loslassen. Dieser Dämon, dieser Fremde kennt mich besser als jeder andere. Das Zusammenspiel meiner Gedanken, da ich seit Wochen keinen Filter mehr habe. Ich habe so viel von mir mit ihm geteilt. Unbewusst vielleicht, aber es ist passiert. Ich denke, ich sollte versuchen, etwas zu sagen, irgendetwas, um einen Teil meiner Würde zurückzugewinnen. Aber meine Würde ist weg. Ich bin nur noch eine Hülle. Gebrochen. Nein, ich bin nicht gebrochen, verdammt. Ich bin nur ein bisschen verbeult, das ist alles.

Statt auszuflippen, muss ich mir eingestehen, dass ich

nie allein war. Er war bei mir und kam, als ich ihn rief. Ein Fremder. Ich schaffe es. Ich schlucke, atme tief durch, hebe den Kopf und drehe mich zu ihm um.

Das Blau seiner Haut im Kontrast zu all dem Weiß ist ein willkommener Anblick. Die Farbe ist so schön.

»Ich ...« Beinahe hätte ich mich noch einmal entschuldigt, aber ich schließe meinen Mund und weigere mich, mich noch einmal zu rechtfertigen. Ich meine die Worte ernst, aber wenn ich sie endlos wiederhole, verlieren sie nur an Kraft.

Er wartet geduldig, bis ich fortfahre. Die Luftströmung im Raum hat sich verändert. Wer merkt denn so etwas? Luftströmung? Aber meine Sinne sind geschärft, seit ich in diesem Raum festsitze. Kleric macht die Zelle erträglich, ich wage zu sagen, gemütlich. Ha, gemütlich. Der Dämon ist so verdammt groß, er nimmt das ganze Bett ein. Um ihm mehr Platz zu verschaffen, rutsche ich weg und hocke mich auf die Kante. Vorsichtig balanciere ich auf einer halben Pobacke. Ich will keine weiteren Umarmungsvorfälle riskieren.

»Das ist so verrückt.«

»Nicht verrückter, als dass ich mich wegen eines Versprechens und eines Kusses über Ley-Linien in eine andere Welt transportieren lasse, eine eigentlich gesperrte noch dazu.« Er schenkt mir ein selbstironisches Lächeln.

»Wirst du Schwierigkeiten bekommen, weil du hier bist?«

»Nein. Die Wachen können mich nicht sehen oder meine Magie spüren.«

»Okay. Das ist gut.« Ich nicke. Ich lehne mich vor, stütze meine Hände auf die Matratze und starre ihn aufmerksam an. Ich kann die größte und wichtigste Frage, den Elefanten im Raum, nicht länger ignorieren. Mein Herz beginnt zu rasen und mein Magen dreht sich um. Ich stoße einen hörbaren Atemzug aus, um mich zu beruhigen, als ich frage: »Kannst du ... mich nach Hause bringen?«

Kapitel Zwanzig

»Nein.« Ein entschiedenes Nein ohne Erklärung.

Meine Unterlippe zittert und ich kauere mich zusammen. Ich kann nicht ... ich kann all diese Gefühle nicht mehr in mir halten. Es ist zu viel. Ich habe mich so gefreut, ihn zu sehen, und jetzt bricht all der Schmerz und das Elend, das ich in mir vergraben habe, in einem brennenden, herzzerreißenden Schluchzen hervor. Ich kann es nicht für mich behalten, und es tut weh, als es mir über die Lippen kommt und den Raum mit meinem Schmerz erfüllt.

»Ich will nach Hause«, bricht es heulend aus meinem Mund.

Ich breche zusammen. Ich weine.

Ich habe nicht geweint, seit alles begann, nicht ein einziges Mal. Nicht einmal um ihn, den edlen Engel. Die ganze Zeit war ich so verdammt tapfer. Aber ich bin fertig.

Ich bin so verdammt fertig mit dieser Scheiße. Ich breche vor dem Dämon zusammen.

»Ich ...« Schluchzen. »... wünschte ...« Schluchzen. »... ich ...« Schluchzen. »... wäre tot«, stottert es aus meinem Mund.

Beschämt über meine Worte, aber unfähig, sie zurückzunehmen, atme ich zitternd ein und bemühe mich, mich zu beherrschen, um meine nächsten Worte herauszubringen. Ich muss sie sagen, denn der Rest meines angeschlagenen Stolzes verlangt es von mir.

»Bitte, Kleric!«, flehe ich. Meine Augen brennen und stechen, als ich ihn durch den blendenden Tränenschleier ansehe.

Er runzelt die Stirn.

»Bitte, lass sie das nicht sehen. Lass sie mich nicht so sehen.« Ich habe noch eine Spur von diesem Stolz. Ich werde ihn nicht aufgeben. »Ich will nicht, dass die Wächter dieses bösen Gefängnisses mich zerbrechen sehen. Das ist alles, was sie die ganze Zeit von mir wollten, dass ich zerbreche. Bitte lass sie das nicht sehen!« Ich bekomme einen Schluckauf und fahre mir mit dem Arm übers Gesicht.

»Ich blocke so viel von der Magie des Halsbandes ab, wie ich kann, und meine Magie verbirgt uns vor den Wächtern. Sie können nichts sehen. Sie denken, du trainierst«, murmelt er. »Es tut mir leid, aber ich kann nicht hier sitzen und dich weinen sehen. Verzeih mir!« Er bewegt sich. Seine kräftigen Hände erreichen meine Taille, umfassen mich und heben mich hoch, als wäre meine ein Meter achtzig athletische Gestalt zierlich und leicht wie eine Feder. Er dreht mich herum, bis ich seitlich auf seinem Schoß sitze und seine kräftigen Arme mich umschlingen. Kleric drückt mich an seine Brust: » Tru, tapfere Chimäre, du brichst mir das Herz.«

Er wiegt mich und streichelt mein Haar.

»Ganz ruhig, alles ist gut. Dir wird es gut gehen.«

Ich vergrabe mein Gesicht an seiner muskulösen Brust und weine mir die Seele aus dem Leib. Er murmelt weiter beruhigende Laute und seine riesigen Hände streicheln abwechselnd mein Haar und reiben zwischen meinen Schulterblättern.

Als mein epischer Weinkrampf zu einem Schniefen verebbt, flüstert Kleric mir ins Ohr. »Hörst du mir zu?«

Ich nicke.

»Ich bin kein selbstsüchtiges Arschloch. Wenn es in deinem Interesse wäre, dich jetzt nach Hause zu bringen, würde ich es tun. Ich hätte es schon längst getan. Aber wenn du jetzt gehst, werden sie dich jagen, dein Leben gehört dann nicht mehr dir, sie werden deinen Freunden und deiner Familie etwas antun. Story.«

Ich halte den Atem an.

»Ja, deine herrische beste Freundin hat sich praktisch in der Botschaft der Dämonen postiert. Sie werden ihr wehtun. Bitte, nur noch ein paar Tage. Gib mir noch ein paar Tage, um dieses Chaos aufzuräumen, und ich hole dich hier raus. Ich verspreche es.«

Er wartet. Zeit ist nichts zwischen uns, während seine Worte in mich eindringen.

Ich schaue ihn an. Meine Wimpern sind feucht und der klebrige Tränenschleier auf meinen Wangen trocknet meine Haut aus.

Große blaue Daumen wischen die Feuchtigkeit weg.

»Okay«, murmle ich. »Danke.«

Ein paar Tage schaffe ich noch. Ich kuschle mich wieder in seine Arme. Die willkommene Wärme, die Kleric ausstrahlt, durchdringt mich und nach und nach entspannt sich jeder meiner verspannten Muskeln. Wenn der Dämon atmet, atme ich mit. Jeder zitternde Atemzug wird leichter, als sich meine Lungen wieder öffnen. Wenn ich genau hinhöre, höre ich sein Herz schlagen. Ich bewege meinen Kopf und lege mein Ohr an seine Brust. Ich lächle. Ja, ich höre es, ich fühle es, und mein Herz hallt von jedem Schlag wider. Das Geräusch ist beruhigend.

Ich schließe die Augen und mache mich an die mühsame Arbeit, die zerrissenen, verängstigten Teile von mir wieder zusammenzusetzen, die Angst und Panik unter diesem verdammt gefürchteten Gefühl der Hoffnung zu verstecken.

Nein, weniger Hoffnung, mehr Vertrauen. Ich kann ihm vertrauen.

»Du fühlst dich so warm an, so schön.« Sein Geruch nach Schwefel und Asche kitzelt meine Nase. »Du riechst nach Schwefel.«

»Es tut mir leid.« Er versucht, sich zurückzuziehen, aber ich klammere mich an ihn wie ein Kind an seinen riesigen Lieblingsteddy.

»Nein, bitte. Ich mag ihn.« Ich sollte den Geruch nicht mögen. Die meisten Lebewesen finden ihn widerlich. Der Geruch von faulen Eiern löst Unruhe, Angst und Abneigung aus.

Kleric grunzt. Mit einer krallenartigen Fingerspitze hebt er mein Kinn an. Seine schwarzen Augen huschen über mein Gesicht. »Schöne Chimäre. Niemand mag den

Geruch von Schwefel. Normalerweise übertünche ich ihn besser.«

Chimäre, das ist schön. So hat er mich schon einmal genannt, und hübsch hat er mich auch genannt. Nach all dem Weinen muss ich wie ein fleckiges Durcheinander aussehen. Ich lächle ihn schüchtern an. »Ich tue es. Es gefällt mir.«

»Lügnerin, deine Nase ist voller Rotz. Du kannst nichts riechen. Hier ...« Mit einer Hand hebt er mich hoch. Meine Augen werden groß, als er etwas aus seiner Hosentasche zieht. Er setzt mich wieder ab und reicht mir ein sauberes Baumwolltaschentuch mit Monogramm. »Schau mich nicht so an! Ich bin ein Prinz«, brummt er.

Ich grinse und lache. Es klingt heiser von meinen Tränen. »Ja, ein stinkender Prinz. Danke.« Wir schmunzeln uns an.

Etwas, mit dem das böse Halsband nichts zu tun haben sollte, ist mein Rotz. Den hätte es wenigstens loswerden sollen. Ich wette, das hätte es auch, wenn der Dämon nicht hier wäre und seine Zauberkräfte spielen lassen würde. Ich fummle am Taschentuch herum.

Oh, oh. Ich habe mir noch nie die Nase geputzt, während ich auf dem Schoß von jemandem saß, von jemandem, der so heiß war. Es gibt keine Möglichkeit, das damenhaft zu tun. Ich drehe mich so, dass er mich nicht sehen kann, und zucke zusammen, während ich mir die Nase putze. Als ich fertig bin, verstecke ich das Taschentuch schüchtern in meiner Handfläche, als würde ich gleich einen Zaubertrick vorführen.

Kleric lächelt über meinen Trick und seine schwarzen Augen funkeln. Mit seiner großen Handfläche umfasst er meinen Hinterkopf und hält ihn fest, während er mit der anderen Hand in meinem Haar spielt. Geschickt löst der Dämon den Zopf. Ich brumme vor Vergnügen, als er mit seinen Krallen rhythmisch durch die Strähnen fährt. Ein paar frisch gekämmte Haare streifen meine Wange. Finster blicke ich auf das grässliche weiße Haar. Ich hasse es.

Mein helles, buntes Haar hat mich immer verrückt aussehen lassen. Regenbogenfarbenes Haar löst viele Vermutungen aus. Ich musste hart arbeiten, um ernst genommen zu werden. Das ist zwar praktisch, wenn eine Kreatur an der Spitze meines Schwertes steht, aber es war auch frustrierend. Bis es weg war, wusste ich nicht, dass es ein so wichtiger Teil meiner Identität war. Es hat mich zu mir selbst gemacht. Ich weiß, es ist lächerlich. Es ist nur mein Haar. Ich kann es nicht einmal mir selbst erklären.

Kleric greift nach vorn, wickelt die Strähnen um seinen Zeigefinger und zieht sie aus meinem Gesicht. Das weiße Haar verändert sich ... die Farbe verändert sich langsam. Das schreckliche Weiß ist verschwunden, an seine Stelle treten leuchtende rosa und blaue Strähnen. Mein Haar. Ich quietsche überrascht.

»Da bist du ja. So ist es besser«, brummt er. »Nur für unsere Augen, bis du das Halsband abgenommen bekommst. Das ist das Mindeste, was ich tun kann. Ich weiß, es ist nur eine Kleinigkeit, aber ich hoffe, es hilft dir, dich wieder mehr wie du selbst zu fühlen.«

»Danke«, sage ich mit einem dicken Kloß im Hals. Er ist nett. Ich bemerke eine Bewegung. Spots Schwanz zuckt. »Woher kam die Inspiration für die Wand der Vernunft?«, flüstere ich.

Kleric neigt das Kinn. »Es musste eine Erinnerung

sein«, antwortet er. Seine Stimme ist genauso rau. »Als ich zehn war, habe ich mir bei einer Dummheit das Rückgrat gebrochen.« Seine Lippen zucken reumütig, als ich den Kopf in den Nacken lege. »Ich bin von einer Klippe gestürzt. Ich war auf der Jagd nach Wyvern-Eiern. Okay, keine Lügen zwischen uns. Ich wollte die Babys sehen. Sie waren so süß. Ich wollte ihnen nicht wehtun. Ich bin hingefallen. Mein Vater war so wütend, dass er mich in mein Zimmer brachte und mich auf natürliche Art heilen ließ. Es hat acht Stunden gedauert.«

»Das war deine Aussicht«, flüstere ich und verstehe sofort, worauf er anspielt und was das bedeutet.

»Es war die Aussicht aus dem Fenster meines Kinderzimmers. Als ich heilte, hatte ich solche Schmerzen, dass ich mich an jede Sekunde erinnern kann. Ich konnte mich nur davon abhalten, das Haus niederzuschreien, indem ich mich darauf konzentrierte, was draußen vor sich ging. Es tut mir leid, aber ... es war das Beste, was ich tun konnte.«

»Es tut mir leid, dass du verletzt wurdest. Es hat mir mehr geholfen, als du dir vorstellen kannst. Deine Güte hat mich bei Verstand gehalten.«

Er drückt mich an seine Brust. Ich will über Story reden und herausfinden, was Atticus vorhat, aber bevor ich es kann, spricht der Dämon. »Das Halsband.« Seine Stimme wird ernst und ich verkrampfe mich. »Es ernährt dich, aber niemand hier hat an das magische Blut gedacht, das du normalerweise zu dir nimmst. Was immer dieses Ding als Nahrung produziert, ist nicht gut genug, und deshalb hungert die vampirische Seite in dir. Wenn du dich erinnerst, als wir uns das erste Mal trafen, erwähnte ich, dass der Engel seine Pflicht als Spender vernachlässigt. Du warst bereits am Rande des Abgrunds. Hier eingesperrt zu sein, hat das Problem nur verschlimmert. Das musst du jetzt in Ordnung bringen, während ich hier bin. Sonst wirst du, wenn das Halsband abgenommen wird, nicht nur mit wütender Einhornmagie zu kämpfen haben, sondern auch verhungern.«

Ich verstehe, was er sagt, und ich habe auch schon darüber nachgedacht. Es ist der Teil seiner Rede, der mir nicht mehr aus dem Kopf geht: »Etwas, das du in Ordnung bringen musst, solange ich hier bin.«

Das Halsband verdeckt nur das Problem, denn es war nie dazu gedacht, es abzunehmen. Kleric zieht am Kragen seines Baumwoll-T-Shirts, der Stoff reißt. Er drückt mich an seinen Hals. »Trink!«, mahnt er.

Ich erstarre.

Ich kann nicht. Ich kann das nicht.

»Ich habe noch nie ... ich habe bisher nur Blut aus dem Ellenbogen oder synthetisches Flaschenblut genommen«, erkläre ich hastig.

Scheiße, ich spüre, wie mein Gesicht vor peinlicher Hitze glüht. Aus seinem Hals kann ich nicht trinken. Das ist viel zu intim.

»Bei *ihm* nimmt man vielleicht aus dem Arm, aus dem Ellbogen, wie ein altmodischer Allgemeinmediziner, der Blut abnimmt. Wie klinisch. Bei mir trinkst du aus der Kehle. Jetzt trink!« Die Klaue seines Daumens durchbohrt seine Kehle, und eine einzelne dunkelgrüne Blutperle rinnt seine Kehle hinab.

»Trink!«

Meine gierigen Augen starren auf die Blutspur, die unaufhörlich seine Kehle hinunterläuft. »Warum? Warum tust du das, warum hilfst du mir?« Ich halte mit den Fangzähnen inne.

»Du hast mir das Leben gerettet.«

Ich spotte und rolle mit den Augen. »Ja, sicher.« Hm. Wenn ich mit ihm spreche, fühle ich mich wieder wie ich selbst, wenn auch nur für einen Moment. Es ist schön. Na ja, wenn ich das Blut ignoriere, das ihm die Kehle hinunterläuft. »Ich habe etwas Kreide auf den Boden weggekratzt. Das wird dir nicht das Leben gerettet haben«, sage ich schnippisch.

Kleric sieht mich mit einem seltsamen Blick an, den ich gar nicht zu deuten versuche. Wahrscheinlich ist es die Tatsache, dass ich sein Blut verschwende – es ist jetzt in sein T-Shirt gesickert – und er erwartet, dass ich mich wie ein hungriges Tier auf ihn stürze. Ich würde niemals ... Scheiße. Ich kann nicht mehr denken. Der Geruch von ihm, von seinem Blut, verwirrt mein Gehirn.

Seine Arme ziehen mich an ihn, er streichelt die Wölbung meines Schädels. Kleric beugt seinen Kopf nach unten, sein Mund ist kaum einen Zentimeter von meinem entfernt. Sein Körper umschließt mich ganz. »Benutze mich! Lass mein Blut dich heilen, schöne Chimäre. Benutze mich, wie du willst. Ich werde dein Biest sein.« Die Wärme seines heißen Atems streichelt meine Lippen. Sein Duft erfüllt die Zelle. Mehr kann ich nicht riechen. Ein leises Stöhnen entweicht meinem Mund. Ich kann ihn fast auf der Zungenspitze schmecken. Sein Blut ist voll von solcher Macht. Der Dämonenprinz hat es in sich. Das Verlangen nach seinem Blut schreit in mir auf, bis es von der dunklen Magie des Halsbandes erstickt wird.

In diesem Moment ist es mir egal, ob er versucht, mich

zu manipulieren. Er ist jetzt hier und will helfen. Seine Absichten sind mir scheißegal.

Ich weiß nur eins: Ich will nicht verwildern. Ein Vampir im Fressrausch ist kein schöner Anblick. Die meisten werden sofort eingeschläfert. Noch schlimmer sind gebissene Vampire. Der Virus in ihrem Körper greift ihre Kontrolle an. Zumindest Reinblüter, die geborenen Vampire der Spezies, haben ein bisschen mehr Kontrolle. Aber selbst die Besten unter uns können vor Hunger verrückt werden und sich in Tötungsmaschinen verwandeln, die zu krank sind, um zu funktionieren. Ich habe es mit eigenen Augen gesehen.

»Du versuchst immer, mir dein Blut zu geben«, knurre ich, während sich meine Lippen seiner Kehle nähern.

»Aus einem bestimmten Grund. Es wird deinem Körper helfen, deinen Geist reparieren und dir die Kraft geben, die nächsten Tage in diesem Drecksloch durchzustehen, bis sie deinen Fall verhandeln. Bitte vertrau mir! Mein Blut wird dir helfen.«

»Weißt du, worauf du dich einlässt? Ich verstehe, wenn es nur dieses eine Mal ist. Es muss ja nicht von Dauer sein.«

»Ich weiß, was ich tue, und du wirst nie wieder Blut von jemand anderem nehmen müssen«, knurrt er.

Na gut. Wenn er sich sicher ist, kann ein kleiner Bissen nicht schaden ...

Vertrauen. Ich muss ihm vertrauen. Ich vertraue ihm. Ich drehe mich um und setze mich rittlings auf seinen Schoß. Er ist so breit, dass meine Beine nicht auf der Matratze aufliegen. Ich halte mich an seinen Schultern fest, um das Gleichgewicht zu halten, und meine weichen Brüste streifen ihn, während ich mich vorbeuge, bis meine Nase seinen Hals berührt. Er verkrampft sich und ich streichle beruhigend seine Brust.

Oh oh. Es ist unangenehm und seltsam. Ich bin es nicht gewohnt, Menschen so zu berühren.

Meine Lippen streifen seine Kehle und meine Zunge fährt heraus. Seine Haut fühlt sich unter meiner Zunge glatt und salzig an. Die Spur seines Blutes trifft meine Geschmacksknospen und kommt mir bekannt vor. Auf eine seltsame Weise. Ähnlich wie Schokolade. Der Puls in seinem Nacken pocht, die Muskeln in seiner Kehle spannen sich an. Es ist, als würde er auf seine Backenzähne beißen. Ich lecke an seinem Hals entlang und folge der Blutspur wie eine Verrückte. Ich kann nicht anders.

»Tru, ich bin kein verdammtes Eis. Hör auf, mich hinzuhalten«, sagt er mit einem unbehaglichen Stöhnen, während sein Becken unter mir zuckt. »Du machst es einem unglaublich schwer, ein Gentleman zu sein.«

Oh? Oh! Meine Augen weiten sich. Verlegen beiße ich zu.

Sein Geschmack explodiert in meinem Mund.

Kapitel Einundzwanzig

Mein Körper vibriert. Wenigstens weiß ich jetzt, woher der Energieschub kam, als ich im Lagerhaus gekämpft habe.

Es war nicht der Kuss des Dämons oder sein magischer Finger auf der Stirn. Es war sein Blut.

Dieser hinterhältige Prinz.

Irgendwie muss der Tropfen Blut, den er auf meine Lippen geträufelt hat, in meinen Körper gelangt sein. Ohne es zu merken, muss ich mir über die Lippen geleckt haben.

Ich knurre und rolle mich auf den Rücken. *Ein Tropfen* seines Blutes hat mich in eine Kampfmaschine verwandelt. Nach ein paar Schlucken von Klerics Blut gestern – sogar mit dem Halsband – spüre ich, wie mein ganzer Körper vor Lebenskraft glüht und in meinem Kopf fühle ich mich unglaublich zufrieden.

Ja, ich bin zufrieden in dieser verdammten weißen Zelle. Was geht hier vor? Es ist, als hätte Kleric meine mentalen Kämpfe mit Dämonenknuddeln und ein, zwei Schlucken seines Blutes weggewischt. Ich habe sogar aufgehört zu schaukeln.

Xanders Blut ist unglaublich, aber Klerics Blut ... es ist, als hätte er es für mich gemacht, und so etwas habe ich noch nie gehört, perfektes Plasma. Das bedeutet nicht viel, weil ich natürlich nichts über Vampire weiß. Dieser Seelenbindungs- und Verbundenheitsquatsch beweist das. Ich reibe mir den Handrücken. Ich dachte auch, der Dämonenkuss wäre weg, wie ein Filzstift. Jetzt, nachdem ich den Gefallen eingelöst habe, dachte ich, die Magie würde verschwinden. Aber sie ist noch da und gibt mir Trost. Trost?

Verdammt, ich bin nicht ganz richtig im Kopf. Ich stöhne und halte mir den Arm vor das Gesicht und die Ellenbeuge über die Augen, um das allgegenwärtige Licht auszublenden. Zum millionsten Mal verdränge ich den Gedanken an den hübschen Prinzen aus meinem Kopf und denke stattdessen an all die verschiedenen Speisen, die ich verschlingen werde, wenn ich nach Hause komme.

Im Schlaf sehe ich immer wieder Felder mit Weidegras und Klee. Das Einhorn-Ich will schlemmen. Außerdem habe ich Lust auf Schokolade, denn so schmeckt sein Blut.

Ich höre es nicht, aber ich spüre die Veränderung in der Luft, als sich die Zellentür öffnet. Mein Herz macht einen Sprung und ich lasse den Arm sinken.

»Komm schon!«, nuschelt ein Wärter. »Zeit zu gehen.«

Ich falle fast aus dem Bett, als ich merke, dass er mit mir

spricht. Ist er neu? »Was?«, krächze ich, drehe den Kopf und sehe ihn an.

Er schnaubt und rollt mit den Augen, während er etwas Gemeines über Gefangene und verstümmelte Gehirne murmelt. Langsam, als spräche er mit jemandem aus einem anderen Reich, der die Sprache nicht spricht, wiederholt er sich. »Zeit ... zu ... gehen.«

Zeit zu gehen? *Kleric, ich gehe irgendwohin!*, schreie ich in meinem Kopf, während ich auf die Füße klettere.

Drei Schritte und als ich am Türrahmen vorbei bin, bleibe ich stehen. Meine zitternde Hand stützt sich auf die Wand der Zelle. Ich atme tief durch. Mein ganzer Körper zittert und mir ist ein wenig übel. Ich blicke über die Schulter zurück in den kleinen Raum.

Werde ich wiederkommen? Verdammt, ich hoffe nicht.

Und doch kann ich nicht anders, als diesen Moment in meiner Erinnerung festzuhalten. Mein Blick fällt auf die weiße Wand, die jetzt nüchtern ist. Die Wand der Vernunft ist weg, sie wird nicht mehr gebraucht, sie hat sich zurückverwandelt. Allein das schreit förmlich nach einer Botschaft von Kleric, dass es für mich in Ordnung ist zu gehen und ich dem, was geschieht, bis zu einem gewissen Grad vertrauen kann.

Der Wächter hustet, und als ich ihn anschaue, runzelt er die Stirn. Mit sichtlicher Ungeduld winkt er mich weiter, und ohne zu zögern, dreht er sich um und stapft den Gang entlang.

Mit einem letzten Blick auf die Zelle und einem Gruß mit dem Mittelfinger eile ich ihm nach.

Außerhalb des Zimmers ist es noch schlimmer als beim letzten Mal. Ich hasse diesen Ort. Diesmal bleiben wir nicht am gefürchteten Verhörraum stehen, stattdessen führt mich der Wärter direkt zum Empfang.

Das Portal ist gleich hinter der Tür, schreit es in meinem Kopf, und meine Füße quietschen auf dem Marmorboden, als ich vor dem langen, glänzenden Metalltresen stehe. Ich schließe meine Knie und tue mein Bestes, um die Panik und Angst aus meinem Gesicht zu verbannen. Nichts scheint real zu sein. Die Wände bewegen sich. Sie pulsieren hin und her. Es ist, als würde man in der Wüste einen Gegenstand betrachten, der in der Hitze flirrt. Die Wände tun es auch. Sie *flirren*.

Mit Schrecken denke ich daran, wie ich mit noch mehr Menschen zurechtkommen soll. Ich kann mir nur vorstellen, was für ein Zirkus das Gericht sein wird, und ich kann mir nur vorstellen, dass ich mich dem stellen muss, bevor Kleric mir sein Blut gibt.

Wow. Ich bin so dankbar.

Ich zerbreche mir den Kopf über irgendetwas, mit dem ich mich erden kann. Angsttechniken oder so etwas. Mir fällt nichts ein, also konzentriere ich mich aufs Atmen. Ich starre auf den Tresen und atme. Das muss doch besser sein, als sich in einer Ecke zu verstecken und zu schreien. Oder?

»Sieh dich an!«, sagt dieselbe alte Frau, als sie mit enttäuschtem Gesichtsausdruck um die Ecke schlurft. »Als hätten wir dich nie eingesperrt.« Mit zusammengekniffenen Augen mustert sie mich von oben bis unten. »Frisch wie ein Gänseblümchen«, spuckt sie aus. »Ich danke Mutter Natur, dass du uns verlässt. Noch nie in meinem Leben hatte ich eine so schwierige Gefangene. All diese Forderungen«, knurrt sie gehässig.

Forderungen? Ich blinzle sie an. *Ich habe mit niemandem gesprochen.*

Ein faltiger Finger schnellt hervor und deutet auf meine Brust. »Hör mal, Fräulein, wenn ich einen Gefangenen in ein weißes Zimmer bringe« – ihr spitzer Finger fällt und tippt aggressiv auf den Tresen – »dann bleibt er in einem weißen Zimmer. Wir sind ein Gefängnis, kein Hotel.«

Der Wächter reibt sich den Hinterkopf und schlurft, als die Magie ihres Armbands durch den Raum wirbelt; die dunkle, wütende Magie vermischt sich mit seiner Angst.

»Ich bin keine persönliche Assistentin.« Sie schnieft. »Du hast viel zu viele wichtige Freunde. Vertrag ist Vertrag. Ich habe ihnen gesagt, sie sollen Abschnitt acht, Klausel zehn lesen. Ich habe ihnen gesagt, sie sollen den Engel beschuldigen.« Sie tut es wieder und knallt ein Datapad vor mir auf den Schreibtisch. »Ich bin sehr enttäuscht von dir. Kein einziger Ausraster, der es wert wäre, dass ich mich mit deinem Mist beschäftige. Du, Mädchen, du bist nicht normal.« Ihre faltige Hand will den Kragen an meinem Hals streicheln, doch ich weiche gekonnt zurück. »Ich habe mein schönes Halsband an dich verschwendet.«

Sie schiebt mir das Datapad zu, während ich sie weiterhin ausdruckslos anstarre.

»Wenn sie dich für schuldig befinden, hat das Verwaltungsteam dem Großen Rat der Kreaturen unmissverständlich mitgeteilt, dass du nicht mehr hierher zurückkehren darfst. Du bist ein Albtraum für die Öffentlichkeitsarbeit. Ein Magnet für Ärger. Wegen dir haben wir Dutzende von Absagen bekommen.«

Ups, das war's dann wohl mit meiner Fünf-Sterne-Häftlingsbewertung.

Ich zucke mit den Schultern. Ich schäme mich.

»Nehmen Sie mir das Halsband ab?«

»Nein«, knurrt sie. »Das kommt mit. Jackson hier wird das Halsband begleiten und es zurückgeben, wenn dein Urteil verlesen wurde. Alle Regeln bleiben bestehen.«

Es gibt Regeln?

Der Stinkefinger ist wieder da. »Unterschreibe hier und hier!« Ich kann nicht glauben, dass sie erwartet, dass ich das lese, wobei ich mich doch nicht einmal auf ihr Gesicht konzentrieren kann.

»Wie lange bin ich schon hier?«, frage ich und ziehe das Datapad über den Tresen zu mir.

Die alte Dame schaut finster und reißt mir das Datapad aus der Hand. Sie blättert einige Seiten um. »Einundvierzig Tage und acht Minuten.«

Einundvierzig Tage, die ich nie mehr zurückbekomme. Ich schlucke.

Ich muss dankbar sein. Es hätte viel länger dauern können. Der Kuss des Dämons wärmt meine Hand, und als Antwort hebe ich das Kinn. Hm, ich habe mich um zwei Tage geirrt. Ich drehe meine Handgelenke. Nicht schlecht. Klerics Mauer der Vernunft hat ihren Zweck erfüllt, ich habe überlebt.

Ich bin noch nicht über den Berg, denn die Farce eines Prozesses steht noch bevor. Aber die Erfahrung hat mich gelehrt, dass ich mein Herz und meine Seele in der Vergangenheit lassen kann und niemals über das ganze *Warum ich?* hinausgehen muss. Oder ich kann es als schreckliche Erinnerung in der Vergangenheit festhalten, eine Erinnerung, die mich eines Tages stärken wird, und ich kann diese beschissene Erfahrung nutzen, um jemand anderem zu helfen. Ich kann mich nicht von diesem Gefängnis ruinieren lassen. Das werde ich nicht. Wenn ich das mache, haben sie gewonnen.

Mit Rache kann ich meine Zeit viel besser verbringen.

Ich schaue auf das Datapad, die Linien und Wörter auf dem Bildschirm verschwimmen ineinander. »Wofür unterschreibe ich eigentlich? Ich kann mich nicht konzentrieren.«

Sie fängt wieder an. »Das wird das Halsband sein. Wir können eine mündliche Bestätigung machen.« Sie beugt sich über den Tresen und drückt ein paar Knöpfe. »Bestätigung von Gefangener Nummer sieben-fünf-sechs-drei-null-fünf-fünf. Gefangene wird in Begleitung von Wärter Jackson Blanchard in den Hof entlassen. Gefangene, bitte bestätigen Sie, dass Sie in unserer Obhut sicher und körperlich unversehrt waren und alle Ihre Bedürfnisse während Ihrer Inhaftierung bei uns erfüllt wurden.«

Unverletzt? Was zum Teufel ... Ich schüttle den Kopf. Was ist mit der psychischen Betreuung und dem Halsband der Verdammnis?

»Sie müssen das bitte laut bestätigen.« Wir schauen uns böse an. »Ich brauche eine stimmliche Bestätigung, und bevor Sie es sagen« – sie winkt mit den Händen und grinst – »jaja, die kleine weiße Zelle bla, bla, bla, beantworten Sie die Frage! Hat Ihnen einer unserer Mitarbeiter etwas angetan?«

»Nein.«

»Gut.« Sie tippt auf den Bildschirm. »Da, die Dokumente sind aktualisiert.« Sie sieht ihn an. »Worauf wartest du noch? Na los, geh! Die Tür ist da drüben. Lass dich auf dem Weg nach draußen nicht überrumpeln. Jackson, bring Essen auf dem Rückweg mit!«

WIR TRETEN aus dem Tor und die Gerüche des Alltags schlagen mir entgegen. Ich muss die Knie anspannen, um nicht in Ohnmacht zu fallen. Wir sind wieder auf der Erde. Es wäre schön gewesen, den Himmel zu sehen, aber irgendwo anders als im Gefängnis zu sein, ist mir auch recht. Auch wenn es nur das Regierungsgebäude des Großen Rates der Kreaturen ist, es ist ein weiterer Schritt in die Freiheit.

»Hier entlang«, knurrt Jackson.

Die Welt um mich herum wird still, als wir uns einen Weg durch die Menge bahnen. Ich laufe wie ein braves kleines Mädchen hinter ihm her und konzentriere mich auf einen einzigen Punkt an seinem Hinterkopf. So behalte ich den Kopf oben und gerate nicht in Panik. Das Letzte, was ich in dieser Umgebung will, ist, wie eine Gejagte auszusehen. Auch wenn mir all die Menschen, das Gebäude und die Weite des Raumes Angst machen. Realistisch betrachtet weiß ich, dass es keine Menschenmenge ist. Zehn Menschen, die sich in der Lobby eines Gebäudes tummeln, sind keine Menschenmenge. Nur mir und meinem unterforderten Gehirn kommt es so vor.

Aus einer weißen Folterzelle hierherzukommen, ohne Zeit, sich anzupassen, ist unnötig grausam. Ich wünschte, sie hätten mir Zeit gelassen. Mein inneres Ich will kämpfen oder fliehen. Aber wenn ich das Halsband trage, bekomme ich für jeden Fehler einen Arschtritt. Also muss es fürs Erste reichen, nichts zu tun und mich auf einen Schritt nach dem anderen zu konzentrieren.

Wenn ich über meine Schritte nachdenke, dann zucken meine Lippen. Ich hüpfe. Ich habe nicht darüber nachgedacht, wie es sich auswirkt, wenn man so hart in einem Bereich mit höherer Schwerkraft trainiert. Konnte Superman in den Comics nicht deshalb fliegen, weil die Schwerkraft anders war? Ich weiß es nicht. Aber ich habe das Gefühl, dass ich in der Lage wäre, mit einem einzigen Sprung über kleine Gebäude zu springen, auch wenn mein Gleichgewichtssinn nicht stimmt. Natürlich saugt mir das Halsband immer noch Lebenskraft und Magie aus. Es wird also lustig, wenn das fiese Ding endlich verschwindet. Hoffen wir, dass mein Kopf nicht mit runterkommt.

Der Wachmann murmelt etwas zu einer Frau an einem Schreibtisch, und wir verlassen die Lobby, um in einem ruhigen Nebenraum zu warten. Ich atme leise auf und ...

Ein harter Schlag auf den Hinterkopf wirft mich zu Boden und alles wird schwarz.

Kapitel Zweiundzwanzig

Die Welt kommt tröpfchenweise zu mir zurück, die Schwärze meiner Vision wirbelt, und meine Wimpern flattern, als ich mit einem Stöhnen zu mir komme. Das Ei an meinem Hinterkopf pocht zusammen mit meinem Herzschlag. Sofort unterbreche ich das schmerzhafte Stöhnen und versuche, mit allen Sinnen zu erfassen, wo ich bin. Ich sitze auf einem unbequemen Holzstuhl und blinzle ein paar Mal, dann lehne ich mich zur Seite und sehe, dass sie meine Hände wie von Geisterhand hinter mir gefesselt und an die Stuhllehne gebunden haben.

Oh, die meinen es ernst.

Ich zucke mit dem kleinen Finger, und der Zauber um meine Handgelenke wird immer fester, bis meine Knochen schmerzen. Ah, das mache ich besser nicht noch einmal, denn jetzt spüre ich meine Finger nicht mehr.

Langsam drehe ich meinen pochenden, juckenden Kopf, der dank des Halsbandes schnell heilt. Wohin zum Teufel haben sie mich gebracht? Vorerst ignoriere ich die drei Gestalten, die an der Tür kauern, und betrachte stattdessen den Raum. Die markanten Sandsteinwände verraten mir, dass wir nicht weit gekommen sind. Ich bin mir sicher, dass wir im selben Gebäude sind. Wenn auch nicht im selben Zimmer.

Ich blinzle noch ein paar Mal. Ich sollte im Gericht sein, mit meinem Anwalt sprechen und mir nicht den Kopf einschlagen lassen. Ich kann nicht glauben, dass diese Kerle mich niedergeschlagen haben.

Wie peinlich.

So etwas passiert mir immer, und zwar immer dann, wenn ich denke, dass es besser wird, oder wenn ich etwas Dummes sage wie »Oh, schlimmer kann es nicht mehr werden«, und dann *bumm*, trifft mich das Schicksal am Hinterkopf.

Meine Augen suchen weiter und landen auf dem Gefängniswärter Jackson. Gelangweilt von meiner Körperverletzung lehnt er lässig an der Wand. Er zuckt mit den Schultern, als er merkt, dass ich ihn beobachte.

Ich starre ihn an, und während die Sekunden vergehen, kann ich die Spannung in seinem Nacken und seinen Schultern sehen, während ich regungslos und ausdruckslos dastehe und mir vorstelle, wie ich ihm die Haut von den Knochen ziehe. Ha, nicht wirklich, aber ich würde ihm am liebsten eine Ohrfeige verpassen.

»Sie sind nicht mehr mein Problem. Wir haben Sie bereits aus dem Gefängnis entlassen. Ich bin nur hier, um das Halsband zu bewachen, nicht den Hals darunter«, röchelt er.

Arschloch.

Dafür, dass er so nervös ist, ist er nicht besonders schlau. Wenn ihn die alte Frau im Gefängnis zu Tode erschreckt hat, hat er keine Ahnung, worauf er sich mit mir eingelassen hat. »Ich kann es wie einen Unfall aussehen lassen«, flüstere ich drohend.

»Hades ist hier«, murmelt ein Typ mit schwerem Londoner Akzent.

Na toll. Hades kommt, wer auch immer dieser Hades ist.

Seiner Warnung folgt ein heftiges Klopfen an der Tür. Die drei Bösewichte stehen alle etwas aufrechter, als sich die Zimmertür öffnet. Ich knirsche mit den Zähnen, als ich mich frage, wer von diesen Arschlöchern mich niedergeschlagen hat. Ein neuer Typ schlendert in den Raum.

Er bleibt stehen, seine Pupillen weiten sich, saugen mich förmlich auf. Ich stelle mir vor, wie ich aussehe, wie klebriges Blut an mir heruntertropft und sich auf dem weißen Halsband sammelt, das sich eng um meinen Hals schmiegt, wie es in das weiße Gefängnishemd sickert und es rosa färbt, bevor es verblasst, während das magische Halsband alles aufräumt.

Als ob es nie passiert wäre.

»Sie haben mir einen Schlag auf den Kopf verpasst, wie ein Höhlenmensch«, sage ich und wende meinen Blick zu den drei Jungs hinter ihm. »Vielen Dank dafür.« Ich kneife die Augen zusammen und präge mir ihre Gesichter ein. Eines Tages werden wir uns mal unterhalten.

Ich habe die Nase voll von Männern, die mich verletzen.

Ich habe eine Liste erstellt, um sicherzustellen, dass ich ihnen auch wehtue.

Die regenbogenfarbenen Augen des Neuen verengen sich. Ein Einhorn-Wandler, dem ich noch nie begegnet bin. Seit Jahren wirft mir meine Großmutter passende Wandler vor die Füße. Die armen Kerle. Ich kann ein ziemlicher Schlag für das männliche Ego sein. Es war nicht die Tatsache, dass sie nicht gut aussahen, intelligent und ach so beeindruckend waren. Es war die Tatsache, dass sie nicht meine Engel waren. Jetzt, da ich einen klaren Kopf habe und das fehlende Engelsfieber meinen Körper durchströmt, bin ich immer noch nicht sehr beeindruckt. Lieber wäre ich allein, als mich mit einem Einhorn zu paaren.

»Raus!«, sagt er. Die drei Männer bewegen sich, als würden ihre Ärsche brennen. Der Gefängniswärter bleibt stehen. »Du auch.«

»Ich muss ...«

»Raus hier!« Ein Rinnsal von Energie. Entweder ist das alles, was er hat, oder er will sein Gewicht nicht in die Waagschale werfen. Es reicht, um Jackson zu motivieren. Er huscht zur Tür hinaus.

»Wenn ich die Fesseln abnehme, benimmst du dich dann?«

»Ich habe keine andere Wahl. Das Halsband tut mir weh, wenn ich es nicht tue«, entfährt es mir. Ich kann mir ein Augenrollen kaum verkneifen. *Gut gemacht, Tru! Erzähl ihm alles über das lustige Zappingkettchen, während du auf magische Weise an einen Stuhl gefesselt und verletzlich bist.* Ich schiebe es auf meinen schmerzenden Kopf und die Tatsache, dass ich sechs Wochen in einer Folterzelle verbracht habe. Es wird ein paar Tage dauern, bis ich meinen Filter wieder aufgebaut habe.

Die Feuerprobe ist eine unterhaltsame Art, mich schnell wieder auf den Boden der Tatsachen zurückzuholen, auch wenn ich mir noch keine allzu großen Sorgen mache ... innerlich lächle ich zufrieden.

Kleric weiß, wo ich bin.

Hades tritt um den Stuhl herum und ich spüre seinen Atem in meinem Nacken, als er sich zu mir beugt und den Bann auf meinen Händen löst.

»Danke.« Ich lehne mich zurück, und der Stuhl knarrt, als ich meine Schultern rollen lasse. Mein Nacken knackt in den Ohren, als ich den Kopf hin und her drehe.

»Du siehst nicht aus wie eine Einhorn-Wandlerin«, sagt er.

Ich reibe meine schmerzenden Handgelenke und zucke mit den Schultern. »Was soll ich sagen? Das Gefängnis wäscht die Farbe einfach aus.«

»Dein Blut ist grün.«

Mein Blut war rot mit leichten goldenen Flocken von dem Engel. Ich fahre mit den Fingerspitzen über meinen Hals und verreibe das Blut zwischen Finger und Daumen. Ah, ich sehe, er hat recht. Es ist immer noch rot, aber es hinterlässt einen grünlichen Schimmer auf meiner verwaschenen, blassen Haut. Ich halte meine Hand gegen das künstliche Licht, und das grünliche Blut schimmert. Grüne Flocken sprenkeln das rote Blut wie glitzernde Pailletten.

Hm, interessant. *Ich schätze, ich bin, was ich esse.*

»Dämon«, knurrt er, als er es bemerkt. »Du hast Dämonenblut.« Mit geballten Fäusten kommt er auf mich zu, als wolle er zuschlagen.

Ich halte einen blutigen Finger hoch, der ihn innehalten lässt. »Hybrid. Also, *Hades,* jetzt hast du meine Aufmerksamkeit. Was willst du?« Ich verschränke die Arme unter meinen Brüsten und mein Kiefer knackt beim Gähnen. Zur Sicherheit lasse ich meine Reißzähne blitzen. Auch mit dem Halsband bin ich ein Raubtier.

Er macht einen Schritt zurück.

Ah, jetzt hat er verstanden. »Tick-tack, Hades, die Zeit tickt. Beeil dich, meine Kavallerie ist gleich da.«

»Deine Großmutter lässt dich grüßen und erwartet dich am Sonntag zum Essen«, bricht es aus ihm heraus.

Ach, darum geht es also. Granny Ann ist sauer, dass sie keinen Zugang zu mir hatte, als ich im Gefängnis war, also will sie hier ihre Muskeln spielen lassen. Ich nicke dem Muskel zu. Das ist ihre Art zu sagen: »Ich kann nett sein oder dir wehtun. Was ich tue, hängt von dir ab.«

Gelangweilt von diesem Machtspiel betaste ich die Beule an meinem Hinterkopf. Die Klebrigkeit in meinem Nacken ist bereits verschwunden und auch das Ei, das ich an meinem Hinterkopf gespürt habe, ist weg.

Hades grinst, als ich ihn wegschiebe. Ich glaube, er hat ein bisschen mehr von mir erwartet, ein paar Tränen vielleicht. *Tränen,* spotte ich in Gedanken. Mit so einer Scheiße kann ich umgehen, und um ehrlich zu sein, würde ich mich lieber verprügeln lassen, als noch eine Sekunde länger in dieser verdammten Zelle zu sitzen. Das ist der tiefste Punkt, den ich je erreichen werde. Das hier, das ist ein Kinderspiel und ich komme gut damit zurecht. Ich ziehe eine Augenbraue hoch. »Das war's? Keine weiteren Neuigkeiten?«

Er schüttelt den Kopf, sieht immer noch völlig verwirrt

aus und versteht immer noch nicht, warum ich keine Angst habe.

»Okay, welchen Tag haben wir heute?« Ich kratze an meinem Nagel, und als der stechende Schmerz einsetzt, schließe ich kurz die Augen und lasse die Hand in den Schoß fallen. *Es wird einfach eine Weile dauern.*

»Montag.«

»Ach so. Sag meiner Oma, dass ich ihre Nachricht verstanden habe und sie am Sonntag sehe. Uhrzeit?«

»Ein Uhr.«

»Perfekt.« Ich lächle. »Ein Uhr am Sonntag.«

Ich habe nicht vor, am Sonntag zum Essen zu gehen. Vergiss es!

Vor dem Zimmer entsteht ein Tumult, und ich muss grinsen, als die Farbe aus seinem Gesicht weicht und er aschfahl wird. Ich habe ihn gewarnt. Ein paar weitere Schläge und etwas, das sich anhört, als würden die Körper von Untergebenen gegen die Wände schlagen, gefolgt von ein paar Schreien.

Stille.

»Yippee-ya-yay, Schweinebacke!« Die Tür fliegt aus den Angeln und Forrest stürmt in den Raum, hinter ihr eine Flut aus rosa Haar. Sie steht auf der Tür und reitet auf ihr wie auf einem Surfbrett, während sie zu Boden fällt.

Hades stößt ein Quieken aus, seine Arme verdecken sein Gesicht.

Als die heruntergefallene Tür unter ihren Füßen knarrt, schaut sich Forrest mit enttäuschtem Stirnrunzeln um. »Hm. Das war's? Kleric hat mir eine Herausforderung versprochen.« Sie wischt sich die Hände an ihrem hübschen Kleid ab und schmollt eine Sekunde, bis sich ihre seltsamen Augen auf mich richten und sie die Nasenflügel aufbläht, als sie den Geruch des Raumes einatmet. »Du blutest«, sagt sie mit einem Knurren.

»Mir geht es gut. Hades wollte mir eine Nachricht geben, und jetzt, nachdem er das getan hat, geht er wieder. Nicht wahr Hades?«

Hades drückt sich an der Wand entlang – so weit weg von uns wie nur möglich – und schleicht zur Tür.

Forrest stellt sich ihm in den Weg.

»Schon gut. Er kann gehen.« Ich bin niemand, der den Boten tötet.

Forrest tritt zur Seite und murmelt mit ihrer rauen, heiseren Stimme: »Böses Einhorn. Du solltest es besser wissen.«

Hades eilt zur Tür hinaus.

»Kleric hat mich angerufen. Er steckt in einer wichtigen Besprechung fest. Es geht um deinen Fall, deshalb konnte er nicht selbst kommen.«

Danke, dass du Forrest geschickt hast. Ich bin in Sicherheit, sage ich dem Dämon in Gedanken. »Danke, dass du mir zu Hilfe gekommen bist.«

»Sieht aus, als hättest du alles unter Kontrolle. Oh, nur eine Sekunde ... gehört das dir?« Ihre lila Turnschuhe klappern gegen das Holz. Meine Lippen zucken, und ich kann mir ein leises Kichern nicht verkneifen, als ich ihre Sohlen im Regenbogenlicht aufblitzen sehe. Sie streckt den Kopf hinaus und zieht den zitternden Wärter zurück in den Raum.

»Ich glaube schon. Im Moment ist er mein Gefängniswärter.«

Die temperamentvolle Wolfswandlerin knurrt ihn an

und stößt ihn gegen die Wand, und als wäre das nicht deutlich genug, knurrt sie ihn an, er solle da bleiben. Dann stapft sie auf mich zu.

Unbeholfen bleibe ich stehen. Die feurige Gestaltwandlerin sieht so wütend aus.

Mit einem Brummen in der Kehle kommt sie auf mich zu, und dann schockt mich Forrest zu Tode, als sie mich – ganz sanft – umarmt. Mit großen Augen klopfe ich ihr auf den Rücken. »Es tut mir leid, wie alles gelaufen ist. Es tut mir so leid, dass ich dich verlassen habe«, keucht sie.

»Es war nicht deine Schuld. Du bist gegangen, weil du dachtest, ich wäre sicher. Ich habe auch geglaubt, dass ich in Sicherheit bin. Wenn du keine Hellseherin bist, konnte niemand vorhersehen, was passieren würde. Mir geht es gut.«

»Gut.« Sie lacht. »Wirklich?« Sie bewegt sich, hält meine Arme fest, und ihre seltsamen Augen flackern zu meinen. Sie sieht mich gequält an. Mit einem Blick, der wahrscheinlich den meinen widerspiegelt. Die Wolfswandlerin hat schon viel durchgemacht. »Wenn du eine Freundin brauchst, brauchst du nur zu fragen. Apropos Freunde, ich muss dir deinen Anwalt vorstellen, Emm ...« Ihre Augen werden groß und sie hustet, um sich zu räuspern. »Mr Brown!«

Als er seinen Namen hört, schlurft ein Mann ins Zimmer. Vorsichtig bewegt er sich nach links, weg von der heruntergefallenen Tür und dem zitternden Gefängniswärter, der sich in einer Ecke verschanzt hat.

»Wir müssen jemanden holen, der die Tür repariert«, sagt Mr Brown. Er ist schlank, hat strähniges blondes Haar, blasse, wässrige blaue Augen hinter einer dickrandigen

Brille und trägt einen hässlichen braunen Anzug. Er hebt den Kopf und lächelt mich an. Dann fällt sein Blick sofort auf meine Hand, auf den Dämonenkuss. »Oh«, keucht er.

»Was?«, fragt Forrest, während ihre Augen erst auf Mr Brown und dann auf mich gerichtet sind.

Mr Brown zuckt mit den Schultern und schenkt mir ein kleines, geheimnisvolles Lächeln, während er einen Stuhl heranzieht und sich setzt. »Ach, nichts. Machen Sie sich keine Umstände, Miss Hesketh. Nun, Miss Dennison, wenn Sie bereit sind, fangen wir an.«

Wow, Mr Brown ist ein Dämon, und er kann Klerics Dämonenkuss sehen.

Kapitel Dreiundzwanzig

Ich stehe im Flur und fühle mich zittrig und krank, während ich darauf warte, aufgerufen zu werden. Die Tür zum Gerichtssaal steht einen Spalt offen, und ich kann nicht anders, als einen Blick hineinzuwerfen. Es ist ein richtiger englischer Gerichtssaal, wie man ihn aus dem Fernsehen kennt. Auf der linken Seite befindet sich eine Reihe riesiger Buntglasfenster, die wunderschöne bunte Muster auf den Boden zeichnen. Zum Glück ist meine Verhandlung nicht öffentlich, sodass die Tribüne im hinteren Teil leer ist. Ich glaube nicht, dass ich mit mehr Leuten zurechtkommen würde. Was auch immer Klerics Blut bewirkt hat, es hat mir sehr geholfen, aber nur die Zeit wird meinen hypersensiblen Geist heilen.

Ich atme tief durch, mein Herz pumpt wie verrückt, und ich drücke die Finger in meine Augenhöhlen. *Scheiße.*

Im Großen Rat der Kreaturen sitzen die einflussreichsten Mitglieder der Gesellschaft, und die sind nicht gerade für ihre Gnade bekannt. Ich will meinen Fall vortragen und habe eine Scheißangst.

Lieber sterbe ich, als in diese Zelle zurückzukehren.

Zu meiner Linken sitzt Forrest, zu meiner Rechten Mr. Brown. Ich bin froh, zwischen ihnen eingekeilt zu sein. Etwa vier Meter von uns entfernt steht ein Wolfswandler. Er muss ein Bodyguard sein, denn er folgt uns schon die ganze Zeit. Er hat kurzes Haar, ist einen Meter größer als ich und hat einen grausamen Blick in seinen grünen Augen.

Mit seiner fiesen Energie blockiert er den Gang, und allein durch seine Anwesenheit hält er Jackson von uns fern, ohne es auch nur zu versuchen.

Der Gefängniswärter drückt sich unbeholfen in eine Ecke. Der Wärter hat einen harten Tag. Sie hätten jemand anderen schicken sollen. Er ist so daran gewöhnt, dass seine Gefangenen unter Drogeneinfluss in ihren Zellen einge-sperrt sind, dass er damit nicht umgehen kann.

Der Wandler-Bodyguard ist gemein, wenn er nicht gerade Mr Brown ansieht. Er beobachtet den dämonischen Anwalt aufmerksam; sobald sich der Dämon bewegt oder spricht, werden seine grünen Augen weich.

Forrest drückt meine Hand.

Ich drehe mich um und schenke ihr ein schiefes Lächeln. Oh. »Du hast da etwas ...« Ich zeige auf einen Blutfleck auf ihrem Kleid.

Forrest senkt das Kinn und macht ein finsteres Gesicht. Sie rafft den Stoff zusammen, streicht mit einem Finger-nagel über das getrocknete Blut und schaut dann von links nach rechts, ob die Luft rein ist. Sobald sie zufrieden ist, geht sie weiter. Wer blinzelt, verpasst die Wandlung. Anstatt sich in ihren Wolf zu verwandeln, verwandelt sich Forrest wieder in sich selbst. Ihr Kleid ist jetzt makellos.

Der Bodyguard schaut finster, und Forrest kratzt sich mit dem Mittelfinger an der Seite ihres Gesichts.

Ich ärgere mich. Ich habe noch nie daran gedacht, *das* zu tun, und ich wusste nicht, dass man sich so verwandeln und in einen Menschen zurückverwandeln kann. So unglaublich praktisch in einem Kampf. Ich muss das Wandeln üben, ohne mich in meine schwerfällige Tierform zu verwandeln. Wenn ich mich in einen Menschen zurückverwandeln kann, kann ich mich im Kampf heilen.

Wenn wir uns verwandeln, vibriert die Magie und bringt alle unsere Moleküle durcheinander. Während der Wandlung werden alle defekten oder beschädigten Zellen sofort ersetzt. Deshalb altern wir nicht. Wenn sich ein Wandler verwandelt, sind wir innerhalb von Sekunden so gut wie neu.

Oder, in Forrests Fall, ich runzle die Stirn ... *schmutzbefreit*. Ich grinse. Ich habe es nicht als Option oder Alternative zu einer Dusche in Betracht gezogen.

Forrest ist entweder faul, ein Schmutzmagnet wie ich oder ein böses Genie.

Eine Fliege summt. Sie summt nervtötend weiter und ich schaue mich nach ihr um. Ich finde das arme Insekt in der Nähe einer Deckenlampe, wie es sich verzweifelt in einem Spinnennetz abmüht. Ich sehe, wie die schwarze Spinne die Fliege eifrig einwickelt. Das macht mich nervös. Sie versucht so sehr, zu entkommen. Meine Hände verkrampfen sich. Sie ist so eingesponnen, dass ich ihr nicht helfen kann, selbst wenn ich wollte, und ich kann der

Spinne auch nicht ihre Mahlzeit verweigern. Aber ich fühle mich so schuldig, während sie um ihr Leben kämpft. Ich muss wegschauen.

In diesem Moment winkt uns ein besorgt aussehender Mann herein. Ich höre noch das hektische Summen, als ich ihm folge. Ich versuche, es nicht als Omen zu sehen und nicht daran zu denken, dass ich in dieser Situation die Fliege bin.

Mr Brown deutet auf das erhöhte Rednerpult, auf das ich mich stellen soll. Allein schlurfe ich zur rechten Seite des Gerichtssaals und zu dem gefürchteten Eichenpult. Ich fühle mich wie auf dem Weg zum Galgen. Ich bleibe stehen, schließe meine ganze Angst im Hinterkopf ein und sage mir, dass ich nicht die verdammte Fliege bin.

Ich hebe mein Kinn und schwebe den Rest des Weges, als trüge ich eine Krone und ein wunderschönes Kleid und nicht die unförmige weiße Sträflingskleidung.

Menschen tun einem nur weh, wenn man es zulässt, und ich muss mich für nichts schämen. Ich habe nichts falsch gemacht.

Ich steige die zwei kleinen Stufen hinauf, das hölzerne Podest knarrt unter meinem Gewicht, als ich mich zur Stirnseite des Raumes drehe. Ich verschränke die Hände auf dem Rücken. Es würde alles verderben, wenn ich mich mit den Fingern in die dunkle Holzkante des Pultes kralle, um mich zu Tode zu quälen.

Ich wünschte, Story wäre hier. Ich weiß, dass sie hier wäre, wenn sie könnte, aber es ist hier nicht sicher für sie. Ich scanne den Raum und schaue in Forrests Augen. Sie strahlt mich anerkennend an. Nach einem leichten Nicken in Richtung meiner Freundin konzentriere ich mich nach vorn und gebe mir Mühe, mein Gesicht ausdruckslos zu halten.

Acht Ratsmitglieder, die ihr Volk vertreten, kommen langsam aus ihren Kammern und setzen sich auf ihre Plätze, mischen Notizen und sprechen leise mit ihren Helfern. Ich wage es nicht, sie anzusehen, und selbst wenn ich es wollte, könnte ich mich nicht konzentrieren. Die Panik trübt meinen Blick.

Ich konzentriere mich auf eine Person, die blonde Hexe in der Mitte. Sie lächelt mich an, aber das Lächeln reicht nicht bis zu ihren violetten Augen. Sie räuspert sich und der ganze Saal wird still.

»Auf unserer Liste steht heute Miss Tru Dennison«, sagt die Frau mit monotoner Stimme.

Ich lege den Kopf zur Seite, als sich die Aufmerksamkeit aller Anwesenden scharf auf mich richtet. Ein dumpfer Schlag. Mein Herz schlägt schneller.

»Anklage wegen Entführung, Körperverletzung und Mordes.«

Mein Gesicht bleibt ausdruckslos, mein Körper steif.

»In den Akten steht, dass der Große Rat der Kreaturen die Angeklagte nach reiflicher Überlegung einstimmig in allen Anklagepunkten für *nicht schuldig* befunden hat und sie für die verbüßte Zeit entschädigen wird. Ich danke Ihnen, Miss Dennison. Sie können gehen.«

Sie lässt den Hammer fallen. »Nächster Fall ...«

Wie bitte? Das war alles? Das war meine Verhandlung?

Ich bin verblüfft. Als wäre ich nicht mehr in diesem Raum, nicht mehr in meinem Körper, lasse ich mich von Mr Brown sanft an der Hand nehmen und behutsam die Treppe hinunter und aus dem Gerichtssaal führen.

»Nehmen Sie das Halsband ab und unterschreiben Sie die Entlassungspapiere«, murmelt er.

»Das war's?«, flüstere ich.

Mr Brown nickt. »Ihr Dämon und der Chef des Vampirrates haben hinter den Kulissen fleißig gearbeitet. Außerdem ist meine Kanzlei die beste für solche Fälle. Jetzt ist alles offiziell, Sie können sich entspannen.« Er tätschelt meine Hand. »Sie können nach Hause gehen, Tru. Wir müssen uns nur noch um das Halsband kümmern und sehen, welche Entschädigung der Rat anbietet und ob Sie sie annehmen möchten. Die ganze Geschichte war eine riesige öffentliche Blamage, und mein professioneller Rat ist, dass Sie das Beste daraus machen sollten.«

Ich kann nach Hause gehen. Stimmt das wirklich?

Schemenhaft, wie im Nebel, sehe ich Forrest mit blitzenden Turnschuhen hinter uns aufspringen. Dicht gefolgt von dem grünäugigen Bodyguard und Jackson. Mein Blick wandert zur Decke, die Fliege schweigt.

»Mein Schatten, wir müssen reden.« Seine Stimme lässt meine Glieder verkrampfen und ich stolpere. In dem dunkleren Korridor schlendert ein müde aussehender Xander, der tadellos in einen Anzug gekleidet ist, auf uns zu. Er nickt dem Leibwächter zu, als würden sie sich seit Jahren kennen, und es entwickelt sich ein leises Gespräch zwischen ihnen.

Der Bodyguard erwidert das Nicken des Engels und schiebt eine knurrende Forrest, einen erschrockenen Jackson und einen protestierenden Anwalt beiseite.

»Was zum Teufel, John …« Forrests Proteste werden unterbrochen, als die Tür ins Schloss fällt.

Er lässt uns allein.

Oh, jetzt geht's los.

Ich puste meine Wangen auf und fahre mir mit der Handfläche übers Gesicht. Ich bin verdammt frei. Ich will nur noch dieses verdammte Halsband abnehmen, mich in mein Einhorn verwandeln und nach Hause zu meiner Familie gehen. Etwas Weidegras essen. Ich will nichts damit zu tun haben. Was auch immer es ist. Es gibt keinen Grund für eine weitere Konfrontation mit dem Ex, der kein Ex ist. Verdammt, ich wäre froh, ihn nie wiederzusehen. Er hat Glück, dass er sich mir jetzt nähert, solange ich noch dieses furchtbare Halsband trage. Wenigstens hält es mich davon ab, ihn zu töten.

Ich spüre, wie seine flüchtige Magie mich trifft. Seine Stiefel stoßen gegen meine und er drängt sich vor, um mich einzuengen. Er starrt mich an mit Feuer und Wut. Ich ziehe meine Maske fest auf und atme weiter. Das ist meine Aufgabe, weiter zu atmen und ruhig zu bleiben.

Dann spüre ich ihn. Ich spüre Kleric kommen, genauso wie ich den Aufprall seiner Stiefel auf den Fliesen höre. Eine Welle seines Schwefelgeruchs schlägt mir entgegen, als er um die Ecke und in Sichtweite kommt. Erleichtert schließe ich die Augen, als mich ein Schlag weißglühenden Verlangens trifft. Es kommt unerwartet. Ich weise es zurück. Ich bin mir sicher, dass mein Gesicht knallrot ist – Kleric hat etwas an sich, das mich verrückt macht.

»Xander, ich wollte dich schon lange fragen, was das für ein Spitzname ist. Mein Schatten? Echt jetzt? Ist dir nichts Besseres eingefallen?« Sarkasmus schwingt in Klerics Stimme mit, als er nach meiner Hand greift und sie beruhigend drückt. Ich erwidere den Druck und er zieht mich an sich, sodass ich an seiner Brust stehe. Ein warmer Hauch von Magie gleitet durch ihn und in mich hinein. Sie beruhigt mein Herz und macht meinen Kopf frei.

Xander kneift die Augen zusammen, und seine Lippen verziehen sich, bis zwischen ihnen ein Grunzen entweicht, als sich ein massiver blauer Arm um meine Taille legt.

»Das ist das Problem mit dir«, fährt Kleric fort. »Wenn du dir Tru vorstellst, siehst du sie im Dunkeln hinter dir herumschleichen, nur beleuchtet von dem Licht, das aus deinem Arsch kommt.«

Jeder Muskel in Xanders Gesicht verhärtet sich. Seine Augen halten meine für einen Herzschlag fest, während der Muskel in seinem Kiefer krampft.

Ich weiß nicht, warum er so wütend ist. Liegt es daran, dass Kleric sich für mich einsetzt? Oder ist es, weil er es nicht mag, unterbrochen zu werden?

Aber Kleric hat einen Lauf. »Mein Schatten. Hör auf mit dem Scheiß! Tru ist mehr als das. Verdammt, sie ist voller Licht. Jeder Idiot kann das sehen. Das Schicksal hat ihr das regenbogenfarbene Haar ihres Einhorn-Erbes nicht ohne Grund gegeben, damit sie auffällt. Sie soll nicht im Dunkeln bleiben. Dein Schatten.« Er sagt es, schüttelt den Kopf und sein Schwanz wedelt aufgeregt hinter ihm.

»Ich möchte lieber keinen Spitznamen haben, danke«, brumme ich leise vor mich hin.

Klerics Lippen zucken und Xander knurrt.

»Es macht mich wahnsinnig, dass du nicht sehen konntest, was direkt vor dir war.« Klerics Kralle berührt mein Kinn, und seine Augen werden weicher, als er mich ansieht. »Ich kann es. Von dem Moment an, als wir uns das erste Mal begegnet sind, konnte ich meine Augen nicht von dir abwenden. Eine wunderschöne Chimäre.«

Ich weiß die Rettung zu schätzen, aber diese öffentliche Zurschaustellung von Zuneigung ist ein bisschen zu viel. Seine schönen Worte machen mich benommen, aber sie machen dieses Gespräch nicht weniger unangenehm. Klerics Daumen streicht über meine glühende Wange.

Okay, ich gebe zu, dass ein kindlicher Teil von mir den Engel anschreien möchte: »Schau dir das an! Jemand – ein heißer, männlicher Jemand – kann mich sehen.« Aber ich tue es nicht. Stattdessen räuspere ich mich und stelle die Frage, die mich schon die ganze Zeit quält. »Nennt man mich ... ähm ... Chimäre, weil ich ein Hybrid bin?« Ich beschließe, einfach so zu tun, als wäre Xander nicht hier. Er existiert nicht.

»Nein«, sagt Kleric und drückt mir so schnell einen Kuss auf die Stirn, dass ich ihn verpasst hätte, wenn ich geblinzelt hätte. Nur die Erinnerung existiert auf meiner Haut. »Ich nenne dich Chimäre, weil du ein schöner Traum bist.«

»Äh«, antworte ich eloquent.

Was zum Teufel ...? *Ich bin ein schöner Traum.* Ich schwöre, mein Herz setzt aus, mein Magen dreht sich um und ein weiblicher Teil von mir führt einen Freudentanz auf. Ich reibe mir mit zittrigen Fingern die Stirn, und seine schwarzen Augen verfolgen die Bewegung.

Unser Moment wird von dem leuchtenden Engel unterbrochen. »Was weißt du schon? Du bist doch noch ein Kind«, knurrt er.

Ich blinzle zu Kleric hoch. Ein Kind? Was soll das?

»Und jetzt verschwinde! Ich muss mit Tru *allein* reden.«

Ich schüttle den Kopf. Lieber nicht.

»Kind? Ja, im Vergleich zu dir sind wir alle Kinder. Man sollte meinen, du wärst nach unzähligen Jahrtausenden klüger und freundlicher geworden und hättest Geduld gelernt. Nein, das bist du nicht. Stattdessen wirst du mit jedem Jahr, das vergeht, schlimmer.«

»Wie alt bist du?«, murmle ich.

Wieder sieht er mich mit seinen endlosen schwarzen Augen an. »Ich bin vier Jahre älter als du, ich bin dreißig.«

»Oh.« Wow! So jung!

»Ich werde dich nicht noch einmal bitten. Geh zur Seite, Dämon!«

»Das kann ich nicht. Im Gegensatz zu dir will ich sie beschützen. Komm schon, Xander! Kann das nicht warten, bis sie das lebenssaugende Gefängnishalsband um ihren Hals los ist?«

Der Engel blickt stirnrunzelnd auf das Halsband.

»Findest du nicht, dass du ihr schon genug angetan hast? Du hast sie in ein Gefängnis außerhalb der Welt geschickt, verdammt noch mal. Du weißt, dass das Rechtssystem dort miserabel ist. Sie hätte da *jahrelang* sitzen können.«

»Vielleicht habe ich überreagiert.«

Ha, meinst du?

»Verdammt richtig, du hast überreagiert. Es geht doch nur um dich und was du willst, oder? Lass sie gehen, Mann, oder lass sie wenigstens nach Hause gehen, duschen und was essen, bevor du mit deinem Scheiß anfängst. Die Männer ihrer Großmutter haben sie heute schon angegriffen.«

Xander richtet seinen Blick wieder auf mich. »Hat Ann dich verletzt? Geht es dir gut?«

»Ob es mir gut geht?«, murmle ich. Ein verrücktes Kichern entweicht meinem Mund, als ich auf den Gerichtssaal hinter mir schaue, und mit einer Grimasse sage ich zu ihm: »Nein, mir geht es nicht gut. Ich bin alles andere als okay. Aber verprügelt zu werden, ist nichts im Vergleich zu ...« Ich reibe mir den Nacken, seufze und lasse meinen Kopf in die Enttäuschung sinken. Was zum Teufel soll das alles? Mein weißer Häftlingsschuh schrammt über den Boden. »Es ist, wie es ist«, murmle ich. »Sprich! Ich bin ganz Ohr. Was willst du, Xander?«

Seine goldenen Augen starren zur Decke, als würde er nachdenken, und das Haar an seinem Kinn knistert irritiert unter seinen Nägeln. »Den Engel.« Er knurrt die beiden Worte mit einem verzweifelten Laut heraus.

Arrh! Nicht das schon wieder. Wut und Zorn schießen durch mich hindurch und ich reagiere instinktiv, ohne nachzudenken. Meine Hände schlagen hart auf seine Brust. Das Halsband reagiert keine Sekunde später und ich habe das Gefühl, dass mein Inneres brennt. Ein Stöhnen entweicht mir und Blut füllt meinen Mund, als ich mir auf die Zunge beiße.

Kleric fängt mich auf, bevor ich zu Boden falle. Er hält mich in seinen Armen, als wir zu Boden sinken, und stöhnt, als die Magie des Halsbandes auch ihn unter Strom setzt. Er setzt sich auf die Fliesen und wiegt mich in seinen Armen.

»Es tut mir leid«, flüstere ich. Eine einzelne Träne kullert mir die Nase hinunter. Ich fühle mich wie eine Idiotin.

»Dein Herz hat aufgehört zu schlagen«, sagt er und streicht mir die Haare aus dem Gesicht.

»Ja, das Halsband ist schuld.« Meine Stimme ist heiser, ich muss geschrien haben. »Mir geht es gut.«

Kleric schließt die Augen und legt seine Stirn an meine. Der Schmerz, die Angst und die Gewalt, die aus ihm heraussprudeln, sind nicht zu übersehen. Er ist fast bereit, sich mit einem einzigen Funken zu entzünden, wie ein Knirschen seiner wuchernden Zähne.

»Tru, es tut mir leid. Ich wusste das nicht. Ich wollte nicht, dass das passiert«, sagt Xander und beugt sich zu mir. Mein Körper versteift sich und ich schaue von Kleric zu *ihm* auf. »Ich kann dich heilen.« Goldene Magie fließt um die Finger des Engels.

Ich lecke mir die Lippen und stehe mit der Hilfe des Dämons unsicher auf. Seiner glühenden Hand weiche ich aus. »Bitte fass mich nicht an! Ich weiß, was du willst, Xander. Du willst, dass ich deinen verschwundenen Engel finde.«

Er wendet den Blick ab und starrt zu Boden. »Man hat mir gesagt, dass du die Beste bist, und ich werde dich bezahlen ...«

Ich hebe zitternd die Hand, um ihn aufzuhalten. »Du musst mich nicht bezahlen.« *Mich bezahlen. War er schon immer so verdammt dumm?* Ich knirsche mit den Zähnen und blähe meine Nasenflügel vor Empörung auf. Der Engel kennt mich doch gar nicht. »Diese Scheiße mit deinem Engel. Dachtest du, ich sitze hier und warte auf den nächsten Schritt? Wer mir das angetan hat, kommt nicht ungeschoren davon. Es hängt alles zusammen, und es ist jetzt etwas sehr Persönliches.«

Kleric stößt den Engel mit der Schulter aus dem Weg, als ich an ihm vorbei humple. Ich gehe auf die Tür zu, durch die der gute alte Jackson, der Gefängniswärter, der das Halsband befreit hat, geflohen ist.

»Xander, ich melde mich wieder. Ich habe einen Plan. Ich gehe auf die Jagd. Ich werde nicht aufhören, bis jede einzelne Kreatur, die etwas mit diesem Debakel zu tun hat, tot ist.«

Tot oder zumindest bestraft. Schließlich habe ich das perfekte Gefängnis vor Augen. Ein manisches Grinsen umspielt meine Lippen. Oh, und sein vermisster Engel. Ich werde ihn retten oder herausfinden, unter welchem Stein er sich versteckt, ihn an den Haaren herausziehen und Xander vor die Füße werfen.

Um seinetwillen sollte er hoffen, dass es eine Rettung ist.

KAPITEL VIERUNDZWANZIG

FORREST SCHAUT MICH BESORGT AN. Sie sieht gut aus, kein Haar ist fehl am Platz, aber der schweigsame Bodyguard hat einen blauen Fleck auf der Wange. Mr Brown sieht wütend aus. Kleric schiebt sich hinter mir in den Raum und schließt die Tür mit einem lauten Knall. Meine Augen schließen sich kurz vor Erleichterung, als Xander mir nicht folgt.

Ich klatsche in die Hände und sage mit übertrieben lauter Stimme: »Okay, nehmen wir das Halsband ab.« Alle Augen richten sich von mir auf den Wärter. Jackson kramt in seiner Tasche, runzelt die Stirn und versucht es auf der anderen Seite. Mit sichtlicher Erleichterung zieht er ein dünnes Fläschchen mit einem Zaubertrank heraus. Alle starren ihn noch immer an, und sein ganzer Körper zittert, als er sich nach vorn schleppt. Er drückt auf den Korken und mit einem lauten Knall öffnet sich das Fläschchen.

Mit der Hand an meinem Hals lässt er das Glas zwischen den Fingern rollen und mit einer Drehung des Handgelenks, wie ein Sommelier, der eine teure Flasche Wein einschenkt, tropft er den Trank auf das Halsband.

Das Halsband klirrt und schwingt auf. Ich fange es auf, bevor es zu Boden fällt, halte das schreckliche Ding vorsichtig zwischen meinen Fingern und reiche es dem Wächter. Als er es ergreift, schnellt meine Hand an meiner Seite herunter. Ich habe das unbändige Bedürfnis, die ekligen Rückstände des Halsbandes an meinem Bein abzuwischen, aber ich kann nicht, weil ich die schreckliche weiße Hose nicht anfassen will.

Die Stelle um meinen Hals fühlt sich kalt und seltsam an. Ich spanne meine Beine an und stütze mich ab, während wir alle darauf warten, dass etwas passiert, irgendetwas. Wie beim ersten Mal, als mir das Halsband um den Hals gelegt wurde, passiert nichts. Meine Augen huschen durch den Raum, und als mein Blick schließlich auf Kleric fällt, verengen sich seine Augenwinkel, während er die Stirn runzelt. *Was nun?* Ich reibe mir den Hals. Die Haut fühlt sich dünn und glänzend an. Dann zupfe ich an meinem Haar.

Die Arbeit ist getan, das Halsband ist ab und der Wärter zieht sich eilig zurück. Er reißt die Tür auf und verschwindet im leeren Flur. Die Tür fällt ins Schloss, und während das Geräusch in meinen Ohren verklingt, passiert etwas. Da! Ich neige den Kopf. Der dunkle Zauber wird schwächer. Ich kann es spüren. Schicht für Schicht löst sie sich von meiner Haut, und mit ihrem schwindenden Griff steigt meine Magie in mir hoch. Meine Vampirmagie ist schockierend intensiv und dank der freundlichen Blutspende des Dämons prall gefüllt mit Energie. Meine Wandlermagie ist ein winziges, wimmerndes Etwas, nur ein schwaches Sträuben des Fells gegen mein Inneres.

Als die Magie des Halsbandes weiter nachlässt, löst sich die weiße Uniform schließlich auf, und mein Kopf sinkt erleichtert zurück, als der schwarze Stoff meiner Uniform das gefürchtete Weiß ersetzt.

Oh, dem Schicksal sei Dank, ich bin nicht nackt.

Ich atme tief ein und bereue es sofort, als der Geruch von mir in die Nase steigt und in der Kehle kitzelt. Ich muss würgen. Ich blicke auf meine Kleider hinunter. Sechs Wochen alter Schweiß, Blut und Hirnmasse kleben noch an meiner Haut.

Ekelhaft.

Auch mein Nacken und mein Haar sind vom Blut von vorher noch verkrustet, wenigstens ist die Beule an meinem Kopf verheilt. Ja, man muss es auch positiv sehen.

Forrests bläht die Wangen auf, sie hält den Atem an und rümpft die Nase. Vor Scham traue ich mich nicht, Kleric anzusehen. Es ist mir so peinlich. Ich kann nicht glauben, dass wir gekuschelt haben, als ich unter dem Zauber so aussah und roch.

»Scheiße, die haben mich in einen Zombie verwandelt. Jedenfalls rieche ich wie einer.«

Kein Wunder, dass sich die weiße Kleidung seltsam anfühlte. Das war der wahre Grund, warum mir das Halsband einen Schlag versetzte, als ich versuchte, die Gefängniskleidung zu berühren. Es sieht so aus, als ob sich das Gefängnis überhaupt nicht um die Folgen ihres bösen

Zaubers kümmert. Wen kümmert es, ob die Gefangenen sauber sind, wenn man sie nicht sehen oder riechen muss? Das war alles Quatsch. Alles nur Schein. Die Uniform und die Sauberkeit waren eine Illusion, aber die beschleunigte Genesung war es nicht, bei dem Zustand meines Kopfes, und wenn die Magie des Halsbandes nicht irgendeine Form von Nährstoff geliefert hätte, wäre ich tot. Das ist es also.

Die alte Frau im Gefängnis roch nach verfaulten Blättern. Ich frage mich, wie sie ohne das Halsband aussieht. Hat der Zauber sie vorzeitig altern lassen? Oder war es wieder nur eine Illusion?

Mr Brown holt ein Datapad hervor. »Ich aktualisiere Ihre Akte. Das Halsband im Gefängnis hat nur den Eindruck erweckt, dass Sie völlig gesund sind. Wäre es in Ordnung, wenn ich Fotos zu Beweiszwecken machen würde?«, fragt er.

Ich zucke mit den Schultern. »Ja, das ist in Ordnung.« Nein, es ist verdammt noch mal nicht in Ordnung, als ob ich wollte, dass mich jemand so sieht. Kleric reibt sich den Nacken und ich hüpfe von einem Fuß auf den anderen, während ich mich im Raum umschaue. In meinem Kopf entsteht ein *forrestesker* Plan. Das Zimmer ist groß genug, denke ich. »Kann ich mich bitte in mein Einhorn wandeln?«

Ich ertrage meinen eigenen Geruch nicht. Aber ich muss sicher sein, dass meine Tiergestalt in diesem Regierungsgebäude erlaubt ist, bevor ich mich wandle. Ich bin heute schon einmal gezappt worden und will nicht noch eine magische Strafe riskieren. Ich weiß, dass Forrest sich vorhin heimlich verwandelt hat, um ihr Kleid zu reinigen, aber ich glaube nicht, dass ich nach sechs Wochen und schwarzer Magie, die an mir nagt, noch so viel Kontrolle habe. Auf keinen Fall kann ich ohne Übung so schnell zu meinem menschlichen Ich zurückkehren.

»Es gibt keine Magie in diesem Gebäude, die Sie aufhalten kann. Es ist ungefährlich, das zu tun. Geben Sie mir nur eine Sekunde, um diese Fotos zu machen.« Er öffnet seine Hand und eine kleine Kamera zoomt in die Luft. Nach einer gefühlten Ewigkeit nickt er mir zu. »Machen Sie weiter!«

Kleric schiebt unaufgefordert ein paar Stühle zur Seite, um mehr Platz zu schaffen. »Danke«, flüstere ich. Noch immer kann ich ihn nicht ansehen.

Forrest klatscht in die Hände und murmelt: »Einhorn, Einhorn, Einhorn«, sagt sie leise. Sie legt die Fingerspitzen unter dem Kinn zusammen wie ein James-Bond-Bösewicht, und ihre Augen leuchten vor manischer Freude. Sie beobachtet mich auf eine Art und Weise, die mich unter normalen Umständen zu Tode erschrecken würde.

Wenn ich nicht gerade eine Gänsehaut hätte. *Verdammt, ich muss diesen Geruch loswerden.*

Der Zauber der Wandlung kommt langsam, öffnet sich wie die Blütenblätter einer vergehenden Blume. Schneller blüht sie auf, bis sie einer lodernden Flamme gleicht. Wandlung ist nie schmerzhaft, aber dies ist keine normale Wandlung. Meine Magie kämpft in mir gegen den Einfluss der Restmagie des Halsbandes. Die schwarze Magie hat sich in meine Zellen gefressen. Ich stöhne vor Schmerz und beuge mich vor, um meine Knie zu umfassen. Ich muss aufpassen, dass ich nur meine Einhorngestalt zum Vorschein bringe und nicht auch noch die verdammten Flügel. Diese Babys würden auf keinen Fall in dieses

Zimmer passen, und niemand will Federn im Gesicht haben.

Der Schmerz lässt nach und meine weißen, pelzigen Beine zappeln wie ein neugeborenes Fohlen.

Ich habe fast einen Bambi-Moment, als meine schimmernden Hufe auf den glänzenden Bodenfliesen ausrutschen. Sie haben keinen Halt. Ich kämpfe um Halt, und als ich endlich festen Boden unter den Füßen habe, schnuppere ich, wackele mit den Ohren und wedele mit meinem regenbogenfarbenen Schweif. Oh, das fühlt sich gut an. Traurig schaue ich zu Boden. *Hätte ich doch Platz zum Wälzen.*

In diesem Moment höre ich den Lärm.

Der Bodyguard hat seine Arme um Forrests Taille geschlungen. Er hat sie hochgehoben, sodass ihre Füße baumeln. Er hindert den aufgeregten Wandler daran, näher zu kommen und mich zu berühren.

»Komm schon, Alter, es macht ihr nichts aus«, jammert sie, dreht sich nach links und tritt ihm gegen das Schienbein. Er stöhnt auf und wirft Mr Brown einen verzweifelten Blick zu.

Mr Browns schmale Lippen zucken und seine blauen Augen funkeln.

Ich mache ein paar vorsichtige Schritte und stupse den Bodyguard an, bis er die zappelige Wolfswandlerin fallen lässt. Ich hauche ihm meinen Einhorn-Atem ins Gesicht. Forrest grinst. Ich schnuppere an ihrer Hand, und sie streicht sanft über meine Schnauze. Ihre Finger kitzeln meine Schnurrhaare, sie fährt mit ihren Fingern meine Nase hoch, schiebt meine Stirnlocke zur Seite und reibt eine juckende Stelle unter meinem Horn. »Ich weiß, es ist eigenartig, dich zu streicheln, aber ich kann nicht anders. Du bist so hübsch. Einhörner sind so geheimnisvoll, ich habe noch nie eines von euch herumlaufen sehen.«

»Du bist hübsch, aber abgemagert«, brummt Kleric. Ich lasse mich noch einmal von Forrest streicheln, bevor ich zurückweiche und den Kopf drehe. O ja, er hat nicht unrecht. Meine Rippen sind zu sehen und ich sehe aus wie eine Hutablage in meiner Pferdeform. Die Wandlung ersetzt die Zellen, aber nicht das Fett. Das geht nur mit ein paar guten Mahlzeiten.

»Darf ich immer noch fotografieren?«, fragt Mr Brown.

Das ist in Ordnung.

Bevor ich nicken kann, antwortet Kleric: »Sie hat gesagt, es ist in Ordnung.« Ich zwinkere ihm zu.

Mr Brown lächelt, während er die Informationen in das Datapad tippt.

Kannst du mich hören?, frage ich den Dämon direkt. Ich hätte nicht gedacht, dass ich meine Gedanken immer noch auf ihn übertrage.

Ja, und ohne das Halsband solltest du mich auch hören können. Ich schnaufe und meine Hufe klappern, als der Schock über seine Stimme in meinem Kopf mich zusammenzucken lässt.

Was für ein verdammter Zauber ist das?

Keine Panik. Wir können später darüber reden.

Okay, später. Ich sehe ihn böse an. Was zum Teufel ist mit mir und dem Dämon los? Ich habe noch nie von einem Geist-zu-Geist-Kontakt ohne aktiven Kommunikationszauber gehört.

Wenigstens riechst du nicht mehr faulig. Eau de Einhorn

ist so viel besser als »Ich hatte eine Schlacht und habe mich zwei Monate nicht gewaschen«-Geruch. Und du hast die Frechheit, mich einen stinkenden Prinzen zu nennen.

Ich lache, es klingt wie eine Mischung aus scharfem Wiehern und Würgen. Verdammter Dämon!

Forrests Augen wandern zwischen uns hin und her. Sie ist völlig fasziniert.

Mr Brown schießt Dutzende von Fotos, und als er zufrieden ist, nehme ich mir noch ein paar Augenblicke Zeit, um meine Glieder zu strecken. Mein armer Körper sehnt sich nach einem guten Lauf. Seit Wochen habe ich von diesem Moment geträumt.

Na ja, nicht von diesem Moment, nicht so. Ich wollte, dass meine erste Runde in Freiheit mitten auf einem Feld stattfindet. *Hmmm, Weidegras.* Mein Magen knurrt. Mein Körper schreit nach Nahrung. Ich bin hungrig.

Zurückwandeln will ich nicht. Das Leben wäre so viel einfacher als Einhorn. Aber wenn ich dieses Gebäude durch die für mich winzigen Türen in der Größe eines Lebewesens verlassen will, muss ich meine menschliche Gestalt wieder annehmen.

Ein letzter Atemzug und ich ziehe die Magie in mich hinein. Ich drehe mich um und werfe einen prüfenden Blick auf meinen Körper. Meine einst enge Kampfkleidung hängt an meinem schlanken Körper, was ich vor lauter Schmutz gar nicht bemerkt habe. Wenigstens können alle wieder normal atmen.

Kleric reicht mir ein Glas Wasser.

»Oh, danke«, sage ich.

»Lass dir Zeit! Nimm kleine Schlucke! Können wir sie von einem Arzt untersuchen lassen?« Seine massive Hand lässt mich erschaudern, als er unabsichtlich meine Ohrmuschel kitzelt, während er mir eine Strähne aus dem Haar streicht.

»Ich brauche keinen Arzt, Kleric. Mir geht es gut. Meine Wandlung hat alles wieder in Ordnung gebracht.« Meine Hand zittert, als ich das Glas an meine Lippen führe, im Hinterkopf habe ich Angst, mich zu verschlucken. Was dumm ist, denn ich habe Klerics Blut getrunken und alles hat wunderbar funktioniert. Wie Kleric gesagt hat, muss ich mir Zeit lassen. Ich nehme den kleinsten Schluck und das himmlische Wasser schwappt um meinen Mund.

Klerics warme Stimme dringt in meinen Kopf. *Alles in Ordnung? Ich habe dir einen Salat bestellt. Er müsste in ein paar Minuten hier sein. Brauchst du Blut?*

Nein, danke. Ich trinke immer noch Wasser und verenge meine Augen. *Ist dieser Bodyguard John ein Höllenhund?* Jetzt, da meine Sinne wieder funktionieren, spüre ich, wie sein Wolf und seine Feuermagie auf mich einprasseln.

Ja.

Ha, und Forrest hat ihn getreten. Aber wenn ich die beiden vergleiche, glaube ich, dass die kleine Wandlerin auf der Machtskala viel höher steht als der Hellhound-Schrägstrich-Bodyguard.

Mr Brown setzt sich auf einen Stuhl. Ich stöhne, als er mir ein Zeichen gibt, mich ebenfalls zu setzen. Es sieht so aus, als ob er bereit sei, über die Bedingungen des Rates und die Entschädigung zu sprechen.

Super.

Kapitel Fünfundzwanzig

FORREST SETZT mich vor meinem Haus ab. Als ich aus dem Auto steige, kann ich mich gerade noch bedanken, zum Abschied winken und meine Füße aus dem Weg nehmen, bevor ihr kleiner blauer Citroën die Straße entlangbraust. Ich verdrehe die Augen, als ich den Aufkleber *Ich liebe Einhörner* an der Heckscheibe entdecke. Die Wölfin ist besessen.

Der Schutzwall um das Gebäude herum erkennt mich und lässt mich herein. Seit vier Jahren wohnen wir hier. Ich meide den Aufzug – ich bin noch nicht bereit für kleine Räume –, steige die Treppen zu unserer Wohnung im zweiten Stock hinauf und lasse bei jedem Schritt Revue passieren, was heute passiert ist.

Ich habe der massiven Pauschalentschädigung durch den Großen Rat der Kreaturen zugestimmt. Obwohl sie als

Kollektiv nichts damit zu tun hatten, dass ich eingesperrt wurde, ist Xander Mitglied, und sie sind alle dafür, mein Schweigen zu kaufen. Ja, die Gilde der Engel hatte ihre Finger im Spiel. Ich musste unterschreiben, dass ich nicht zur Presse gehen würde.

Wir sprachen auch über ein überraschendes Jobangebot. Laut dem Großen Rat der Kreaturen habe ich mich während meiner Haft vorbildlich verhalten. Ich habe also doch die Fünf-Sterne-Bewertung des Gefangenen bekommen, hurra. Ich denke, ich werde den Job in Betracht ziehen.

Kleric ist wieder an die Arbeit gegangen, und als wir uns verabschiedet haben, hat er mir einen Kuss auf die Wange gegeben – einen normalen Kuss, keinen seltsamen Dämonenkuss. Meine Hand wandert zu meinem Gesicht. Noch immer spüre ich die Erinnerung an seine Lippen. Ich seufze, als ich den Treppenabsatz im ersten Stock überquere und die nächste Treppe nehme. Es liegt so viel in der Luft. Er ist freundlich und beschützend, und wie er mich ansieht ... Ich werfe den Kopf in den Nacken und stöhne. Auf keinen Fall lasse ich das zu.

Ich kann nicht erlauben, dass dieser großäugige, dämonenhafte blaue Mann die Löcher in mir stopft. Das geht gar nicht. Wer erholt sich schon von einem Ex mit einem Dämon? Ich? Wie dumm. Niemals.

Ich kichere erbittert. Mein Liebesleben ist ein Witz. Ich bin ein Witz, und die Magie hat sich viel zu sehr in meine Entscheidungen eingemischt. Finster betrachte ich die Narbe von Klerics Lippen auf meiner Hand. Ich weiß nicht mehr, wo oben und unten ist, und wenn das alles nur eine durch Magie ausgelöste Psychose ist, habe ich keine Ahnung, ob meine Gefühle echt sind.

Ich vertraue Kleric, dass er mir helfen wird, aber ich vertraue mir selbst nicht.

O Gott! Wir müssen noch über unsere Seelengespräche reden, und ich muss lernen, ihn aus meinen Gedanken zu verbannen. Ich schüttle den Kopf. Ich bin heute so müde. Ich muss nach Hause, und wenn es nur für heute Abend ist, etwas essen und ein Bad nehmen, um mich zu entspannen. Vielleicht mache ich beides zusammen.

Ich schiebe die Brandschutztür auf und schlurfe an meinen Nachbarn vorbei. Auf dieser Etage gibt es noch drei weitere Wohnungen. Am Ende des Flurs ziehe ich schnell meine Stiefel aus und halte sie an den Schnürsenkeln fest. Mit der Hand an der Türklinke bleibe ich stehen. *Sie wissen, dass ich komme.* Mir dreht sich vor Nervosität der Magen um, aber mit einem tiefen Atemzug öffne ich die Tür und trete ein.

Es riecht so vertraut nach Heimat und Familie. Ich muss gegen den dicken Kloß in meinem Hals ankämpfen und die Tränen wegblinzeln. »Hallo«, rufe ich und lasse meine Stiefel auf die Matte fallen.

Es dauert nur Sekunden, bis Story und die Kinder auf mich zukommen und »Willkommen zu Hause« und »Wir haben dich vermisst« rufen.

Ich bleibe an der Tür stehen, als ihre kleinen Körper gegen meine Beine prallen. *Ich will ihnen nicht wehtun.* Mein Gott, woher kommt dieser Gedanke? Vor sechs Wochen waren wir noch zusammen. Ich musste nicht einmal daran denken, mich um sie herum zu bewegen, weil wir so synchron waren, aber jetzt, jetzt habe ich keine

Kontrolle über meinen Körper und Angst, es zu vermasseln.

Sie zu verletzen. Auf sie zu *treten*. Mein Herz setzt aus. *Verdammt.*

Ich erstarre und meine Lippen verziehen sich zu einem Lächeln. Ich weiß, dass es falsch ist, dass das Lächeln sich nicht in meinen Augen widerspiegelt, aber man muss es so lange vortäuschen, bis es gelingt, oder? Natürlich ist Storys Familie auch meine Familie. Es wird nur eine Weile dauern, bis wir wieder normal sind.

Page klettert an meinem Bein hoch, indem sie sich an meinen Hosentaschen festkrallt, und Novel schwingt sich an mein Ohr. Sie war schon immer die Schnellste und sprintet wie ein Speed-Kletterer an meinem Körper hoch. »Tru, wir haben dich so, so, so vermisst«, quietscht sie.

Die Stimmen der Kinder fallen in den Chor ein und übertönen sich gegenseitig, um meine Aufmerksamkeit zu erregen. Jeff keucht und schnauft. Er hasst Klettern. Sein rosiges Gesicht hat einen dunkleren Ton.

»Ich habe euch auch vermisst, so, so, so sehr. Ich kann nicht glauben, wie groß ihr alle geworden seid«, krächze ich.

»Schau!« Novel quietscht. Ein Hauch von Feenstaub bringt wunderschöne orangefarbene Flügel zum Vorschein. Schockiert blinzle ich sie an. »Ich bin genau wie Mama! Ich bin eine Elfe mit wunderschönen Feenflügeln!« Sie schießt mit der Faust in die Luft und dreht sich auf den Zehenspitzen.

Jeff runzelt die Stirn.

Story hat ein gemischtes Erbgut, das Novel eindeutig geerbt hat. Einer unserer Freunde nannte Story eine *Fixie,* und irgendwie hat sich das Wort in meinem Kopf festgesetzt. Sie ist ein Pixie-Fae-Mix mit einem Pixie-Vater und einer Fae-Mutter. In ihrer Gemeinschaft ist das ein Tabu. Aber Ralph, ihr Gefährte, sieht, was ich sehe, und liebt sie über alles. Ich liebe es, wenn sie glücklich ist.

»Wow, Novel die sind aber schön! Das Orange kontrastiert so schön mit deiner zitronengelben Haut. Sie sind umwerfend.«

Novel strahlt mich an.

Story steht ein paar Meter entfernt, schnieft und reibt sich das Gesicht.

Ich schüttle den Kopf und werfe ihr einen Kuss zu. *Ich liebe dich*, sage ich.

Ich dich auch. Sie küsst zurück.

Eine winzige rosa Hand bohrt sich in mein linkes Nasenloch und bringt mich fast zum Niesen. Jeff, der jetzt meine Aufmerksamkeit hat, tanzt auf meiner linken Schulter, weg von meiner zuckenden Nase. »Ich bin einen ganzen Millimeter gewachsen«, sagt Jeff, stellt sich auf die Zehenspitzen – er streckt seinen Körper hingebungsvoll – und bläht seine Brust auf.

»Jeff, das sehe ich. Du bist *riesig*!«

Er grinst und streckt seinen Schwestern die Zunge heraus.

Gleichzeitig tadelt ihn Story. »Jeff! Was habe ich dir gesagt? Steck deine Hand nicht in Trus Nase! Und sei nicht gemein zu deinen Schwestern!«

In diesem Moment merke ich, wie meine Wangen schmerzen. Fast möchte ich meinen Mund nach oben ziehen, um das fremde, echte Lächeln zu spüren, das sich auf meinem Gesicht ausbreitet.

»Du siehst scheiße aus«, sagt Story in ihrem Singsang und unterbricht damit mein Liebesfest.

Mein Lächeln verschwindet. Ich verstehe, was sie meint, und als ich in den Spiegel schaue, bin ich zweifellos entsetzt.

»Mama hat ein böses Wort gesagt«, murmelt die fünfjährige Page, streichelt mein Gesicht und küsst meine Wange. Ich streiche ihr mit dem Zeigefinger sanft über den Rücken.

Seit Storys Kinder auf der Welt sind, hat sich mein Tonfall völlig verändert. »Ich weiß, böse Mama. Ich habe dich vermisst, kleiner Nugget.«

»Du siehst hungrig aus. Ich würde dir ja einen Schluck von mir anbieten, aber dann wäre alles weg. Ein Schluck und weg.« Sie kichert. »Ich wäre tot, bevor du mich aussaugst«, fährt Page morbid fort. Sie streckt ihre grünen Arme weit aus und sagt: »Ich bin nicht mal so groß wie ein Bierglas.«

»Du bist nicht einmal so groß wie ein Wasserglas.«

»Ich bin sieben fünf.«

Ich nicke freundlich. Sie meint sieben Zentimeter und fünf Millimeter. »Ich weiß. Du bist so groß.« Ich schaue von Page auf und lächle meine Freundin an. Die kleine saphirblaue Elfe mit den rosé-goldenen Flügeln lächelt mich an. Story und ihre Kinder haben einen seltsamen Sinn für Humor, der perfekt zu meinem passt.

Aus dem Nichts kommt eine Träne. Wie bei einer Idiotin kullert mir eine einzelne Träne unkontrolliert die Nase hinunter.

»Hey, hey, hör auf zu weinen! Sonst gibt es eine Riesenflut und wir ertrinken«, schreit Jeff und reißt die Arme hoch, um sein Gesicht zu bedecken.

Ein Lachen entfährt mir. »Ich habe euch so vermisst.«

»Tru ist ein Dummkopf«, sagt Page und streichelt mir wieder über die Wange. Igitt, wenn ich so darüber nachdenke, fühlt sich die Hand irgendwie klebrig an. Ich zucke zusammen.

Story klatscht in die Hände. »Also gut, kommt! Lasst Tru in Ruhe! Ich weiß, ihr habt sie vermisst, aber ihr müsst vor dem Abendessen noch etwas erledigen.«

Die Mädchen krabbeln an meinem Körper herunter. Novels Flügel sind nicht stark genug, um zu fliegen.

Mit weit aufgerissenen Augen stöhnt der immer noch verschwitzte Jeff. Er stampft mit dem Fuß auf und sieht mich mit schmerzerfüllten Augen an. Dann blickt er mürrisch auf den Boden und macht den größten Satz seines Lebens. »Es ist meilenweit weg«, brummt er und schiebt seine Unterlippe vor, nur für den Fall, dass ich ihn nicht verstehe.

Ich grinse in mich hinein, während ich feierlich meine Hand umdrehe und ihm meine Handfläche anbiete, und wie einen Fahrstuhl lasse ich den zappelnden Kobold vorsichtig auf den Teppich sinken.

»Du verwöhnst ihn.«

»Ich weiß.«

Jeff grinst mich frech an, und alle Kinder zerstreuen sich.

In diesem Augenblick sehe ich Justin. Er schwebt vor mir, als würde ihn etwas in der Luft halten. In der einen Hand hält er eine Flasche, mit der anderen krallt er seine Finger in sein kastanienbraunes Haar. Sein Gesichtsausdruck wechselt von Besorgnis zu blankem Entsetzen mit einem Anflug von gerechter Wut. Ich kann die Angst und den Schmerz riechen, die er verzweifelt zu verbergen versucht.

»Hey.«

»Hi.« Er lässt die Flasche von einer Hand in die andere wandern, und ich runzle die Stirn. »Ich habe dir einen magischen Blutersatz von TINKTUREN UND TONIKEN mitgebracht.« Er schüttelt die Flasche und nennt den Namen des teuren Zauberladens, in dem ich alle meine Tränke kaufe. Justin dreht die Flasche so, dass ich das Etikett lesen kann.

»Wow, Justin, das muss ja ein kleines Vermögen gekostet haben«, flüstere ich.

Er zuckt mit den Schultern, schluckt und blinzelt die Tränen weg. »Der Lohn für diesen Monat, mein ganzer Lohn. Ich wusste nicht, was ich tun, was ich fühlen sollte. Immer wenn ich Angst hatte, hast du mich getröstet. Du warst immer die Starke ...« Ein Schluchzen entgleitet mir und ich strecke die Arme aus, als der Vampir auf mich zustürmt und mich umarmt. Sein vertrauter Geruch nach Verwesung steigt mir in die Nase – gebissene Vampire haben einen Hauch von Tod in ihrem Geruch. »Ich hatte solche Angst um dich.«

Sanft streichle ich ihm über den Rücken. »Es tut mir so leid, dass ich dir Angst gemacht habe. Mir geht es gut.«

»Du bist so dünn«, jammert er.

»Sie haben mir nicht wehgetan. Ich verspreche, es geht mir gut.«

Er zieht sich zurück. »Wirklich?« Seine Augen bohren sich in mich, in meine Seele.

Ich schüttle den Kopf. »Nein.« Ich kann nicht lügen, nicht vor ihm. Aber ich schenke ihm ein kleines, hoffnungsvolles Lächeln und wische ihm die Tränen aus dem Gesicht. »Aber bald, vor allem, wenn du die Flasche öffnest.« Ich stupse seine Hand an und wackle mit den Augenbrauen.

Er nickt und reibt sich die Augen.

»Lass mich die Gläser holen.« Er stürmt davon.

»Ralph ist gerade mit Morris Essen holen gegangen. Sie holen dein Lieblingsessen. Warum ziehst du dir nicht etwas Bequemeres an? Du solltest noch Zeit für ein Bad haben.« Story flattert auf mich zu und landet auf meiner Handfläche, wo sie ihre Arme um meinen Zeigefinger schlingt. Sie umarmt mich, ich umschließe sie sanft mit meinen Fingern und erwidere ihre Umarmung. »Ich habe dich so sehr vermisst«, sagt sie und ihre Wimpern sind tränenfeucht.

»O nein. Bitte weine nicht! Du bringst mich wieder durcheinander. Es waren doch nur sechs Wochen, ich war schon viel länger weg.«

»Ja, ich weiß, aber diesmal war es anders.«

Ich seufze. Ich fühle mich um hundert Jahre gealtert. »Ja, als ob ich das nicht wüsste.« Ich schaue mich nach Dexter um.

»Er ist in deinem Zimmer«, murmelt Story, die richtig gedeutet hat, wen ich suche. »Er schmollt. Ich habe ihm gesagt, dass du heute nach Hause kommst.«

Sie lässt meinen Finger los, läuft meine Arme hoch und setzt sich auf meine Schulter, während ich in mein Zimmer gehe. Da bemerke ich, dass überall Kisten stehen. »Haben wir das Haus?«, frage ich mit hoffnungsvoller Stimme.

Aus den Augenwinkeln grinst Story und hält eine Strähne meines Haares als Anker fest, während sie auf und ab hüpft. »Wir haben das Haus«, jubelt sie.

»Wow!« Wir haben das Haus. Es scheint nicht real zu sein. »Wow!«, sage ich wieder. »Das ist unglaublich. Ihr seid unglaublich. Vielen Dank, Story, für alles.«

»Justin und Morris haben schon angefangen zu packen. Das erinnert mich an etwas. Ihr müsst diese Woche den Papierkram unterschreiben und die Schlüssel abholen. Ich habe schon eine Hexe beauftragt, unseren neuen Schutzwall aufzubauen, und Ralph«, sie beißt sich auf die Lippe, »hat den Bau einer richtigen Höhle in Auftrag gegeben. Ich hoffe, das macht dir nichts aus.« Den letzten Teil bringt sie hastig zu Ende. »Du brauchst nicht zu fragen. Du hast genauso hart gearbeitet wie ich. Wir hatten nie einen richtigen Garten oder so viel Platz zum Spielen wie hier. Natürlich habe ich nichts dagegen, wenn du für dich und die Kinder ein Haus baust.« Story nickt, und das besorgte Stirnrunzeln verschwindet.

Storys Familie bewohnt im Moment das kleinste der drei Schlafzimmer. In ihrem Zimmer haben sie alles auf das Nötigste reduziert. Ihr Haus ist bezaubernd, und ich kann es kaum erwarten, ihre Pläne für eine richtige Höhle zu sehen. Für Kobolde ist es nicht normal, in einer Wohnung zu leben.

»Achte nur darauf, dass die Hexe auch Schutzvorrichtungen anbringt. Ich weiß, dass die Kinder gern gegen Spinnen kämpfen, aber ich möchte, dass ihr sicher seid, und ihr müsst auch nicht hundertprozentig traditionell bauen, wenn ihr das nicht wollt. Ihr seid ja daran gewöhnt.«

»Ja, das ist eine gute Idee.«

»Ich habe noch viel zu tun, aber danach nehme ich mir eine Auszeit, um das Haupthaus zu renovieren, was das Budget entlastet, weil ich viele Arbeiten selbst erledigen kann. Oh, und ich habe gerade einen Haufen Geld vom Großen Rat der Kreaturen bekommen. Wir sind also für die nächsten fünfzig Jahre abgesichert.«

»Wow, okay. Das ist gut zu wissen.« Story grinst und Justin folgt uns mit klirrenden Gläsern. Wir betreten mein Zimmer, und ich schließe die Tür fest, damit die kleinen Ohren nicht hören, was wir zu sagen haben. Mein Zimmer ist dunkelgrau gestrichen, und es sieht aus und riecht so, als hätte Justin vor Kurzem geputzt, und wenn ich mich nicht irre, hat er freundlicherweise die Bezüge meines Kingsize-Bettes durch frische ersetzt – meine Lieblingsbienenbettwäsche und Bienenkissen in fröhlichem Gelb. Ich habe ein richtiges Bienenfieber, das sich sogar bis in die Küche ausgebreitet hat, mit Bienentellern und -bechern.

»Danke, Justin«, sage ich und berühre den weichen Einband. Er lächelt und nimmt die Flasche und die Gläser mit zu meiner Kommode.

Die bodentiefen Fenster geben den Blick auf den See und den Stanley Park frei. Der Tag ist trüb geworden, es regnet. Dexter sitzt auf dem Stuhl am Fenster.

»Dexter. Hallo, mein Kleiner, ich habe dich vermisst«, gurre ich. Er ignoriert mich einfach. Er dreht seinen rothaarigen Kopf weg, hebt das Kinn und schließt die Augen. »Dexter?« *Nichts*. Ich weiß es besser, als zu ihm zu gehen. Wenn ich das tue, wird er weglaufen. Meine Unterlippe zittert.

»Deine Waffen sind sauber und weggeräumt«, sagt Story schnell und nickt in Richtung Waffenlager und Umkleideraum.

»Danke.« Meine Füße versinken im dicken Teppich, als ich durch den Raum schlurfe und ins Bad gehe, um die

Wanne volllaufen zu lassen. Meine Schultern hängen. Verdammt, meine Fae-Monsterkatze hasst mich.

»Er wird dir verzeihen. Wir haben eine Notfalldose Thunfisch, das könnte die Sache beschleunigen«, flüstert sie.

»Ich glaube, ich muss den Lachs rausholen«, flüstere ich zurück.

»Ich schicke Ralph eine SMS, damit er welchen holt.« Sie zückt ihr Handy. »Du kannst es nicht länger aufschieben. Fang ganz am Anfang an, als der verdammte Engel dich ins Auto gestoßen hat, und erzähl uns, was zum Teufel passiert ist, wie du im Knast gelandet bist. Und bitte, um Gottes willen, sag mir, dass du *ihm* nicht vergeben hast.«

Justin reicht mir ein großzügig gefülltes Glas mit synthetischem, mit Magie versetztem Blut.

»Danke.« Ich nehme einen Schluck, und die Magie tanzt auf meiner Zunge. Ich gebe mir Mühe, mich nicht zu verschlucken. Es scheint, dass Blut und ich keine Freunde sind, egal von welcher Marke oder aus welcher Flasche. *Es sei denn, es kommt aus einer heißen Dämonenvene.* Meine Wangen werden heiß. Ich atme tief durch und hole Kraft, als der Dampf das Bad erfüllt.

Story löst sich von meiner Schulter und setzt sich auf den Rand des Waschbeckens.

»Also, es hat alles damit angefangen, dass ein Dämon meine Hand geküsst hat ...«

Justin schlürft mit großen Augen sein Blut.

Kapitel Sechsundzwanzig

Ich glaube, es gibt nichts Besseres, als mit meinen besten Freunden die Welt in Ordnung zu bringen. Nachdem Story und Justin gegangen sind, habe ich in der Badewanne weitergeweint. Es war schwer, über das Geschehene zu sprechen. Als ich den Stöpsel gezogen und zugesehen habe, wie das Wasser in den Abfluss gelaufen ist, konnte ich alles loslassen. Ich weiß, dass es Zeit braucht, um mein Herz zu heilen, und sosehr ich mir auch einrede, dass alles einen Grund hat, meine arme, zerrissene Seele glaubt mir nicht.

Nach dem Bad ziehe ich mir Leggings und einen übergroßen Kapuzenpulli an, gerade rechtzeitig, um die Haustür zuschlagen zu hören. Ich schlüpfe aus meinem Zimmer und bleibe stehen, um diesen Moment in meinem Kopf zu speichern, während mir der köstliche Duft von

Pizza in die Nase steigt. Über dem Stimmengemurmel der Erwachsenen liegt der Jubel dreier hungriger Kobolde.

»Pizza! Pizza! Pizza!« ist ihr kollektiver Wichtelgesang. Die Kinder tanzen auf dem Esstisch um eine riesige Troll-Pizzaschachtel herum, auf der ein augenzwinkernder Troll mit Kochmütze abgebildet ist, der ein belegtes Pizzastück in der Hand hält.

Mir läuft das Wasser im Mund zusammen.

»Hört auf zu tanzen und setzt euch!«, sagt Ralph und zieht einen Stuhl für Page heraus.

Wir haben eine seltsame Konstellation mit einem Koboldtisch in der Mitte unseres Esstisches. Aber es funktioniert. Ich finde es toll, dass wir zusammen essen können. Alle Kinder rennen zu ihrem Tisch und setzen sich.

»Papa, ich habe Hunger«, jammert Page.

Ralph schiebt ihr den Stuhl zu, streicht ihr über das grüne Haar und küsst sie auf die Stirn. »Nur noch ein paar Minuten, Schatz. Wir müssen alle lernen, geduldig zu sein.«

»Ich falle gleich in Ohnmacht«, brummt Jeff.

Ralph lächelt ihn an und zerzaust ihm dabei das rosa Haar. »Das wird schon wieder.«

»Ja, hab Geduld!«, sagt Novel und nickt weise.

Verdammt, alle warten auf mich. Ich eile durch den Raum. »Was brauchen wir noch?«, frage ich lächelnd und schaue mich an den Tischen um. Mein Magen knurrt und die Kinder kichern. Ich verziehe das Gesicht.

»Ich hab doch gesagt, sie sieht hungrig aus«, flüstert Page. Ralph lächelt mich an und gibt sich Mühe, sein besorgtes Stirnrunzeln zu verbergen.

»Mir geht es gut«, murmle ich.

»Wir haben alles. Setzt euch!«, ruft Justin aus der Küche, als Story in den Raum stürmt und sich setzt. Ich lasse mich auf meinen gewohnten Stuhl gleiten, und die Kinder grinsen mich weiter an. Morris, Justins menschlicher Partner, schlendert lächelnd ins Zimmer. Als sein Blick den meinen trifft, bleibt er unbeholfen stehen, und Justin haut ihm fast auf den Hintern.

»Mir geht es gut«, flüstere ich.

Er rückt seine Brille zurecht, schaut die Kinder an und fasst sich offensichtlich an die Nase. Er zuckt mit den Schultern und sein Lächeln ist wieder fest aufgesetzt.

Ich richte meinen Teller. Offensichtlich ist mein Zombie-Look nicht verschwunden, jetzt, da ich sauber bin und andere Kleidung trage. Ich glaube, ich habe noch nie so abgemagert ausgesehen. Zumindest fühle ich mich nicht schwach.

»Okay, lass mir die Ehre!« Justin öffnet den Pizzakarton. »Seid ihr bereit?«, fragt er und reibt sich die Hände.

»Bereit!«, rufen die Kinder, während Story und Ralph lachen.

Morris stellt das Knoblauchbrot auf den Tisch und eine Tasse Tee vor mich hin. Als er sich setzt, tätschelt er meine Hand.

Justin wackelt mit den Fingern und holt eine riesige Scheibe heraus. Sie trieft vor Käse, und es braucht ein paar vorsichtige Bewegungen, bis sich ein besonders hartnäckiger Strang des klebrigen Käses löst. Weil das Stück so groß ist, balanciert Justin es mit beiden Händen und legt es auf den tischgroßen Teller vor den Kobolden. Alle jubeln. »Das sollte kalt genug sein, um es zu essen.« Er grinst und setzt sich.

Ich nehme mir ein Stück und lege es auf meinen Teller.

Morris schenkt mir ein Glas Wasser ein und Justin füllt ihre Teller auf. Morris schaut zu den Kindern, die alle damit beschäftigt sind, sich die Bäuche vollzuschlagen. »Erzählst du mir, was passiert ist?«

»Xander«, sagen Justin und ich unisono. Ich nehme einen großen Bissen und schließe die Augen, als die käsige Köstlichkeit meine Geschmacksnerven trifft. Käsehimmel.

»Erzähl Morris, was der Idiot getan hat!«, knurrt Justin und fährt sich mit der Hand durch sein dunkles, kastanienbraunes Haar. Wie Story hat auch Justin schon vor Jahren die Geduld mit Xander verloren.

Ich war nur zu blind, um es zu sehen.

Morris beugt sich vor und ignoriert die Pizza auf seinem Teller. Ich starre ihn an, er grinst, rollt das ganze Ding zusammen und nimmt einen großen Bissen.

»Ich wurde reingelegt ...«

Ein fragendes Miauen unterbricht mich, als ein rothaariger Kopf gegen meine Wade stößt. Mit einer Schwanzbewegung schlingt sich Dexter um mein Bein.

Er scheint mir zu verzeihen – er muss den Lachs in der Küche gerochen haben. Ich beuge mich vor und kraule seine Ohren.

»Ohne Scheiß, du wurdest reingelegt. Jetzt komm schon!«, fleht Morris. »Erzähl mir alles!«

I N MEINEM SUPERWEICHEN Bett fühlt sich alles seltsam an. Ich keuche und zapple, trete die Decke weg, weil sie zu schwer ist und das Bett unter mir zu weich. Meine Haut juckt und mein Kopf auch. Nach einer Stunde, in der ich in meinem Bett liege und mich von meinen Gedanken quälen lasse, während ich die Schatten der Scheinwerfer der Autos auf der Straße, die am Park vorbeiführt, über die Decke tanzen sehe, habe ich genug. Ich kann nicht mehr schlafen.

Ich setze mich auf, stopfe mein Kissen in den Rücken und nehme mein Handy vom Tisch neben dem Bett. Ich schreibe Ava eine Nachricht. *Hey Ava, hast du eine Spur für mich?*

Dexter, der neben mir auf dem Kissen liegt, öffnet ein Auge und sieht mich böse an.

»Hör zu, du hast dich entschieden, hier mit mir zu schlafen, Kumpel. Finde dich damit ab!«

Er gähnt, streckt sich und springt mit einem Schwanzschnippen hinunter. Ich kann nicht sehen, wohin er geht, weil der Bildschirm vor meinem Gesicht so hell leuchtet.

Ich habe dir alle Daten geschickt, antwortet sie knapp.

Ich bedanke mich und greife nach dem Datapad, das neben meinem Handy liegt. Justin hat auch meine gesamte Elektronik aufgeladen. Der Vampir ist ein echter Star.

Ich rufe die Informationen auf und während sie geladen werden, ziehe ich meine Knie an meine Brust, um das Datapad zu balancieren. Meine Beine sind so dünn. Ich ignoriere fleißig meine knubbeligen Knie, während ich alles lese.

Laut Avas Notizen wurde der vermisste Engel *Robin* zuletzt vor sieben Wochen gesehen, als sie ein Gebäude im Art-déco-Stil betrat, das alte Kino in der Dickson Road. Es wurde vor zwei Jahren geschlossen. Ava hat das gesamte Filmmaterial sowie den Strom- und Wasserverbrauch analysiert und ist überzeugt, dass Robin sich noch im Gebäude aufhalten könnte.

Wenn Ava glaubt, dass das Mädchen noch dort sein könnte, dann glaube ich das auch.

Das Kino hatte in der Vergangenheit Probleme mit unbefugtem Zutritt und – wieder laut Ava – wird es schwierig sein, am Schutzwall vorbeizukommen. Während ich nachdenke, tippe ich mit dem Finger auf das Datapad. Sie ist seit sieben Wochen hier, also muss sie irgendwo Hilfe und Essen bekommen. Es sei denn ... das arme Mädchen ist tot. Ich reibe mir mit der Handfläche über die Augen und stöhne.

Ich zwinge mich, ein paar Seiten weiterzublättern. Details darüber, was Ava über sie herausgefunden hat, was nicht viel ist. Und dann ist da das Foto. Robins wunderschönes lächelndes Gesicht leuchtet auf dem Bildschirm. Mit ihren kurzen blonden Locken und den babyblauen Augen sieht sie einfach hinreißend aus.

Ich weiß besser als die meisten, dass der Schein trügen kann.

Ich springe aus dem Bett, ziehe meine schwarze Arbeitskleidung an und lade Zaubertränke und Waffen. Als ich alles an seinem Platz verstaue, bewegt sich mein Körper wie ein Raubtier. Ich fühle mich wieder wie früher. Wenn ich dann auf die Jagd gehe, bin ich wieder ich selbst. So kann ich meine Zeit viel besser nutzen, als im Bett zu liegen.

Ich stecke das Handy in die Tasche. Ich habe einen Stapel neuer Handys und SIM-Karten, die ich sofort benutzen kann. Es ist frustrierend, dass sie so leicht kaputt gehen. Die Magie, die die Kleidung schützt, kann der Technik und all den beweglichen Teilen leider nicht helfen.

Die Kleider sind in Ordnung und meine Schwerter und alle meine Waffen, mit ein bisschen Übung auch. Sogar die Tränke bleiben meistens heil, aber die Technik ... nein, das funktioniert leider gar nicht.

Ich mache es wie früher und kritzle eine Notiz für Story. Ich sollte pünktlich zum Frühstück zurück sein, aber man weiß ja nie, und ich will sie nicht mit einer SMS wecken. Ich schnappe mir meine Stiefel und gehe auf Zehenspitzen zur Haustür.

Das Geräusch von Glas auf Holz lässt mich fast aufschreien. Justin stellt die leere Flasche mit dem Blutersatz zur Seite. »Tru? Wo willst du hin?«

Ich reibe mir die Brust über meinem hämmernden Herzen. »Justin, warum sitzt du hier im Dunkeln? Du hast mich zu Tode erschreckt.«

Er schnaubt: »Tut mir leid, ich bin eingenickt. Kannst du nicht schlafen?«

»Nein.«

»Brauchst du Hilfe?«, fragt er und schaut auf meine Kampfausrüstung. Sein Blick ist so ernst. Ich gehe zu ihm aufs Sofa und küsse seine Wange. Es hat lange gedauert, bis er meine Zuneigung angenommen hat. Wie jeder von uns hat auch Justin eine schwierige Vergangenheit.

Ich streiche über sein Haar. Justin schaut auf seine Hände. Er kann mir nichts vormachen. »Danke, dass du für die Sicherheit aller gesorgt hast. Ich bin jetzt zu Hause, also lass mich das übernehmen. Ich schaffe das schon.« Ich zupfe ihn an seinem Haar und schaue in seine müden Augen.

»Aber du bist doch so ... du bist doch gerade erst nach Hause gekommen«, flüstert er.

»Bitte, Justin, geh ins Bett! Schau ...« Ich ziehe ein provisorisches Spielzeug heraus und schwinge es vor ihm hin und her. Dann werfe ich es neben der Eingangstür auf den Boden. Es blüht auf und erhöht die Sicherheit des bereits gesicherten Gebäudes. Es ist ein stärkerer Zauber, der ein paar Tage anhält. Die Kosten lassen mich innerlich ein wenig erschaudern. Aber das ist es mir wert, um meinen Freund zu beruhigen.

Justin verzieht beim Anblick des schimmernden Schutzwalls das Gesicht und brummt: »Das hättest du nicht tun müssen.«

»Nein, musste ich nicht, aber es war für mich, für meinen Seelenfrieden. Wir haben schreckliche Monate hinter uns.« Ich füge nicht hinzu – während ich versuche, ihn ins Bett zu bringen –, dass ich mich dabei besser fühle, während irgendein Idiot herumläuft und versucht, mein Leben zu ruinieren.

Justin nickt und reibt sich das Gesicht.

Ich drücke seine Schulter. »Euch zu helfen, macht mich wieder gesund. Verstehst du das?«

Er nickt.

»Bitte, kannst du ein bisschen für mich schlafen? Für Morris?«

Wieder nickt er.

»Gut. Ich liebe dich.« Ich küsse ihn auf die Stirn. »Und wir sehen uns morgen früh.«

Kapitel Siebenundzwanzig

Ich parke meinen alten metallgrauen Land Rover Defender 90 in einer Seitenstraße in der Nähe des Bahnhofs. Als ich die Tür öffne, reißt mir der Wind sie fast aus den Händen, und als ich die Straße halb hinuntergelaufen bin, öffnet sich der Himmel und es regnet in Strömen.

Ich ahne es. *Gott, warum bin ich noch einmal rausgegangen?* Auf Regen und Wind könnte ich verzichten. Ich lehne mich in den besagten Wind. »Jep, ich lebe den Traum«, murmle ich. Wenigstens ist mir nicht kalt, dank des seltsamen Zaubers, den Kleric mir auf die Stirn gelegt hat, als ich ihn das erste Mal getroffen habe. Er reguliert immer noch meine Körpertemperatur, was gut ist. Aber der Regen durchnässt mich bis auf die Knochen und läuft mir den Nacken hinunter. Ich zucke zusammen. Ja, das ist nicht so schön.

Wenigstens habe ich eine gute Ausrede, um mein Gesicht vor den vorbeifahrenden Autofahrern zu verbergen. Ich trotte über die Straße, die Hände in den Hosentaschen, drehe mich um und blinzle den Regen aus den Augen, während ich mich an das Schaufenster des Ladens drücke und die Markise nutze. Im Dunkeln versteckt nehme ich mir die Zeit, das Kino von außen zu betrachten.

Es ist ein schönes Gebäude mit einer imposanten, cremefarben verklinkerten Fassade und einem markanten Turm auf der rechten Seite. Fünf schmale Fenster über einem großen roten Kinoschild. Darunter ein breites Vordach mit kaputten Röhrenlampen, von denen eine im Wind klappert.

Ava hat nicht gescherzt, was den Schutzwall angeht. Junge, Junge, das ist ja ein Ding. Mir stellen sich die Nackenhaare auf, und von der anderen Straßenseite aus fühlt sich der Schutzwall lebendig an, als könnte er sich aus dem Gebäude schälen und mir über die Straße folgen.

Es knistert und brummt, und als eine Plastiktüte vom Wind erfasst wird, entzündet sie sich wie eine Wunderkerze. Sie verwandelt sich in einen rauchenden braunen Klumpen auf dem Boden. *Verdammt.* Gewöhnliche Menschen haben nicht die Magie, um einen solchen Schutz zu durchbrechen. Ich bin kein normaler Mensch, und heute Abend habe ich Tränke im Wert von Tausenden von Euro bei mir, eine Fülle von Hexen- und Faezaubern, und nicht einmal ich habe die Kraft, in dieses Gebäude einzudringen. Auf keinen Fall komme ich an dem Zauber vorbei.

Verdammt! Was soll ich jetzt tun? Sehnsüchtig blicke ich zu der Stelle zurück, an der ich meinen Defender geparkt habe, zucke mit den Schultern und überquere die

Straße, um meinen langsamen Spaziergang an der Seite des Gebäudes entlang in die Spring Road fortzusetzen. Die cremefarbene Fassade des Kinos geht in roten Backstein über, und die Kraft des Schutzwalls liegt mir auf den Lippen. Es gibt eine fest verschlossene schwarze Brandschutztür, ein paar Stufen und eine weitere Brandschutztür. Ich gehe weiter, vorbei an weiteren magisch verschlossenen schwarzen Metalltüren. Ich erreiche die Lord Street und die Rückseite des Gebäudes und gehe weiter.

Als ich auf die Rückseite des Kinos schaue, verliere ich die Hoffnung. Es gibt keinen Weg hinein. Ich will mich gerade umdrehen, da sehe ich es: ein schwarzes Tor. Ich lege den Kopf in Schieflage und kneife die Augen zusammen.

Es ist eine Ladezone, und das schwarze Tor ist an der Wand des neueren Bürogebäudes nebenan befestigt.

Oh, hallo!

Das Tor ist eine Schwachstelle. Ich kann mir nur vorstellen, dass sie es nicht ganz schließen konnten, weil es sonst die Außenwand des Nachbargebäudes beschädigt hätte.

Ich nehme eine Münze und werfe sie in den Spalt zwischen Tor und Mauer. Die Münze segelt direkt vorbei. Ich grinse und mache einen mentalen Faustschlag. *Yessss.*

Ich gehe näher. Das Bürogebäude hat ein dekoratives Metallgeländer mit einem gemauerten Torpfosten, der den schmalen Gartenstreifen von der Straße trennt. Ich muss fast laut lachen. Der Torpfosten ist ein Trittbrett, weil er perfekt ausgerichtet ist. *Wie praktisch ist das denn? Es ist, als würden sie mich anflehen, einzudringen.*

Ohne Vorwarnung springe ich auf den Pfosten, schramme mit dem Rücken an der Wand des Bürogebäudes entlang und bleibe nur wenige Zentimeter davon entfernt, weil mir der Schutzwall in der Nase brennt. Ich springe über das Tor, lande leicht gebückt auf der leeren Laderampe und halte den Atem an, um zu lauschen.

In Gedanken zähle ich bis dreißig. Als nichts passiert, kein Alarm ertönt, niemand eine Warnung ruft, stehe ich auf.

Auch wenn einige Kreaturen nachtaktiv sind, war es definitiv die beste Entscheidung, so spät zu kommen. Außerdem wird heute Nacht niemand draußen auf mich warten, schließlich bin ich gerade erst aus einem Albtraumgefängnis entkommen. Ich erlaube mir ein kleines Lächeln, als ich meine Lederhandschuhe anziehe und zur hinteren Ladetür gehe.

Diese Tür hat nur einen einfachen Schutzwall. Der ist robust, aber nicht anders als die, die ich gerade zu Hause benutzt habe. Ich krame in meinen Taschen und finde die richtigen Zaubersprüche. Den ersten werfe ich auf den Schutzwall, der sich bei Berührung auflöst. Der zweite Zauberspruch entriegelt die Tür mit einem fast lautlosen Klicken. Ich schnappe mir eine Handvoll Mikrokameras und werfe sie in die Luft, um aufzunehmen, was ich finde, dann aktiviere ich den dritten Zauberspruch, der mir coole schwebende Lichter beschert.

Ich zücke ein Kurzschwert und stelle mich vorsichtig an die Seite, nur für den Fall, dass mich auf der anderen Seite der Tür eine böse Überraschung erwartet. Ich dimme die schwebenden Lichter auf Null, greife mit behandschuhten Fingern nach der Kante und die Tür öffnet sich quietschend. Ich warte. Die Sekunden vergehen, alles bleibt ruhig und ich schlüpfe hinein.

Es riecht nach Staub und Feuchtigkeit. Es ist wirklich ein schönes Gebäude. Ich bin froh, dass sich das Art-déco-Thema von außen fortsetzt. Ich streiche mit den Fingern über eine Zierplatte. Die Armaturen sind original. Schade, dass das Kino schließen musste. Ich hoffe, dass der Käufer es in seiner Schönheit erhält.

Mit durchnässtem Mantel und Hut zücke ich mein Handy und schicke die Mikrokameras los, um das Gebäude zu überprüfen. Es ist ein riesiger Bereich, den ich allein durchqueren muss, und ohne sie würde ich die ganze Nacht brauchen.

Schweigend warte ich in der Dunkelheit, den Blick starr auf den Bildschirm gerichtet. Hinter mir peitschen Wind und Regen gegen die Ladentür. Die Kameras schwenken. Der Saal eins des Kinos ist atemberaubend, mit modernen Kinositzen, aber die Leinwand ist in eine Art-déco-Bühne eingebettet, mit *Vorhängen*, sogar die Beleuchtung sieht original aus.

Mein Herz hämmert gegen meine Rippen und mein Magen dreht sich um. *Da sind Fußspuren im Staub.* Ich glaube, ich habe sie gefunden. Am liebsten würde ich den Spuren folgen, aber ich weiß es besser. Ich will auch nicht, dass sich jemand von hinten an mich anschleicht. Also nehme ich mir die Zeit, das ganze Gebäude mit den Kameras abzusuchen, und lasse den Bereich mit den vielen Fußspuren zum Schluss. Das gesamte Erdgeschoss und die oberen Stockwerke sind bis auf ein paar Mäuse frei von Tieren.

Schließlich ziehe ich meine durchnässten Kleider aus und lege sie in eine dunkle Ecke neben der Laderampe. Ich kann keine nassen Sachen gebrauchen, die mich in meiner Bewegung behindern.

Das Handy weggelegt und das Schwert in der Hand knipse ich die schwebenden Kugellampen an. Sie baumeln hinter mir her, während ich alles verriegele, sodass nur der vordere und der hintere Ausgang frei bleiben. Wäre ich nicht so wütend über meinen Gefängnisaufenthalt, würde ich über die Kosten des Ganzen eimerweise schwitzen, aber ich lasse den Zauber fallen, als hätte ich Geld zum Verbrennen.

Man kann kein Geld ausgeben, wenn man tot ist.

Endlich kann ich den Fußspuren folgen. Sie führen zu einer Gittertür und einer einsamen Treppe. Ich lösche die flackernden Lichter, die mir treu durch das Gebäude gefolgt sind, und schicke die Kameras wieder voraus. *Bitte sei da!* Ich zücke mein Handy und beobachte, wie die Kameras einen kleinen Personalbereich zeigen – einen alten Pausenraum mit Küche, Sitzecke und ein Bad in Familiengröße.

Auf dem ansonsten leeren Boden liegt ein Stapel Decken, und Robin sitzt unbekümmert mittendrin, schaut sich einen Film auf ihrem Handy an und isst fröhlich einen Snack. Ich sehe zu, wie sie glücklich auf einer Tüte Walker's Salz-Essig-Chips herumkaut.

Ich lehne mich an die Wand und atme leise auf. *Verdammt, wir haben sie gefunden und sie lebt. Wir haben es geschafft.* Ava ist ein Star. Ich werfe einen Blick auf mein Handy, um sicherzugehen, dass der vermisste Engel nicht gefesselt ist. Nein, und sie sieht verdammt viel gesünder aus als ich. Sie versteckt sich seit sieben Wochen in diesem Gebäude. Die Frage ist, warum? Um mir eins auszuwischen? Ich kenne sie nicht. Ich bin ihr noch nie begegnet und kann es kaum erwarten, sie zu fragen, warum.

Ich überprüfe, ob die Kameras aufzeichnen, drücke einen Knopf, um sie so einzustellen, dass sie mich verfolgen, und füge dann Uhrzeit und Datum hinzu. Vorsichtshalber schicke ich die Live-Übertragung auch an Ava, denn im Moment kann ich nicht paranoid genug sein.

Ich lege das Handy weg und stütze mich leise an der Stufenkante ab, während ich zu ihr hinaufsteige.

Oben angekommen, stupse ich mit der Fußspitze gegen die Tür, trete ein und lasse einen weiteren Zauber zu meinen Füßen fallen, der die Tür vorübergehend versperrt, sodass sie mit mir eingeschlossen ist. Die nächsten Minuten geht Robin nirgendwohin.

»Hallo«, sage ich mit einem freundlichen Lächeln.

Robin schnappt nach Luft, in ihren Augen blitzt Wiedererkennung auf. Sie lässt ihr Handy fallen, hustet und stottert und verschluckt sich an einem Knäckebrot. *Armes Mädchen.* Das Handy rutscht krachend von der Decke auf den Boden, und der Film auf dem Bildschirm läuft weiter, eine bedrohliche Geräuschkulisse. *Wie schön.*

»Die Engel haben sich große Sorgen um dich gemacht. Sie suchen dich schon seit Wochen.« Ich stupse mit meinem Stiefel ein paar Essenskisten an. »Dir scheint es gut zu gehen. Du bist doch nicht verletzt, oder, Robin?«

»W... w... was?«, stottert sie. »Wer bist du?« Ihre Augen werden merkwürdig groß, ähnlich dem Blick, den Jeff mir heute Nachmittag zugeworfen hat.

Sie will mit mir spielen.

Bei Jeff war der unschuldige Blick süß. Ihr ... möchte ich eine Ohrfeige geben. Das ist nicht sehr nett, aber ich bin kein netter Mensch und sie ist mir scheißegal. Mein Leben ist aus den Fugen geraten, während sie sich mit Filmen auf ihrem Handy vergnügt. Als ihr Drama nicht die erwartete sofortige Reaktion von mir hervorruft, zittert Robin vor Angst. Ich verdrehe die Augen und richte mein Schwert auf sie.

»Behalte deine Hände dort, wo ich sie sehen kann!«

Wäre ich ein Mensch mit einem so unschuldigen, schönen Gesicht – ihr Foto wird ihr nicht gerecht; Robin ist exquisit – und den engelsgleichen Locken, ganz zu schweigen von der grazilen Anmut, die aus ihren Poren sickert, hätte ich mit meinen Instinkten gekämpft, um sie zu beruhigen, aber es ist scheiße, sie zu sein, denn ich bin kein Mensch.

»Hände!«, knurre ich.

Robin hebt ihre Hände. Eine Hand ist verdächtig verschränkt, und mit einem Schmollmund und tränengefüllten babyblauen Augen ... wirft sie einen Trank in Richtung meines Kopfes.

Das ist nicht sehr nett.

Ich schlage mit meinem Schwert zu. Er prallt von der Klinge ab und fliegt hinter mich, wo er gegen den Schutzwall knallt.

Ah, mein erster Fehler. Der Schutzwall fällt und Robin rennt los.

Sie nutzt die Chance, die ich ihr gegeben habe, und rennt los. Rennt weg. Sie rennt aus der Tür und donnert die Treppe hinunter. Unten angekommen dreht sie sich um und wirft mir ein Messer vor die Brust. Ich zucke zusammen, als es mich um Haaresbreite verfehlt und die Klinge den hübschen Türrahmen trifft. Sie holt zum Schlag aus, den ich mühelos abwehren kann. Dann tritt mir Robin in die Seite. Ich kichere. Ich kann nicht anders, tut mir leid, aber das war so erbärmlich. Sie dreht sich um und läuft wieder weg.

Oh. Ich blinzle. Sie ist superschnell. Das muss ich ihr lassen. Ich schiebe mein Schwert zurück in die Scheide und folge ihr in die Lobby. Ich lächle, als sie sich fast die Nase bricht, weil sie gegen einen Schrank prallt, der ihr den Weg versperrt. Danach dreht sie sich um, und bevor ich sie aufhalten kann, ist sie durch die Eingangstür verschwunden.

Der Schutzwall lässt sie durch, ich halte den Atem an. Ich weiß nicht, ob mir das Luftanhalten hilft, wenn ich einen Stromschlag bekomme. *Werde ich als Häufchen Asche auf dem Bürgersteig enden?* Ich schaudere, halte aber immer noch die Luft an, als ich durch die Vordertür in die Tötungsstation stürme.

Kapitel Achtundzwanzig

Ich lebe! Dem Schicksal sei Dank. Der Schutzwall hat nicht auf mich reagiert. Ich schätze, er tötet nur Kreaturen und Plastiktüten, die hinein wollen, aber nicht hinaus. Das ist gut zu wissen. Ich jage Robin über die Straße und renne die Springfield Road hinunter. Meine Waffen klirren beim Laufen, *mein zweiter Fehler* an diesem Abend. Meine Ausrüstung zu überprüfen, ist das oberste Gebot. Normalerweise kann man mich nicht hören. Ich hätte den Gurt enger schnallen sollen. Mein Gewichtsverlust ist schuld.

Ich muss meinen Kopf wieder freibekommen.

Meine Stiefel stampfen über den Bürgersteig, als ich Robin über die Promenade in Richtung tosendes Meer folge. Sie sprintet über die Straßenbahnschienen, vorbei am tausendjährigen Kriegerdenkmal und dem Kenotaph, springt über das weiße Metallgeländer und fällt auf die untere Ebene.

Wohin zum Teufel will sie?

Der Wind peitscht durch mein Haar, die Gischt brennt in meinen Augen und sticht mir ins Gesicht. Verdammt, das ist nicht die richtige Nacht, um hier unten zu sein. Wenigstens regnet es nicht mehr. Ich muss das schnell beenden. Die Schwerkraft ist auf meiner Seite und es scheint, als könnte ich schneller laufen. Während meine Beine pochen, greife ich mit meiner behandschuhten Hand nach ihrer Schulter.

Sie bleibt wie angewurzelt stehen und nutzt meine Geschwindigkeit gegen mich aus. Als ich an ihr vorbeigleite, dreht sie sich auf die Zehenspitzen und gibt mir einen Tritt. Ich stöhne auf, als ihr Absatz mein Brustbein trifft, und der Aufprall schleudert mich mit Hilfe des Windes zurück gegen die Betonbarriere des Deiches. Leider nur in Hüfthöhe, und mein Schwung geht weiter.

Mein dritter Fehler, denke ich, als ich über die Ufermauer kippe. Ein paar Sekunden bin ich in der Luft, dann stürze ich in die tosende See. Kopfüber schlage ich auf, der Aufprall schmerzt im Nacken. Wow, das Wasser ist kalt. Irgendwie schaffe ich es, nicht zu keuchen, und während ich mir verzweifelt den Mund zuhalte, falle ich wie ein Stein.

Mein Körper schwankt und dreht sich. Ich weiß nicht mehr, wo oben und unten ist. Statt in Panik zu geraten, schaue ich ins Wasser und stoße einen kontrollierten Schrei aus. Die Luftblasen steigen auf, ich folge ihnen, strample mit den Beinen und dränge das Wasser mit meinen Händen zur Seite, um an die dringend benötigte Luft zu kommen.

Je näher ich der Wasseroberfläche komme, desto stärker rollen und kräuseln sich die Wellen. Wie in einer Waschmaschine. Als ich die Oberfläche erreiche, atme ich mehr Wasser als Luft ein, bevor mich eine weitere schmutzigbraune Welle unter die Oberfläche zieht. Sie verdreht meinen Körper und ich schlage gegen die Ufermauer. *Uff.* Der Aufprall trifft meine rechte Schulter. Ich schnappe noch einmal nach Luft, dann bin ich wieder unter Wasser. *Das Meer tut sein Bestes, um aus mir eine Statistik zu machen und mich zu töten.*

Es ist sinnlos, gegen das Meer zu kämpfen. Es ist ein guter Weg zu ertrinken.

Als ich diesmal auftauche, schwimme ich seitwärts in Richtung North Pier. Ich weiß, dass dort eine Treppe ist, weil ich in den letzten Jahren an der Kaimauer entlanggelaufen bin. *Dort drüben.* Denke ich. Hoffe ich. Bei Flut sind sie unsichtbar, aber bei Ebbe sind die Treppe und die breite Rampe eine von vielen Möglichkeiten, den Strand zu erreichen. Ich zucke zusammen, als meine rechte Schulter brennt.

Ich bin so dünn, dass der fleischige Teil von mir, mein Hintern, nichts anderes will, als mich umzudrehen und wie eine Boje treiben zu lassen. Wenn es nicht so gefährlich wäre, würde es Spaß machen. Nach zehn anstrengenden Minuten knallt mein armes Schienbein auf die Betonstufen und ich ziehe meinen erschöpften Körper aus dem Wasser.

Atemlos und keuchend rolle ich über die Stufen wie ein schlaffes Stück Seetang und schleppe mich weiter nach oben. Mein nasses Oberteil knittert und die Betonwände schrammen an meinem Rücken. Wütend plätschern die Wellen unter meinen Füßen.

»Verdammt!«, stöhne ich. »Was für ein dummer Fehler. Ich bin so von der Rolle.«

Die Geschichte meines Lebens ist, dass es mich immer dann am härtesten trifft, wenn ich weder mental noch körperlich auf etwas vorbereitet bin. Diesmal ist es beides. Ich bin ein Wrack und versuche, zu ignorieren, dass ich nicht in Ordnung bin, dass der Kleber, mit dem ich mich zusammengeflickt habe, noch nicht getrocknet ist.

Ich schwanke auf meine Füße. »Ich kann nicht glauben, dass das Mädchen versucht hat, mich umzubringen, dumme Kuh.« Meine Brust schmerzt und ich reibe sie mit finsterer Miene. Robin hat mich gut erwischt, das war ein beeindruckender Tritt. Geschieht mir recht, dass ich sie vorher ausgelacht habe. Manchmal zahlt es sich eben aus, bescheiden zu sein und nicht so ein eingebildetes Arschloch.

Lektion gelernt. Wenigstens habe ich die amüsante Tatsache bemerkt, dass sie kein Opfer ist. Ich steige den Rest der Treppe hinauf, klettere über die rostige Kette und das baumelnde Schild: **Gefahr bei Hochwasser – Zutritt verboten**.

Die Hände in die Hüften gestemmt suche ich nach dem blonden Haar des Mädchens, obwohl ich weiß, dass sie längst weg ist. Verdammt! Ich bin schon viel zu lange im Wasser. Ah, meine Knochen schmerzen und meine nassen Kleider machen es noch schlimmer. Ich friere und klappere mit den Zähnen – selbst Klerics Zauber hat bei diesem Wind Mühe, meine Temperatur zu halten. Unter meinem Handschuh brennt der Kuss auf meiner Hand. Ich verspüre den starken Drang, Kleric um Hilfe zu bitten, aber ich unterdrücke diesen Gedanken. Ich brauche seine Hilfe nicht.

Als ich an den Dämon denke, spüre ich einen sanften Ruck in meinem Hinterkopf, eine Liebkosung, gefolgt von einer rauen, verschlafenen Stimme. *Geht es dir gut? Ich habe gespürt ... Tru, was ist los?*, fragt Kleric.

Oh, Scheiße!

Wo bist du? Kann ich dir helfen?

Es geht mir gut. Ich war nur ein bisschen im Meer schwimmen, sage ich ihm.

Das Meer ... Was? Tru, es ist drei Uhr morgens. Solltest du nicht zu Hause im Bett liegen? Er seufzt, und ich kann fast spüren, wie er sich den Nasenrücken reibt und den Kopf schüttelt.

Ja, ich weiß, alter Mann. Ich bin eine Nervensäge. Ich überprüfe meine Waffen. Gut, dass ich nichts verloren habe. Da alles so locker sitzt, habe ich Glück gehabt.

Nein. Ich war auf der Jagd. Ich streiche mir die verfilzten, salzigen Haare aus dem Gesicht. Wenigstens ist mir nicht mehr kalt, als würde der Dämon durch den Kuss Wärme schicken. Nein, das muss der Stirnzauber sein, der wirkt. *Ich habe Xanders vermissten Engel gefunden. Na ja, Ava hat sie gefunden. Ich wollte sie abholen, aber ich habe Mist gebaut.* Ich reibe mir die Arme und starre auf das tosende Meer. *Ja, ich habe es wirklich vermasselt und sie ist mir entkommen, indem sie mich ins Meer getreten hat.*

Oder vielleicht habe ich es gar nicht vermasselt. Es könnte sich noch alles zum Guten wenden. Wenn sie kein böses Superhirn ist, hat Robin das alles nicht allein gemacht. Ich habe sie noch nie getroffen und nach den

Informationen, die Ava gefunden hat, bezweifle ich, dass sie die Zeit hatte, das alles zu organisieren.

Sie ist eine Marionette. Eine Marionette. Ich muss herausfinden, wer ihre Fäden zieht.

Wenn ich sie erwische, kann ich sie nicht einfach verprügeln, um sie zum Reden zu bringen. Nein, ich müsste sie direkt an Xander ausliefern, und sie würde zusammen mit allen Beteiligten verschwinden. Wenn sie ihr Versteck im Kino verliert, läuft sie ihnen wenigstens in die Arme.

Es tut mir leid, dass du sie verloren hast, aber ich bin froh, dass es dir gut geht. Liebling, du hättest ertrinken können. Was brauchst du? Soll ich dich holen kommen?

Der weiche Teil von mir erwacht. Dieser Teil von mir ist so verdammt flach. *Nein, ich brauche nichts, danke. Ich muss mich umziehen und zu meinem Auto zurückgehen. Tut mir leid, dass ich dich geweckt habe.*

Jederzeit wieder. Kannst du … kannst du mich bitte anrufen, wenn du zu Hause ankommst? Damit ich weiß, dass es dir gut geht?

Ich huste, um einen eigenartigen Kloß im Hals loszuwerden. Meerwasser. Meine weiche Seite in mir wird ohnmächtig. *Ja, kann ich. Nacht.*

Gute Nacht.

Ich schüttle den Kopf, räuspere mich und zupfe an meiner durchnässten Kleidung. Es gibt wohl keine bessere Zeit als jetzt, um eine neue Fähigkeit zu erlernen. Ich ziehe mich um. Ich gebe mein Bestes, um mich darauf zu konzentrieren, die Magie zu lenken und zu verhindern, dass ich mich in meine Tiergestalt verwandle. Ich denke an einen Menschen.

Alle vier Hufe klappern auf dem Betonpflaster. Ich verdrehe die Augen und schnaufe. Gut gemacht, Tru! Ich wandle mich zurück. »Verdammt, vielleicht habe ich nicht die Kraft, mich wie Forrest zu wandeln«, murmle ich.

Ich gehe den Weg zurück, den wir gekommen sind, und das Funkeln einer Linse fällt mir auf. Die Gegend ist übersät mit Überwachungskameras, und diese hier ist auf mich gerichtet. Die Kamera bewegt sich. Sie nickt mir freundlich zu.

Ich grinse. Ava. Sie hat das Sicherheitssystem gehackt. Die Mikrokameras werden irgendwo in der Gegend sein und ihre Batterien aufgebraucht haben, während sie gegen den Wind ankämpften. Ich weiß, dass sie Robin nicht folgen würden, weil ich sie so programmiert habe, dass sie bei mir bleiben sollen. Als ich ihr den Livestream geschickt habe, hat Ava zweifellos diese erbärmliche Ausrede für einen Kampf gesehen, und ich würde ein vierblättriges Kleeblatt darauf wetten, dass sie Robin bereits verfolgt.

Nun lächle ich und fühle mich besser. Ich muss mein Ersatzhandy holen und sie anrufen, denn ich weiß, ohne es zu überprüfen, dass mein armes Handy definitiv tot ist. Wenn mein Bad in der Irischen See es nicht kaputt gemacht hat, dann hat meine Nachtarbeit ganze Arbeit geleistet.

Aber zuerst muss ich zurück ins Kino und das Handy holen, das Robin fallen gelassen hat, und nachsehen, welche Beweise da noch herumliegen.

Mein Handy liegt wie ein Stück Kohle in meiner Hand. Das Wandeln hat es diesmal wirklich komplett zerstört, wahrscheinlich weil ich versucht habe, wieder ein Mensch zu werden und dabei den magischen Funken ausgelöst habe. Auf dem Rückweg zu meinem Land Rover werfe ich alles in einen Mülleimer. Ich habe meinen Mantel, meinen Hut und eine Tasche mit Robins Sachen dabei, darunter auch ihr Handy, eine seltsame Engelsmarke aus einer anderen Welt.

Ich durchsuche das Auto und finde das Ersatzhandy. Aha. Es klingelt, sobald ich es einschalte. »Du hast dir aber Zeit gelassen«, brummt Ava. »Weißt du, wie spät es ist? Manche von uns sind mehr Mensch als Superheld und müssen schlafen. Gib das Handy des Mädchens in meinem Schließfach ab.« Avas Schließfach ist eine kleine Einzimmerwohnung in der Park Road.

»Woher hast du ...?«

»Woher habe ich deine Nummer? Ich habe das Telefon angezapft, während du schwimmen warst, und die Nummer der SIM-Karte in deinem Netz geändert, damit du dieselbe Nummer hast. Ich habe sogar alle deine Apps heruntergeladen, damit du deine Mikrokameras wegstecken kannst.«

»Oh, danke.«

»Gern geschehen. Und jetzt leg das Handy weg. Ich habe das Mädchen geortet, und sie ist in deinem Haus.«

»Was? Was zum Teufel?« Mein Herz setzt einen Schlag aus. »*Mein Haus*, nicht die Wohnung, das neue Bauernhaus?« Ich stottere.

»Nein, du Idiot, das Haus, das du seit Jahren besitzt,

aber noch nie betreten hast. Das in der Einhorn-Gated-Community.«

»Oh«, sage ich. »Ava, du hast mich zu Tode erschreckt. Sie ist in diesem Haus.« Ich stöhne und reibe mir die Augen. Ich bin so müde, dass sie brennen. Sie hat recht damit, dass ich keinen Fuß in das Haus gesetzt habe. Ich habe es vergessen. Es war Teil eines großen Erbes und eine Art, mich zu manipulieren, damit ich ein gutes kleines Einhorn werde. Eine Schlinge. Niemals hätte ich diesen Strick benutzt, um mich aufzuhängen. Ich habe die Schlüssel und die Urkunden noch irgendwo in einer Schublade. Gleich wird Ava mir sagen, in welche Schublade ich sie gelegt habe. Ich schüttle den Kopf. Ich weiß nicht, woher sie überhaupt von dem Haus weiß, obwohl Ava doch alles weiß.

»Sie ist also im Einhornhaus? Freche Kuh, wer hat sie reingelassen?«, frage ich. Das musste ja nicht heißen, dass die Einhörner etwas damit zu tun haben.

»Deine Großmutter.«

Na schön, das ist interessant. Noch eine Falle? Ich stoße mir den Kopf an der Nackenstütze. Toll.

»Ich lade die Beweise auf dein Datapad. Ich habe Video, Audio und Fotos«, sagt sie und gähnt.

»Danke, Ava. Wirst du sie im Auge behalten und mir Bescheid sagen, wenn sie sich bewegt?«

»Ja, kein Problem. Ich rufe an, wenn ich etwas weiß.«

Wir verabschieden uns und ich lasse mich auf den Sitz fallen, klopfe mit dem Handy auf mein Knie und starre missmutig aus dem Fenster. Der Sturm hat nicht nachgelassen und es sieht nach einem scheußlichen Tag aus.

Ich nehme den Wind und den Regen in Kauf. Verdammt, ich werde sogar noch ein Bad im Meer nehmen. Wenigstens lebe ich hier draußen, wo mich die Elemente herumschubsen. Ich fühle mich lebendig.

Meine Großmutter und die Einhörner haben etwas damit zu tun, *schockierend*. Sie sind Grenzgänger. Wenn ich versuche, keinen Kontakt mit ihnen zu haben, mischen sie sich immer wieder in mein Leben ein. So kleine Dinge wie ... Ich weiß nicht, einen Engel manipulieren, damit ich ins Gefängnis komme, und wenn ich nicht um Hilfe schreie und kurz vor einem Gerichtstermin stehe, schlagen sie mir auf den Hinterkopf und fesseln mich an einen Stuhl, nur um mich zum Sonntagsessen einzuladen. Und dann ist da noch die Hilfe für einen vermissten Engel, den ich entführt haben soll.

Aha. Einhörner sind verrückt.

Aber warum? Das ergibt wenig Sinn. Ich weiß, dass sie mich mit einem netten Einhorn paaren wollen und wir dann Babys bekommen sollen. Ich schaudere. Selbst mein verseuchtes Blut ist gut genug dafür. Aber das kann ich nicht aus dem Gefängnis heraus. Ich habe die Kraft und Macht von vier Einhörnern, Magie, die von Generation zu Generation weitergegeben wurde. Will sie meine Macht? Ist es das? Ich verstehe, dass sie nicht wollen, dass ich mich nach einem Engel verzehre, also ergibt das Motiv, diese Beziehung zu zerstören, Sinn. Aber ...

Ich übersehe etwas.

Ich grinse, als ich das Telefon weglege. Wenigstens weiß ich jetzt, wo Robin sich versteckt, und sie hat mir ein Puzzleteil gegeben. Wie nett. Und anstatt mich mitten in der Nacht auf das umzäunte Grundstück zu schleichen, um Robin zurück in den Schoß der Engel zu holen, werde ich in meinem besten Sonntagskleid dorthin traben, denn ich habe ja eine Einladung.

Kapitel Neunundzwanzig

Ich wandle mich in mein Einhorn und trabe in die Mitte des Feldes. Ich nehme all das herrliche Gras in mich auf – achtundzwanzig Hektar – und meine Augen wandern umher auf der Suche nach der perfekten Stelle zum Wälzen. Und da! Ich habe den idealen Platz gefunden. Im Galopp prüfe ich den Boden mit den Hufen, um sicherzugehen, dass keine Steine versteckt auf dem Weg liegen.

Als ich feststelle, dass der Boden frei von allem ist, was meine längst überfällige Wälzerei stören könnte, gehe ich in die Knie, lasse mich auf die Seite fallen und rolle mich mit einem Grunzen auf den Rücken. Meine Beine zappeln in der Luft und ich lasse mich von der Schwerkraft auf die andere Seite rollen, wobei ich mir die Wirbelsäule, den Nacken und den Hintern kratze.

Oh, das ist die richtige Stelle.

Als ich zufrieden bin, stolpere ich zurück auf die Füße und schüttle mich am ganzen Körper. Zu meiner großen Freude fliegen Schlammklumpen, die an meinem Fell kleben, durch die Luft.

Dann, mit einem Quieken, bin ich weg. Ich flitze über die Wiese und strample vor Freude mit den Hinterbeinen. So schnell ich kann, renne ich um den Zaun herum. Teile der Grasnarben fliegen hinter mir her, während meine Hufe über den nassen Boden donnern.

Das ist Freiheit.

Ich rutsche aus und hinterlasse tiefe Furchen im Boden, meine Nüstern blähen sich auf, als ich schnuppere. Ich schnuppere noch einmal, räuspere mich und atme tief ein. Der satte Duft von aufgewühltem Gras, Erde und Herbst erfüllt meine Sinne.

Nachdem ich mich vergewissert habe, dass ich in Sicherheit bin und die Gegend frei von Raubtieren ist, die es auf einen Einhorn-Snack abgesehen haben könnten, senke ich den Kopf und nehme einen großen Bissen Gras. Kleine Stücke fallen aus meinem Mund, als der grasige Geschmack meinen Gaumen trifft. Lecker, ich bin überglücklich. Zugegeben, jetzt im Oktober riecht es ein bisschen, aber es ist voller Ballaststoffe, und wenn ich schnell zunehmen will, ist das die beste Methode.

Alles, was wir jetzt brauchen, ist ein bisschen Frost. Das stresst das Gras und macht es süßer. *O ja*, denke ich beim Kauen, *ich bin ein echter Graskenner*. Ich nehme noch einen Bissen, und meine Ohren drehen sich, während meine Augen beim Kauen umherfliegen.

Nachdem ich Robins Handy abgegeben habe, fahre ich nach Hause, frühstücke mit meiner Familie, bringe die

Kinder zur Schule und Story zur Arbeit. Sie arbeitet im selben Café wie ich, aber nur noch halbtags, und im Gegensatz zu mir, die Tee und Kaffee serviert, dekoriert Story Hochzeitstorten. Die sind hübsch – wunderschön, um genau zu sein. Sie hat ein unglaubliches Talent und ist sehr gefragt. Ich bin noch nicht ins Bett gegangen; ich bin zwar erschöpft, aber mein Gehirn ist zu aufgewühlt, um zu schlafen. Oh, eine Distel! Ich knabbere an der violetten Blüte. Es ist spät im Jahr, ein Glücksfund.

Ich habe auch den letzten Papierkram mit unserem Makler unterschrieben. Story hat letzte Woche die ganze Summe überwiesen und sie warteten auf meine Unterschrift, um alles beim Grundbuchamt einzureichen. Dann bin ich zum Makler gegangen, um die Schlüssel abzuholen. Ich war noch nicht in der Nähe des Hofes. Ich hebe den Kopf und blicke durch den Nebel auf das Gebäude. Unser neues Zuhause liegt auf einer kleinen Anhöhe und bietet einen herrlichen Blick über das Land. Ich möchte erst einmal mit allen durch die Tür gehen, und wir werden noch eine Weile nicht einziehen, denn das Haus steht kurz vor dem Verfall, und für kleine Kinderfüße ist es noch nicht sicher.

Aber ich konnte nicht anders. Ich musste auf das Feld. Ungläubig schüttle ich den Kopf. Wahnsinn. Es ist so seltsam. Es scheint nicht real zu sein. Ich kann nicht glauben, dass das ganze Land uns gehört. Meine Ohren zucken. Ein Teil von mir wartet darauf, dass mich jemand anschreit, ich solle verschwinden, ich sei ein Eindringling.

Ja, ich brauchte Zeit, um zu essen, mich zu entspannen, mich zu wälzen, zu laufen und meinen nächsten Schritt zu planen. Eine Sache, die ich gelernt habe, ist, dass die rasende Wut, die ich fühle, gesund ist. Wut ist Energie, wenn ich sie richtig einsetze. Ich muss nur planen und mir Zeit nehmen.

Ich habe hin und her überlegt, ob ich Xander die Robin-Filme schicken soll, aber dann habe ich entschieden, dass ich ihm nicht trauen kann. Er würde wie ein verrückter Stier da reingehen und alles vermasseln. Und Kleric? Na ja, der Dämon ist wohl sehr beschäftigt, und ich weiß, dass ich viel zu viel von seiner Zeit in Anspruch genommen habe. Außerdem muss ich immer daran denken, dass er ein Fremder ist.

Ich finde einen Brombeerstrauch, der sich unter dem Zaun hindurchschlängelt, und mit Lippen und Zunge zupfe ich vorsichtig die prallen, saftigen Beeren ab.

Meine empfindlichen Ohren hören ein Auto die Einfahrt entlangfahren, ich hebe den Kopf und sehe, wie ein fremder Wagen mit quietschenden Bremsen neben meinem Land Rover parkt. Ich verschlucke mich fast. Was ist das denn? Was macht der hier? Ich kneife die Augen zusammen, als ich sehe, wie sich eine vertraute blaue Gestalt hinter dem Lenkrad hervor windet.

Dann fällt mir ein, dass ich ihm nicht gesagt habe, dass ich gut zu Hause angekommen bin. *Ups.*

Klerics Körper schimmert vor Magie und plötzlich trägt er einen Regenmantel und Gummistiefel. Er öffnet das Tor, schließt es sicher hinter sich und kommt mit langen, sicheren Schritten auf mich zu.

Mein Blick fällt auf die Papiertüte, die in seinen Händen raschelt. Feine Karotten? Faeäpfel? *Ooh.* Was für ein Geschenk.

Tut mir leid, dass ich dir nicht gesagt habe, dass ich heil nach Hause gekommen bin. Aber was machst du hier? Ist der Dämon mein neuer Stalker?

Er klemmt sich die Papiertüte unter den Arm und hebt die Hände. »Hallo, ich wollte nicht stören. Story hat mir gesagt, wo du bist, und ich habe mich gefragt, ob du mir erlauben würdest, auf dich aufzupassen ... dich zu beschützen, während du grast.«

Wie bitte? Was hat sie jetzt wieder vor? Die verdammte verrückte Elfe. *Wieso? Hast du nichts Besseres zu tun?* Ich drehe mich um und richte mein Horn auf ihn. Ein sehr scharfes Horn, ungefähr so lang wie ein Katana-Schwert, etwa vierundzwanzig Zentimeter. *Ich kann mich selbst in Sicherheit bringen.*

»Okay. Darf ich mich zu dir setzen?« Der Dämon schaut verlegen.

Wie bitte? Mir Gesellschaft leisten?

»Na ja, Dämonen können sich wandeln.« Er zupft an seinem feuchten Mantel und reibt sich den Nacken. »Wir können uns in alles wandeln.«

Ach ja, das hatte ich ganz vergessen. Das ist ein weiterer wichtiger Grund, warum die anderen Kreaturen Dämonen nicht mögen. Sie trauen ihnen nicht, weil sie sich in alles verwandeln können, in alles, in einen anderen Menschen, in eine Maus, in ein *Einhorn* ... Ich blinzle ihn an.

Er zieht eine Karotte aus der Tasche und bietet sie mir an.

Natürlich nehme ich das Bestechungsgeschenk an. Sanft nehme ich sie ihm aus der Hand und bedanke mich. Ich habe noch nie jemanden gehabt, der sich mit mir wandelt. Im Kampf natürlich, aber nie zum Spaß. Ich stehe unbeholfen da und schaue ihm zu, während ich an der

Karotte knabbere, und plötzlich bin ich ein Kind, das sich zum ersten Mal auf einen Spielplatz wagt und nicht weiß, was es tun soll. Ich hoffe, dass die Aufregung, die durch mein Blut fließt, mir hilft. Damit ich nicht mehr so ungeschickt bin. Als ich das leckere Gemüse aufgegessen habe, nicke ich. *Alles in Ordnung.*

Kleric bietet mir noch eine Karotte an, leert die Leckereien auf den Boden, faltet die leere Tüte zusammen und steckt sie in die Innentasche seines Mantels. Dann sehe ich mit großen Augen, wie sich der Dämon in ein riesiges blaues Einhorn verwandelt. Ich weiß, er hätte jede Farbe haben können, aber ich finde es toll, dass er seine schöne Hautfarbe behalten hat.

Ich lege meinen Kopf in den Nacken. Das ist ganz schön viel blaues Fell. Ja, er ist riesig. Ja, natürlich ist er das. Und dann wagt er sich an meinen Wälzplatz, kniet sich in das plattgedrückte, matschige Gras und wälzt sich.

Ich greife nach einem violetten Faeapfel, als würde ich Popcorn essen, und sein bitterer Geschmack füllt meinen Mund, während ich knabbere und ihm beim Wälzen zuschaue. Er reibt seinen üblen Dämonenduft über meinen. Was für ein komischer Kauz. *Er ist nicht einmal ein echtes Einhorn*, denke ich, als ich sein riesiges Horn betrachte. Das bisschen Sonne, das wir heute haben, kämpft sich durch die Wolken und den Regen. Die Strahlen treffen auf die Spitze des Horns und es funkelt. Ich schnuppere, drehe ihm den Rücken zu und tänzle davon.

Als ich ihm den Rücken zuwende, brauche ich nicht einmal den Kopf zu drehen, denn mein Sehvermögen ist episch, und ich sehe, wie er aufsteht, sich schüttelt und dann langsam auf Zehenspitzen auf mich zukommt, als wäre er eine große Katze. Jemand muss ihm sagen, dass seine massiven, tellergroßen Hufe nicht zum Schleichen gemacht sind. Es klappert und das nasse Gras plätschert.

Ich wiehere und flüchte. Er donnert hinter mir her, direkt an meinem Schweif. Ich lache unkontrolliert. Das ist ... das ist so lustig! Obwohl er mich mit seinen langen Beinen in einem Wettrennen schlagen könnte, bleibt er hinter mir, einen Schritt hinter meinem Hintern. Den gleichen Abstand hält er auch, als ich etwas langsamer werde, um ihn zu testen.

Ich bleibe stehen, drehe mich auf die Hinterbeine und lasse mich zurückfallen. Er kommt auf mich zu und unsere Hörner stoßen zusammen. Vor Schreck falle ich auf alle vier Hufe und weiche zurück.

Wahnsinn!

Können wir das noch mal machen?, frage ich ihn. Selbst meine innere Stimme zittert vor Aufregung. Er nickt, seine dunkelblaue Mähne weht im Wind und seine schwarzen Augen funkeln vor Freude.

Wir können alles machen, was du willst, antwortet er.

Wir stehen uns gegenüber und kämpfen wie Einhörner.

Kapitel Dreißig

Der Sonntag kommt schnell und ich fühle mich von Tag zu Tag mehr wie ich selbst. Mir ist immer noch nicht wohl, wenn ich von vielen Menschen umgeben bin, und ich werde in nächster Zeit nicht auf ein Konzert gehen. Nicht, dass ich jemals auf ein Konzert gegangen wäre, und ich habe Menschen immer gehasst, also ist das weder eine Überraschung noch ein großer Verlust. Aber ich fühle mich jetzt viel besser.

Ich habe meine Zeit sinnvoll mit Grasen und Training verbracht. Ich hatte ein paar harte Sparringsrunden mit meinen Gargoyle-Freunden – die Arbeit, die ich im Gefängnis geleistet habe, hat meinen Kampfstil auf Hochglanz poliert – und bei all dem habe ich stundenlang geplant und habe jetzt einige gute Ideen im Kopf, wie ich mit den Einhörnern umgehen kann.

Außerdem habe ich Kleric, Forrest und ein taktisches Team in Bereitschaft, falls die Dinge aus dem Ruder laufen ... was sie zweifellos werden, da ich es bin.

Robin versteckt sich in dem Haus, das auf meinen Namen läuft, was mich ärgert. Meine Einhorn-Großmutter, da bin ich mir sicher, freut sich, dass sie mich ausgetrickst hat. Wie sehr muss es sie doch reizen, dass sie dieses Haus benutzt, um einen Engel zu verstecken, für dessen Entführung ich ins Gefängnis musste. Ich weiß, dass es mir egal sein sollte, was sie denkt oder tut, aber die ganze Sache mit dem Engel macht mich wahnsinnig. Und die Teile des Puzzles passen immer noch nicht zusammen.

Böse Menschen brauchen keinen Grund, Arschlöcher zu sein. Ich muss das nagende Gefühl loslassen und mich den Fakten stellen, die ich habe: Alles deutet auf meine Großmutter hin.

Ich streiche mit den Händen über das wunderschöne dunkelblaue, knielange Kleid. Der Stoff ist so verarbeitet, dass ich ein paar kleine Waffen und Verteidigungszauber tragen kann. Als letzten Schliff stecke ich noch ein Anti-Magie-Band in die dünne Innentasche am Saum.

Die seltsamen goldenen Armbänder, die ich trage, klimpern, als ich das Kleid wieder an seinen Platz schiebe. Ich lächle. Es sind keine Armbänder, sondern spezielle, raffinierte Handschellen. Hoffentlich kann ich mich noch einmal wandeln, bevor ich mich auf die Suche nach Robin mache, aber für den Fall der Fälle habe ich meine Reserve mitgebracht.

Ja, sobald ich sie in die Finger bekomme, werde ich Robin fesseln. *Mal sehen, ob sie diesmal entkommt.* Nein, sie wird nicht weglaufen. Ich habe nicht vor, das Mädchen gehen zu lassen, bevor ich sie nicht schreiend und tretend an Xander und zusammen mit einigen oder allen ihren Komplizen an den Großen Rat der Kreaturen übergeben habe.

Es sei denn, sie zwingen mich, sie zu töten. Dann werde ich stattdessen ihre abgetrennten Köpfe übergeben. Ich habe es satt, Spielchen zu spielen. Ja, vielleicht bin ich ein bisschen wütend. Ich streiche mir mein Haar hinters Ohr. Ich gehe immer noch großzügig mit dem Geld um, denn ich habe heute einen Trank benutzt, um mein Haar zu stylen und mich zu schminken. Meine bunten Strähnen fallen mir in schönen, glänzenden Wellen bis zur Hüfte und dank der magischen Schminke kann ich die nicht abwischen, wenn ich mein Gesicht berühre. Sie verschwindet erst, wenn ich mich wandle. Ich liebe Hexenzauber.

Schweigend, mit verschränkten Armen und einer Sorgenfalte zwischen den Brauen, sitzt Story auf der Bettkante. Wir haben uns in den vergangenen dreißig Minuten gestritten.

»Bist du dir sicher, dass ich nicht mitkommen kann?«, flüstert sie.

Ach, sie will es nicht verstehen. Ich beiße meine Kiefer so fest zusammen, dass mir die Zähne wehtun. Ich mache mir nicht einmal die Mühe, zu antworten, denn ich will mich nicht wiederholen. Ich werde sie auf keinen Fall in die Einhorn-Gated-Community fliegen lassen. Die würden sie ohne zu zögern umbringen, und wenn ihr etwas zustoßen würde ... o nein ... der Gedanke daran macht mich krank. Das würde ich mir *nie* verzeihen.

Ich atme tief durch, lasse die Luft wieder los und versuche es noch einmal um unserer Freundschaft willen.

»Wenn ich könnte, würde ich ein paar Mikrokameras mitnehmen, damit du mir den Rücken freihalten kannst, aber Ava hat gesagt, dass die Wachen sie nicht durchlassen. Ich kann nicht mal mein Handy mitnehmen.«

»Aber du bist kein Gast. Du bist eigentlich ein Bewohner«, murmelte sie.

»Erzähl mir etwas, das ich noch nicht weiß.« Ich beuge mich zu ihr hinunter, um auf ihrer Augenhöhe zu sein. »Bitte, Story, lass es sein!« Es klopft an meiner Tür und Justin kommt herein.

»Dein Dämon ist hier.«

Story runzelt die Stirn. Dann huscht ein nachdenklicher Blick über ihr Gesicht, und sie schüttelt ihre Sorge sichtlich ab, indem sie mit den Augenbrauen wackelt. »Kleric, ja?«

Sie schwärmt von Kleric.

Ich verdrehe die Augen, als sie aufspringt, über mein Bett stolziert und singt: »Oh, Kleric. Oh, Kleric. Küss mich!«

Gott, bin ich froh, dass unser Streit vergessen ist. Ich lache, als Story sich mit dem Rücken zu mir dreht, die Arme verschränkt und mit den Hüften wippt, als läge sie in jemandes Armen. »Oh, Kleric«, stöhnt sie mit hoher Stimme. »Oh, Tru«, sagt sie mit tiefer, rauer Stimme. Und dann gibt sie küssende, stöhnende Geräusche von sich.

Beschämt schlage ich den Kopf in die Hände. Sie hat die Frechheit, mit den Kindern zu schimpfen, obwohl sie genauso unartig ist. Ich schüttle den Kopf. Nein, das nehme ich zurück. Sie ist schlimmer!

»Pst, pst, du Dummkopf. Er wird dich hören.« Ich

schlage mit den Armen um mich, um sie zum Schweigen zu bringen.

Sie hört auf zu albern und dreht sich mit einem Stöhnen wieder zu mir um. Ihr Grinsen verschwindet und ihre Augen werden seltsam groß.

»Er ist direkt hinter mir, oder?«, frage ich.

Sie nickt und springt in die Luft. Kichernd rennt sie aus dem Zimmer.

Entsetzt brauche ich ein paar Sekunden, um den Mut aufzubringen, mich zu bewegen. *Na toll.* Langsam drehe ich mich um.

Kleric lehnt am Türrahmen, ein Augenzwinkern und ein freches Grinsen im Gesicht.

Ich stöhne. Er würde Storys Eskapaden urkomisch finden.

»Komm rein«, flüstere ich, »und mach die verdammte Tür zu.« Mein Gesicht ist zweifellos knallrot. Hoffentlich hat die Schminke das Schlimmste überdeckt.

»Du siehst wunderschön aus.« Kleric schlendert auf mich zu. Sein Schwanz wedelt hinter ihm her. Es war seine Idee, sein superduper magisches Blut zu spenden, um mich zu stärken, bevor ich mich Robin und den Einhörnern stelle.

Jedes bisschen hilft, nicht wahr?

Deshalb ist er jetzt hier. In meinem Schlafzimmer ... ich hätte nicht nein gesagt. Wenn ich ehrlich bin, habe ich mich schon die ganze Woche nach seinem Blut gesehnt. »Danke.« Ich wippe von einem Fuß auf den anderen, grabe meine nackten Zehen in den Teppich. Mit Komplimenten kann ich nicht so gut umgehen. »Danke, dass du gekommen bist.«

»Immer.« Er zieht seinen Mantel aus und wirft ihn auf den Stuhl am Fenster. Seine gewaltigen Bizepse wölben sich gegen das Hemd, als er die obersten Knöpfe öffnet. »Komm her und nimm dir, was du brauchst«, sagt er unwirsch.

Ich schlucke die Spucke herunter, die mir im Mund zusammenläuft, und versuche, cool zu bleiben, während meine Fangzähne nach unten zucken. Ich gebe mir alle Mühe, sie ihm nicht zu zeigen. Sein Duft zieht durch mein Zimmer und vermischt sich mit meinem. Alles in mir schreit, dass unser gemeinsamer Geruch richtig ist. Perfekt. Ich bin geborgen, beschützt und geliebt.

Moment mal, ganz ruhig!

Ja, scheiß drauf! Mein linkes Auge zuckt. Ich kenne diesen Mann nicht, und dank seiner seltsamen Magie – darüber müssen wir noch reden – kennt er mich vielleicht besser, denn ich bin seit Wochen in seinem Kopf. Aber dank des Schicksals und Xander habe ich meine Lektion gelernt, als ich mich das erste Mal in eine Nicht-Beziehung gestürzt habe. Das werde ich nie wieder tun. Ich bin lieber allein.

Xander hat dich nie so angesehen.

Nein, hat er nicht. Ich schlucke.

Klerics muskulöser Arm legt sich um meine Taille und er zieht mich an sich.

Ich gebe ein kleines Quieken von mir, als wir zusammenstoßen, und fühle mich wohlig, an seine Bauchmuskeln und seine muskulöse Brust gedrückt zu werden. Trotz unseres Größenunterschiedes passen wir perfekt zusammen. Wieder quieke ich erschrocken auf, als mich etwas an der Rückseite meines Beines kitzelt. Ich schaue nach unten und es ist sein verdammter Schwanz! Ich habe nicht damit gerechnet, dass er abtrünnig wird. Das verdammte Ding krabbelt an meinem Bein hoch bis zum Saum meines Kleides, und mit einem finsteren Blick schiebe ich es weg.

Er senkt sein Kinn und starrt mich an. Seine schönen schwarzen Augen sind ernst und wagen es, mein Gesicht, meine Lippen zu ertasten. Er schiebt seine volle Unterlippe in den Mund und lässt seine Zähne blitzen.

Mein Magen dreht sich um. Mein Gott, das ist so verdammt sexy.

Und …

Ich weiß nicht, was in mich gefahren ist. Es ist, als würde ein Schalter umgelegt. *Scheiß drauf!* Mein Körper bewegt sich, bevor mein Gehirn es merkt. Wie in einer verrückten außerkörperlichen Erfahrung und aus eigenem Antrieb treffen meine Lippen auf seine. Erst ist sein Mund steif und unnachgiebig, dann verzieht er sich zu einem süffisanten Lächeln.

Arschloch. Er sollte mich lieber auch küssen.

Verdammt, wenn ich das schon tue, kann ich es auch gleich richtig machen. Ich küsse ihn fester, verzweifelt, meine Lippen sind ungeduldig und ein bisschen gemein. Mein linker Zahn knabbert an seiner Unterlippe und eine Blutperle gelangt in meinen Mund. Ich knurre, als sein Geschmack mich überflutet, und entlocke meiner Brust ein raues Geräusch, fast wie ein Knurren.

Die Erkenntnis trifft mich. Er will mich nicht küssen. Meine Lippen werden weich, mein Herz klopft wie verrückt und meine Knie sind kurz davor nachzugeben.

O nein. Ich habe einen schrecklichen Fehler gemacht.

Schon wieder.

Ein kurzes, schmerzhaftes Keuchen und ich ziehe mich zurück. Seine Hand krallt sich in mein Haar und er zieht meinen Kopf zurück. Mit einem tiefen Grollen in der Brust stürzt sich Klerics Mund auf meinen ... dann erwidert er meinen Kuss.

Er küsst mich zurück.

Kapitel Einunddreißig

Während ich darauf warte, dass die Ampel umspringt, reibe ich meine Lippen aneinander und fahre mit der Hand darüber. Unter meinen Fingern fühlt sich mein Mund geschwollen an und meine Lippen kribbeln wie verrückt von Klerics Küssen. Ich zupfe an meiner Unterlippe und versuche, das alberne Lächeln loszuwerden, das sich auf mein Gesicht gelegt hat.

Ich lächle wie verrückt.

Nicht das Beste, was man tun kann, wenn man in feindliches Gebiet eindringt. Der Dämonenkuss auf meiner Hand pulsiert mit meinem Herzschlag, und ehrlich gesagt fühlt es sich an, als säße er mit mir im Auto. Dazu kommt Klerics Blut, das durch meinen Körper schießt, und ich fühle mich, als wäre ich betrunken.

Betrunken von ihm.

Ich seufze, reibe meine Schenkel aneinander und richte meinen Sicherheitsgurt.

Es war nur ein Kuss.

Ein epischer, lebensverändernder Kuss, aber mehr war es nicht, nur ein Kuss. Man küsst doch ständig Leute, oder? Es muss nichts bedeuten. Ich kann jemanden attraktiv finden, ihn küssen und gehen. Ich muss keinen magischen Bindungsquatsch machen.

Als hätte ich Ameisen in der Hose, rutsche ich hin und her auf meinem Sitz. *Er mag mich! Er mag mich wirklich.* Ich grinse und ziehe den Mund zusammen.

Wenigstens gibt es diesmal einen Kuss.

Mein verrücktes Grinsen verschwindet, ich schnaube selbstironisch und zucke zusammen. Ja, wenn ich mich recht erinnere, hat mir Xander mal einen Klaps auf den Hinterkopf gegeben. Mein Blick wird finster, als die Ampel umspringt. Mein Herz setzt einen Schlag aus und meine Finger verkrampfen sich um das Lenkrad, als ich in das Einhorngebiet einfahre.

Jetzt geht's los.

Ich wechsle den Gang und biege in die schicke Wohnstraße ein. O Mann, sieh mal einer an ... Granny Ann hat die Sicherheitsvorkehrungen verstärkt, seit ich das letzte Mal hier war.

Während ich den Kopf von links nach rechts drehe, fallen mir all die seltsamen Warnschilder auf. Sie sind alle zwanzig Meter verstreut. Sie weisen die Leute darauf hin, dass sie umkehren und gehen müssen, wenn sie keine Erlaubnis haben, sich hier aufzuhalten. Oh, und das große Schild mit der bunten Grafik eines menschlichen Schädels, der vom Horn eines Einhorns durchbohrt wird. Also gar nicht bedrohlich, nein, überhaupt nicht.

Ich fahre auf einen neuen Parkplatz zu und sehe direkt vor mir den Schutzwall, vor dem mich Ava gewarnt hat. Es sieht so aus, als hätten die Einhörner alles so eingerichtet, dass die Besucher parken und durch die Station gehen müssen. Vom Standpunkt der Sicherheit aus gesehen ist das eine gute Idee.

Auch wenn diese zusätzlichen Sicherheitsvorkehrungen sehr merkwürdig sind. Apropos seltsam … »Was zum Teufel ist das?«, murmle ich. Ich blinzle und beuge mich vor, um durch die Windschutzscheibe zu schauen, als ich ein Stück zufälliger Magie mitten auf der Straße schweben sehe. Es ist durchsichtig und gewellt. Vielleicht eine Barriere oder ein magischer Scan?

Die Magie ist so subtil, dass die meisten Menschen sie nicht sehen würden. Ich erschaudere. Ich muss das durchziehen. Mir bleibt nichts anderes übrig, als direkt hineinzufahren.

Also nehme ich den Fuß von der Bremse.

Ich habe eine Gänsehaut auf den Armen, als ich durchfahre, und … hoppla, der Dieselmotor des Land Rovers hustet, stottert und stirbt ab. Das arme Auto rüttelt und schüttelt sich und bleibt stehen.

Oh, das macht also die Magie. Verwirrt blicke ich zum Besucherparkplatz, der noch hundert Meter entfernt ist. Wozu die Mühe?

Da taucht aus dem Nichts ein halbes Dutzend bewaffneter Wächter auf. Aha. Die müssen sich hinter einem *Sie sehen mich nicht-Zauber* versteckt haben.

Ich verdrehe die Augen, schalte den Defender in den

Leerlauf und die Zündung aus. Jaja, alles sehr dramatisch. Ich erinnere mich gerade noch rechtzeitig, um ein schockiertes Pikachu-Gesicht zu machen und die Hände vor die Brust zu schlagen.

Selbstgefällig – mein Defender hat keine elektrischen Fensterheber – drücke ich das Türschloss mit dem Ellbogen nach unten, greife nach dem Fenstergriff und drehe ihn einen Zentimeter nach unten.

Das alles haben sie gemacht, um mich zu erschrecken, und sie wollen, dass ich aussteige, aber ich nutze die Gelegenheit, um sie zu ärgern. Schließlich machen auch wütende Tiere Fehler.

Der verantwortliche Mann, ein Bärenführer, kommt an mein Fenster geklettert. Er lehnt sich gegen das Dach und schaut auf mich hinab. »Guten Tag, Miss Dennison. Würden Sie bitte aussteigen, damit wir Sie abtasten können?«

Ich blinzle ihn an und erwidere mit gespielter Verwirrung und einem faden Lächeln: »Oh, kann ich nicht reinfahren?« Ich ignoriere seine Begrüßung und seine Kiefer krampfen sich zusammen. »Ich besitze hier irgendwo ein Haus.« Ich wedle mit den Händen in der Luft und schaue auf meine Notizen. »Nummer sieben«, stottere ich das letzte Wort heraus, als ich den Rotschopf entdecke.

Rotschopf? Was zum Teufel ...?

Versteckt hinter meinem Sitz, zwischen all meinen Arbeitsutensilien, ist der unwillkommene Anblick meines Katers. Dexter. Ich blende ihn aus. »Entschuldigung, nur eine Sekunde.« Ich halte dem Wachmann einen Finger hin. »Es ist gerade etwas passiert.« Ich richte meine ganze Aufmerksamkeit auf meinen rothaarigen blinden Passagier.

»Miau«, meckert Dexter und leckt sich die Vorderpfote. Er spreizt die Zehen und knabbert an einer rosa Pfote.

»Blödmann«, knurre ich zurück. Ich lehne mich zwischen die Sitze und senke meine Stimme auf ein leises, wütendes Flüstern. »Wie zum Teufel hast du dich hier hineingeschlichen? Danke, Dexter Dennison, aber ich brauche deine Hilfe nicht.« Dann entdecke ich ... Ich stöhne, schließe die Augen und drücke meinen Kopf verzweifelt gegen die Kopfstütze. »Warum ich?«, jammere ich. Story kuschelt sich in das Fell von Dexters Schwanz.

Verdammt!

Ich öffne die Augen in der Hoffnung, sie nicht mehr zu sehen, aber nein. Sie ist immer noch da. Oh, und statt ihres normalen Kleides und ihrer nackten Füße trägt Story einen Kampfanzug und Stiefel. Die Elfe wagt es, zu hüpfen, zu grinsen und mir zuzuwinken. Wieder stöhne ich. Wie zum Teufel habe ich die beiden nicht bemerkt?

Kussbetrunken.

Ja, das ist der Grund. Ich rümpfe die Nase und werfe ihnen den *Wartet, bis wir zu Hause sind*-Blick zu.

»Ich muss jemanden zu Hause absetzen«, sage ich lauter zu dem Wachmann, obwohl meine Stimme etwas gedämpft ist, weil ich die Worte mit zusammengebissenen Zähnen herausbringen muss.

Ich drehe mich zu ihm um, als er gerade einen Zauber ausspricht, um die Autotür zu entriegeln. Der Bärenwandler reißt die Tür auf und sein Kumpel durchschneidet den Sicherheitsgurt. Dann peitschen die schmutzigen Hände des Bären hinein, packen mich am Arm und ziehen mich ruckartig heraus.

Meine Absätze schrammen über den Asphalt. »Was zum Teufel?« Ich wimmere, als die Teile des Sicherheitsgurtes des originalen Land Rover 1989 in meinen Fußraum klatschen. »Hey Mann, das bezahlst du besser.« Ich zeige auf den Gurt und meine Unterlippe zittert. So teuer ist er nicht, aber darum geht es nicht. Es ist ein Originalteil.

»Wir wollen nicht, dass Sie zu spät zum Essen kommen«, knurrt der erste Wachmann, drückt meinen Arm und schüttelt mich.

Ich bin eine Stunde zu früh. Was für ein Idiot.

Er zieht mich vom Auto weg und reißt mich hoch, sodass ich auf den Zehenspitzen stehe und das Gleichgewicht verliere. »Wir können etwas Wasser für deinen blinden Passagier einfüllen.«

Mürrisch blicke ich zu meinen Freunden und dem verlassenen Defender zurück. Ich hätte wissen müssen, dass sie etwas im Schilde führt, als sie das Thema »Mitkommen« fallen ließ.

Ah, nein. Ich zucke zusammen. Ihr Mann wird mich umbringen. Ich bin mir hundertprozentig sicher, dass Ralph warten wird, bis ich tief und fest schlafe, und mir dann sein Schwert ins Auge rammen wird.

Ich schaue empört, als der Gurtschneider in meinen Land Rover steigt und ihn mit *quietschenden* Gängen von der Straße auf den Parkplatz befördert, gut zu wissen, dass der wellenförmige Zaubereffekt nur vorübergehend war, aber ich bin stinksauer, dass ein beliebiger Holzkopf *meinen Defender* fährt. Wer hat diesem Arschloch das Fahren beigebracht?

Gott, ich hoffe, Story weiß, was sie tut. *Bitte, Schicksal, lass sie beide gesund bleiben. Ich werde alles tun.* Ich atme tief durch. Nein, es wird ihnen gut gehen, und um Dexter mache ich mir keine Sorgen. Er kann auf sich selbst aufpassen, denn er ist kein gewöhnlicher Kater. Aber Story ... sie sollte es besser wissen, als sich in Gefahr zu begeben. *Tust du das nicht jeden Tag?* Ja, und jetzt bin ich eine Heuchlerin. Ich schnaufe und schüttle den Kopf, während ich immer weiter von meiner besten Freundin weggezerrt werde.

Ich zucke mit meinen Händen, weil ich diese Typen verprügeln will. Aber ich unterlasse es, denn ich habe einen Plan und bei all dem Katzendrama haben sie mich noch nicht nach Waffen durchsucht. Das sind keine Profis. Also lasse ich mich herumschubsen, ohne einen Laut des Protests, außer einem gelegentlichen Stöhnen.

Ich werde die Straße hinuntergezerrt und durch die Station geschleift. Igitt, ist das unangenehm. Mein Magen dreht sich um. Mein Haar fühlt sich an, als würde es zu Berge stehen. Ava hatte recht. Hätte ich elektronische Geräte bei mir, hätte es die ganze Elektronik zerstört.

»Ich wusste, dass dein Ruf Quatsch ist. Rebellenführerin«, spottet der Bärenwandler, während er meinen Arm schmerzhaft verdreht und drückt.

Ich spiele meine Rolle und winsle, während ich ihm in Gedanken die Kehle durchbohre und über seinen blutenden Körper springe.

»Sie ist gekommen, um mit einer Miezekatze über ihre Freiheit zu verhandeln«, sagt er zu den anderen Wachen, die alle mit ihm lachen.

Über meine Freiheit verhandeln? Als ob.

»Habt ihr den *Daily Wandler* gelesen? Da steht, dass

sie wegen Mordes im Gefängnis saß. Die Schlampe könnte sich nicht mal aus einer Papiertüte befreien ...«

Meine Aufmerksamkeit ist immer noch auf den Land Rover gerichtet. Ich lasse die Schultern hängen und seufze, als ich das Flattern der Flügel und das Aufblitzen des roten Fells sehe, als Dexter durch die offene Tür in ein Gebüsch flüchtet, während der gurtmordende Wachmann aussteigt.

»... Die Wandler-Versammlung sollte sie einem mächtigen Genossen anvertrauen. Nicht, dass jemand ihr schmutziges Blut will.«

Ich wende meine Aufmerksamkeit wieder den Wachen zu. Ich bin umzingelt. Insgesamt sind es vierundzwanzig Wachen.

Joa, das ist machbar.

Der Bärenwandler lässt meinen Arm los, hält sich den Bauch und lacht über etwas, das einer der anderen Wachen gesagt hat. Er wischt sich die Tränen aus den Augen, während sie weiter an meinem Leben nagen.

Ich hole zitternd Luft und ziehe einen Trank aus einer versteckten Tasche meines Kleides, nur für den Fall, dass das, was ich vorhabe, schrecklich schiefgeht. Alle sind in einem überschaubaren Bereich, was hilfreich ist.

Der Gurtwächter schwingt sich hoch und nimmt meine Autoschlüssel in die Hand.

Jetzt oder nie. Es sollte ein Kinderspiel für mich sein. Ich blinzle schnell, streiche den Dämonenkuss auf meinem Handrücken und weite meinen Blick.

In mir entfacht ein Feuer aus Macht.

Ich schließe die Augen. Ich denke glückliche, glückliche, glückliche Gedanken, während ich metaphysisch die Käfigtür öffne und die Magie herausschleudere. Sie tropft in mich hinein, blubbert und reißt sich dann von meiner Brust und meinem linken Arm los. Ich knirsche mit den Zähnen und ... *Autsch, autsch, autsch.*

Meine Augen weiten sich, als der Regenbogenzauber wie eine Fontäne aus meiner linken Hand spritzt. Autsch. Die Explosion dauert mindestens eine Minute, und am Ende macht es *put-put-put* mit einem letzten Hauch von – ich scherze nicht – *Glitzer.*

Sie halten inne.

Die vierundzwanzig Wachen stehen regungslos mit glasigen Augen da. Ich erschlaffe vor Erleichterung. Dann hebe ich den Arm und starre auf meine zitternde Hand. Meine Handfläche glitzert. »Was zum Teufel?«, murmle ich. Ich lache. Es klingt etwas manisch. »Was zum Teufel war das?« Tatsächlich Glitzer?

Vielleicht habe ich die Magie mehr als sonst auf die Spitze getrieben, denn ich habe immer noch Angst um meine blinden Passagiere, und jetzt, da sie hier sind, steht noch mehr auf dem Spiel. Es schadet auch nicht, dass ich bis zum Rand mit dämonischer Kraft gefüllt bin. Ich lasse die Hand sinken und blinzle zu den reglosen Wachen zurück.

Wow, es hat wirklich geklappt.

Ich schlucke. Mein Mund ist knochentrocken und meine Beine zittern. Der Kuss wird heiß und pulsierend. Er ist besorgt. *Mir geht es gut,* sage ich dem neugierigen Dämon. *Ich rufe dich, wenn es mir nicht mehr gut geht.*

Die Magie – meine Magie – hat die Macht, entweder anzuziehen oder abzustoßen, und die Menge, die ich auf sie geworfen habe, hat sie träge gemacht ... Finster blicke ich in ihre furchterregenden Gesichter. Mein Vampirdrang war auf einem normalen Level, bis meine Einhornkräfte einen Gang hochgeschaltet haben. Jetzt kann ich es ...

Ich habe ihnen eine Liebesbombe verpasst.

Oh oh. Das ist eine ganz andere Ebene des Bösen. Ich fühle mich ein bisschen krank. Die Magie ist seltsam und fremd. Bevor ich sie unter Kontrolle hatte, ist sie aus mir herausgesickert und hat die Köpfe der Leute durcheinandergebracht. Das Armband, das Xander mir gegeben hat, hat mir geholfen, sie zu kontrollieren. Im Laufe der Jahre habe ich die Macht unter Kontrolle gebracht, bis ich das Armband nicht mehr gebraucht habe. Aber diese Magie ist mein letzter Ausweg, der letzte Ausweg aus der Scheiße.

Sie macht mir Angst. Sie macht mir so viel Angst, dass ich sie so verdammt fest verschlossen habe, dass sie in mir eingesperrt war. Sie ist zu gefährlich. Ich hätte sie fast benutzt, als Forrest und ich den Kampf im Lagerhaus verloren haben, bevor ihr Drache dieses riesige Stück aus dem Gebäude gebissen hat. Und ich bin so froh, dass er es getan hat, denn das ist nicht die Art von Kraft, die ich in einem Kampf einsetzen möchte. Denn wenn ich auch nur einen winzigen Fehler mache, kann ich statt Liebe die Leute wütend machen oder sie so weit abstoßen, dass sie weglaufen und dabei unschuldige Menschen töten.

Liebe ist auch nicht so toll. Ich starre in ihre furchterregenden Gesichter. Immer wenn ich mich bewege, folgen sie mir mit ihren Augen wie vierundzwanzig verliebte Zombies. Wenn sie die Möglichkeit hätten, würden sie mich beim Versuch, mich zu lieben, in Stücke reißen. Deshalb halte ich die Station in meiner verschwitzten Hand. Sicherheitshalber stecke ich sie wieder in die versteckte Tasche.

So weit, so gut. Lieber hacke ich mit meinem Schwert auf die Kreaturen ein, und sie können wählen, ob sie auf mich einhacken wollen, als dass ich – die Wachen schauen mir zu – ihnen ihre Unabhängigkeit nehme. Ich nehme ihnen ihren freien Willen. Macht fühlt sich einfach falsch an, unmoralisch.

Aber manchmal – ich lecke mir die trockenen Lippen – ist es die klügste Entscheidung, denn ich möchte, dass diese Wachen heute Abend nach Hause zu ihren Familien gehen können. Sie sind keine schlechten Menschen ... nicht alle sind schlechte Menschen. Meine Oberlippe bewegt sich fast von selbst, um den Bärenwandler anzufauchen. Dank ihm habe ich blaue Flecken am Arm. Er verdient es, dass man ihm den Schädel einschlägt. Er ist ein richtiges Arschloch. Aber die anderen sind nicht ausgebildet, um richtig zu kämpfen, und ich will keine Leute töten, die nur ihren Job machen.

Dexter stolziert die Straße entlang, wie es nur eine Katze kann. Er schlängelt sich um die Beine der erstarrten Wachen und hinterlässt seinen Geruch und ein paar orangefarbene Haare – seine Visitenkarte – überall auf ihren schwarzen Hosen. Dexter und Story sind gegen diesen Zauber immun geworden. Nicht, dass sie in der Nähe des Explosionsradius gewesen wären, aber wenn noch etwas von der Magie in der Luft liegt, muss ich mir keine Sorgen machen.

Story rast auf mich zu. »Schönes Glitzer. Das hast du noch nie gemacht.«

»Ich weiß. Es hat mich erschreckt. Regenbögen und Glitzer aus meiner Hand zu schießen, ist mir noch nie passiert. Definitiv eine Kombination aus Angst, Panik und

Dämonenblut.« Ich reibe meine glitzernde Handfläche an meinem nackten Bein und schaudere.

Die Elfe lässt sich auf den Kopf des Bärenwandlers fallen und schwingt ihre Beine, um ihm mit dem Absatz ihres neuen Stiefels mitten in die Stirn zu treten. Ich grinse. »Wenigstens kam es aus deiner Hand und nicht aus deinem Hintern«, sagt Story weise. »Du hättest Glitzer scheißen können.«

»Ja ... Gott sei Dank.« Ich verenge meine Augen. »Seltsamer Gedanke, mein Hintern, wirklich? Glitzerkacke?«, murmle ich und schüttle den Kopf.

Sie grinst mich an.

Klugscheißerin. Ich schnaufe und reibe mir die Stirn. Story weiß genau, wie sie mich aus dem Schock reißen kann. Ich zucke mit den Lippen und wir lachen beide.

Ich reiße dem Gurtmörder die Schlüssel aus der Hand und schiebe die Gruppe der Wachen zurück in die grobe Wachstellung. »Bleibt hier, macht eure Arbeit und verhaltet euch normal. Alles ist normal. Wenn jemand fragt, ich bin noch nicht da. Habt ihr verstanden?«

Ich erschaudere, als sie auf beängstigende Weise synchron mit dem Kopf nicken. »Normal verhalten«, sagen sie im Einklang mit den Zombies.

Ich atme tief ein und aus. Wenigstens versuchen sie nicht, mich anzufassen. Das ist schon etwas, denke ich, eine kleine Gnade. »Wartet auf mich! Ich sehe euch bald wieder«, sage ich zu ihnen. Dann fordere ich die anderen Wachen auf, mit mir zu kommen. Die Zombies schlurfen hinter mir her, als wir durch die Station gehen. »Oh, verdammt, nein.« Ich renne zurück zum Land Rover, die Zombiewachen rennen hinter mir her.

Story springt auf den Kopf des Bärenwandlers und kichert. Das ist selbst mir zu bizarr. Wir sind wieder auf der Straße, wo sie zuerst aufgetaucht sind.

»Wartet hier auf mich! Haltet still und seid leise!«, sage ich. Ich bekomme dasselbe unheimliche Nicken zurück, diesmal ohne den unisono gesungenen Ruf. Gott sei Dank. »Oh nein, nicht ihr zwei«. Ich schiebe den Bärenwandler und den Gurtmörder aus der Reihe. »Ihr zwei bleibt hier. Ihr beide kommt mit mir.« Ich trenne die beiden von der Zombieherde, dann krame ich in meiner Jackentasche, finde meinen eigenen *Sie sehen dich nicht mehr-Zauber* und werfe ihn auf die Gruppe der Wachen. Er erwischt sie, und als sie verschwinden, habe ich das Gefühl, endlich aufatmen zu können.

»Wie lange wird es dauern, bis sie wieder zu sich kommen«, fragt Story. Sie hockt immer noch auf dem Kopf des Bären. Er hat einen kleinen roten Fleck, wo sie ihn gegen die Stirn getreten hat.

»Ich weiß es nicht.« Ich verziehe das Gesicht. »So etwas habe ich noch nie gemacht. Ein paar Stunden? Wenn sie wieder zu sich kommen, sollten sie sich an nichts mehr erinnern«, hoffe ich.

Ich zeige auf den Bären. »Hast du oder jemand anderer die Einhörner über meine Ankunft informiert?«

Er schüttelt den Kopf – nein.

Ausgezeichnet, denke ich. »Okay, meine Herren, wenn Sie mir bitte folgen würden.« Es ist Zeit für die Jagd.

Kapitel Zweiunddreißig

Ich gehe zum Auto und bringe die beiden verliebten Wachen dazu, sich umzudrehen, während ich meine Arbeitskleidung hole. Meinen Kampfanzug habe ich durch einen schwarzen kugelsicheren Stoff mit einer magieabweisenden Beschichtung ersetzt. Der Anzug sieht aus wie Leder und hat mich ein Vermögen gekostet. Aber es hat sich gelohnt, denn ich werde es nicht wieder vermasseln wie beim letzten Mal. Wenn Robin wegläuft oder etwas passiert, bin ich wenigstens vorbereitet.

Ich ziehe mich an und stecke meine Füße in die Stiefel. Ich flechte mir das Haar, damit es nicht im Weg ist, und hänge das Kleid für später auf. Ein letztes Mal überprüfe ich meine Zaubermittel und Waffen, dann kann es losgehen.

Ich sollte mich besser beeilen. »Zeitkontrolle?«, frage ich Story.

»Zweiundfünfzig Minuten bis zum Sonntagsessen.« In einem verzweifelten Versuch, den Kopf des Wachmanns zu bewegen, zupft Story an seinem Haar, und ein Büschel kommt in ihrer Hand zum Vorschein. Sie verzieht das Gesicht, lässt los und die Haare fallen auf den Boden.

Dexter schnuppert daran, dann springt er auf die warme Motorhaube des Defenders und lehnt sich an die Windschutzscheibe, um ein paar Sonnenstrahlen zu erhaschen.

»Ich weiß, wo dein Haus ist«, sagt Story.

Ich nicke und lächle dankbar. »Bitte zeig mir den Weg!«

»Bist du immer noch sauer, dass wir gekommen sind?«, fragt sie mit ihrer Singsangstimme.

»Wahnsinnig.«

Story lacht, springt vom Kopf des Bären und rennt davon.

Wir lassen Dexter zurück, der das Auto bewacht und sich sonnt, und folgen ihr im Laufschritt. Hoffentlich ist das Haus in der Nähe. Tatsächlich ist es das. Es ist nur die Straße runter. Story schwebt vor einem roten Backsteinhaus, das nur wenige Jahrzehnte alt zu sein scheint. Rechts neben der schwarzen Tür hängt ein Schild. **Nummer sieben**.

Jep, home sweet home.

»Wachen, sichert die Hintertür und verhindert, dass jemand das Haus verlässt.« Sie nicken und gehen zur Rückseite des Hauses. Ich drehe am Türknauf und er bewegt sich. Sie ist offen. *Bleib hinter mir!*, sage ich zu Story, und sie nickt.

»Hallo, Schatz. Ich bin zu Hause«, singe ich, als ich eintrete.

Robin kommt mit einem Geschirrtuch in der Hand aus der Küche, wie ich annehme. Wir starren uns an. »Du! Was machst du denn hier?«, knurrt sie.

Ich deute mit dem Finger um das Haus herum. »Das kann ich dich fragen, Engelskuchen, das ist *mein* Haus.«

Sie wirft das Geschirrtuch zu Boden. »Du bist nicht ertrunken. Schade.« Ihre rechte Hand berührt die Klinge an ihrem Oberschenkel. Ich bin dankbar, dass sie die unschuldige Maskerade aufgegeben hat, denn sie ist widerwärtig.

»Ja, danke dafür. Ich brauchte frische Luft und Abkühlung.« Ich gähne und strecke mich. »Es war so erfrischend.«

Sie senkt den Blick auf den dämonischen Kuss auf meiner Hand, und ihre babyblauen Augen verengen sich vor Wut. Ein Geräusch, als würde ein Messer seine Metallscheide verlassen ertönt, und ohne einen Takt zu verpassen und mit einem seltsamen Kampfschrei stürmt Robin auf mich zu, die silberne Klinge von links nach rechts schwingend.

Ich grinse.

Statt nach der Waffe zu greifen, drehe ich mich zur Seite, und als sie mir ins Gesicht schlagen will, packe ich ihr Handgelenk und reiße sie nach vorn. Mit ausgestrecktem Arm donnere ich die rechte Faust auf ihr Ellbogengelenk. Der Arm knackt. Ups. Robin schreit auf und das Messer klatscht auf den Boden. Gebrochen hängt ihr rechter Arm herunter. Er baumelt nutzlos an ihrer Seite.

Ach, was für ein Pech. Sie sieht etwas blass aus.

Mit einem Wutschrei, der ihre Wangen rötet, zielt Robin mit dem Knie auf meine Niere, aber ich schlage zurück, bevor sie trifft, und als sie ihren linken Arm schwingt, um mich zu treffen, nutze ich ihren Schwung gegen sie, packe das zappelnde Bein und ziehe es hinter ihrem Rücken hoch.

Ich drehe sie von mir weg, trete ihr in die Kniekehlen und schleudere sie zu Boden. Ihre Arme sind nun hinter ihr fixiert.

Innerhalb von zwei Minuten ist sie gefesselt. Ein bisschen enttäuschend, aber ich muss mich noch um Granny Ann kümmern, also kann ich noch so viel Spaß haben.

»Lass mich los!«, jammert Robin und zappelt wie ein Fisch.

Ich seufze und starre an die Decke. »Gib mir Kraft!«, murmle ich.

Warum muss ich mich mit diesem Schlamassel herumschlagen? Ich lasse mich auf den Boden fallen und stemme mein Knie in ihren Rücken. Ich greife ihren gesunden Arm, ziehe ihn weiter nach oben und klopfe ihr mahnend auf den Ellenbogen. »Sag es mir, Robin!«, fordere ich und beuge mich vor, sodass meine Worte ihr Ohr kitzeln. »Warum ich? Was hat dich dazu gebracht, mich zu verarschen?«

»Xander. Er gehört mir.«

»Oh, wirklich?« Ich kichere. »Kein Problem. Viel Glück mit ihm. Also was? Du hast mich aus Liebe reingelegt, weil du mich aus dem Weg haben wolltest?«

»Das Einhorn, Ann, hat mir gesagt, wenn ich ein paar Wochen wegbleibe, würde sie Xander beweisen, dass du mich entführt hast. Sie sagte, er würde verrückt werden auf der Suche nach mir, er würde erkennen, dass wir füreinander bestimmt sind, und er würde die Wahrheit erkennen.«

Die Wahrheit?

»Du bist nichts als Dreck an seiner Schuhspitze.«

Ich zucke mit den Schultern. Tja, so ist es. Er sieht mich als Dreck. Der Plan meiner Großmutter hat funktioniert, wenn sie wollte, dass wir beide das Licht sehen.

»Okay? Und?« Ich will, dass sie sich beeilt, denn ich will nicht zu spät zum Sonntagsessen und zur epischen Enthüllung von Großmutters Masterplan kommen.

»Und es hat funktioniert. Das Einhorn wollte dich nur in der Jägergilde haben, damit sie dich auf Kaution rausholen und kontrollieren kann. Um dich von Xander fernzuhalten. Aber mein Xander hat *mich* so sehr vermisst, dass er dich ins Gefängnis geschickt hat.« Sie lacht, und meine Fangzähne schnappen in meiner Wut nach unten. Sie dreht den Kopf und schenkt mir ein selbstgefälliges Grinsen. »Du hast ihn ruiniert, indem du sein Blut genommen hast. Wie kannst du es wagen?! Er ist ein Engel und du bist ein Scheusal. Aber siehst du, ich habe auch dich ruiniert.« Robin lacht wieder. »Es hat funktioniert. Warum konntest du dich nicht einfach an den Plan halten?«

»Den Plan?« Ich lege den Kopf zur Seite.

Ein leises Keuchen entweicht ihren Lippen und sie schließt den Mund.

»O nein. Hör jetzt nicht auf, Robin! Es fing gerade an, interessant zu werden. Erzähl es mir!« Diesmal zwicke ich ihren gebrochenen Arm und sie schreit vor Schmerz auf. »Ich heile deinen Arm, wenn du es mir sagst, oder ich schneide dir mit deinem großen Messer ein paar Finger ab«, flüstere ich.

Aus dem Augenwinkel sehe ich, wie Story zittert.

»Sie wird dir einreden, dass ich dem Großen Rat der Kreaturen erzählen werde, dass du mich entführt und Kinder getötet hast. Sie hat noch mehr Beweise, dass du eine Serienmörderin bist. Und jetzt heile meinen Arm!«

Ausgedachte Beweise. Familie ist was Schönes, was?

Ich nicke. Ich glaube ihr. Was Robin gesagt hat, stimmt mit dem überein, was Ava herausgefunden hat. Es war ein langes Spiel von Ann, mit Tratsch und Gerüchten und offensichtlichen Brotkrumen, die sie gestreut hat. Zu ihrem Pech hat sie sich verkalkuliert und versucht, Xander zu manipulieren.

Der Engel hat zu schnell reagiert. Sie hat fälschlicherweise angenommen, dass er mir im Zweifelsfall recht geben würde. Aufgrund unserer gemeinsamen Vergangenheit hat sie gedacht, er würde mich beschützen. Das habe ich auch gedacht. Ich grabe den Nagel meines Zeigefingers in die Nagelhaut meines Daumens, während ich unbewusst an der Haut zupfte.

Aber Ann hat damit gerechnet, dass er zumindest ein bisschen herumstochern würde. Um mich in eine Position zu bringen, in der sie mich in die Falle locken kann? Ich weiß es immer noch nicht ... Aber Xander hat mir den Arsch versohlt, und wie beim guten alten Monopoly bin ich direkt in den Knast gewandert, ohne weiterzukommen.

Aber jetzt bin ich wieder da, raus aus dem Knast und unter der Aufsicht des Großen Rates der Kreaturen. Die sind sauer, dass sie mich auszahlen mussten. Ich bin eine berüchtigte Unruhestifterin mit dem Ruf einer gestörten

Hybride, laut einem angesehenen Engelsbotschafter, der mich zu einer Psychopathin erklärt hat.

Scheiße, er ist so ein Idiot.

Meine Einhorn-Großmutter denkt, dass ich gebrochen bin, und zweifellos glaubt sie, dass ich ihren Forderungen nachgeben werde. Und sie hat recht. Ich werde alles tun, um nicht wieder ins Gefängnis zu müssen. Mit seiner Zurückweisung und unserer abgebrochenen Beziehung hat Xander mich ungewollt für meine Großmutter erweicht, damit sie es noch einmal probiert. Er ist immer noch ihre beste Schachfigur. Und anstatt den Plan zu ändern, als das Gericht mich für nicht schuldig befunden hat, hat sie mit diesem kleinen Trick mein Schicksal besiegelt.

Aber eine Kreatur, die in die Enge getrieben wird, tut nicht unbedingt das, was man ihr sagt. Während Granny Ann die Brotkrümel verstreut hat, hat mein Außenseiterteam sie eingesammelt und analysiert.

Die Frage, die ich mir immer wieder stelle, lautet: »Was zum Teufel will sie?«

»Sonst noch etwas?« Robin schüttelt den Kopf. »Danke. Das war doch gar nicht so schwer, oder?« Ich gebe ihr einen freundschaftlichen Klaps auf den gebrochenen Arm und sie wimmert. Das ist Musik in meinen Ohren.

Ich nehme ein weiteres Anti-Magie-Band – das andere steckt noch im Saum meines Kleides – und wickele es um ihr Handgelenk. Mit einem Stöhnen geht der armen kleinen Robin das Licht aus. Dann ziehe ich ihren gebrochenen, schnell anschwellenden Ellbogen wieder gerade, schiebe das Gelenk wieder ein und verabreiche einen Trank, um es zu heilen. Ich bin ja nicht völlig verrückt. Und nur für den Fall, dass sie durch die antimagische Wirkung aufwacht, binde ich ihre Hände und Füße zusammen.

Als ich Robins Arm gebrochen habe, habe ich mich viel besser gefühlt. Es hat mir gezeigt, dass sie meine Zeit nicht wert ist. Sie ist ein Spielball. Und alles, was ich tun muss, ist, sie vom Brett zu schubsen, damit sie mich nicht mehr daran hindert, mich um meine Großmutter zu kümmern. Dasselbe gilt für Xander – der Springer meiner Großmutter muss weg.

Eine kleine Stimme in mir ist dankbar, dass es so gekommen ist. Nicht für meinen Gefängnisaufenthalt, sondern dafür, dass ich in aller Deutlichkeit erfahren habe, was der Engel von mir hält. Was ich ihm bedeute ... Ich schlucke. Es ist nicht schön, die Wahrheit zu erfahren, aber ich bin froh, dass es eher früher als später passiert ist, wenn früher eine Verschwendung von neun verdammten Jahren war und nicht von hundert.

Es ist, als wäre eine Last des Schicksals und der Erwartungen von mir genommen worden. Es hat etwas für sich, wenn man am Tiefpunkt angelangt ist und sich aus dem Loch herauskämpfen muss.

»Du bist so unheimlich«, murmelt Story von ihrem Platz auf dem Flurtisch.

Hm. Ich grinse sie zähnefletschend an. Ich dachte, ich hätte mich zurückgehalten.

»Was war das für ein unheimliches Geflüster?« Ich sehe sie an, und sie tut so, als hätte sie nichts gesagt.

Stattdessen stellt sie sich auf die Zehenspitzen und schaut sich um. »Haben wir ... ähm ... Zeit, uns umzusehen?« Neugierige Elfe.

»Nein.«

»Spielverderber.«

Alles, was wir von diesem Haus sehen, ist der Flur. Würde ich mir die Zeit nehmen, ein wenig herumzustöbern, würde ich vermutlich Augäpfel in Gläsern und abgetrennte Finger finden. Leise summe ich vor mich hin. Dieses Haus ist ein viel zu großes Risiko. Die Entscheidung ist gefallen. In einer Stunde wird es bis auf die Grundmauern niedergebrannt sein.

Ich rufe die Wachen, gebe dem Gurtmörder eine Handvoll gefährlicher, marmorgroßer, orangefarbener Tränke und genaue Anweisungen, wie er das Haus zu räumen und die Tränke zu verwenden hat.

Mit einer Handbewegung hebt der Bärenwandler Robin auf, und wir laufen zurück zum Land Rover, wo ich wieder mein hübsches Kleid anziehe.

»Passt ihr auf sie auf, während ich fahre?«, frage ich Story und Dexter und nicke in Robins Richtung, während der Bär sie auf den Rücksitz verfrachtet.

Mit einem fröhlichen Zwitschern springt Dexter hinein, Story nickt und schlüpft hinein. »Wir schaffen das schon. Los, wir schaffen das!«

Ich schiebe meine Handschellen zurück und gebe Robin einen starken Schlafzauber. »Nur für den Fall, dass Robin aufwacht. Seid vorsichtig!« Dann wende ich mich an den Bärenwandler. »Warte hier! Verhalte dich ganz normal! Ich bin gleich wieder da.«

»Ich liebe dich mehr als mein Leben«, stöhnt der Bärenwandler.

Story und ich starren ihn mit ähnlich erschrockenen Gesichtern an. »Ja, das ist echt gruselig. Wende diese Fähigkeit nie wieder in meiner Nähe an«, knurrt sie.

»Abgemacht.« Ich grinse sie an, knalle die Hintertür zu, eile zum Fahrersitz und löse den Zopf aus meinem Haar. Der Schönheitszauber von vorhin macht die Wellen wieder perfekt. »Zeitkontrolle?«

»Du hast sechsundvierzig Minuten.«

Perfekt. Die Zeit wird knapp, aber sie reicht, um ein Paket auszuliefern.

Kapitel Dreiunddreißig

MEINE HÄNDE ZITTERN, als ich zu Xanders Haus fahre. *Ich tue das wirklich.* Hätte ich mir nicht ein Versprechen gegeben, hätte ich sie vielleicht feige beim Großen Rat der Kreaturen oder bei der Jägergilde abgegeben, aber was sollen die schon mit ihr machen?

Ich verdrehe die Augen. Schließlich ist sie das vermisste *Opfer*.

Ich umklammere das Lenkrad fester, um meine Hände zu beruhigen. Ich werde Robin und Xander das geben, was sie wollen: einander. Der Engel hat mich gebeten, sie zu finden, und wenn ich ihm aus dem Weg gehe und mich seinem Unsinn und dieser Situation nicht stelle, fühle ich mich wie ein Feigling. Und meine liebe Granny wird gewinnen.

Nein, das wird nie passieren. Ich habe mir geschworen, dass ich sie ihm zurückbringe, dass ich sie ihm vor die Füße werfe, und vielleicht wird sie in diesem Moment nicht um sich schlagen und schreien ... meine Lippen zucken. Aber Blondie wird sicher sauer sein, wenn Xander sie gefesselt und schnarchend sieht.

Ja, in weniger als zehn Minuten wird sie Xanders Problem sein, nicht meins. Es liegt an ihm, was er tut, ob sie die Wahrheit sagt, um ihre Rolle in diesem Debakel herauszufinden oder nicht. Es liegt nicht mehr in meiner Hand, sondern in seiner.

Ich erwarte keine Entschuldigung. Kein »Es tut mir leid, dass ich dich ins Gefängnis geworfen habe.«. Ja, sollte es dafür nicht eine nette Karte geben? Ich schnaufe. Ich erwarte nichts von diesem Mann. Wenn Robin sich von mir fernhält, werde ich sie nicht töten. Wenn beide aus meinem Leben verschwinden, ist alles in Ordnung.

»Alles in Ordnung, da hinten?«, frage ich über die Schulter. Es ist unheimlich still auf dem Rücksitz und fühlt sich eigenartig an, ohne Sicherheitsgurt zu fahren.

»Ja, sie ist noch weg«, schreit Story.

Ich nicke. »Gut. Wir sind fast da.« Ich hoffe, Story fängt keinen Streit mit Xander an. Es wird das erste Mal sein, dass sie ihn sieht.

Hast du Xanders Telefonnummer? Ich habe mein Handy nicht dabei. Ich werfe meine Gedanken in Klerics Richtung. Die Narbe auf meiner Hand pocht. Die Uhr in meinem Kopf tickt. Am liebsten würde ich Robin dem Engel vor die Füße werfen und weglaufen.

Geht es dir gut? Hast du endlich den schmerzlich

vermissten Engel gefunden? Seine Stimme ist eine warme Begrüßung in meinem Kopf, so ganz anders als die kratzigen Kommunikationszauber.

Ja, und ich bin nur fünf Minuten von Xanders Haus entfernt. Ich weiß nicht einmal, ob er zu Hause ist.

Ich rufe ihn an.

Danke, du bist ein Schatz.

Erst als ich in Xanders Straße einbiege, meldet sich der Dämon. *Er wird dich draußen treffen.* Ich sacke auf dem Sitz zusammen. Hoffentlich muss ich gar nicht aussteigen. Je weniger ich von Xander sehe, desto besser.

Danke, sage ich zu Kleric, während ich unsere Verbindung so gut es geht unterbreche. Ich schalte den Blinker an, drehe das Lenkrad und fahre durch die offenen Tore des Engels auf sein riesiges, wunderschönes Haus zu.

Vor langer Zeit haben Story und ich hier gewohnt. Meine sensiblen Ohren nehmen das scharfe Einatmen der Elfe wahr, als ich parke. Wir sehen beide gleichzeitig Xander.

In einer grauen Jogginghose und einem engen, langärmeligen Oberteil, das an ihm klebt, lehnt er an der Eingangstür, die Arme vor der Brust verschränkt. Schmetterlinge kitzeln und flattern in mir. Ich wünschte, ich hätte Krallen wie Forrest. Hätte ich sie, würde ich die verdammten Falter auf der Stelle rausreißen.

Stattdessen grabe ich meine Fingernägel in den Oberschenkel.

Oh oh, jetzt geht's los.

Xander joggt die drei Stufen der Veranda hinunter zum Auto.

Ich atme tief durch, öffne die Wagentür und stelle mich

so hin, dass ich halb drinnen und halb draußen bin. Halb versteckt, ja, ich benutze die Tür als Schutzschild.

»Sie ist auf dem Rücksitz. Sie hat ein antimagisches Band um, das sie bewusstlos gemacht hat.« Meine Stimme klingt professionell. Fast monoton.

Er nickt, seine goldenen Augen verengen sich, während er zum Heck des Wagens schlurft und die Hintertür öffnet. Story sagt nichts, auch nicht, als Xander ein schroffes »Hallo« sagt.

Er verbeugt sich sogar aus Respekt vor meiner Katze, aber Dexter dreht den Kopf und ignoriert ihn mit einem Schwanzschnippen.

Mein Herz schmerzt und meine Seele weint, als Xander Robin vorsichtig aus dem Kofferraum meines Autos zieht. Ihr Kopf ruht an seiner Brust, während er auf magische Weise ihre Hände und Füße losbindet und das Anti-Magie-Band entfernt.

Während er auf mich zugeht, tanzt seine goldene Magie über ihre Haut und prüft, ob es ihr gut geht. Er reicht mir das Anti-Magie-Band.

Ich nehme es vorsichtig, ohne ihn zu berühren, und lege es auf den Beifahrersitz. Ich werde es später zusammen mit dem Rest meiner Ausrüstung wegpacken.

»Sie ist gesund. Ihre einzige Verletzung ist ein kürzlich gebrochener Ellbogen, der wieder verheilt ist. Ist das richtig?«, fragt er mich.

Ich seufze und wende den Blick ab. Ich muss nicht mit ihm streiten. Ich bleibe ehrlich und der Rest ist seine Sache. »Sie ist mit einem Messer auf mich losgegangen. Ich habe ihr den Ellenbogen gebrochen, um sie zu entwaffnen, und dann einen gewöhnlichen Heiltrank benutzt«, sage ich in demselben monotonen Ton.

Sein Blick wandert über ihre leblose Gestalt und er nimmt die leere Scheide an ihrem Bein mit einem Nicken zur Kenntnis. »Wo hast du sie gefunden?«

Ich runzle die Stirn. Ich brauche einen Moment, um seine Worte zu deuten. Der Engel stellt mir eine ganz normale Frage. Ohne die Boshaftigkeit, die er mir sonst entgegenbringt. Es ist traurig, dass ich nach neun gemeinsamen Jahren erwartet habe, dass er mich eine Lügnerin nennt.

Ich reibe mir den Nacken. »Sie hat sich in dem alten Kino in der Dickson Road versteckt. Ich habe Beweise dafür, dass sie sich dort in den sieben Wochen ihres Verschwindens aufgehalten hat. Als ich sie am frühen Dienstagmorgen gefunden habe, ist sie weggelaufen. Ich schicke dir das Filmmaterial. Um zu entkommen, hat sie mich ins Meer gestoßen«. Ich lächle bitter und erinnere mich an meinen Fehler und an die Kraft der Wellen, als Mutter Natur selbst mir den letzten Atem nehmen wollte. »Von dort aus ging sie zu den Einhörnern.«

Xander nickt. »Deine Großmutter?«

»Ich glaube schon, nach dem, was Robin mir erzählt hat.« Ich schüttle den Kopf. »Wie auch immer, da hast du deinen vermissten Engel. Ich muss mich jetzt um den Rest des Schlamassels kümmern.« Mein Haar streift meine Wange und ich schiebe es weg.

Erst durch diese Bewegung scheint der Engel zu bemerken, dass ich ein Kleid trage. Für ein paar Sekunden schaut er verdutzt. Seine Pupillen weiten sich und sein Mund wird ganz schlaff.

»Tru ...«

»Nein«, schnauze ich. So kann er mich nicht ansehen. »Ich muss gehen.« Mit schnellen, sauberen Bewegungen gleite ich zurück in den Land Rover und stoße die Tür zu. Ich lege den ersten Gang ein und rolle die Auffahrt hinunter, bevor er sein dummes Maul aufreißen kann.

»Verpiss dich, verpiss dich, verpiss dich!«, murmle ich vor mich hin.

Es gefällt mir nicht, wie ich mich in der Nähe dieses Mannes fühle. Als wäre ich wieder im Meer und würde ertrinken.

Story schnaubt und nähert sich von hinten. Sie landet auf meiner Schulter, schmiegt sich an meinen Nacken und streichelt meine Wange. »Hast du sein Gesicht gesehen? Er war verblüfft.« Sie fliegt zum hinteren Fenster und drückt ihre Nase an die Scheibe. »Er guckt immer noch!«, kräht sie fröhlich.

Der Mann ist ein Vollidiot. Ich hasse ihn.

»Ich bringe euch beide nach Hause.«

»Neeeiiiin ...«

»Keine Widerrede. Ich muss das allein machen. Kannst du bitte alle Aufnahmen und Beweise, die wir über Robin haben, an Xander schicken?«

»Ja«, brummte Story. »Alles?«

»Ja, bitte. Ich erwarte nicht, dass er uns glaubt, aber ich habe ihm gesagt, ich tue es.« Ich fahre vor unser Haus und schäme mich dafür, wie nah wir an ihm wohnen. Wenigstens liegt der Hof am anderen Ende der Stadt.

Ich öffne die Tür, Dexter gibt mir einen Klaps auf den Kopf und springt über mich hinweg.

Story folgt ihm, langsam mit den Flügeln schlagend

und ein wenig enttäuscht. »Viel Spaß beim *Essen*«, brummt sie. »Zeitkontrolle. Du kommst zu spät, du hast nur noch acht Minuten.«

»Danke.« Aus Gewohnheit warte ich, bis die beiden im Gebäude verschwunden sind, dann fahre ich zurück zu den Einhörnern.

Um mich meiner bösen Großmutter zu stellen.

Kapitel Vierunddreißig

Meine Einhorn-Grossmutter sitzt auf einem der acht Stühle am Kopfende ihres Eichenesstisches. Sie trägt einen schwarzen Rock und eine weiße Bluse, die ihre schmale Taille, ihre schlanke Figur und ihre langen Beine perfekt zur Geltung bringt. Ihr orange, rot und gelb gefärbtes Haar ist zu einem eleganten Knoten gebunden. Wie kleine Regenbögen schimmern ihre Augen in allen Farben, und ein verschmitztes, triumphierendes Lächeln umspielt ihre blutrot geschminkten Lippen. Der Duft von Gras und Wildblumen steigt mir in die Nase. Sie neigt den Kopf, um mich von oben herab anzuschauen, und deutet mit einem roten Fingernagel auf den Stuhl gegenüber.

Es fällt mir schwer, nicht zu grinsen. Jetzt fehlt ihr nur noch eine Katze auf der Schulter und sie wäre der perfekte Bösewicht. Ob Dexter ihr wohl dabei helfen würde? Nein, er würde wahrscheinlich versuchen, ihr das Gesicht aufzukratzen.

Ich bin nicht schnell genug, um mich hinzusetzen, wenn ihr Kumpan mir in den Rücken sticht. Er wird von meiner Liebesbombe nicht kontrolliert. Die vierundzwanzig Wachen stehen noch draußen. Hochmütig ziehe ich mein Kleid zurecht und nehme den angebotenen Platz ein.

Mit einem Wink meiner Großmutter verlässt der Einhorn-Soldat den Raum.

»Großmutter, was ist los?«, frage ich und blicke auf den leeren Tisch. »Ich dachte, ich komme zum Sonntagsessen?«

In ihren Augen blitzt Mitleid auf. »Um zwei Uhr kommt mein Anwalt mit Papieren, die du ohne viel Trara unterschreiben musst«, sagt sie.

»Okay?«

»Diese Dokumente werden mir die volle juristische Macht über dich geben. Wir wissen beide, dass es dir nicht gut geht.« Einer ihrer himmelhohen schwarzen Absätze klopft rhythmisch auf den Boden, als sie ihre Beine ausrichtet. Die Hände flach auf den Tisch gelegt, beugt sie sich vor und macht mit einem traurigen Lächeln den ersten Schritt. »Wenn du nicht unterschreibst, landest du aufgrund aller Beweise für deine schändlichen Taten wieder im Gefängnis, und du musst zurück in deine kleine weiße Zelle.«

Ich zische. Und da ist es. Sie lässt ihre Macht spielen.

Ich beiße mir auf die Lippe und hole tief Luft. Ich bin erst ein paar Minuten hier, und sie macht keine Witze. »Schändliche Taten?«, flüstere ich.

Wenn ich ihr genug Seil gebe, wird sie sich aufhängen,

oder? Was wird sie tun? Was will sie von mir, Kinder, eine Zwangsheirat, meine Macht? Mein Herz schlägt schneller vor Aufregung.

»Der Engel, Robin, ist hier. Ich habe ihr in deinem Haus Unterschlupf gewährt.«

Ich blicke auf die Uhr auf dem Kaminsims. Nicht mehr lange mein Haus, denn jetzt müsste der Gurtmörder die orangefarbene Magie auslösen. Bald wird das Haus unter magischer Kontrolle abbrennen. Dann kann Ann mich nicht mehr mit den gefälschten Beweisen kontrollieren, die sie dort versteckt hat.

»Wenn du nicht einwilligst, werde ich ihnen alle Beweise geben, die ich habe, einschließlich deiner eidesstattlichen Erklärung, dass du sie entführt hast.«

Das macht sie also, sie spielt die Serienmörderin.

»Gefälschte Beweise«, knurre ich.

Ann sieht mich stirnrunzelnd an und kräuselt ihre roten Lippen.

Ich sehe schon von Weitem, was sie vorhat, ohne ein Wort sagen zu müssen, aber ich spiele mit; wenn sie erwartet, dass ich einen Anfall bekomme, wird sie verdammt lange warten müssen. Dank Robin bin ich ihr schon drei Schritte voraus, und jetzt, da das Haus weg ist, hat Ann gar nichts mehr.

Alles, was sie jetzt noch hat, sind leere Drohungen, denn sie hat kein Druckmittel. Ich beuge mich vor und passe mich ihrer Körpersprache an. Der Tisch ist kalt unter meinen Händen. »Also, der Papierkram? Was willst du, Oma?« Ich sage es mit einem Knurren. Jedes Mal, wenn ich sie so anspreche, zuckt sie zusammen. »Was soll ich unter-

schreiben? Was sind die Bedingungen für meine Frei-
lassung?«

»Ich will sicher sein, dass du niemandem mehr wehtun
kannst«, sagt sie frech mit zusammengekniffenen Augen.

Äh, was?

»Dein Vater war kein guter Mensch.« Sie lehnt sich auf
dem Stuhl zurück und legt das Kinn auf die Schulter.
»Unsere Familienlinie ist mit psychischen Problemen
verflucht. Die Psychopathie ist an mir vorbeigegangen, aber
sie hat deinen Vater befallen. Deshalb habe ich keine Kinder
mehr bekommen. Ich schätze, eine Mutter weiß so was tief
in ihrem Inneren.« Sie runzelt die Stirn, ihre rechte Hand
wandert über ihre Brust. »Es war etwas, das ich nicht
ertragen konnte, dass es weitergegeben wurde, die grausame, böse Ader. Dein Vater konnte, wie du, das Verhalten
und die Gefühle der Menschen spiegeln, und obwohl das,
was er nicht verbarg, beunruhigend war, war er so charmant.« Ann lächelt und sieht verbittert aus.

So gebrochen.

Das Leben in ihren Augen verblasst, als würde sie für
einen Moment in einer Erinnerung feststecken. Sie schüttelt den Kopf, und ihre Augen strahlen wieder Entschlossenheit aus.

»Er hat seine Spuren verwischt. Ich dachte, ich hätte
ihn stramm genug an der Leine. Ich habe nicht schnell
genug reagiert, und als ich es tat, war es zu spät, ihn zu
retten. Ich habe versagt. Meine Liebe für ihn machte mich
blind. Es ist so leicht, sich von der Liebe einreden zu lassen,
dass alles gut wird. Ich glaubte, die Probleme seien mit ihm
gestorben. Wie du weißt, habe ich erst von dir erfahren, als
du erwachsen warst. Er hat das Geheimnis deiner Existenz

und das deiner armen Mutter mit ins Grab genommen.« Sie klopft mit einem Nagel auf den Tisch. »Er hätte nie in ihre Nähe kommen dürfen. Er hat dich, ein sechsjähriges Kind, verletzt und deine Mutter getötet, weil ich meine Aufgabe als seine Mutter nicht erfüllt habe. Als deine Großmutter.

Ich hätte mehr tun müssen, besser auf ihn aufpassen müssen. Es ist meine Schuld. Ich habe dich im Stich gelassen. Ich habe gehofft ...« Sie senkt den Blick auf den Tisch, als sich ihre Augen mit Tränen füllen. »Ich habe gehofft, dass es dir gut geht. Du hast so viel Kraft gezeigt, so viel Einfühlungsvermögen. Aber die Kraft des Einhorns, gepaart mit der vampirischen Seite in dir ...« Ihre Augen blicken auf und treffen auf meine, in deren Tiefen aufrichtige Entschlossenheit schwimmt. »Ich werde nicht danebenstehen und zulassen, dass du einem anderen Menschen wehtust, Tru. Das ist eine Intervention. Was du dem armen Engel angetan hast, ist nicht in Ordnung.«

Mein Mund ist so weit geöffnet, dass mein Kiefer fast auf dem Tisch aufschlägt.

Es dauert eine Sekunde, bis ich ihn wieder schließen kann. Mein Gehirn brummt, es rast mit hundert Meilen pro Stunde, während ich über ihre Worte nachdenke. Sie denkt ... oh, ich bin so verwirrt. Ich kratze mich am Hinterkopf.

»Du wirst Zugang zu den besten Ärzten haben«, fährt sie fort, »die dir beibringen werden, mit deinen Trieben umzugehen.« Sie schluckt und holt tief Luft. »Mit der Zeit, da bin ich mir sicher, und den richtigen Medikamenten ...«

Ich hebe die Hand, um sie zu stoppen.

»Das. Ist. Eine. Intervention?«, frage ich. Ich spreche jedes Wort vorsichtig aus, als würde mein Kopf gleich explodieren. Sie nickt, und das Mitleid ist wieder da.

Granny Ann hält mich für verrückt, genau wie mein Blutspender.

Ich neige den Kopf zur Seite. »Du denkst, ich ... du denkst ... ich ...?« Ich keuche, zeige auf meine Brust und kichere leise vor mich hin. Ich lasse mich fallen und mein Kopf rollt gegen das Polster des gepolsterten Hochlehners. Mein Blick wandert zur Decke und dem wunderschönen Kristalllüster über mir. Das Kichern wird zu einem Lachen, das mir die Kehle zuschnürt, und ich muss die Arme ausstrecken, um meinen Bauch zu umfassen. »Du hast die gleichen erfundenen Beweise wie Xander«, zische ich durch mein Lachen.

Granny Ann ist auf dem gleichen Spielbrett wie Xander. Wie ich. Sie ist nicht diejenige, die uns für dumm verkauft hat. Nein, ich habe nur eine weitere Spielfigur gefunden.

Verdammt noch mal!

Ich weiß nicht, was zum Teufel hier los ist, und ... scheiße, ich weiß nicht, wo die Schachanalogien herkommen. Ich hab noch nie Schach gespielt. Ich reibe mir mit dem Handrücken den Mund, keuche und schüttle den Kopf.

Mein armes Hirn ist kaputt.

Mein Lachen erstirbt, ich starre an die Decke und atme tief ein. Ich muss mich von den Menschen abschotten und die Welt in Flammen aufgehen lassen. Aber der Wunsch, Xander zu beweisen, dass er sich in mir getäuscht hat, brennt heller.

Ich schüttle den Kopf und richte mich auf.

Ann macht ein Gesicht wie vom Donner gerührt; es würde mich nicht wundern, wenn Rauch aus ihren Ohren käme. Oje. Mein Lachanfall hat mich bei ihr nicht beliebt gemacht. Ich nehme eine weiße Serviette vom Stapel am Ende des Tisches und schwenke sie. Ihre regenbogenfarbenen Augen verengen sich. Sie ist sicher nicht erfreut über mein präverbales Schwenken der weißen Fahne. Ich lasse die Serviette auf den Tisch fallen.

»Ich weiß, dass das kein Witz ist, und ich schätze die großmütterliche Intervention, aber du weißt, dass ich eine Auftragsmörderin bin, oder?«

Sie tut meinen Beruf mit einer Handbewegung ab. »Ich bin nicht glücklich darüber, aber ich kann darüber hinwegsehen. Ich spreche davon, dass du eine Unschuldige verletzt hast.«

»Okay. Damit wir uns richtig verstehen. Du hast mich nicht reingelegt? Du hast nicht mit Robin zusammengearbeitet, um einen Keil zwischen mich und den Botschafter der Engel zu treiben? Du hast keine Beweise gefälscht, damit Xander durchdreht und mich ins Gefängnis bringt?«

»Was? Nein, natürlich nicht«, stottert Ann.

Mein Auge zuckt und ich reibe mir eine schmerzende Stelle über der Nase. »Warum hast du dann deinen Männern befohlen, mich anzugreifen?«

Ihre Augen weiten sich ungläubig.

»Am Montag, als ich im Gebäude des Großen Rates der Kreaturen war, haben sie mich niedergeschlagen und blutend an einen Stuhl gefesselt. Kommt dir das bekannt vor? Ding Dong? Nein? Ein Einhorn namens Hades hat mir ein drohendes Ultimatum gestellt, zu diesem Sonntagsessen zu kommen.« Ich stoße den Tisch an. »Oder sonst ...«

»Was? Das würde er nie tun.« Empört springt meine Großmutter auf. »Geoff!«, schreit sie. »Bitte schicke Hades sofort hierher!«

Innerhalb weniger Augenblicke stolziert Hades in einem tadellosen Anzug ins Zimmer. »Ann, du wolltest mich sehen?« Er rückt seine Handschellen zurecht und grinst mich an.

Er ist ein Idiot und hat sich nicht einmal die Mühe gemacht, den Raum zu scannen.

Als wäre es ein Thron und sie die Königin, setzt sich meine Einhorn-Großmutter. Dann beugt sie sich vor und verengt die Augen, ihre Finger krallen sich so fest in den Holztisch, dass sie vom Druck weiß werden. »Haben deine Schläger-Leute meine Enkelin angefasst?«, fragt sie mit gefährlichem Unterton. Meine Nackenhaare sträuben sich.

Hades blinzelt sie an. Ah, jetzt hat er verstanden. Sein Gesicht verliert alle Farbe, das überhebliche Grinsen verschwindet. Unterwürfig senkt er den Blick zu Boden und nickt.

»Haben sie sie in meinem Namen bewusstlos geschlagen und an einen Stuhl gefesselt?« Wieder nickt Hades. »Warum? Warum solltest du das tun, wenn ich dich nur gebeten habe, eine einfache Einladung zu über- bringen?«

Er wagt es, mir einen bösen Blick zuzuwerfen.

Oh, du bist so ein aufgeblasener kleiner Edelmann.

»Ich wusste, was sie getan hat, ihre eklatante Respektlo- sigkeit, während Sie so offen und gastfreundlich waren. Sie haben ihr ein verdammtes Haus gegeben, und sie hat es keines Blickes gewürdigt. Ich wollte es ihr heimzahlen, ihr eine Kostprobe ihrer eigenen Medizin geben«, murmelt das Einhorn.

»Das war nicht Ihre Entscheidung, und Sie sind zu weit gegangen. Sie haben meine Enkelin angegriffen. Sie haben ein weibliches Einhorn angegriffen!«, schreit sie.

»Nun, sie ist kein echtes Einhorn. Sie ist eine Abscheulichkeit«, brummt er wieder in Richtung ihrer Füße.

»Mein Enkelkind!«, schreit sie. »Sie kleiner Idiot ...«

»Hey.« Ich klatsche in die Hände und unterbreche ihre Tirade. Mit scharfem Blick fixiere ich die beiden. »Wenn ihr das später machen könnt, wäre das toll. Aber ich würde ihn gern auf den Hinterkopf schlagen, falls ihr eine Idee für eine Bestrafung braucht. Wir müssen uns beeilen. Nur damit das klar ist, ich habe keine Unschuldigen ermordet oder Engel entführt. Das ist alles Teil eines ausgeklügelten Plans. Hier, gib mir dein Handy. Bitte? Ich muss telefonieren.« Ich hebe mein Kinn und wackle mit den Fingern vor meiner Großmutter.

Ohne ihren finsteren Blick von Hades zu nehmen, schiebt sie mir ihr Handy zu. Es dreht sich auf dem glänzenden Holz und ich klatsche mit der Hand darauf, damit es nicht vom Tisch rutscht.

Ich lasse das Handy auf laut gestellt, während ich Ava anrufe. »Hey, ich bin's. Du bist auf Lautsprecher. Kannst du mir das ganze belastende Beweismaterial schicken, das du über meine Großmutter gesammelt hast?« Ich schaue vom Hörer auf, um mich bei Ann zu vergewissern. »Hast du ein Datapad?«

Ann nickt und winkt Hades zu. »Geh und hol es!« Er rennt aus dem Raum.

»Alles, was wir haben, bitte auf ihr Datapad, Ava.« Ich kann die Informationen genauso gut weitergeben, damit sie weiß, in welchem Schlamassel sie steckt.

»Kein Problem. Sobald die Verbindung steht, habe ich Zugriff auf alle Geräte. Ich sende jetzt alle Informationen«, sagt Ava.

Ann runzelt die Stirn.

Ich lächle das Handy an. Ich bin froh, die Hexe der Technik auf meiner Seite zu haben. »Es war nicht meine Großmutter«, sage ich zu Ava und komme zur Sache. »Die Spuren, denen wir gefolgt sind, waren von Anfang an ein abgekartetes Spiel, um uns auf eine falsche Fährte zu locken.« Ich reibe mir die Stirn. »Wer auch immer das tut, er spielt uns gegeneinander aus.«

»Aber ...« Ava stöhnt. »Ja, es war alles ein bisschen zu einfach, nicht wahr? Es hat mich gestört, dass alles so schlampig, aber ordentlich war. Ich gehe zurück und sehe, was ich finden kann.« Sie legt auf.

Hades kommt zurück ins Zimmer und gibt Ann ihr Datapad, die sofort die erste Datei öffnet.

O nein, das Haus. Ich schnippe Hades mit den Fingern zu. »Oh, vielleicht solltest du zu Nummer sieben laufen. Eine deiner Wachen ist gerade dabei, das Haus niederzubrennen. Ähm«, ich schaue auf die Uhr und erschaudere, »jeden Moment. Er steht unter einem Zauber«, beende ich lahm. *Ups.*

»Was?« Ann lässt das Datapad fallen und knallt es auf den Tisch. »Du hast einen meiner Wächter verzaubert, damit er dein Haus niederbrennt?«

»Wenn wir auf den Punkt kommen wollen, habe ich vierundzwanzig deiner Wachen mit einem Zauber belegt.

Aber wer zählt schon mit?« Ich huste, um mich zu räuspern.

»Was um alles in der Welt? Tru, was hast du dir dabei gedacht?« Sie schüttelt den Kopf, dann steht ihr Entsetzen ins Gesicht geschrieben. »Robin ist drinnen!«, schreit sie und kommt unsicher auf die Beine.

Ich winke ihr, sich zu setzen. »Nein, ist sie nicht. Ich habe sie vor etwa dreißig Minuten vor dem Haus des Engelsbotschafters abgesetzt.«

»Du hast das arme Mädchen wieder entführt?«

Ich hebe einen Finger. »Ich habe sie eher verlegt. Sie hat über mich und die«, ich zitiere das nächste Wort mit einem zusätzlichen Augenrollen, »Entführung gelogen. Jemand hat sie so manipuliert, dass sie sich das ausgedacht hat, um dich davon zu überzeugen, dass ich eine Serienmörderin bin, und du hast den Scheiß geglaubt ...« Meine Stimme versagt und ich knirsche mit den Zähnen. Sie war nicht die Einzige. Ich bin an der Nase herumgeführt worden, und das ist mir irgendwie peinlich.

Ann wirft mir einen ungeduldigen Blick zu.

»Und sie haben mich überzeugt, dass du Beweise fabriziert hast, um mich zu kontrollieren. Die gute alte Robin hat es so aussehen lassen, als hättest du Beweise gegen mich im Haus. Deshalb wollte ich es niederbrennen«, beende ich knurrend. Mein Fehler.

Stöhnend lässt Ann sich auf ihren Sitz zurückfallen und sagt, ohne ihn anzusehen: »Hades, kümmere dich darum, aber komm sofort zurück! Wir sind mit unserem kleinen Gespräch noch nicht fertig.«

Hades geht wieder, diesmal um Feuerwehrmann zu spielen.

Kopfschüttelnd schnappt sich Ann das Datapad und blättert noch einmal durch die Beweise. »Ich würde mich trotzdem besser fühlen, wenn du mehr Zeit mit den Ärzten verbringen würdest. Häuser niederzubrennen, ist kein normaler Zeitvertreib.«

Ha, für mich schon. Ich schweige brav.

Während ich ihr beim Lesen zuschaue, denke ich über ihre Worte nach. Sie will mich retten? So ein Unsinn. *Eher will sie mich retten, um sich selbst zu retten.* Ich bin sechsundzwanzig Jahre alt, und sie kommt viel zu spät. Sie kommt Jahrzehnte zu spät. Mein Adoptivgroßvater hat sich schon um alles gekümmert.

Nein, sie will mich nur ausnutzen.

»Ich kann mich beherrschen. Wenn ich das nicht könnte, wären viele Menschen tot«, sage ich ihr. »Ich bin vielleicht alles andere als ein Mensch und kein perfektes Einhorn, aber ich bin nicht wie dein Sohn.«

Die Schuld, die sie empfindet, ist nicht meine. Sie weiß seit über neun Jahren von mir und war froh, dass sie meine Existenz ignorieren konnte. Das sollten wir wieder tun.

Ich sollte nach Hause gehen, aber nicht bevor ich dieses Chaos beseitigt habe. Es ist offensichtlich, dass wir ein Kommunikationsproblem haben, und ich kann nicht zulassen, dass uns noch einmal jemand so benutzt. Meine Augen verengen sich, und ich spitze die Lippen, während ich die Muster in meinem Kopf zusammenfüge, damit sie einen Sinn ergeben. Am logischsten ist es, das Ergebnis zu betrachten und daraus eine Motivation abzuleiten. Also ...

Sie wollten mich loswerden, aber nicht nur das. Sie haben sowohl den Engel als auch meine Einhorn-Großmutter dazu benutzt. Xander hat mich einfach zuerst erwischt. Und er hat verbrannte Erde hinterlassen. Er hat mir gezeigt, wer er ist und welchen Platz ich in seinem Leben habe. Xander mag ein netter Kerl sein, der Held, der weiße Ritter. Aber nicht für mich.

Leise summe ich vor mich hin. Ich glaube nicht, dass es jemals darum ging, mich zu bestrafen.

Sonst wäre ich nie aus dem Gefängnis entlassen worden, denn dann hätten sie mir das besser angehängt. Aber das haben sie nicht. Die Beweise waren voller offensichtlicher Lücken. Es war lächerlich einfach, sie zu zerpflücken.

Sollte das Ergebnis sein, dass meine Beziehung zu Xander so schlecht war, dass sie nie mehr repariert werden konnte? Mir die Augen zu öffnen für die Wahrheit über den Mann, den ich geliebt habe, den wahren Mann, mit dem ich mich eingelassen habe?

Verdammt, das war es. Es war ein Ergebnis ... aber war es das Ergebnis?

Nein, ich glaube nicht. Wer gewinnt, wenn ich Xander nicht mehr liebe? Oder besser, wer gewinnt, wenn ich damit beschäftigt bin, meine Unschuld zu jagen?

Ahhhr, das geht zu weit. Ich bin zu beschäftigt, um klar zu denken.

Okay, was habe ich getan, bevor mein Leben den Bach runterging? Forrest und ich haben die Kinder gerettet. Aber ... meine Augen verengen sich. Ich habe angefangen, den Bluthandel zu zerstören, einen Bösewicht nach dem anderen. War ich zu nah dran? Wer trat genau in dem Moment in mein Leben, als alles aus den Fugen geriet?

Kleric.

Ding. Ding. Ding.

KAPITEL FÜNFUNDDREISSIG

Jetzt ergibt alles einen Sinn. Was weiß ich wirklich über ihn? Er war im Lagerhaus, und ich ließ mich von ihm blenden, von seinem Lächeln, seinen Muskeln und seiner üppigen blauen Haut. Dass er da war, als alles anfing, war irgendwie praktisch. Bei allem, was danach passierte, habe ich mich nie gefragt, warum.

Wer nimmt schon einen Dämonenprinzen gefangen?

»Ich muss gehen«, sage ich zu Ann, während ich mich aufraffe. »Ist alles in Ordnung mit uns? Bitte sag mir, dass du keine weiteren Interventionspläne hast. Keine Versuche mehr, mich einzuweisen oder mich in mein Leben einzumischen.«

Ihr Blick hebt sich vom Datapad. »Nun ...«

»Die Antwort ist, dass alles in Ordnung ist. Du

brauchst dir mit mir keinen Feind zu machen, Ann.« Ich lasse den Oma-Scheiß, denn ich habe sie nur so genannt, um stur zu sein und sie zu ärgern. Sie ist alles andere als eine kleine alte Dame. Sie ist ein Einhorn in den besten Jahren. Ich spreche sanft, aber meine Augen sind hart, das weiß ich. Ich starre sie mit meinem totenbleichen Blick an. »Bitte dränge mich nicht, denn du wirst nicht gewinnen. Frag dich selbst: Wie konnte ich an vierundzwanzig deiner Wächter vorbeischleichen und einen Engel deiner Obhut entreißen? Unter eurem Schutz, im Herzen eurer Gemeinschaft. Wenn ich das tun kann, ohne jemanden zu verletzen, dann stell dir vor, was ich tun kann, wenn ich richtig wütend bin.«

Zum ersten Mal sehe ich Angst in ihren Augen. Jetzt hat sie es verstanden. Ich bin nicht wie ihr Sohn ... nein, ich bin schlimmer.

»Oh, und nimm deine Leute an die Hand! Ich will sie nicht töten, aber ich werde es tun, wenn sie mir wieder nachstellen. Es gibt keine Warnungen mehr. Ich habe es satt, nett zu sein.« Ich schließe mit einem schiefen Lächeln, das meine Lippen drohend nach oben schiebt.

Darauf lasse ich es beruhen.

Ich stolpere aus dem Zimmer. Das Kleid raschelt an meinen Beinen, meine Absätze klackern auf dem Holzfußboden des villenartigen Hauses meiner Großmutter.

Was für eine verdammte Zeitverschwendung.

»Hallo, Liebes«, sagt eine Stimme mit schwerem Londoner Akzent. Ich neige den Kopf und sehe einen der Schläger, die mich am Montag niedergeschlagen haben, die Haustür bewachen.

Oh, hallo.

Ich wackle ein wenig mehr, lächle und klimpere mit den Wimpern.

Er zieht die Augenbrauen hoch, hebt das Kinn und grinst mich frech an. Mit halb geöffneten Lidern wandern seine Augen an meinem Körper auf und ab. »Du hast dich aber schön gemacht«, grummelt er.

Igitt.

»Danke.« Ich rücke näher, bis wir nur noch wenige Zentimeter voneinander entfernt sind, und lecke mir über die Lippen.

Sein freches Grinsen wird breiter, seine Pupillen weiten sich.

Meine Faust knallt in seinen Magen und er kippt stöhnend nach vorn. Ich schlage ihm noch einmal so fest wie möglich ins Gesicht, ziele auf die empfindliche Stelle an seinem Kiefer. Er stolpert, und die Haustür knallt, als er dagegen schlägt. Ich trete vor, greife sein Gesicht und schlage seinen Schädel nicht einmal, sondern zweimal gegen die massive Haustür. Mit einem Stöhnen in der Kehle sinkt er bewusstlos zu Boden.

»So ist gut, Schwachkopf«, murmle ich.

Als ich die Tür öffne, stelle ich mich auf seine Hand, und sein Körper sackt zusammen und rollt weg wie ein lästiger Zugluftstopper. Drücke ich sie weiter auf, knirscht sein Arm. Ich achte darauf, dass ich seinen Kopf wieder gegen die Ecke der Tür lehne.

Die Sonne scheint, als ich mit einem breiten Lächeln im Gesicht nach draußen trete. Und siehe da. Ich fühle mich so viel besser.

Vielleicht kann ich nächste Woche zum Sonntagsessen kommen?

Ich atme tief durch und schmecke das totale Chaos auf meiner Zunge. *Ich glaube, ich habe mich klar ausgedrückt.* Ich verziehe meine Lippen, als Rauch aus dem Haus gegenüber aufsteigt. Das Brummen des Feuerlöschers kitzelt auf meiner Haut, Schreie und Rufe zerreißen die Luft. Ich habe mich nie für eine Heilige gehalten. Ich reibe meine Hände an meinem Kleid. In dieser Welt ist es unmöglich, seine Hände rein zu halten. Aber ich bewege mich auf einem schmalen Grat, damit ich mich noch im Spiegel betrachten und nachts schlafen kann.

Ich drehe den Kopf, um die Flammen hinter den Bäumen tanzen zu sehen. Ich hoffe, dass dieses verdammte Haus bis auf die Grundmauern niederbrennt. Es ist meine letzte Verbindung zu diesem Ort, zu den Einhörnern.

Meine spitzen Absätze knirschen auf dem Stein der Auffahrt, dann klackern sie auf dem Pflaster. »Ich liebe dich«, ist der stöhnende Refrain, als ich an einigen der noch immer liebestollen Wachen vorbeikomme.

Einige der Wachen, die, wie ich sehe, nicht im Epizentrum meiner Liebesbombenexplosion waren, sind aufgewacht.

Einer sitzt auf dem Bürgersteig und stützt den Kopf in die Hände. »Ich habe einen Kater, als hätte ich drei Flaschen Faewein getrunken«, stöhnt er zu seinem Kumpel, der ebenso grün aussieht.

»Was zum Teufel ist mit Bill los?«

Bill, der Bärenwandler, öffnet mir mit einer dramatischen Verbeugung die Tür.

»Danke«, murmle ich und klettere in meinen Land Rover. Mein Bein zittert, als ich losfahre, nervös, weil ich jetzt weiß, was ich zu tun habe. Ich muss mit Robin reden. Sie hat über Anns Pläne gelogen.

Aber ich weiß nicht, ob ich die Gelegenheit dazu bekommen werde, denn Xander ist sehr beschützend.

Ich stöhne, als ich an der Ampel stehen bleibe. Ich wusste, es würde mir zur Last fallen, sie bei Xander abzusetzen. Ich habe sie abgeliefert, als wäre sie eine scharfe Granate und bin losgerannt.

Aber zuerst muss ich mich um den Dämon kümmern. Meine Hand brennt. Ich balle sie zur Faust und blicke finster auf den verdammten Kuss hinab. Mein dummes, törichtes Herz macht einen Rückzieher. Ich will nicht, dass Kleric ein Bösewicht ist, aber ich kann nicht zulassen, dass meine böse Seite über meinen gesunden Menschenverstand siegt.

Was weiß ich schon über ihn? Nichts außer dem Geschmack seines Blutes und dem Gefühl seines Mundes auf meinem. Ich reibe meine Lippen aneinander und stöhne. Ich kann nicht gut mit Menschen umgehen. Vor allem nicht mit Männern.

Jetzt ist die Zeit gekommen, die Zeit, die harten Fragen zu stellen.

Ich hasse es.

Ich lenke den Wagen in die Parklücke und steige aus, nehme mir nicht die Zeit, meine Ausrüstung wegzuräumen, sondern schnappe mir einfach alles, auch das Anti-Magie-Band und Robins Silbermesser, das ich als Souvenir mitgenommen habe, und gehe mit meinem Gepäck hinein.

Ich eile die Treppe hinauf, schlage die Wohnungstür mit dem Hintern zu und gehe in mein Zimmer, wo ich alles auf den Boden werfe, um mich später darum zu kümmern.

Ich schnappe mir mein Handy, mein Datapad und einen weißen Kreidestift und stapfe zurück ins Wohnzimmer.

Justin sitzt in seinem Sessel am Fenster und blickt von seinem Buch auf. »Hi, wie ist es gelaufen?«

»Ehrlich gesagt? Ich weiß gar nicht, wo ich anfangen soll.« Ich reibe mir das Gesicht, als Story ins Zimmer flattert. »Wo sind die Kinder?«, frage ich sie durch meine geschlossenen Lippen hindurch.

»Ralph hat sie zu seinen Eltern gebracht. Was ist passiert?«

»Morris ist bei der Arbeit?« Justin nickt. Ich lasse mich aufs Sofa fallen. »Sie war es nicht. Ann hatte nichts damit zu tun – abgesehen davon, dass sie wie Xander mit gefälschten Beweisen belogen wurde.« Ich lache humorlos. Ich bin nicht bereit, auf die Einzelheiten von Anns scherzhafter Einmischung einzugehen. »Kleric wird bald hier sein. Wir müssen uns vorbereiten.«

»Womit, Abendessen?«, fragt Justin.

»Nein.« Ich lasse die Schultern hängen und blättere durch das Datapad auf der Suche nach ... »Dem hier.« Ich drehe das Datapad so, dass es auf meinen Knien liegt, und zeige ihnen die Fotos vom Dämonentötungskreis, die ich im Lagerhaus gemacht habe.

Sowohl Story als auch Justin schnappen nach Luft.

»Aber ... aber ich dachte, du magst ihn«, jammert Story anklagend.

Meine Schultern hängen noch tiefer. »Das tue ich auch. Ich mag ihn sehr, aber das ist egal. Story, da stimmt einfach was nicht mit ihm. Nicht, seit ich ihn das erste Mal im Lagerhaus getroffen habe und er mir das hier gegeben hat.« Ich lasse den Kuss auf meinem Handrücken aufblitzen, und wie vorher schauen beide ausdruckslos auf meine Hand.

Sie können es nicht sehen, nur die Dämonen und ich.

»Ich brauche Antworten und er hat sie. Ich kann nicht zulassen, dass er den Antworten ausweicht. Deshalb werde ich ihn in einem Kreide-Kreis gefangen nehmen.« Ich muss mich um Kleric kümmern, bevor es noch schlimmer wird. Ihm eine Falle stellen, damit ich ihm Fragen stellen kann, um herauszufinden, was zum Teufel los ist und ob er hinter all dem steckt.

»Er ist nicht Xander.« Ja, sie hat recht. Kleric ist so weit von Xander entfernt, wie man nur sein kann. Er hört zu. »Du wirst ihn damit verletzen«, flüstert Story und in ihren Augen schwingt der gleiche Konflikt mit, den ich in mir spüre.

Ich weiß. Ich rolle den Stift zwischen den Fingern und schlucke. Ich nicke dem Datapad zu und winke Story mit der Kreide zu. Schließlich ist sie die Künstlerin in der Familie. »Kannst du das malen?«

»Scheiße!« Wir starren uns an, dann fliegt sie auf mich zu und reißt mir die Kreide aus der Hand. Mit einem Grunzen und einem Spritzer Faestaub wirft sie sie über ihre Schulter. »Okay. Ich hoffe, du weißt, was du tust. Ich brauche mindestens eine Stunde.«

Wir starren alle auf den flauschigen Teppich.

Zeit, an die Arbeit zu gehen, denke ich.

Kapitel Sechsunddreißig

Eine Gänsehaut breitet sich wie ein böser Ausschlag auf meinen Armen aus und Hitze kribbelt in meinem Nacken. Mir ist übel, und mein Herz klopft so heftig, dass meine ganze Brust schmerzt. Kleric ist unten, und ich habe keine Lust, das zu tun. Ich sitze in der Ecke des Zimmers, in Justins Sessel am Fenster, mit einer heißen Tasse Tee in meiner Lieblingsbienentasse.

Der Dampf kitzelt mein Gesicht, aber innerlich ist mir kalt.

Alles in mir schreit, dass ich einen Fehler begehe, aber natürlich mache ich weiter.

Justin ist gegangen, um Morris, der bald Feierabend hat, zum Essen einzuladen, damit er nicht im Weg ist, wenn ich einen Dämonenprinzen verhöre. Ich stöhne. Oh, Krümel, in meinem Kopf klingt es noch schlimmer.

Es klopft an der Tür und ich sehe Story mit großen Augen an. Sie schüttelt den Kopf und starrt mich mit einem hartnäckigen Zug um den Mund an. Sie denkt, ich mache einen Fehler ... aber sie hilft mir trotzdem.

»Es ist offen«, rufe ich.

Mein Brustkorb hebt und senkt sich, mein Herz kämpft um seinen natürlichen Rhythmus.

Kleric, in einen eng anliegenden Kampfanzug gekleidet, stürmt in den Raum. Er bewegt sich wie ein Traum. »Tru, geht es dir gut?«, fragt er, als er sieht, wie ich auf dem Stuhl zusammengesunken bin und die Tränen in meinen Augen glänzen.

Nein.

Fast möchte ich meine Hand ausstrecken, um ihn am Weitergehen zu hindern. Seine Füße klatschen auf den Teppich und ... und mit einem Blinzeln hebe ich den Finger, um Story ein Zeichen zu geben.

Sie kommt mit der letzten Kreide aus ihrem Versteck und schnippt sie über das Muster, um den Kreis zu schließen.

Die Dämonenfalle ist versiegelt und schnappt mit einem Zischen und einem blendend weißen Blitz zu.

Die Magie knistert, als Kleric in der Mitte des Kreises erstarrt.

»Ich hoffe, du weißt, was du tust«, sagt Story, als sie an mir vorbeifliegt und uns allein lässt.

Ich hoffe auch, dass ich es weiß.

Kleric schaut nach oben, und seine Augen verfolgen mit einem leichten Nicken die Muster des Kreises, der die Decke ziert. »Die Decke, schlau. Ich wäre nie auf die Idee gekommen, nach oben zu schauen.«

Ich huste, um mich zu räuspern. »Ich wollte den Teppich nicht zerreißen, also war es das Vernünftigste.« Ich zucke unbeholfen mit den Schultern.

Kleric atmet tief ein, dann krümmt sich der massige Dämon und setzt sich auf den Boden. Er sitzt in derselben Position, in der ich ihn vor über sechs Wochen gefunden habe. Das Kinn auf dem Knie, ein Bein angewinkelt, das andere ordentlich unter den Oberschenkel gefaltet. Diesmal wedelt er nicht mit dem Schwanz – oh, und er ist vollständig bekleidet.

»Warum?«, fragt er leise.

Der Atem, den ich ausstoße, rasselt mit der Schuld, die mir die Kehle zuschnürt. Ich kann seinen schönen schwarzen Augen nicht begegnen. Ich lecke mir die trockenen Lippen. »Ann hat mich nicht reingelegt. Sie hat fast die gleichen Informationen bekommen wie Xander.«

Kleric nickt, seine Augen sind auf mein Gesicht gerichtet.

»Ich habe darüber nachgedacht, an wen ich mich gewandt habe, als die Dinge das erste Mal schiefgelaufen sind. An dich. Ich weiß nicht ...« Meine Stimme bricht. »Ich weiß gar nichts über dich, Kleric. Jedes Mal, wenn ich dich frage, wechselst du das Thema. Du hast mir nichts darüber erzählt, wie oder warum du in diesem Lagerhaus gelandet bist. Ich verstehe nicht, warum du mir jetzt helfen willst, es sei denn, du willst in der ersten Reihe sitzen, um mich zu manipulieren.« Meine Fingernägel klappern gegen den Becher, als ich ihn umklammere. »Es tut mir leid. Es tut mir so leid, dass ich dich reingelegt habe, aber ich habe keine Wahl.«

»Schon gut. Es ist alles in Ordnung. Deine Fragen, stell

sie ruhig!« Der Bariton in seiner Stimme schickt eine heiße Flamme durch meinen Körper. Ich schließe die Augen, nur für einen kurzen Moment.

Was mache ich eigentlich?

»Warum warst du im Lagerhaus?«

Er reibt sich das Gesicht. »Wenn ich darf, würde ich gern die Geschichte weiter hinten beginnen.«

Ich zucke mit den Schultern.

Der Dämon räuspert sich, ein selbstironisches Lächeln umspielt seine vollen Lippen. »Als ich einundzwanzig war, sah ich ein Mädchen, das in einem Café arbeitete, und ich wusste, ohne ein Wort zu ihr zu sagen, dass sie meine Lebensgefährtin war. Es gibt nur eine perfekte Gefährtin für einen Dämon. Es ist selten, eine Gefährtin zu finden. Noch seltener ist es, eine so junge Gefährtin zu finden. Ich war überglücklich. Aber das Mädchen war an einen anderen gebunden.«

Mein Herz setzt einen Schlag aus.

»Den Rest meiner unsterblichen Existenz damit zu verbringen, über sie zu wachen, wäre genug gewesen, es hätte sich gelohnt, nur in ihrer Gegenwart zu sein. Auch wenn wir nie ein Wort miteinander gewechselt hätten.« Er seufzt und beobachtet aufmerksam die verschiedenen Emotionen, die zweifellos über mein Gesicht huschen.

»Ich habe es niemandem erzählt, aber ich habe eine Stelle in der Botschaft der Dämonen bekommen, um in ihrer Nähe zu sein. Ich habe beobachtet und gewartet, im Verborgenen geholfen, wo ich konnte, bis ich gehört habe, dass sie ein paar Kinder retten würde und in ihr Verderben laufen würde. Also habe ich mich in das Lagerhaus geschlichen, die Kinder in Sicherheit gebracht, ein Portal zum

Heiligtum geöffnet und einen Zauber gesprochen, der alle Kreaturen, die ihnen schaden wollten, in Luft auflöste. So konnte ich sie in Sicherheit bringen. Dann habe ich mich in einen Kreis gestellt und ihn so ausgerichtet, dass ihn niemand sehen kann.«

Kleric blickt zur Decke. Wieder dieses sanfte Lächeln, seine schwarzen Augen funkeln. »Aber meine Gefährtin ist mächtig und hat den Bann des Kreises gebrochen, und zum ersten Mal standen wir uns von Angesicht zu Angesicht gegenüber.« Sein freudiges Lächeln ist so schön. »Die königliche Linie kennzeichnet unsere Gefährten mit einem Kuss.« Er senkt seinen Blick auf meine Hand, dann fährt er mit seinen gezackten Zähnen über seine Unterlippe.

Eine Träne kullert über meine Wange.

»Ein Instinkt, gegen den ich nicht ankam. Ein Kuss, um uns zu vereinen. So kann ein bescheidener Prinz seine Gefährtin schützen und ein öffentliches Zeichen setzen, eine Warnung an jeden Dämon, was ihn erwartet, wenn er ihr auch nur ein Haar krümmt.«

»Wir sind Gefährten?« Ich räuspere mich, während mir der Kopf schwirrt.

Wow!

Erinnere dich daran, wie es sich anfühlt, wenn einem das Herz herausgerissen wird. Zurückgewiesen zu werden.

Ich erinnere mich. Und wie ich mich erinnere, und das würde ich nie einem anderen Menschen antun. Ich könnte das Kleric niemals antun. Ich würde niemals so grausam sein.

Kleric ist mein Freund, und er hat all diese Beweise geschickt. Meine zaghafte Erleichterung hört auf und ich vergesse zu atmen. Kleric hat es getan. Er hat mich reingelegt. Er hat mich reingelegt, um ... um mich zu retten?

Verdammt!

Ich schaudere. Sein Plan hat mich in eine neue Art von Hölle geführt. Er hat für mich gekämpft und war entsetzt, als Xander mich in ein Gefängnis außerhalb der Welt schickte, anstatt mich zur Jägergilde zu bringen, wie es richtig gewesen wäre.

Und ... und ich bin verwirrt, weil ich verstehe, warum er es getan hat. Wenn es andersherum wäre, könnte ich dann zusehen, wie er sich in eine andere verliebt oder noch schlimmer in einen arroganten Engel, der das nicht erwidert? Das wäre eine ganz besondere Folter. Könnte ich zusehen, wie er an Blut und Zuneigung verarmt? Benutzt wird und sich so klein fühlt?

Xander hat mir das angetan und ich habe es zugelassen.

Und Kleric hat das alles gesehen. Er hat gesagt, er war einundzwanzig, vier Jahre älter als ich, also bin ich siebzehn gewesen. Das muss gewesen sein, kurz nachdem ich Xander kennengelernt habe. Neun Jahre hat er gewartet. Während ich darauf gehofft habe, dass Xander mich bemerkt, hat Kleric auf mich gewartet. Was für ein Paar wir doch sind.

Mir dreht sich der Magen um. Nein, das könnte ich nicht mit ansehen. Ich würde für ihn kämpfen und ihm heimlich die Wahrheit zeigen, denn er müsste selbst darauf kommen.

Das hätte ich auch getan.

Verdammt, wir sind füreinander geschaffen.

Ich kann ihm nicht einmal sagen, es nicht noch einmal zu tun, weil ich weiß, dass es nie wieder passieren würde. Der Dämon wollte mich um jeden Preis retten.

Wow!

Story erzählt mir das schon seit Jahren, aber ich habe nicht darauf gehört. Also war die einzige Möglichkeit, meine Sturheit zu überwinden, dass er so etwas macht. Es ging nur ein bisschen schief, weil Xander nun mal unberechenbar ist. Natürlich bekommt der schwachsinnige Engel die Schuld, meine einseitige Bindung geht in Flammen auf, und Granny Ann sieht eine Möglichkeit, mich zu manipulieren, als sich die drei Pläne schließlich kreuzen, und – bumm. Das Schicksal spielt mir übel mit.

Ich nicke. Alles ergibt einen Sinn.

»Du hast also die Beweise an Xander und meine Großmutter geschickt, um mir die Augen zu öffnen?«

Kleric blinzelt mich verwirrt an. »Beweise? Ich habe die Beweise nicht verschickt. Tru, ich habe das Lagerhaus verlassen, als die Kreatur tot war und ich wusste, dass deine Freundin auf dem Weg war. Von der Verstärkung wusste ich nichts. Ich hätte dich nie verlassen, wenn ich gewusst hätte, was dich erwartet«.

Oh-oh.

»Du hast mich nicht reingelegt? Die Beweise platziert?«

Kleric tritt durch den leuchtenden Kreis und kniet sich vor den Stuhl.

Mein Mund öffnet sich wie bei einem Fisch. Puh, jetzt komme ich mir dumm vor. Eine Dämonenfalle, so ein Blödsinn. Der Kreis war ein Reinfall.

Es ist ein magischer Heilkreis, keine Dämonenfalle. Er nimmt mein Gesicht in seine großen Handflächen, sein Daumen streift meinen Wangenknochen. »Nein, ich habe dich nicht reingelegt. Ich hätte ein Leben lang auf dich gewartet. Das Seelenbündnis, das du mit Xander geknüpft hast, hätte ich nie angerührt. Hör mir zu, damit das klar ist: Ich werde niemals dein Leben oder dein Glück über mein eigenes stellen. Du wirst immer an erster Stelle stehen.«

Puh, jetzt komme ich mir verdammt egoistisch vor.

Er ist ein besserer Mensch als ich, ein besserer Mensch, als ich es verdiene. Ich hätte ihm den Arsch aufgerissen, wenn er eine andere Frau gehabt hätte. Auf keinen Fall wäre ich so geduldig und auf keinen Fall würde ich teilen.

Nun, das sind zwei von zwei. Ich bin kein Sherlock Holmes.

Dieser weiße Kragen muss alle meine Gehirnzellen weggezappt haben. Fehler passieren zu dritt, also muss ich vielleicht besonders vorsichtig sein mit neuen Theorien, die in meinem Kopf herumschwirren. Ich bin froh, dass ich nicht alle meine Gedanken laut ausgesprochen habe.

Ich kann nicht glauben, dass er denkt, wir wären Freunde. Eine Dämonenfreundin. Mein Großvater hätte sich totgelacht. Mann, ich wünschte, sie hätten sich kennengelernt.

»Wir sind Gefährten«, brummt er.

Ja, er hat mich gehört und ist noch nicht weggelaufen. Dann macht es klick, was er über unsere Verbindung mit dem Dämonenkuss gesagt hat.

»Du wusstest die ganze Zeit, was ich mit dem Kreis vorhatte?« Ich deute mit einem zitternden Finger an die Decke.

Scheiße. Natürlich wusste er es. Er hat es gewusst und ist trotzdem gekommen. Ach, in meiner Panik habe ich vergessen, dass er jeden Gedanken hören kann, der mir durch den Kopf geht.

»Ich habe deinen Schmerz gespürt, und du hast die ganze Zeit deinen heimtückischen Plan in meinen Kopf projiziert.« Seine Hand findet mein Handgelenk und bringt mein Herz für einen Schlag zum Stillstand und alle meine rasenden Gedanken in ihre Bahnen. Kleric zieht meine Hand zu sich und seine Finger streichen über den Kuss und hinterlassen kleine Feuerschauer.

»Du bist doch gekommen«, schimpfe ich.

»Ja, natürlich. Immer.«

»Ich weiß nicht, was ich tue«, jammere ich. Er küsst mich auf die Stirn. »Ich weiß nicht, was ich mit einem Freund machen soll. Ich habe es mit Xander versucht, und sieh, was für ein Chaos dabei herausgekommen ist.« Eine Gefährtin! Verdammte Einmischung von Magie und Schicksal. Es ist, als hätte das Universum gesagt: »Ich weiß, wir können Tru nicht trauen, es richtig zu machen, also machen wir es für sie.« O nein, das geht bestimmt schief.

»Können wir es nicht langsam angehen? Du weißt schon, wie bei einem Date?« Ich blinzle zu ihm hoch – selbst auf den Knien ist er riesig. Schweigen breitet sich zwischen uns aus.

»Ich hatte noch nie ein Date«, murmle ich.

»Ein Date?«, seine Stimme wird hell. »Ich würde gerne.« Würde er? Steig ein! Wir fahren zu einem Date. Wir lächeln uns beide an.

»Kleine Schritte?«

»Ja, wir gehen es langsam an.« Klerics Blick wandert zu meinen Lippen. Ich schnappe kurz nach Luft, bevor sich sein warmer Mund auf meinen legt.

Langsam.

Kapitel Siebenunddreißig

Ich reibe meine geschwollenen Lippen aneinander und senke heimlich den Kopf, um mein schiefes Grinsen zu verbergen. Ich genieße es wirklich, ihn zu küssen.

Story, die auf der Armlehne des Sofas sitzt, sagt das Wort *Gefährte* und wackelt mit den Augenbrauen.

Ich kann nicht umhin, sie anzugrinsen. So viel dazu, dass sie uns unsere Privatsphäre lässt. Ein neugieriger Elf. Ich kann ihr nicht einmal böse sein. Ich schiebe mein Schwert, das ich bei mir trage, in dessen Scheide. Wir machen uns bereit, die Stadt rot anzumalen.

Na ja, nicht die ganze Stadt. Hoffentlich nur Robins Gesicht.

»Du kommst immer noch nicht mit«, knurre ich sie an.

»Warum? Warum muss ich zu Hause bleiben? Ich weiß, du nimmst Dexter mit.«

»Dexter?«, fragt Kleric und lässt seine schwarzen Augen von meinem Hintern gleiten. Hm. Ich glaube, ihm gefällt meine schicke neue Kampflederhose. »Du nimmst deine Katze mit in den Krieg gegen die Engel?«

»Krieg«, spotte ich. »Wir ziehen nicht in den Krieg. Wir müssen Robin nur ein paar Fragen stellen. Oh!« Ich keuche und klatsche vor Aufregung in die Hände. Ich liebe es, dass er noch so jung ist und kein alter Klugscheißer. Es ist so schön, dass er nicht *alles* weiß. »Dexter ist kein normaler Kater, er ist ein Beithíoch.«

»Ein Beithíoch? Sind das nicht riesige Fae-Monsterkatzen, pelzlose, schreckliche Dinger, die einem das Gesicht wegkratzen?«

»Purrrt«, sagt Dexter und stolziert mit tadellosem Timing auf uns zu.

»Er hat noch sein ganzes Fell«, murmle ich.

»Hm. Eine Monsterkatze.« Mein Dämon schüttelt ungläubig den Kopf über meinen fetten Rotschopf.

Das Datapad piept mit weiteren Dateien von Ava. Ich knurre, als ich danach greife. Ich rufe die Dateien auf. Ava hat sich Robin noch einmal genauer angesehen. Ein neues Foto blinkt auf dem Bildschirm. Meine Oberlippe verzieht sich zu einem Knurren. Xander mit einer Gruppe Engel, nehme ich an. Mit einem bekannten Mädchen, das ihren blonden Lockenkopf auf seinen Arm gelegt hat und in die Kamera lächelt. Ihr Anblick lässt mich erschauern.

Robin. Das ist Schicksal, ich hasse sie.

»Was hast du vor?« Ich schimpfe mit dem Abbild auf

dem Foto. »Bist du wirklich ein böses Superhirn?« Ich kippe das Datapad in einen anderen Winkel. Die Engelschar ist ganz irdisch gekleidet. Robin trägt einen wunderschönen braunen Herbstmantel und die glänzenden roten Schuhe sind der Hit.

Ich zoome mit den Fingern auf die roten Schuhe.

Irgendetwas an ihnen lässt mich aufhorchen. Ich runzle die Stirn und schüttle den Kopf. Es sind schöne Schuhe, aber ich habe keine Ahnung, warum sie meine Aufmerksamkeit erregen.

»Kann ich dein Bad benutzen?«, fragt Kleric.

»Klar«, murmle ich und winke mit der Hand ab. »Benutze das in meinem Schlafzimmer.« Mein Blick fällt wieder auf die glänzenden roten Schuhe. Ich schüttle den Kopf und lasse das Datapad auf die Stuhllehne fallen. Ja, ich werde noch verrückt.

»Tru, kommst du mal kurz?«, ruft Kleric aus meinem Schlafzimmer.

»Ja.« Ich gehe zu ihm, und als ich die Tür öffne, steht er neben der Ausrüstung und den Klamotten, die ich vorhin auf den Boden geworfen habe. Meine Wangen werden heiß. »Normalerweise bin ich nicht so schlampig«, murmle ich.

Wow, ist das peinlich.

»Ich wollte nicht wühlen«, sagt er. Seine Stimme klingt seltsam. Kleric deutet auf den Haufen. »Ich kann die Magie spüren. Tru, warum hast du eine Dämonenklinge?«

»Was? Die Silberklinge?« Er nickt und ich stoße mit dem Zeh gegen den Griff. »Das ist die Klinge, mit der Robin versucht hat, mich zu erstechen. Na ja, eigentlich hat sie mir damit das Gesicht aufgeschlitzt.« Ich winke mit der Hand, um die Bewegung nachzuahmen, und rolle mit den

Augen. »Ich habe sie entwaffnet, indem ich ihr den Ellenbogen gebrochen habe, und habe das Messer als Souvenir mitgenommen.«

»Engel tragen keine Dämonenklingen.«

»Nun, es ist ihre. Sie hatte sie an ihrem Oberschenkel befestigt. Als sie den Dämonenkuss auf meiner Hand bemerkt hat, hat sie sich auf mich gestürzt ...« Meine Worte verstummen und meine Augen weiten sich. Wir sehen uns an.

Oh, verdammte Scheiße! Robin hat direkt auf den Dämonenkuss auf meiner Hand geschaut, und sie hat eine Dämonenklinge.

»Robin ist ein Dämon«, sage ich in einem erstickten Flüsterton. Ich schwanke ein wenig, während mir der Kopf schwirrt. »Wenn diese Robin ein Dämon ist, wo ist dann die Robin auf dem Bild?« *Die echte Robin.*

Ich stürme zurück ins Wohnzimmer, Kleric dicht auf den Fersen.

Ich schnappe mir das Datapad und rufe das Foto auf, um es ihm zu zeigen, und in meinem Kopf macht es klick. Meine Knie geben nach, meine Waffen klackern, als ich in den Sessel sinke.

Ich brauche das Bild vom Lagerhaus an jenem Tag gar nicht aufzurufen, es ist in meinem Kopf verankert. Die Menschen, der Haufen toter Kreaturen hinter dem Schutzwall im Hinterzimmer des Lagerhauses. Ich mache es trotzdem. Meine Finger bewegen sich wie von selbst über den Bildschirm und rufen das Material auf.

»Robin ist ein Dämon«, flüstere ich Story zu, als sie sich auf meine Schulter setzt. »Die echte Robin ist tot.« Ich drücke auf Play und mit einem Fingerschnippen wird der Bildschirm des Datapads an die Wand des Wohnzimmers projiziert. Kleric und Story schauen sich das Material aufmerksam an, und während ich zuschaue, werde ich in meine Erinnerungen zurückversetzt.

Der Geruch von Ozon lässt meine empfindliche Nase jucken. Der Raum ist erfüllt vom schweren magischen Summen einer aktiven Schutzwall-Station.

Die Station, eine undurchsichtige Kuppel, die den ganzen Raum ausfüllt, verwehrt mir den Zutritt. Vorsichtig stoße ich mit meiner Klinge in den Schutzraum und spüre keinen Widerstand, als die Spitze meines Schwertes verschwindet. Hm. Dieser Schutzwall ist nicht dazu da, Menschen draußen zu halten. Er soll vielmehr verhindern, dass Geräusche und Gerüche nach draußen dringen.

Ich lege meine Handfläche nur Millimeter über die wirbelnde Oberfläche, und die Magie nagt an meiner Hand. Mit einem Wirbel, wie wenn sich Wolken teilen, löst sich die Undurchsichtigkeit gehorsam auf.

Zum zweiten Mal an diesem Abend kämpft mein Verstand darum, dem, was ich sehe, einen Sinn zu geben. Bunte Fetzen. Jemand hat wahllos bunte Kleidungsstücke aufgetürmt und ... es ist wie eine optische Täuschung, eines dieser zweideutigen Bilder.

Ich neige meinen Kopf.

Dann sehe ich ihn. Einen Schuh. Mein Kopf schnellt zurück, als hätte ich einen Schlag ins Gesicht bekommen. Der Schuh ist leuchtend rot und fällt von einem Fuß. Der Rest des Körpers kommt zum Vorschein. Er liegt eingeklemmt zwischen einem Dutzend anderer Körper.

Keine Fetzen, sondern Menschen.

Meine schnellen Atemzüge vernebeln die Kuppel. Sie

haben die Menschen dort einfach abgeladen. Jeder Körper liegt auf einem unwürdigen Haufen, als wäre es egal, wer es einmal war. Die Magensäure brennt in meiner Speiseröhre. Nur viel Schlucken hält sie unten. Etwas tief in mir wimmert und zieht sich zurück, um in einer Ecke zu schaukeln, aber ich kann mir nicht erlauben, diesem Instinkt körperlich zu folgen.

»Mutter Natur«, flüstert Story entsetzt.

Ich erlaube meiner inneren Stimme, sich mit der Besessenheit eines Vampirs zu mischen, als ich zu ihr sage: »Sieh nicht hin, Story! Bitte sieh nicht hin!« Sie braucht nicht noch Albträume. Ich zwinge mich, hinzuschauen, zu zählen, während ich das Grauen in mir aufnehme. Ich muss wissen, womit ich es zu tun habe.

Ich schlucke und verdränge die Schuldgefühle, die mich bis ins Innerste erschüttern. Ich hätte nichts tun können. Das weiß ich logischerweise. Nach dem Zustand ihrer sterblichen Überreste zu urteilen, waren diese Menschen schon lange tot, bevor ich überhaupt von der Existenz dieses Lagers wusste. Es ist nicht meine Schuld. Nein, sie waren es.

Vor meinem geistigen Auge sehe ich die Blutlachen auf dem Betonboden, und ich zucke knurrend mit meiner Oberlippe. Dann bin ich demjenigen, der diese Bastarde im Hauptlager vernichtet hat, und demjenigen, der diese Kinder vor diesem schrecklichen Schicksal bewahrt hat, unendlich dankbar.

Ich muss die Station abbauen und den Kameras erlauben, DNA-Proben von den Leichen zu nehmen, aber ob zu Recht oder zu Unrecht, ich kann es nicht tun. Ich kann mich einfach nicht dazu zwingen. Es fühlt sich falsch an, frevelhaft. Schweren Herzens wende ich mich ab und schließe die

Tür hinter mir, so vorsichtig und ehrfürchtig, wie ich nur kann.

Die tote Frau mit den glänzenden roten Schuhen war Robin.

Galle steigt in meiner Kehle auf, und diesmal kann ich sie nicht herunterschlucken.

Story fliegt von meiner Schulter, als ich aufspringe und in die Küche stolpere, um den widerlichen Klumpen in die Spüle zu spucken. »Tut mir leid, ich weiß, das war eklig.«

Kleric füllt ein Glas mit Wasser und reibt mir den Nacken.

Ich spüle mir den Mund aus, lasse das Wasser laufen und spritze etwas Bleichmittel in die Spüle. »Sie war schon tot, bevor ich das Lager betreten habe. Ein Dämon hat ihr Gesicht angenommen«, flüstere ich zu Kleric. »Ich weiß es einfach.«

Ich schiebe das Glas auf den Tresen, lasse das Kinn auf die Brust sinken und lehne mich gegen die Spüle. Die Reste der Bleiche aus dem Abfluss brennen in meiner Nase, während ich ein paar Mal tief durchatme, um mich zu beruhigen.

Als ich mich wieder bewegen kann, rufe ich Ava an und sage ihr, was ich zu wissen glaube. Ich darf keinen Fehler machen.

»Kleric«, flüstere ich. Er streicht mir über den Rücken und küsst mich auf den Scheitel. »Wen zum Teufel habe ich bei Xander abgeliefert?«

Kapitel Achtunddreißig

Während der Fahrt prasselt der Regen gegen das Beifahrerfenster. Das Innere des Wagens ist für den Riesen von einem Mann gebaut, der am Steuer sitzt. Elegant, mit raffinierten Linien und unglaublich geräumig. Ich schätze, so muss es für Kleric sein, wenn er fahren will, ohne auf Durchschnittsgröße zu schrumpfen. Die flackernden Lichter des Gegenverkehrs und der Straßenlaternen heben sein hübsches Gesicht hervor.

Bevor wir losgefahren sind, und um nicht noch einen Fehler zu machen, hat Ava alles bestätigt. Robins Überreste befinden sich jetzt in einem Speziallabor und warten darauf, von der Familie abgeholt zu werden.

Ich frage mich, wie das übersehen werden konnte. Es gibt zu viele Leichen, und niemand kümmert sich genug darum, sie durch das System zu schicken, damit die Angehörigen sie abholen können. Mich kümmert es. Ich lehne meine Stirn an das kalte Glas.

Ich hätte mir damals im Lager mehr Gedanken machen sollen. Ich hätte meinem Instinkt folgen, die Station gewaltsam entfernen und die Mikrokameras nach DNA durchsuchen lassen sollen. Hätte ich das getan, hätten wir Robins Tod schon vor sieben Wochen entdeckt und wären nicht in diesem Schlamassel gelandet.

Und vielleicht ... vielleicht wäre die ganze Scheiße noch schlimmer geworden.

Ich weiß nicht, was Xander getan hätte, wenn er mich mit einem toten Engel im Lagerhaus gefunden hätte. Er hätte mich nicht ins Gefängnis gebracht, das ist sicher. Nein, er hätte mich getötet. Ich seufze und meine dumme, noch nicht geheilte Seele schmerzt.

Jetzt fühle ich mich, als würde ich in den Krieg ziehen.

Ich muss mich wieder mit dem blutigen Engel auseinandersetzen, und dieses verdrehte, schreckliche Gefühl in meinem Bauch, eine aufgewühlte Mischung aus Schuld und Angst, spielt mit meinem Magen. Ich blähe meine Wangen auf und schnaufe. Mein heißer Atem hinterlässt einen nebligen Fleck auf dem kalten Glas.

»Vielleicht wird alles gut«, murmle ich. Das Glas quietscht, als ich einen kleinen Dämon zeichne.

»Vielleicht.«

»Wenn wir bei ihm sind«, ich richte mich auf, »werde ich sagen: Xander, Robin ist nicht der Engel, den du kanntest. Sie ist in Wirklichkeit ein Dämon. Und natürlich wird Xander schockiert sein« Ich lege die Hand auf meine Brust, räuspere mich und bereite mich darauf vor, meine Stimme zu senken, um es perfekt wiederzugeben. »Xander wird sagen: Ein Dämon, sagst du? Oh, ich glaube dir, sie hatte keinen Zucker im Tee. Wir stellen ihr ein paar Fragen, um herauszufinden, wer sie ist, und dann kannst du sie mitnehmen. Danke, dass du mich darauf aufmerksam gemacht hast.« Ich drehe mich zu Kleric um und er zuckt zusammen. Ich lasse mich auf den Sitz fallen und starre wieder aus dem Fenster. »Ja, das habe ich mir gedacht.« Ich wische den schnell verblassenden Dämon weg.

Wir sind Xanders unfreiwillige Kavallerie, und das wird ein echter Albtraum.

Die Straßen sind fast leer, weil die Leute nicht durch den strömenden Regen gehen wollen. Es ist wieder eine schreckliche Nacht. Mein Bein zuckt, ich drücke meinen Oberschenkel auf den Ledersitz, um es zu stoppen. Je mehr ich darüber nachdenke, desto schlechter geht es mir. Sechs Stunden sind vergangen. Wie viele Engel sind noch in Gefahr? Ist es nur Robin oder eine kleine Minderheit? Was, wenn es alles Dämonen sind und wir in einen Angriff gestolpert sind?

Kopfschüttelnd überprüfe ich noch einmal meine Zaubervorräte, um sicherzugehen, dass ich nichts übersehen habe. Ich runzle die Stirn, als meine Hand auf dem Stapel antimagischer Bänder landet. Nutzlose Dinger. Ich wünschte, das Band, das ich bei der falschen Robin benutzt habe, hätte die Dämonenverkleidung entfernen können. Aber leider hat jede Magie ihre Grenzen. Die Magie der Dämonen ist keine Illusion, sie verändern ihre Gestalt – genau wie Wandler – auf zellulärer Ebene, also gibt es keine Magie, die man abstreifen könnte.

Wir halten vor Xanders großem Haus mit der hufeisenförmigen Einfahrt, und ich öffne die Beifahrertür. Das Fell kitzelt an meinem Handrücken, als Dexter herausspringt und über den nahen Zaun springt. Dann löse ich Hunderte von Mikrokameras aus, die so programmiert sind, dass sie die Gegend um Xanders Haus aufzeichnen. Ich bezweifle stark, dass ich auch nur eine davon an der Engelsstation vorbei bekomme.

Die Kameras sind in Betrieb, informiere ich Story mit Hilfe des frisch ausgesprochenen Kommunikationszaubers.

»Wird deine Katze wieder gesund?«, fragt Kleric, seinen besorgten Blick in die Richtung gelenkt, in die Dexters rothaariger Hintern gegangen ist.

»Er wird schon wieder.« Die Tür fällt krachend ins Schloss und ich ziehe eine Halskette heraus.

Dann wickle ich die schwarze Kordel ein paar Mal um meine Hand und lasse den schwarzen Stein so baumeln, dass er das Licht einfängt. Die violetten Adern, die ihn durchziehen, glitzern und funkeln.

»Das ist ein Blutstein. Jodie, die Besitzerin von TINKTUREN UND TONIKEN, sagt, dass er wie ein Dämonenradar funktioniert. Ich nehme an, dass der Dämon oder die Dämonen ihre magische Signatur verbergen, denn die Robin, die ich getroffen habe, fühlte sich wie ein Engel an. Der Stein muss mit ein paar Tropfen Dämonenblut grundiert werden, und wenn er aktiviert ist, hält er ein paar Stunden. Jeder Dämon muss sich in der Nähe des Steins aufhalten, in einem Umkreis von etwa drei Metern. Das bedeutet, dass du nicht in der Nähe sein darfst, oder der Blutstein wird nur dich aufheben. Ich weiß, das ist nicht ideal.« Ich lecke mir über die Lippen.

»Du brauchst mein Blut?«

»Ja, bitte.« Ich reiche ihm eine versiegelte Lanzette zum Stechen.

»Und du sagst mir, du willst da allein reingehen?« Kleric reibt sich das Gesicht und an den Rändern seiner besorgten Augen bilden sich Fältchen. »Das gefällt mir nicht.«

»Ich weiß.« Ich greife nach ihm und drücke seine Hand.

Er dreht sie um und wiegt meine Hand, streicht mit den Fingerspitzen über den Dämonenkuss. Ich würde es auch hassen, zurückgelassen zu werden. Wenn das ein Angriff wäre, würde ich über die hintere Wand springen, mich mit Magie durch den Schutzwall schneiden und dem Dämon Robin die Kehle durchschneiden. Das wäre das Ende.

Aber das kann ich nicht, wegen meines tollen neuen Jobs. Ich habe die Stelle beim Großen Rat der Kreaturen angenommen. Also kann ich mich nicht mehr wie eine Mörderin anschleichen. Ich muss wie ein Profi an die Haustür klopfen.

Das ist eine verdammt harte erste Schicht, noch dazu ohne Ausbildung, aber Kleric und Mr Brown, der Anwalt, können sehr überzeugend sein, und die Verantwortlichen haben mir das als Einstellungsbonus erlaubt.

Ja, toll. Ich glaube, ich habe einen Trick übersehen und hätte nach mehr Geld fragen sollen.

Ich habe den Vertrag elektronisch unterschrieben und mich von dem einfachen Leben verabschiedet, das ich mir vorgestellt hatte: mich verstecken, den Hof renovieren und Gras essen. Vielleicht schaffe ich das in ein paar Jahren? Wenn ich mich nicht vorher umbringen lasse.

»Ich habe Dexter. Technisch gesehen werde ich nicht allein sein.«

Ich reiche ihm die Halskette, und Kleric bricht das Siegel der Lanzette auf, sticht mit der Spitze seines Zeigefingers hinein und drückt kräftig zu. Ein Tropfen Blut quillt hervor, den er auf den Stein spritzt. Ein weiterer Tropfen folgt, und mit einem magischen Summen beginnt der Stein zu leuchten. Er leuchtet grün. Kleric gibt mir die Kette zurück und wir steigen aus dem Auto.

Das Regenwasser plätschert gegen meine Waden, als wir das Auto verlassen und die Auffahrt zum Haus hinaufeilen. Zwei bewaffnete Engel in Regenkleidung versperren uns den Weg. Das ist neu. Kleric hält sich zurück, während ich die Engel mit dem Blutstein untersuche. Er bleibt schwarz. *Die Wächter sind sauber.* Die Engel versteifen sich, als Kleric sich neben mich stellt und mich mit seiner massigen Gestalt vor dem Unwetter schützt.

»Wir sind gekommen, um mit Xander zu sprechen«, sage ich.

»Der Botschafter ist beschäftigt.«

Ich fasse mich kurz. »Es ist ein Notfall.«

Der Wächter rechts unter seinem tropfenden Hut grinst finster. Er dreht sich um, klopft mit den Fingerknöcheln an die Tür und öffnet sie einen Spalt. »Herr, eine Frau möchte Sie sprechen.« Er zieht eine Augenbraue hoch und ich kneife die Augen zusammen.

»Sagen Sie ihm, es sind Kleric und Tru.«

Xanders Stimme kommt von drinnen. »Lass sie rein! Er bleibt draußen. Ich dulde diesen Dämon nicht in meinem Haus.«

Ich schnappe nach Luft, kann es nicht ändern.

Vielleicht hat der Engel mehr Dämonen in seinem Haus, als er weiß.

»Waffen weg!«, bellt der andere Wächter.

»Nein.« Auf keinen Fall. Ich gehe nicht unbewaffnet in das Haus.

»Die Waffen müssen weg.« Dann macht er einen Fehler: Er versucht, mich zu packen.

Es riecht stark nach Schwefel und plötzlich sinkt der Wachmann zu Boden. Seine Fersen schlagen auf den Asphalt und zwischen seinen Lippen tritt Schaum hervor.

»Was zum Teufel?«, fragt der andere Wachmann und holt zum Schlag aus.

Ich trete ihm in die Seite, direkt in die Leber. Er verliert das Gleichgewicht und taumelt mit einem schmerzerfüllten Stöhnen zurück.

Dexter fällt von der Veranda und landet auf ihm.
Krachend.

Die Riesenkatze setzt sich auf den bewusstlosen Wachmann. Dexter schlägt ihm mit einer riesigen Pfote auf den Kopf.

Kleric gibt ein seltsames Glucksen von sich, als uns die Monsterkatze anblinzelt. »Beithíoch«, murmelt er.

Dexter reißt sein Maul auf und seine Zähne schließen sich um den Kopf des Wächters. Dexter kann Knochen zerkauen.

»Dexter«, sage ich warnend. »Nein.«

Seine Augen schielen auf den Wärter hinunter, ich tippe mit dem Fuß, und seine rosa Zunge schiebt den Kopf des Wächters widerwillig aus seinem Maul. »Breow«, antwortet er mitfühlend.

»Was für ein guter Junge.« Eine hinterhältige Klaue

bohrt sich in den Bauch des Wächters. »Sanfter Dex, du darfst nicht mit ihm spielen und vergiss nicht, dass du nur Dämonen fressen darfst.« Ich greife nach ihm und streichle sanft seinen riesigen Kopf.

»Nicht diesen Dämon«, murmelt Kleric.

Dexter seufzt.

»Komm, steh auf!« Die schwere Katze klettert von dem zerquetschten Wächter. Ich schüttle den Kopf. Dann blicke ich wieder auf den schaumigen Wächter hinunter. Wenigstens reinigt der Regen sein Gesicht. »Was hast du getan?«

»Ich habe ihn mit meiner Magie geschockt. Er wird schon wieder.«

»Was ist los?«, ruft Xander aus dem Haus.

»Das Mädchen will ihre Waffen nicht ablegen«, erwidert Kleric mit einer perfekten Imitation der Stimme des ersten Wächters.

Mir bleibt der Mund offen stehen und er zwinkert mir zu.

»Ist schon gut«, knurrt Xander zurück. Leiser sagt er: »Sie kann sowieso nicht richtig damit umgehen.«

Arschloch. Es ist mir egal, was er denkt.

»Hier.« Ich reiche Kleric zwei Heiltränke und zwei antimagische Bänder. »Kannst du damit umgehen?« Ich runzle die Stirn über den zerschmetterten Wächter. Kleric lächelt und nimmt die Tränke. Der Regen läuft ihm von der Nase. Man muss schon ziemlich dreist sein, um einen Dämonenprinzen im Regen stehen zu lassen.

Das gefällt mir nicht. Klerics besorgte Stimme dröhnt in meinem Kopf.

Ja, ich weiß. Es tut mir leid, aber ich habe diesen Job

angenommen, und das ist etwas, das ich tun muss. Ich hatte schon mit unüberwindbaren Hindernissen zu kämpfen, und das hier ist nichts. Nur ein Hausbesuch.

Das ist sicher nicht der richtige Zeitpunkt, um den Notfalldrachen zu holen.

Du brauchst Forrests Drachen nicht. Ich reiße dieses Haus in Stücke, wenn du mich brauchst.

Mit unserer Verbindung weiß er wenigstens, was los ist. Ich muss lernen, ihn aus meinem Kopf zu verbannen. Aber nicht heute. Ich stelle mich auf die Zehenspitzen und küsse ihn. Sein Mund ist warm und herrlich. Sein Geschmack füllt meinen Mund und ich will nur noch mit ihm hier draußen im Regen sein.

Zögernd ziehe ich mich zurück. Dann stoße ich mit einem normalgroßen Dexter die Haustür auf, und wir schreiten durch Xanders Haus.

Ein warmer, magischer Wind peitscht alle Regentropfen weg, die es wagen, mich festzuhalten. Die Tür fällt hinter mir ins Schloss. Ich ziehe das mit Beweisen gefüllte Datapad heraus und lasse die Schultern hängen.

Es ist Showtime.

Kapitel Neununddreißig

Ich halte das Datapad mit allen Beweisen hoch. Der Engel reißt es mir böse aus der Hand und es landet mit einem plastischen Knacken auf dem Fliesenboden der Orangerie.

»Na«, schnaufe ich und reibe mir die brennende Hand. »Das war nicht sehr nett. Komm schon, Xander! Bitte hör mir wenigstens zu, bevor du einen Wutanfall bekommst. Ich bettle gern. Ich gehe auf die Knie, wenn es sein muss.«

Xander fährt sich verärgert mit der Hand durch sein Haar. »Ich kenne Robin, seit sie geboren wurde. Ich würde sie überall wiedererkennen.« Mit dieser Bemerkung, einem gestählten Kiefer, der wie ein Kind signalisiert, dass unser Gespräch beendet ist, verschränkt Xander die Arme vor der Brust und setzt einen sturen Gesichtsausdruck auf. Er starrt geradeaus aus dem Fenster auf den hübschen, ummauerten Garten im Landhausstil hinter dem Haus.

Ich schüttle den Kopf und unterdrücke ein Seufzen. Ich will die Karte mit dem neuen Job noch nicht ausspielen. Aaaah, er ist so frustrierend. Warum hört dieser Mann nie zu?

»Denk nach!« Ich strecke die Hand aus und klatsche ihm auf die Stirn. Ich grinse, als er seinen Schock nicht verbergen kann. »Denk nach, was du da tust. Das ist nicht Robin. Es tut mir so leid, Xander, aber der Engel, den du als Robin kanntest, ist tot.« Ich deute auf sie. »Das ist ein Dämon, der ihr Gesicht trägt.«

»Lügnerin!«, knurrt Xander.

Schockierend.

»Warum hast du sie reingelassen? Du weißt, dass sie mir den Arm gebrochen hat«, jammert Robin.

Ich beobachte die falsche Robin, den Dämon, der sich gerade zitternd in der Ecke hinter zwei anderen Engeln versteckt. Wenn ich jetzt mit den Augen rolle, habe ich Angst, dass sie in meiner Augenhöhle stecken bleiben und ich mir auf den Hinterkopf schlagen muss, um sie herauszubekommen. »Warum hältst du nicht einfach die Klappe«, schnappe ich zurück.

Nicht-Robin stemmt die Hände in die Hüften. »Xander. Sie hat mich gefoltert, um an Informationen zu kommen, hat mich wochenlang gefangen gehalten, und du lässt sie einfach herein, in meinen Zufluchtsort.« Ihre Stimme wird immer höher.

So hoch, dass Dexter, der sich näher an sie und die beiden anderen Engel heranschleicht, ein Zischen ausstößt.

Wut blitzt in den kalten Tiefen von Xanders honigfarbenen Augen auf, und ... Oh-oh, der Heldenkomplex ist aktiviert. Achtung, Alarm!

Rauchig-weiße Magie mit kleinen goldenen Flocken fließt aus Xanders Händen, und dann hält er ein gigantisches Schwert in der Hand. Es ist größer als ein Langschwert. Es ist zweischneidig, mit einer geraden Klinge.

Es ist seine Engelsklinge.

Ohne eine Miene zu verziehen und mit einer Drehung seines Handgelenks schwingt er das Schwert gegen meinen Hals.

Erschrocken zucke ich zurück und weiche aus. Das riesige Schwert zischt an mir vorbei. Puh. Das blutrünstige Ding hat mich nur um den Bruchteil eines Zentimeters verfehlt.

»Idiot!«, schreie ich. »So ist das also, ja? Ich mag meinen Kopf am Hals, danke. Du willst mir den Kopf abhacken, obwohl ich unbewaffnet bin«, murmle ich. »Das ist selbst für dich ein neuer Tiefpunkt.«

Gut, ich habe ihm eine Chance gegeben, die Sache friedlich zu beenden. Was auch immer jetzt passiert, es liegt an ihm. Das Blut rast durch meine Adern und ich kann meinen Herzschlag hören. Der vertraute Geschmack von Adrenalin überzieht meine Zunge, während das Rinnsal in meinem Körper zu einer Flut anschwillt und ich mich darauf vorbereite, diesem Mann in den Arsch zu treten.

Zeigen wir ihm, wie ich mit meinen Schwertern umgehe. Das Schicksal weiß, dass er seit Jahren darauf gewartet hat.

Wie eine Tänzerin wirble ich um Xander herum und verschaffe mir so den nötigen Freiraum, und die Muskeln an seinem Rücken und seinen Schultern spannen sich an, als er sich zu mir dreht.

Der Engel lässt sein Schwert kreisen.

Ich ziehe meine beiden Schwerter aus der Scheide und grinse.

»Warum habe ich sie zu dir zurückgebracht, wenn ich ihr etwas antun wollte? Wenn du nur die Beweise sehen könntest …«

»Weil du verrückt bist. Robin ist genau dort!«, schreit er. »Sie ist nicht tot.« Die Muskeln in seinem Unterarm spannen sich an, als er das Schwert schwingt, um mein vorderes Bein zur Seite zu schlagen. Ich tanze aus dem Weg.

»Ja? Nun, ich bin lieber wütend als verrückt.« Ich stürme auf ihn zu und stoße mit der rechten Klinge direkt nach unten. Meine gesamte Kraft lege ich in den Schwung. Er blockt ab. »Nur ein Tipp«, sage ich zwischen zusammengebissenen Zähnen, während unsere Schwerter klirren. »Du solltest wirklich mal deine Zuhörfähigkeiten auffrischen.« Während ich spreche, ist mein linkes Schwert schon in Bewegung. Es fegt seitlich von rechts nach links über seinen Bauch und ein feiner Nebel aus goldenem Blut zerreißt die Luft.

Er knurrt.

»Und deine Fähigkeiten mit dem Schwert. Erster Punkt für mich.« Ich grinse, ducke mich unter seinem nächsten Hieb und haue mit dem Knauf kurz und brutal auf die nässende Wunde in seinem Bauch. Dann schlage ich mit dem anderen Schwert zu.

Xander taumelt zurück und schüttelt den Kopf. Der Abdruck der flachen Seite meiner Klinge ist ein roter Fleck auf seiner Wange. Er reibt sich die Wunde im Gesicht und seine honigfarbenen Augen funkeln. Er ist wütend.

Ich blitze ihn mit meinen Reißzähnen an.

Xander blockt meinen nächsten Schlag und schlägt meinen Arm zur Seite, bevor sein schickes Engelsschwert in weißen Flammen aufgeht.

Oh-oh.

Ich blinzle weiße Punkte aus meinem Blickfeld, als Xander mir sein feuriges Schwert ins Gesicht schlägt. Ich kann gerade noch ausweichen, als die heiße Klinge mein Schlüsselbein streift. Es dauert ein paar Sekunden, bis ich den Schmerz spüre. Meine Nerven schreien noch mehr, als ich den Geruch meiner eigenen verbrannten Haut wahrnehme. Autsch. Seltsamerweise fühlt sich mein Blut an, als würde es brennen.

Den Schmerz nutzend rolle ich mich zu Boden, um einem weiteren feurigen Hieb auszuweichen, und springe wieder auf, um mein Schwert zu heben und den nächsten Schlag abzuwehren. Sein Schwert schneidet durch meins wie durch Butter.

Scheiße!

Jetzt ist es entzweigebrochen, der obere Teil klatscht auf den Boden. Ich zucke zusammen, ramme ihm die glühende, zerbrochene Klinge in die Schulter und setze mit dem anderen Schwert nach.

Der Engel grunzt.

Ich trete ihm in die Brust und drehe die abgebrochene Klinge so, dass der Knauf in sein Gesicht fährt. Xanders Kopf schnellt zur Seite, aber er fällt nicht zu Boden. Völliger Schock steht ihm ins Gesicht geschrieben. Erstaunen. Wer sagt, dass ich nicht kämpfen kann? Dann wischt er sich den Mund am Unterarm ab und lächelt.

Na gut.

Der Engel nimmt das Schwert in die linke Hand.

Ich erschaudere.

Er testet mich, er ist wie der verdammte Terminator. Ich habe ihn in Stücke geschnitten, und er wackelt nicht einmal.

»Ich könnte das die ganze Nacht machen«, verspotte ich ihn. *Ja, genau.*

Dexter gibt ein warnendes Miauen von sich, als sich einer der Engel aus seiner Umklammerung löst und sich auf mich stürzen will.

O nein, das wirst du nicht tun.

Der präparierte Blutstein, den ich um mein rechtes Handgelenk gewickelt habe, leuchtet grün. Ah, ein Dämon im Engelsgewand. Er stößt einen furchterregenden Kampf-schrei aus.

Ich lache.

»Hast du Angst, deine Eintrittskarte zu verlieren?«, frage ich den Dämon und drehe mich auf den Zehenspit-zen, um seine Klinge zu begrüßen.

»Tut mir leid, Xander«, rufe ich über die Schulter. Ich lasse das zerbrochene Schwert fallen und trete ihm aus dem Weg. Ich halte mich nicht zurück. Ich habe meine Befehle, und diese Dämonen haben kein Recht, auf der Erde zu sein. Sie sind illegale Eindringlinge.

Mein Schwert singt, als es die Luft durchschneidet. Es gleitet durch seinen Hals und sein Kopf fällt mit einem nassen Geräusch zu Boden.

»Worauf wartest du noch? Kümmere dich um sie!«,

schreit die falsche Robin und stößt den anderen Engel an ihrer Seite zu mir.

Der Engel zieht sein Schwert und greift an. Der Blutstein leuchtet grün. Ich drehe mich um und schiebe die Klinge sauber durch seine Rippen und vergrabe sie im Herzen des zweiten bestätigten Dämons. Ich gebe dem Schwert eine gute Drehung, sodass das Organ zerfetzt wird. Er fällt zu Boden.

Fleischstücke und das grüne Dämonenblut schnippe ich von meiner Klinge in Xanders fassungsloses Gesicht.

»Nicht-Robin!«, brülle ich.

Sie runzelt die Stirn und verengt ihre babyblauen Augen. »Xander, warum stehst du nur da? Beschütze mich!«, schreit sie.

Xander bleibt wie erstarrt stehen. Goldenes Blut rinnt seinen Arm hinunter und tropft aus seiner locker geballten Faust.

Ich habe seinen Arm entstellt.

Der Geruch seines Blutes vermischt sich mit dem der Dämonen. Seine einzige Aufmerksamkeit gilt dem grünen Blut, das sich um die Leichen seiner sogenannten Freunde sammelt.

Ich frage mich, ob er es schon versteht.

Die Macht in seinem Schwert erlischt, die weißen Flammen erlöschen. Die Orangerie kühlt augenblicklich ab.

»Komm schon, falsche Robin! Zeig uns, was du kannst!« Mit einem überheblichen Grinsen breite ich die Arme einladend aus. Das reicht, damit sie reagiert.

Sie stapft an Xander vorbei auf mich zu. »Du bist erbärmlich«, schnauzt sie ihn an und reißt ihm die Engelsklinge aus der trägen Hand. Sie ist etwas zu lang für sie, aber was soll's?

Der Blutstein schimmert grün, als sie in die Luft springt und von oben zuschlägt. Die Schwerter klirren, als ich die nun kalte Engelsklinge mit meiner auffange. *Wenigstens hat sie keine Engelskräfte, um das Ding zum Leuchten zu bringen.* Noch kann ich sie nicht töten. Ich muss sie nur bluten lassen. Ein bisschen Grün spritzen. Das kann sie nicht wegdiskutieren.

Sie stürzt sich auf mich, ihr Schlag ist schnell wie eine Schlange.

Schlag. Blocken. Schlag. Blocken. Schlag.

Sie ist gut, hervorragend trainiert, aber ich bin besser. Ich muss nur aufpassen, denn ich will sie nicht töten. Ich verlagere mein Gleichgewicht nach links, und als ich ihren nächsten hammerartigen Schlag abfange, trete ich ihr mit dem Knie in die Niere. Ich tanze weg und führe einen wunderschönen Spinning-Kick aus, den ich im Gefängnis perfektioniert habe – es scheint irgendwie zu passen. Mein Fuß trifft sie am Schlüsselbein und unter meinem Stiefel bricht das Schlüsselbein.

Als sie sich wehrt, schlage ich ihr mit der Handfläche auf die Nase. Sie knackt. Igitt. Sie ist eklig und nass unter meiner Handfläche. Ich trete zurück, wische meine Hand an der Hose ab und grinse zähneknirschend, als ihr grünes Blut übers Gesicht läuft.

Und weiter geht's!

Während sie sich die Tränen von der gebrochenen Nase blinzelt. Ich zeige auf ihr Gesicht und sage: »Huch. Du hast da etwas ... im Gesicht. Blutest du, falsche Robin? Xander, heile lieber die Nase deines armen Dämons.«

Xander hebt seinen Blick vom Boden auf Robins nicht mehr ganz so hübsches Gesicht.

Alles im Raum steht still, als wir in einen Strudel aus flüchtiger Engelsmagie und Schmerz gezogen werden.

»Wer bist du?«, fragt er in tödlichem Flüsterton. »Du bist nicht meine Schwester.« Der bleiche, gequälte Ausdruck auf seinem Gesicht lässt mich einen schlurfenden Schritt zurücktreten.

Schwester?

Oh, Scheiße. Nein!

KAPITEL VIERZIG

ICH REIBE MIR DEN NACKEN, sacke erschöpft zusammen. Das Brennen an meinem Schlüsselbein sticht, während mein Herz in die Stiefel rast.

Xander schleicht sich langsam an seine falsche Schwester heran und ergreift seine Klinge – mit dem spitzen Ende. Ich zucke zusammen, als das zweischneidige Schwert in seine Handfläche und Finger schneidet, während er es benutzt, um den verängstigten Dämon zu sich zu ziehen.

Ihre unpraktischen Schuhe geben keinen Halt, als sie durch das Blut auf dem Boden rutscht.

»Wer bist du?«, brüllt er.

Als sie nicht schnell genug antwortet, ohrfeigt er sie. Mit einem Schrei lässt sie das Schwert los und Xander dreht sich um. Seine blutende Hand ist nun fest um den Griff geschlungen.

Seine goldene Magie blitzt durch seinen Körper, heilt sofort alle Wunden und er drückt die Engelsklinge unter ihr Kinn. »Nimm deine natürliche Form an! Jetzt!«, brüllt er.

Robin zuckt vor Schreck zusammen und ein Schwall Flüssigkeit läuft an ihren Beinen hinunter.

Oh, verdammt.

Ich habe ein echtes Problem damit, immer auf der Seite der Unterlegenen zu sein, und wenn eine Kreatur vor Angst pinkelt, fühle ich mich schlecht.

Ich will sie nicht bemitleiden. Ich muss mich daran erinnern, was sie mir und anderen angetan hat, besonders jetzt, da ich weiß, dass sie das Gesicht von Xanders Schwester hat.

Nein, nicht nur ihr Gesicht, sie ist eine perfekte Kopie.

Die Magie des Hauses wankt. Xander verändert etwas. Dexter stößt gegen meine Wade, dann wird der Kuss auf meiner Hand heißer, als Kleric ins Zimmer schlendert.

»Dämonenprinz, ist das eine von dir?«, knurrt Xander.

»Entgegen der landläufigen Meinung, Xander, kenne ich nicht alle Dämonen meiner Welt. Ich kann sehen, dass ihre magischen Zeichen maskiert sind und sie sich als Engel ausgibt. Aber mit dem grünen Blut, das ihr ins Gesicht tropft, und dem glühenden Blutstein bin ich mir sicher, dass sie ein Dämon ist. Ich kann sie zwingen, sich zu verwandeln. Aber das wird für uns beide schmerzhaft sein.«

Seine schwarzen Augen werden weicher, als er sich mir zuwendet. *Geht es dir gut? Ich habe das Brennen gespürt. Erlaubst du mir, dich zu heilen?* Kleric streicht mir vorsichtig die lockeren Haarsträhnen aus dem Weg, damit er mich sehen kann. Er holt tief Luft. Mein Dämon hält einen Heiltrank in der Hand. Die zähflüssige silberne Flüssigkeit schwappt gegen das Fläschchen, als er es mir entgegenhält.

Mir geht es gut, bald. Ich kann nicht zulassen, dass er sie tötet, ohne die Antworten zu bekommen, wegen denen wir gekommen sind. Ich trete über die Urinpfütze und komme näher. *Ich fühle mich beschissen. Kleric, Robin war seine Schwester. Kein Wunder, dass er nicht zuhören wollte. Ich war so schlau wie ein Vorschlaghammer. Ein Dämon mit dem Gesicht seiner kleinen Schwester ... gut gemacht.*

So hast du es nicht gemeint, und es ist nicht deine Schuld, dass es nicht in den Akten stand. Ich glaube, er hat es getan, um sie zu beschützen.

Ja, ich denke auch. Wie konnte ich nicht wissen, dass er eine Schwester hat? Ich setze mich neben Xander. »Habe ich dir von meinem neuen Job erzählt?«

Xanders Klinge zittert, als er den Kopf dreht und mich ansieht. Das Schwert bohrt sich in den Hals des zitternden Dämons. »Was?« Er verengt die Augen, während er mich ansieht, und dreht sich wieder um, um Nicht-Robin und ihr grünes Blut anzustarren.

»Mein neuer Job. Ich bin der neue Henker.« Mit einer Fingerspitze beuge ich mich vor und schiebe die Engelsklinge von ihrer Kehle weg. »Ich werde jeden finden, der in dieses Debakel verwickelt ist, und dafür sorgen, dass er seine gerechte Strafe erhält. Du hast mein Wort.«

»Du bist der Henker?« Er lacht leise. Xanders Engelsklinge verschwindet in einer weißen Rauchwolke. »Du bist ranghöher als ich.«

»Ja, das hat man mir weisgemacht.«

Jäger fangen, Mörder töten, und dann gibt es noch die Henker. Henker haben die Macht, jeden zu töten und stehen in der Hierarchie so weit oben, dass sie ein Gesetz für sich sind.

»Ich habe bei den Tests sehr gut abgeschnitten, und aufgrund meiner Fähigkeiten und der Art und Weise, wie ich mich im Gefängnis verhalten habe, haben sie mir gesagt, dass ich perfekt geeignet bin.« Es ist wohl eher so, dass niemand dumm genug ist, den Job anzunehmen. Aber was soll's?

Er wischt sich übers Gesicht. »Warum hast du nicht gleich damit angefangen, als du hier ankamst?«

»Ich wollte sehen, wie sich die Dinge entwickeln, ohne mein Gewicht in die Waagschale zu werfen. Ich muss mich einarbeiten, viele Regeln auswendig lernen. Aber in diesem Fall haben sie eine Ausnahme gemacht.«

»Ich kann zwischen den Zeilen lesen. Du hast den Job beim ersten Mal abgelehnt und ihn dann angenommen, damit du dich um den Fall kümmern und mich retten kannst.«

Ich brumme amüsiert. Wenn ich doch nur so selbstlos wäre. Der Engel erhebt sich. *Ihn retten.* Als ob.

Nein, das ist Rache meinerseits. Mir fällt auf, dass sich der störrische Engel immer noch nicht bedankt hat. Ich zucke mit den Schultern. Dann zucke ich zusammen, als die Brandwunde auf meiner Brust brennt.

Kleric streckt die Hand aus und reicht mir den geöffneten Heiltrank. Ich bedanke mich und schütte das Fläschchen auf meine brennende Haut. Sofortige Linderung. Das Brennen kühlt ab. Innerlich stöhne ich auf.

Ich habe gar nicht gemerkt, wie sehr ich den Schmerz

verdrängt habe, bis er weg war. Xanders Schwert ist entsetzlich.

»Wir haben Glück, dass es ein Dämonenproblem ist und wir einen Dämonenprinzen haben, der bereit ist, meine Arbeit zu beaufsichtigen, sodass ich keinen großen Zwischenfall verursachen werde. Jedenfalls ist das der Hintergrund und der Kern der Situation. Ich wollte dich nur wissen lassen, dass wir uns nicht darum streiten. Ich werde mich darum kümmern.« Ich nicke dem Dämon zu, und als ich keine weiteren Einwände erhalte, richte ich meine volle Aufmerksamkeit auf sie. »Jetzt nimm bitte wieder deine ursprüngliche Gestalt an.«

»Aber wenn ich das tue, wird er mich töten«, sagt sie mit einer nasalen Stimme, die von ihrer zerquetschten Nase kommt.

Du Idiotin, ich bringe dich um. Ich reibe mir die Schläfe.

Oder der Engel wird es tun.

Wenn sie nicht verrät, dass sie nicht Xanders Schwester ist, wird er ihr jeden Moment mit bloßen Händen den Kopf abreißen, denke ich.

Ihre Augen sind immer noch voller Tränen. Ich weiß nicht, ob es an der gebrochenen Nase liegt oder daran, dass sie erwischt wurde. Eigentlich ist es mir auch egal.

Ich werfe Xander einen warnenden Blick zu. Das Letzte, was ich will, ist, dass er auf meine nächsten Worte reagiert. »Ich werde dir ein Versprechen geben. Wenn du dich zurückverwandelst, ohne dass Prinz Kleric dich dazu zwingt, verspreche ich dir, dich nicht zu töten. Du wirst ein langes Leben haben. Aber du musst dich zurückverwandeln und darfst in Zukunft nicht mehr lügen. Ich brauche die

Wahrheit. Gib mir die Wahrheit und ich verspreche, dich am Leben zu lassen.«

Während sie darüber nachdenkt, werfe ich einen Blick zurück, um nach Xander zu sehen. »Wirst du mir mit deinen Fähigkeiten helfen, Lügen zu erkennen?«

Der Engel nickt steif. Ich muss ihm nicht sagen, dass es schmerzhaft sein wird, vom Tod seiner Schwester zu erfahren, aber ich hoffe, er kann sich lange genug zusammenreißen, damit wir die Wahrheit herausfinden können.

»Okay. Also haben wir einen Deal?«, frage ich sie.

»Versprichst du, dass du mich nicht umbringst? Versprichst du, dass du nicht zulässt, dass mich jemand anderer tötet?«

»Ich verspreche es.« Mit einem besorgten Zucken ihrer Lippen verändert sich die Luft um sie herum und ihre Gestalt löst sich auf. Es geht nicht so schnell wie bei einem Wandler und auch nicht so mühelos wie bei Klerics Wandlungen.

Sie ist ein niederer Dämon, erklärt Kleric in meinem Kopf.

Ah, okay. Ist es schwer, als niederer Dämon die Gestalt zu wechseln?

Es sollte unmöglich sein.

Ihre Gestalt erwacht mit einem fast erstickenden Schwefelgeruch zum Leben. Die blonden Locken und die babyblauen Augen sind verschwunden, an Robins Stelle ist ein bleicher, kränklich grauer Dämon getreten.

Sie ist mindestens einen halben Meter kleiner, und die Kleider, die sie als Robin trug, hängen jetzt an ihrem dünnen Körper. Sie schlüpft aus den schlecht sitzenden Schuhen, verliert noch einmal drei Zentimeter und kickt die ausrangierten Schuhe aus dem Weg. Sie hat scharfe Wangenknochen, die inzwischen verheilte Nase ist fast flach, sie hat weder Haar noch Augenbrauen. Ihre schwarzen Dämonenaugen sind übergroß, ihr Mund winzig. Interessanterweise hat sie fast keinen Hals und ihre grauen, dünnen Arme sind seltsam lang.

Ich räuspere mich und blinzle schnell. Ihr Geruch lässt meine Augen tränen. »Danke, dass du dich gewandelt hast. Wie heißt du?«, krächze ich.

»Cynthia. Ich habe niemanden getötet.«

»Lüge«, sagt Xander in einem dumpfen Ton.

Sie springt auf und hält sich den Mund zu, ihre riesigen Augen weiten sich unvorstellbar.

Ich sehe sie ungläubig an.

»Okay, okay. Das habe ich, das habe ich. Aber sie haben Robin und die anderen Engel getötet.« Ihre knochigen, grauen Finger zeigen auf die toten Dämonen am Boden.

Ich nicke. Okay. »Wie seid ihr auf die Erde gekommen? Wie bist du an all unseren Kontrollen vorbeigekommen?«

»Durch ein Portal. Ein illegales, geheimes Portal. Wir sind vor sechs Monaten hier angekommen, nur wir drei.«

Ah. Das ist wirklich übel. Ich puste meine Wangen auf und suche auf dem Boden nach dem verbeulten Datapad. Es muss bei den Kämpfen in eine Ecke getreten worden sein. Ich hole es hervor und rufe einen Stadtplan auf.

»Du bist durch ein geheimes Portal gekommen? Kannst du mir auf dieser Karte zeigen, wo es ist?«

Sie nimmt mir das Datapad aus der Hand und studiert die Karte. Sie zeigt auf einen Bereich. »Hier. Es ist hier, in dieser Straße.«

Ich markiere die Straße und sende die Details an Ava

und Story. Ich werde jeden aufspüren müssen, der sich durch das Portal geschlichen hat. Dazu brauche ich eine Portalhexe. Eine Hexe sollte mir sagen können, wie lange das Portal schon offen ist und es deaktivieren können.

Ich werde mich an den Großen Rat der Kreaturen wenden und dringend um eine Hexe bitten, sagt Story in meinem Kopf.

Danke. Ich lasse das Datapad sinken und wende mich wieder Cynthia zu. »Nur ihr drei?«

»Ja.«

»Und wer hat das alles geplant?« Ihr Finger schnellt hervor und sie deutet auf den männlichen Dämon. Ich schüttle den Kopf. »Benutze deine Worte, Cynthia! Wer hat das alles geplant?«

Sie schluckt, starrt auf die beiden toten Dämonen und flüstert dann: »Ich war es.«

»Wer hat die drei Engel getötet?«

»Sie waren es.« Sie zuckt zusammen. »Aber das war alles meine Idee. Wir sind seit sechs Monaten hier, springen über Leichen und machen Geld mit dem illegalen Bluthandel. Vampire haben viel Geld.« Ihr Oberkörper bewegt sich, als sie nickt, und eine schleimige, graue Zunge schießt hervor, um ihre dünnen, spitzen Lippen und ihre Nasenspitze zu befeuchten. »Wir haben uns auf Kinder und seltene Arten spezialisiert.«

Xander tritt vor, und Kleric, der inzwischen hinter ihm steht, reicht ihm die Hand und drückt ihm die Schulter. Der Engel schließt die Augen, und mit einem Seufzer, der in seiner Brust zu rasseln scheint, tritt er zurück.

Cynthia bemerkt nicht, was hinter ihr geschieht, und fährt fort. »Eines Tages kamen die Engel und schnüffelten im Lagerhaus herum. Wir sind ihnen nicht absichtlich gefolgt. Sie kamen zu uns. Engelsblut wird zu horrenden Preisen gehandelt. Es ist so mächtig, so selten. Also haben wir es ihnen abgezapft.« Sie zuckt mit den Schultern.

»Warum habt ihr Robins Ebenbild genommen?«

»Zuerst wollten wir sichergehen, dass nichts zu uns ins Lager zurückkommt. Ich habe das früher ständig gemacht, den Körper von jemandem angenommen und mit ihm eine Runde gedreht. Das macht Spaß. Ihr Blut und ihre Bankkonten zu leeren, das geht Hand in Hand.« Sie lächelt.

»Ich sorge dafür, dass die Kameras mich sehen, bevor ich sie verschwinden lasse. Nur damit niemand erfährt, was mit ihnen passiert ist. Ich war damals mit Robin im Kino. Ich mochte das Gebäude und es hat einen starken Schutz. Aus irgendeinem Grund haben sie es für Dämonen verschlossen. Also ist es ein guter Unterschlupf.«

Aha. Das könnte der Grund sein, warum ich in dieser Nacht nicht von der Station gegrillt wurde, denn ich hatte Klerics Blut in meinem Körper.

»Also, nachdem die Engel tot waren. Ich ging in Robin hinein und verschwand durch die Hintertür.« Sie grinst und lässt ihre spitzen schwarzen Zähne blitzen. »Ich wandelte mich in eine Möwe und flog davon. Dann bin ich wieder an die Arbeit gegangen.«

»Also Kindern das Blut abzapfen, unschuldigen Geschöpfen, und ihr Geld stehlen. Verstehe.« Ich bekomme pochende Kopfschmerzen, und mit jedem Wort, das aus ihrem Mund kommt, fällt es mir schwerer und schwerer, neutral zu bleiben.

»Ja. Oh, wir sammeln auch Organe.« Sie sagt es süffisant, in demselben Ton, in dem ich sagen würde, dass wir Eiscreme herstellen.

Ich schlucke. Ich schaue weder Kleric noch Xander an, als sie mir ach so beiläufig von ihrem florierenden Geschäft mit dem Ausbluten und der Organbeschaffung erzählt.

Sie zuckt mit den Schultern. »Es hat niemanden gestört. Sie waren alle entbehrlich, bis Aspin die falschen Kinder erwischt hat und du angefangen hast herumzuschnüffeln.« Ihr graues Gesicht verzerrt sich. »Um die Eingeborenen zu töten, sie zu verunsichern, ihnen Angst zu machen und den Handel unmöglich zu machen. Wir hatten einen guten Kontakt, und du hast sie getötet.« Sie wirft ihre langen Arme in die Luft. »Und dann müssen wir uns mit einem anderen Idioten herumschlagen. Wie können wir so arbeiten? Es war zeitraubend und schlecht fürs Geschäft. Also haben wir Informationen über dich ausgegraben und ihn gefunden.« Sie nickt Xander zu. Sie kratzt sich mit einem grauen, knochigen Finger am Ohr. »Ich erinnerte mich an die Engel, und da er ihr Botschafter ist, gab uns das die perfekte Waffe, um dich auszuschalten. Ich habe ihm Dinge geschickt, die dich mit Robins Verschwinden in Verbindung bringen.«

»Ah, clever.«

Cynthia puhlt in ihrem Ohr und leckt sich das Ohrenschmalz von den Fingern.

Bäh.

Derselbe Finger verschwindet irgendwie in ihrer flachen, zerdrückten grauen Nase. »Es hat wunderbar funktioniert. Wir haben deinen Verwandten das Gleiche geschickt. Sie hat ganz klar gesagt, dass sie dich töten will. Das Einhorn will dich wirklich tot sehen. Du hättest sie töten sollen.« Sie leckt sich den Rotz vom Finger und richtet ihr Kleid.

»Als du aus dem Gefängnis kamst, wusste ich, dass du es nicht dabei bewenden lassen und den Ort aufsuchen würdest, an dem Robin zuletzt gesehen wurde. Ich hatte recht. Aber du bist mir nicht gleich gefolgt. Ich habe dich zu den Einhörnern geführt, aber du bist immer noch nicht gekommen, und ich musste über fünf Tage warten. Und als du dann gekommen bist, hast du mir den Ellbogen gebrochen, alles geschluckt, was ich dir über deine böse Großmutter erzählt habe, und mich dann zum Botschafter zurückgebracht. Es hat funktioniert. Ich war mir sicher, dass die Einhörner dich getötet hätten. Als ich aus dem Schlaf aufgewacht bin, hat Xander mir Abendessen gemacht.« Sie grinst und ich starre sie an.

»Warum bist du nicht tot? Ich habe dir alles auf einem Teller serviert. Aber du hast nicht ... du hast nicht angebissen. Hättest du nur getan, was wir von dir wollten, wäre das Problem verschwunden. Unser Geschäft boomte, als du im Gefängnis warst. Es könnte wieder so sein.«

Sie müssen einen anderen Standort haben, ein anderes Lager.

»Warum sind sie hier?« Ich nicke den beiden Dämonen zu.

»Warum sollte ich das Risiko eingehen?«, jammert sie. »Ich brauchte Hilfe. Sie mussten es mit den toten Engeln aufnehmen, um mir zu helfen, unter seine Hülle zu kommen.« Sie zeigt wieder auf Xander. »Er war beim ersten Mal so leicht zu manipulieren. Alle hassen dich, kein Wunder. Du vergräbst dich noch tiefer, indem du mit Beweisen zurückkommst und es wagst, den Prinzen mitzubringen! Wir wussten nichts von Prinz Klerics Interesse an dir.« Sie betrachtet den Kuss auf meiner Hand mit einem Anflug von Abscheu.

Ihre schwarzen Augen sind auf Kleric gerichtet, ihr Tonfall ist beschwörend. »Wir hätten unsere Operation in den Süden verlegt, wenn wir das getan hätten. Ich habe von dem Kuss erst erfahren, nachdem sie mich heute Nachmittag von den Einhörnern weggeholt hat.« Ihr Blick wandert wieder zu mir. »Als wir gekämpft haben und ich versucht habe, dich zu ertränken, hattest du Handschuhe an. Das habe ich nicht gewusst.« Sie knurrt. »Das ist deine Schuld. Wir mussten den Engel für deinen Tod verantwortlich machen. Das hätte auch funktioniert. Er hätte dich getötet. Der Plan war perfekt. Prinz Kleric hätte nichts gemerkt, wenn du allein hierhergekommen wärst. Meine Logik war richtig.«

Ich fühle mich so müde und krank.

Noch Fragen? Ich wende mich an Kleric. Er sagt sie mir und ich gebe sie weiter. »Die Dämonen, deine Komplizen, waren sie wie du? Niedere Dämonen?«

»Ja.«

»Wie kannst du deine Gestalt verändern?«

Sie wirft mir einen finsteren Blick zu und lässt wütend ihre schockierend schwarzen Zähne blitzen. »Wir benutzen Dämonenmagie, einen Zaubertrank. Ich kann euch alle Einzelheiten erzählen.«

Oh, sie wird uns alles verraten. Jedes Opfer, jede Person, die es gewagt hat, von ihnen zu kaufen. Ich werde nicht ruhen, bis die Familien ihre Rechnungen beglichen und Rache genommen haben. Ja, wenn ich fertig bin, werden selbst die willigen Blutvampire einen Vertrag brauchen, so viel Angst werden sie vor jedem Fehler haben, den sie machen.

»Okay. Willst du noch etwas hinzufügen?«

Cynthia schüttelt den Kopf.

»Wir werden später ins Detail gehen.«

Ich hebe meinen Blick zu Xander. Seine honigfarbenen Augen sind voller Wut, Trauer und Bitterkeit. »Sie hat nicht gelogen.«

»Okay. Danke.«

»Dann lässt du mich jetzt gehen? Ja?«

»Nein.«

»Aber du hast doch gesagt, dass ich nach Hause gehen darf. Du hast es versprochen«, jammert sie.

Ich hole ein paar Fesseln und ein Anti-Magie-Band heraus. »Ich habe nie gesagt, dass du nach Hause gehen darfst. Ich habe versprochen, dich nicht zu töten. Cynthia, du bist schlauer als das, und wenn du aufwachst, werden wir ein schönes langes Gespräch führen.« Ich grinse sie böse an, drehe sie weg und halte ihr Handgelenk fest.

Ich habe das dringende Bedürfnis, ihre Hände einzutüten, damit kein Rest von Rotz, Spucke oder Ohrenschmalz auf mich abfärbt. Ich weiche ihren Fingern aus, so gut ich kann, und wickle das Anti-Magie-Band um ihr Handgelenk. Sie sinkt ohnmächtig zu Boden.

»Aber du wirst dir wünschen, ich hätte es getan. Jeden Tag, jede Minute deines langen, langen, elenden Lebens. Du wirst dir wünschen, ich hätte dich heute Nacht getötet. Wenn ich jeden Tropfen Information aus dir herausgepresst habe. Ich habe den perfekten Ort für dich.«

Ich habe die perfekte weiße Zelle.

Ohne weitere Worte ziehe ich Cynthia vom Boden

hoch und werfe sie mir mit einem unladyliken Grunzen über die Schulter. Kleric kommt mir zu Hilfe und ich winke ihm lächelnd zu. Ich kann das. Während Dexter dem Dämon über meiner Schulter die Lippen leckt, machen wir uns auf den Weg zur Haustür.

Xander räuspert sich. »Du hast tapfer gekämpft, und obwohl wir unsere Differenzen hatten, hast du dein Leben riskiert, um mir die Wahrheit zu zeigen.«

Was für ein Idiot. Ich zucke vor Ekel mit meiner Lippe.

Du weißt, dass das nicht stimmt, sage ich zu Kleric.

Ich weiß.

Ich seufze, als ich mich daran erinnere, nett zu sein. Freundlich zu sein. Der Engel weint um seine Schwester.

»Du bist wirklich eine schöne und starke Frau geworden, Tru«, sagt Xander und folgt uns aus der Orangerie in die Halle.

Ich knirsche mit den Zähnen. *Seine Worte kann er sich in den Arsch stecken.* Der Engel ist sieben Wochen und einen Gefängnisaufenthalt zu spät dran. Ich beschleunige bis zur Eingangstür.

»Wir sind verbunden.«

Ich stolpere, drehe mich so schnell um, dass Cynthias Kopf gegen die Wand prallt, und starre den entschlossenen Engel verzweifelt an.

Wunderschöne honigfarbene Augen mit goldenen Sprenkeln, umrahmt von dichten schwarzen Wimpern, schauen mich an, als würde er in meiner Seele lesen. Er lächelt mich an, und im Licht des Ganges hinter ihm wirkt er wie ein goldener Gott.

Mein Blick wandert zu dem massiven blauen Dämon, der mich mit seinen sanften, freundlichen Augen beobachtet. Kleric nickt, öffnet die Tür und tritt in den Regen hinaus.

Dexter rennt hinter ihm her.

Der Kuss des Dämons pulsiert auf meiner Hand.

Ich schnappe nach Luft, drehe mich um, gehe weiter den Gang entlang und sage mit einer Handbewegung: »Tut mir leid, Xander. Ich bin viel zu beschäftigt. Ich muss eine Gefangene verhören und ein Portal schließen. Und Dämonen jagen.« Ich schnippe mit den Fingern. »Ach, und vergiss diese alberne Teenager-Bindung. Kleric ist mein Partner.« Ich grinse und trete in den Regen.

Xanders honigfarbene Augen verengen sich vor lauter Verwirrung, als die Tür vor ihm zuschlägt.

Liebe Leserin, lieber Leser,

zunächst einmal *vielen Dank*, dass du meinem Buch eine Chance gegeben hast.

Wow, ich habe es noch mal geschafft. Ich hoffe, es hat dir gefallen. Wenn das der Fall ist und du Zeit hast, wäre ich dir sehr dankbar, wenn du eine Rezension schreiben könntest.

Jede Rezension macht einen *riesigen* Unterschied für einen Autor – vor allem für mich als brandneue, glänzende Autorin – und deine Rezension könnte anderen Lesern helfen, mein Buch zu entdecken. Ich würde das sehr zu schätzen wissen, und es wird mir helfen, weiter zu schreiben.

Tausend Dank!

Oh, und es besteht sogar die Möglichkeit, dass ich deine Rezension für meine Marketingkampagne auswähle. Kannst du dir das vorstellen? Das ist so aufregend!

Alles Liebe,
Brogan x

Über den Autor

Brogan lebt mit ihrem Mann und ihren elf pelzigen Kindern in Irland: fünf pelzige Minions der Dunkelheit (auch bekannt als Katzen), vier Hellhounds (also Hunde) und zwei traditionelle Einhörner (fette, haarige Irish Tinker).

Im Jahr 2019 beschloss sie, ihre Verrücktheit auszuleben und über die imaginären Kreaturen, die in ihrem Kopf leben, zu schreiben. Ihre größte Liebe gehört ihrem pelzigen Lieblingskind Bob, dem Irish Tinker, und dann dem Lesen. Wenn sie nicht gerade liest oder schreibt, steckt sie knietief in Pferdeäpfeln und Fell und ignoriert dabei glückselig alle Erwachsenenpflichten.

amazon.com/author/broganthomas

facebook.com/BroganThomasBooks

instagram.com/broganthomasbooks

goodreads.com/Brogan_Thomas

bookbub.com/authors/brogan-thomas

BÜCHER VON BROGAN THOMAS

KREATUREN DER ANDERSWELT

VERFLUCHTER WOLF
KREATUREN DER ANDERSWELT

VERFLUCHTER DÄMON
KREATUREN DER ANDERSWELT

VERFLUCHTER VAMPIR
KREATUREN DER ANDERSWELT

VERFLUCHTE HEXE
KREATUREN DER ANDERSWELT

VERFLUCHTE FAE
KREATUREN DER ANDERSWELT

VERFLUCHTER DRACHE
KREATUREN DER ANDERSWELT

REBELLIN AUS DER ANDERSWELT

REBELLISCHES EINHORN
REBELLIN AUS DER ANDERSWELT

REBELLISCHER VAMPIR
REBELLIN AUS DER ANDERSWELT